读客科幻文库

跟着读客读科幻，经典科幻全看遍。

失去一切的人

【美】厄休拉·勒古恩 著
陶雪蕾 译

北京联合出版公司
Beijing United Publishing Co.,Ltd.

THE DISPOSSESSED

URSULA K. LE GUIN

目　录

第一章

阿纳瑞斯—乌拉斯

那个地方有一堵墙，无足轻重的一堵墙。墙是用原石砌成的，外头草草地抹了点儿灰泥。一个成年人可以越过墙顶看到对面的景色，小孩子也能爬到墙顶上去。即使有些地方横在路上，这堵墙也并未因此留出缺口。它只是一个简单的几何图案，就是一条线，一条界线的概念。不过，这一概念是真切存在、举足轻重的。整整七代人以来，这世界上没有任何东西能比这堵墙更重要。

跟其他墙一样，这堵墙也是模棱两可的，哪边是内，哪边是外，取决于你站在墙的哪一边。

站在其中一边看，墙内是一片六十英亩的不毛之地。这片地方被称作阿纳瑞斯港，里头有两架庞大的桥式起重机、一座火箭发射台、三间仓库、一个卡车车库，还有一幢看起来很坚固耐用的宿舍楼，不过已然污秽不堪，一副凄凉模样。这里没有花园，没有孩子。显然，并没有人住在这里，甚至没有人打算在这里多待。这地方其实是一个供飞船登陆的隔离区。这堵墙不光围住了这片登陆区，还围住了空中降落下来的飞船、飞船里的人、他们所来自的那些星球以及宇宙的其他部分。它围住了整个宇宙，只把阿纳瑞斯留在了外头。

从另外一边看，这堵墙围住的是阿纳瑞斯：整个星球都被圈在了墙里面，由此变成了一个巨大的集中营，一个孤立于其他星球和其他人类的隔离区。

有一群人正沿着大道往登陆区这边过来，也可以说，他们是在朝大道被墙截断的地方过来。

附近的阿比内城经常有人到这边来，为的是能看到太空船，或者就为了看看这堵墙。毕竟，这是他们的世界里唯一的边界墙，只有在这里，他们才能看到写有“禁止入内”字样的牌子。这堵墙对于小孩子尤其有吸引力，他们会爬上墙去，坐在墙头。他们能看到，墙那头的仓库里有一帮人正在从卡车上卸柳条箱，甚至还看到有一艘太空货船停在火箭发射台上。太空货船一年只来八次，除了在港口干活的人，没有人知道它们什么时候会来。因此，幸运的目击者们刚开始时都极度兴奋。他们在墙上坐着，静静等待。跟他们遥遥相望的远处，有一座庞大的黑色塔台蹲伏在一堆乱糟糟的活动起重机中间。可是，仓库干活那帮人里却出来了一位女士，对他们说道：“我们关闭港口了，兄弟们。”她戴着防卫协会的袖章，这东西几乎跟太空飞船一样稀罕。一时间，气氛真是非常紧张。她的语气虽然柔和，但并没有商量的余地。她是那帮人的头，谁要敢挑衅她，她手下那帮工作人员肯定会为她撑腰的。不管怎样，已经没什么好戏可看了——那些外星人，那些来自外部世界的人，就那么始终缩在自己的飞船里头。没戏了。

对防卫协会的这位女士来说，这也是很沉闷的一出戏。有时候，这位工长也希望有人试图越墙，或者有哪个外星人船员从飞船上跳下来，或者那帮阿比内小孩子中间有哪个想要溜进来近距离看看太空货船。然而，这些事情都没有发生过。从来没有出现过什么状况。其实，如果真的出现了什么状况，她也并没有做好应对的准备。

“警惕号”太空货船的船长对她说道：“那帮家伙是冲我的飞船来的吗？”

女工长回头看了一眼，发现确实是有一群人拥在大门口，大概有一百人，也许更多。他们站在门口，就那样站着，像饥荒时期在车站等物资火车的人一样。她吓了一跳。

“不是。他们，啊，是在抗议，”她操着极不熟练的伊奥语，慢慢地说道，“抗议那个，啊，你知道的，是叫乘客吧？”

“你是说，他们针对的是我们要带上的这个杂种？他们是想截住他，还是想截住我们？”

女工长的本族语中没有跟“杂种”这个词相对应的词汇，对她来说这仅仅是个外来词，没有什么意义。但是她不喜欢这个词的发音，也不喜欢船长说话的口气，还有船长本人。她没有回答对方的提问，只是简短地问了一句：“你们能顾好自己吗？”

“见鬼，当然能。你们赶快把其他的货物装上就好，还有就是让那个杂种乘客上船。这些奥多主义的乌合之众是不能把我们怎么样的。”他用手拍了拍腰带上佩戴的一个东西，那东西是金属做的，活像一个畸形的阴茎，同时带着屈尊俯就的态度看了看眼前这位手无寸铁的女士。

她冷冷地看了一眼那个阴茎一样的东西，心里知道那是一件武器。“十四点之前货就能装好。”她说，“让船员们在飞船里乖乖待着。十四点四十分起飞。如果你们需要帮助，给地面控制处留录音信息。”说完她就大踏步走开了，以免船长又试图来占她的上风。在怒气的驱使下，她对自己的手下还有人群都特别强硬。“那边，把路让开！”她一边往墙那边走一边发号施令，“卡车就要过来了，会轧伤你们的。让开！”

人群里那些男男女女跟她争辩着，彼此之间也在相互争吵。他们仍然站在大道当中，有一些还钻到了墙这边来。不过，他们多少还是把路让开了一些。如果说女工长没有控制暴乱的经验的话，他们这些人其实也没有发起暴乱的经验。他们不过是来自同一个公社，并不是什么很有凝聚力的团体，也没有什么共同的思想感情。实际上，他们这些人各有各的想法。他们从来没想过会有人对他们发号施令，因此也没有违抗命令的习惯。正是因为他们缺乏经验，那位乘客才保住了性命。

来这里的人当中，有些是为了杀掉那个叛徒，有些则是为了阻止他离开，或者是骂上他几句，更有一些只是为了看他一眼；后几种人挡住了刺客们最为便捷的下手路径。刺客们都没有拿枪，他们当中只有两个人手里拿着刀。在他们看来，武力攻击就意味着肉搏；他们想把叛徒抓到手。他们原以为他会在保镖的护卫下坐车过来，因此在试图搜查一辆路过的运货卡车。就在他们跟那位火冒三丈的司机争吵的时候，他们的行刺目标却独自一人顺着大道走过来了。等他们认出这个人时，他已经穿过了半个登陆区，身后也跟上了五名防卫协会的会员。那些想要杀他的人赶紧过来追他，但是已经太迟了，于是他们开始扔石头。这次总算没有太迟。那个人走到飞船旁边的时候，有块石头勉勉强强砸到了他的肩膀上。可是，另一块重达两磅的石头却不偏不倚地砸到了一名防卫协会会员的脑袋上，当场就把他砸死了。

飞船的舱门关上了。防卫协会会员们回来抬走了死去同伴的尸体，并没有试图去挡住带头追飞船的那些人。只有女工长惊怒交加，脸色煞白，诅咒着从自己身边跑过的人，那些人经过她身边时都避着她。领头的人们跑到了飞船前边，又四散站开，犹豫不决起来。眼前的一切令他们不知所措：飞船静静地矗立在原地，骷髅般的巨大塔架突兀地动来动去，地面上有着奇怪的烧灼痕迹，没有什么东西与人类的惯常经验相符。跟飞船相连的某个东西喷出了一股不知道是蒸汽还是烟气的东西，把他们中的一些人吓了一跳；他们不安地抬头看着火箭，看着头顶上那些黑黢黢的巨大风洞。在登陆区的另一端，远远地响起了刺耳的警笛声。大家陆续回到了大门那边。没有人阻止他们。十分钟不到，登陆区里已经空无一人。四散的人群顺着大道往阿比内方向而去，那情形就跟什么都没有发生过一样。

“警惕号”飞船内却是惊天动地。地面控制处把起飞时间提前了，所有的程序都必须在一半的时间内完成。船长命令手下把那名乘客，还有船上的医生带到船员休息室，给他们系好安全带，固定好，以免他们到时候碍手碍脚。休息室里有一面大屏幕，如果愿意的话，他们可以看看起飞的过程。

那名乘客看着屏幕。他看到了登陆区的地面，然后是外头那堵墙，墙外头的远处是杳渺的尼希拉斯山脉，山坡上有几片零星的霍勒姆灌木丛，还有些稀稀拉拉的银色月棘。

所有这些景象飞快地闪过屏幕，令人头晕目眩。乘客感到自己的头用力抵着脑后的软垫。这情形很像牙科检查，人的脑袋被用力往后压，嘴也被迫张开。他无法呼吸，觉得很恶心，恐惧地感觉到自己的肚子里正在翻江倒海。在这股强力的控制之下，他的整个身体都在狂呼：不要，先不要，等一等！

多亏眼睛救了他。他的双眼还在坚持不懈地看，并把看到的一切传送到他的脑海中，将他从自我封闭的恐惧中拉了出来。屏幕上现在已经是另一番奇特的景象：一片全是石块的白茫茫的大平原，那是从大峡谷山脉上能看到的那片沙漠。他怎么又回到大峡谷来了呢？他努力想说服自己，自己是在一艘飞船上，不，是在一艘太空飞船上。平原的边缘亮亮地闪着光，那应该是水的反光，是远处的大海。可是，那些沙漠里根本就没有水。那么他现在看到的是什么呢？接着，石头平原由扁平状变成了一个凹洞，就像一个盛满了阳光的大碗。他目瞪口呆地看着，那个碗开始变浅，里头的光线慢慢泻了出来。突然，有一条线横空截住了那个碗，从一个抽象的几何图形，变为一个完美的扇形。在扇形的圆弧之外则是一片漆黑。然后整个画面反转过来，呈现出了照片底片的效果：黑白分明的影像，也就是石头平原不再是充满了亮光的凹陷地带，而成了一个凸起的、反光的阴暗体。它不再是平原和碗，而化作一个球体，一个白色的石头圆球，渐渐地坠入黑暗之中，消逝不见了。这就是他的星球——阿纳瑞斯。

“我不明白。”他大声说道。

有人回应了他一声。有那么一会儿，他甚至没意识到站在他椅子旁边的那个人是在跟自己说话，是在回应自己，因为他已经领会不到回应是怎么一回事了。现在他只对一件事情有清醒的意识，那就是：自己已经完全孤立无援。世界已经在他的身子底下消逝，他从此便是孤单一人了。

他一直害怕眼前这一幕会发生，甚至超过对于死亡的恐惧。死亡不过是失去自我，重新回归到自我以外的周遭事物中去。而他现在是失去了周遭的一切，剩下的只有自我。

最后，他终于能够抬起头去看站在自己身边的那个人了。当然，那是一个陌生人——从现在开始，他只会碰见陌生人了。这个人说的是一种外语：伊奥语。他能听懂对方话语的意义。每一件小的事情都是有意义的；而综合起来看，这整件事情却没有了意义。这个人在谈论把他固定在椅子上的那些带子。于是他伸手去弄了弄那些带子，椅子突然绷直了，差点儿把他甩了出去。他头晕目眩，身体也失去了平衡。那个人接着问，是否有人受伤了。那个人究竟在说谁呢？“他肯定没有受伤吗？”这是伊奥语中表示礼貌的一种方式——双方交谈时用第三人称称呼对方。原来，这个人应该就是在问他有没有受伤。他不知道为什么对方会认为他受伤了；那个人接着又说到了什么扔石头。可是他想，什么石头，远方那块石头？那块石头是伤不了人的。他回过头去，想再看看屏幕上的石头，看看那个向着黑暗坠落的白色石头，不过屏幕上已经是一片空白。

“我很好。”最后他随口说了一句。

那个人还是不肯放心：“请跟我来，我是医生。”

“我很好。”

“请跟我来，谢维克博士！”

“你是医生。”踌躇片刻之后，谢维克说道，“我不是。我就叫谢维克。”

医生个子很矮，皮肤很白，身上一点儿毛发也没有。他急得脸都扭曲了。“你应该待在自己的房间里，先生。你现在有受感染的危险，除了我之外，你不可以跟其他人接触。我这两周的消毒工作都白忙乎了，那个该死的船长！请跟我来，先生。我要担责任的……”

谢维克能感觉到，眼前这个小个子确实很烦恼。可他并不感到内疚，心里也没有同情；但即便是在眼下这个处境，在这种完全孤立的境况下，也有一个法则是适用的，那是他所信服并一直遵循的一个法则，那就是听取他人的意见。“好吧。”他说，然后便站起身来。

他还是觉得很晕，右边肩膀很疼。他知道飞船肯定在飞行，但自己却感觉不到。一出座舱，周遭有的便只是一片寂静，可怕的绝对寂静。医生领着他走过寂静的金属通道，来到一个房间里。

房间非常小，空白的墙壁上有一道道的焊缝。谢维克不喜欢这里，这让他想到了一个他不愿意再去回忆的地方。他在门口站住了，但医生又是催促又是恳求，于是他就走了进去。

他坐到那张像个架子的床上，感觉还是头晕眼花、软弱无力。他好奇地看着医生。他想自己是应该好奇；这是他有生以来第一次见到乌拉斯人。可他现在实在太累了，如果可以躺下的话，他马上就能睡着。

头天夜里他整晚都没睡，一直在看他那些文件。三天前，他送塔科维亚和孩子们去了平饶，此后就一直忙个不停，跑到无线电发射塔去跟乌拉斯的人交流最后的信息，跟比达普和其他人讨论各项计划以及如何应对可能发生的事情。在塔科维亚离去之后那忙乱的几天里，他觉得不是自己在掌控那些事情，而是那些事情在掌控着他。他已经被别人所掌握，自己的意愿不能得到实施，也没有必要去实施。其实，他的意愿正是这一切的导火索，导致了现在这一时刻的到来，导致了他现在身处这些“墙壁”之中。那是多久之前的事儿呢？很多年了。五年前，在察喀尔山区那个寂静的夜晚，他告诉塔科维亚：“我要去阿比内，拆掉那些墙。”也许比这还要早，很久以前，在土区，在令人绝望的饥荒时期，他就暗自发誓，一定要按照自己的自由意愿来行事。正是为了实现这个誓言，他把自己弄到了现在这个地步：身处这个小房间、这个监狱里，不知道时间，也不知自己到底属于哪个星球。

医生先检查了他肩膀的淤伤（谢维克对此大为迷惑：他在登陆区的时候太过紧张太过匆忙，对当时发生的事情居然毫无知觉，甚至没有感觉到有一块石头砸到了自己）。现在，医生又转过身来对着他，手里拿着注射器。

“我不想打针。”谢维克说。他讲伊奥语时语速很慢，而且根据以前做无线交流的经验，他知道自己的发音很糟糕，不过语法还凑合；比起开口说话，想听懂对方的讲话更加困难。

“这是麻疹疫苗。”医生说道。跟所有专业医生一样，他对病人的话充耳不闻。

“不要打。”谢维克说。

医生咬了一会儿嘴唇，说道：“你知道什么是麻疹吗，先生？”

“不知道。”

“那是一种疾病，会传染，成年人如果发病会特别严重。在阿纳瑞斯没有这种病；当初人们去那个星球定居的时候已经实施了预防措施。在乌拉斯却很常见，可以置你于死地，此外还有十二种常见的病毒性传染病也是这样。因为你没有抗体。你是右撇子吧，先生？”

谢维克下意识地摇了摇头。医生像变戏法一般姿态优美地将针头飞快插进了他的右胳膊。谢维克一言不发，顺从地接受了，接着又让医生给自己打了其他的疫苗。他没有权利表示怀疑或是抗议。他将自己拱手交给了这些人；他放弃了自己与生俱来的自行做主的权利。这个权利已经消失，跟他的世界——那个充满希望的世界，那块光秃秃的石头——一起离他而去了。

医生又说了些什么，但是他没有听。

他就这样在一片虚无中待了几个小时，也许是几天，那是一种乏味的难以容忍的虚无。没有过往，没有将来，他的身边是那四堵令人备感压抑的墙壁，外面则是一片寂静。打了针之后，他的胳膊和屁股都在隐隐作痛；他发着高烧，虽不至于神经错乱、胡言乱语，却也因此陷入了理性和非理性之间的混乱状态。时间停止了流动。这里没有时间。他就是时间，是唯一的存在。他是河流，是利箭，是石头。可是他没有动。被扔出来的那块石头悬在当空一动不动。这里没有白天和黑夜。有时候，医生会把灯关上或是打开。靠床的那面墙上有一个钟；指针毫无意义地在钟面那二十个数字之间转动着。

他在沉睡许久之后醒来，面朝着那个钟，睡眼惺忪地盯着它。指针的位置在十五点过去一点，如果钟面的刻度是像阿纳瑞斯人的二十四刻度钟一样，以凌晨零点为起点，那这就意味着现在是下午三点。可是，在这个介于两个世界的空间里，下午三点到底是哪个时候呢？不管怎么说，飞船上也可以有自己的时间。想到这点之后，他觉得极度振奋。他坐起身子，不再觉得头晕了，于是便下了床，试了试身体平衡：很不错，虽然他觉得脚跟地面贴得不是太紧密。飞船的重力场应该比较弱。他不太喜欢这种感觉；他想要的是坚实、可靠和确定无疑的感觉。为了找到这些感觉，他开始有条不紊地研究这间小房子。

那些空白的墙壁上其实充满了令人惊奇的设备，只要触碰一下那个面板，这些令人惊奇的装置就会马上呈现：盥洗盆、马桶、镜子、书桌、椅子、壁橱、架子。盥洗盆上连接着几个非常神秘的电子装置，你松开水龙头，水也不会断掉，水管还会继续往外冒水，直到你把它关掉为止——谢维克想，这要么是昭示着守信这一伟大的人性，要么就说明这里的热水供应非常充足。他姑且相信了后一种可能，于是把自己全身上下都洗了一遍。没有找到毛巾，他就拿其中一个神秘装置烘干了身体。这个东西能吹出阵阵让人痒痒的热气流，令人颇为惬意。他也没有找着自己的衣服，只好把醒来时身上穿的那身衣服穿了回去：松松垮垮的系带长裤，一件不成样子的束腰上衣，图案都是明黄底色上带着蓝色小圆点。他看了看镜中的自己，感觉很奇怪。乌拉斯的人就是穿这个吗？他想找把梳子，也没有，只好凑合着把头发捋到脑后扎了个辫子。一切收拾停当之后，他就想走出这个房间。可是他没法离开，因为房门被锁上了。

一开始他觉得难以置信，随后就觉得很愤怒，极其愤怒，有一种想要施暴的盲目冲动，这种感觉他以前从未有过。他使劲去拧那个一动不动的门把手，双手用力捶击着光滑的金属门面，然后转过身，用力按下呼叫按钮。医生告诉过他，需要的时候就拍这个按钮。没有任何响应。内部联络面板上还有其他许多不同颜色的小小按钮；他张开手重重地按在整个面板上。墙上的扬声器里传来了一片嘈杂的声音：“谁他妈的是的马上过来滚出去什么从二十二……”

谢维克的音量盖过了所有这些声音：“把门打开！”

门徐徐开启，医生站在门外。看到他光溜溜的蜡黄面孔上那焦虑的神色，谢维克的怒火平息了，再次堕入了阴郁的情绪之中。他跟医生说：“门刚才被锁上了。”

“很抱歉，谢维克博士……那是一种防范……传染病……不让别人进来……”

“锁在外面，锁在里面，效果是一样的。”谢维克眼里闪着光，漠然地低头看着医生。

“安全……”

“安全？难道我必须被关在一个笼子里吗？”

“这是高级船员休息室。”医生慌忙安慰他，“你饿了吗，先生？要不你穿上衣服，我们一起去休息室吧。”

谢维克看了看医生的穿着：紧身的蓝色长裤，裤腿塞进了长靴里，靴子跟布料一般平整精美；紫色束腰外衣，前襟开口，系着银色盘花纽扣；外衣里头是一件白得耀眼的针织衬衣，只露出一点领子和袖口。

“我这样不算穿了衣服吗？”谢维克终于问出了这么一句。

“哦，睡衣也可以，当然可以。在货船上不必拘泥礼节！”

“睡衣？”

“就是你现在穿的这种，睡觉用的衣服。”

“睡觉时穿的衣服？”

“是的。”

谢维克眨巴一下眼，未予置评。然后他问道：“我原来的衣服呢？”

“你的衣服？我给清洗了——杀过菌。希望你不会介意，先生。”他鼓捣了一下墙上一处谢维克没有发现的面板，拿出一个浅绿色纸包着的包裹。他把包裹打开，里头是谢维克原先穿着的衣服，衣服看起来非常干净，只是尺寸似乎变小了。然后他把绿纸卷了起来，又触动了另一处面板，把纸扔进弹出的垃圾篓里。他有些怯怯地笑着说道：“你的衣服，谢维克博士。”

“那些纸怎么处理了？”

“纸？”

“那些绿色的纸。”

“哦，我把纸扔到垃圾篓了。”

“垃圾篓？”

“处理了。被烧掉了。”

“你把纸烧了？”

“也许就是被扔进太空里去了吧，我也不知道。我不是太空医生，谢维克博士。我有幸来照顾你，是因为我以前跟外星访客打过交道，来自地球和海恩的使者。我为所有前来伊奥国的外星人实施净化及适应服务。当然，你是跟他们不一样的外星人。”他怯怯地看着谢维克。谢维克没有完全听明白他说的话，但却能感觉到对方那缺乏自信的言语中包含着担忧和好意。

“是的。”谢维克安慰他说，“没准儿我们的祖母就是同一个人，就生活在两百年前的乌拉斯呢。”他开始穿上自己原来的衣服。当他把衬衣套到头上的时候，看到医生把那套蓝黄相间的“睡衣”塞进了垃圾篓里。谢维克停了下来，衣服的领子还在鼻子上。他整个人扑过去，跪下来打开垃圾篓。内里空空如也。

“衣服被烧掉了？”

“哦。那是很廉价的睡衣，临时用品——穿过之后就扔掉，比清洁省钱。”

“省钱。”谢维克若有所思地重复了一遍。说这话的时候，他的神情就像一位古生物学家，正看着一块能为整个地层断代的化石。

“我想，你的行李应该是在上飞船前那场混乱中弄丢了。希望里面没有什么重要的东西。”

“我什么也没拿。”谢维克说。他的衣服已经被漂洗成了近乎白色，还有一点儿缩水，不过穿着还是很合身。霍勒姆纤维织成的布料有一种熟悉的粗糙感，让他觉得很舒服，感到自己终于又找回了自我。他坐到床上，面对着医生说道：“你看，我知道你们跟我们一样，也是不随身携带东西的。在你们的世界，乌拉斯，你们必须花钱买东西。我来到了你们的世界，可我没有钱，也没法买东西，所以我应该带上东西的。可是我能带多少东西呢？衣服，嗯，我可以带上两套。可是食物呢？我怎么可能带上足够多的食物呢？我没法带。我又不能买。如果要让我活下去，你们就得给我食物。我是阿纳瑞斯人，我要让乌拉斯人做阿纳瑞斯人才做的事情：无偿地给予，而不是有偿地出售，如果你们愿意的话。当然了，你们也不是非得让我活下来！你看，我成了一个乞丐了。”

“哦，不是的，先生，不是这样，不是这样。你是我们的贵客。请不要以这艘船上的人为依据来判断我们，他们都是些很无知很狭隘的人——你都想象不到，等你到了乌拉斯之后将会受到何等隆重的欢迎。毕竟，你是一位举世闻名——闻名全星系的科学家！是第一位来自阿纳瑞斯的客人！我向你保证，等我们到了佩尔登陆区之后，一切就会大有不同。”

“我相信会有不同的。”谢维克说道。

月球航线单程通常需要四天半的时间，不过这一次返程的时间比平常多花了五天，那是为这位乘客特地加上的适应期。在此期间，谢维克和齐默医生所做的事情就是接种疫苗，还有聊天。“警惕号”船长让飞船绕着乌拉斯的轨道一圈一圈地转，其间不停地诅咒。在不得不跟谢维克说句话的时候，他的表现也总是很无礼，令人很不舒服。医生随时准备着向谢维克做解释，对船长的这般表现也有自己的看法：“他总是认为，所有外来的人都是低我们一等的，不能算真正的人类。”

“伪人类，奥多是这么说的，没错。我原来还以为，乌拉斯的人也许已经不再有这样的想法了呢。你们有那么多种语言、那么多个国家，还有那些来自其他星系的客人。”

“那样的客人很少，因为星际飞行费用昂贵，速度又很慢。也许以后会有所改观吧。”齐默最后又补充了一句，显然是想让谢维克高兴起来，让他忘掉刚才的不快，不过谢维克并没有察觉到这一点。

“飞船上的二副，”他说，“好像很怕我。”

“哦，他那是因为对宗教的盲从。他是非常虔诚的顿悟教信徒，每天晚上都要祈祷，根本是个冥顽不化的人。”

“那么他觉得我是……？”

“一个危险的无神论者。”

“无神论者？为什么？”

“为什么？因为你是阿纳瑞斯的奥多主义者——阿纳瑞斯是没有

信仰的。”

“没有信仰？我们阿纳瑞斯人难道是木头吗？”

“我的意思是成熟的宗教——教堂、教义……”齐默一下子慌张起来。他身上有着医生那种强烈的自信，但谢维克总是能够颠覆他的自信。每次他给谢维克说明了什么事情之后，谢维克跟着再提两三个问题，他的话就显得很站不住脚了。两人都想当然地认为对方应当知道某些事情，其实这个事情对方也许根本就不明白。比如，关于这个奇怪的高等和低等的问题，谢维克知道这个高等的概念对乌拉斯人来说是很重要的；他们的作品中经常用“更高”来表示“更好”，而阿纳瑞斯则会用“更为中心”这个词。不过，“更高”同“外来”又有什么关联呢？这不过是无数谜团中的一个而已。

“我明白了。”他说，与此同时另一个困惑又涌上心头，“你们不承认教堂之外的宗教，就像你们不承认法律之外的道德一样。你看，我看了那么多乌拉斯的书籍，对这点却一直没弄明白。”

“嗯，现在任何一个文明人都会承认……”

“这个词本身让这件事变得很费解。”谢维克继续阐述自己的发现，“在普拉维克语中，宗教这个词很少见，你们是怎么说来着？冷僻，总之就是不常用。当然，它也是准则之一：第四类准则。很少有人能将所有准则都付诸实践，但所有的准则都在心灵的先天容纳范围之内，你们不会真的以为我们没有接纳宗教信仰的能力吧？难道你们会认为，我们有能力研究物理学，却对人类跟宇宙最为深切的关联一无所知吗？”

“哦，不是的，绝对不是的……”

“那样我们可就确实成了伪人类了！”

“有教养的人当然会明白的，这些船员都是很无知的……”

“那么说，你们只让这些盲从的人进入太空喽？”

他们的每次谈话都与此相似，把医生弄得疲惫不堪，谢维克则是老大不开心，但是他们都觉得这样的交谈非常有趣。目前，这是谢维克了解前方那个新世界的唯一方法。这艘飞船，以及齐默的思想，对他来讲就是一个小世界。“警惕号”上没有书，高级船员们都躲着他，而底下那些人则被勒令不许靠近他。医生很有智慧，而且显然对他一片好意，但是对于谢维克来说，医生的思想就像一堆杂乱的智能产品，比船上充斥的那些小玩意儿、那些装置和便利用具更加令人困惑。慢慢地，谢维克发现那些东西都很好玩儿，每一样东西都有充足的供应，很漂亮、很新颖；但是，构成齐默智慧的那些材料却从来没有让他觉得自在过。齐默的想法似乎不能够直来直去；这些想法迂回绕行，最后总要撞到了某一堵墙上。他所有的想法外头都有墙，虽然他一直躲在这些墙后面，但他自己对此似乎完全没有意识。在这些天里他们关于两个世界的谈话中，只有一次，谢维克把他的墙弄出了一个裂口。

谢维克问飞船上为什么没有女人，齐默回答说驾驶太空货船不是女人该做的事情。根据历史课上学到的东西，以及他阅读过的奥多的一些著述，谢维克理解了对方这个形同赘述的回答，因此没有再说什么。不过，医生却反问了他一个关于阿纳瑞斯的问题：“在你们的社会里，谢维克博士，女人跟男人是受到完全同等对待的，这是真的吗？”

“那确实是对好东西的一种浪费。”谢维克笑着说道。他想着这个回答的滑稽之处，又笑了一声。

医生迟疑了一下，很显然是在自己头脑里那些重重障碍中寻找出路，然后慌乱地说道：“哦，不是的，我指的不是性——显然你——她们……我指的是她们的社会地位。”

“地位就是等级吗？”

齐默想要解释一下什么是地位，没有说清，于是又回到了最初的话题：“你们那里，男人的工作和女人的工作真的没有区别吗？”

“呃，没有，男女要有分工，那岂不是太机械了？选择什么样的工作应当根据自己的喜好、才能和实力——跟性别有什么关系呢？”

“男人要更强壮一些。”医生做了一个专业的论断。

“对多数人来说，通常是这样，不过在我们有了机器之后这还重要吗？即便我们没有机器，得用铲子来掘地，得靠自己的背来运送东西，男人也许可以干得快一些——那些个头大的家伙——但是女人更有耐力……我常常希望自己能像女人一样有韧劲儿。”

齐默盯着谢维克，震惊得都顾不上礼貌了：“可是这样会让女性失去——女性化的一切——不再细腻精致——男性还会失去自尊——你在工作的时候，肯定没法假装女性跟你是平等的吧？还有物理学、数学和智力方面？你不可能一直都假装自己是跟她们同一个层次的吧？”

谢维克坐到那把舒适的软垫椅子上，环视着高级船员休息室。显示屏上，乌拉斯星球像一个明亮的圆球当空悬挂，像一颗蓝绿色的猫眼石，背景是黑暗的太空。这些天来，谢维克对这个美妙的景象，还有这间休息室都已经很熟悉了。但是现在，这些鲜艳的色彩、这些曲线形的椅子、幕后的灯光、这些牌桌、观景屏幕，还有软软的地毯，一切都还是跟他初次见到时一样陌生。

“我觉得我没有刻意去假装，齐默。”他说。

“当然了，我认识一些有着高度智慧的女人，她们可以跟男人一样思考。”医生赶忙说道，意识到自己刚才几乎是在大喊——在谢维克的想象中，他刚才一直大喊着敲打着那道上锁的门……

谢维克换了一个话题，心里却一直还想着这件事。这个关于高等和低等的问题在乌拉斯的社会生活中应该是非常重要的。为了表示自尊，齐默必须认为一半的人类都是低于自己的，那么女性又如何做到自尊呢——她们也认为男人都是低于自己的吗？这些对他们的性生活会有什么影响呢？在奥多的著述中，他了解到，两百年以前，在乌拉斯，最主要的性习俗是“婚姻”，这种配对关系有法律以及经济条文的认定及约束，还有一种是“卖淫”，那似乎只是个包括范围更广的词汇，指建立在经济基础之上的性交。奥多对这两种方式都进行了谴责，可她自己也“结了婚”。不管怎样，两百年过去了，这两种习俗也许都已经有了巨大的变化。既然他打算要在乌拉斯跟乌拉斯人一起生活一段时间，那就最好能知道这些变化。

多年以来，性对他来说一直是慰藉、欢愉、喜悦的一个源泉。现在，一夜之间性居然变成了一片未知的领地，在这里他得小心翼翼地行走，得承认自己的无知，这可真是怪异；不过事实已然如此。给他发出警告的，不仅仅是齐默刚才那一阵奇怪的嘲笑和恼怒，还有他之前便有的一种模糊的印象，而刚才那段插曲让这种印象变得清晰起来。刚上飞船时，在长时间的高烧和绝望中，他只有很简单的一个感触：床很软，这点让他心绪一片混乱，时而愉悦时而烦躁。虽然这不过是飞船上的一个床铺，床垫在他身体的挤压之下却表现出贴心的柔软。床垫跟他的身体非常的服帖，一直都那么服帖，就算在入睡的时候，他也能够感觉到这一点。床垫带来的愉悦和烦躁无疑都是带有情欲色彩的。还有那个充当毛巾的喷热空气的装置，也能起到同样的作用，弄得人心痒痒的。还有高级船员休息室里的家具：坚硬的木头和钢铁被塞进了线条流畅的弧形塑料当中，家具的表面和质地都那么光滑细腻：这难道不就是一种无处不在的微妙情欲吗？他很了解自己，也很自信，即便是承受着巨大的压力，跟塔科维亚分开这么几天也不至于让他兴奋到在每个台面上都能感觉到女人的气息，更何况这里根本就没有出现过女人。

难道乌拉斯的木匠们全是禁欲主义者？

他没再继续想下去。到了乌拉斯之后，很快就可以发现答案了。

在他们重新系上安全带准备降落之前，医生到他的房间里检查疫苗注射之后的情况。最后一次注射的是鼠疫疫苗，谢维克的反应是非常恶心、头昏眼花。齐默又给他吃了一片药。“这个能帮你恢复精神，让你顺利降落。”他说。谢维克泰然自若地吞下了药。医生手忙脚乱地收拾着救护包，然后突然飞快地说道：“谢维克博士，我没有奢望自己还能被允许来照顾你，当然可能性也还是有的。但是如果没有，我想告诉你，对我来说，能够照顾你是莫大的荣幸。不是因为——而是因为你教我懂得了尊重——懂得了感激——就为了我自己是一个人这一事实，你真好，太好了……”

因为头痛，谢维克想不出更为合宜的答复。他只是握住齐默的手，说道：“那么就让我们期待着下次重逢吧，兄弟！”齐默不安地用乌拉斯人的方式握了握他的手，然后快步走出了房间。等他走了之后，谢维克才意识到自己刚才说的是普拉维克语，说兄弟的时候用的是“ammar”这个词，齐默是听不懂的。

墙上的扬声器哇啦哇啦地响起来，有什么人在发布指令：躺在铺位上，系好安全带。谢维克恍恍惚惚地听着。飞船穿越轨道的感觉让他更加迷糊；他几乎失去了意识，只是暗自希望自己不要呕吐。齐默又一次急急忙忙地走了进来，把他拽到了高级船员休息室，这时他才知道已经着陆了。屏幕上一片空白，原来那个云彩缭绕的明亮的乌拉斯星球已经消失不见。屋里挤满了人。他们都是从哪里冒出来的呢？他惊喜地发现自己还能站立、走动、跟人握手。他努力地让自己注意力集中起来，却无法理解眼前的一切。说话声、笑声、不同的手、不同的交谈对象、不同的名字。他的名字一次又一次地被提起：谢维克博士，谢维克博士……寒暄之后，他和身边那些陌生人开始沿着一段带顶篷的坡道往下走，每个人的说话声都很大，那些声音从墙壁上反射回来。接着，嘈杂的谈笑声慢慢变小，一股陌生的气息扑面而来。

他往上方看去。从坡道下到平地上时，他绊了一下，差点儿摔了一跤。当时他想到了死——就在他抬脚迈下最后一级台阶的那一刹那。迈下那级台阶之后，他就踩在一片新的土地上了。

灰茫茫的夜色包围着他。远处，隔着一片雾气蒙蒙的旷野，亮着一些蓝色的灯光，在薄雾中发出朦胧的光。空气拂着他的脸和手，进入他的鼻孔、咽喉和肺部，冷冷的，潮潮的，混合有多种气味，同时又很温和。这种感觉并不陌生。这是他的先祖居住过的世界的气息，是家的气息。

他绊脚的时候，有人抓住了他的胳膊。眼前有灯光闪过，摄影师们正在抓拍这一场景，以便送去报道“首位月球来客”——高官、教授和安全人员簇拥着这位虚弱的高个子男士，他头发蓬乱，面容清秀，昂首挺胸（这样摄影师们就能抓拍每一个角度的特写了），似乎想要透过那些照明灯望向天空——将星辰、月球和所有外部世界藏匿起来的雾气沉沉的天空。记者们拼命地想要从围成一圈的警察身边挤过来：“谢维克博士，在这一历史性的时刻，可否谈谈您的看法？”他们马上就被警察推了回去。围在他身边的那些人推着他往前走。他被领到了守候多时的豪华轿车旁边，到最后一刻摄影师们还能抓拍到他的身影，因为他的身高、他的长发，还有他脸上的奇怪表情。他看起来有些忧伤，同时带着有所了悟的表情。

城市高楼的顶端高高地插入薄雾之中，就像发着微光的巨大梯子。头顶上有火车疾驰而过，似乎是一道道呼啸的闪电。临街的由石头和玻璃构成的巨大墙面俯瞰着汽车和电车的车流。眼前都是石头、钢铁、玻璃和电灯，却没有人的脸庞。

“谢维克博士，这里是尼奥埃希亚。我们认为，还是先让您远离城市的拥挤人群比较好。我们现在直接去大学。”

车子里很暗，铺着软软的垫子。有五个人陪着他坐在车里。他们把那些地标性建筑一一地指给他看，不过在一片雾气中，他无法分辨那些模模糊糊、一闪即逝的高大建筑哪个是高等法院大楼，哪个是国家博物馆，哪个是国会大楼，哪个又是参议院。他们穿过了一条河，也许是一个港湾；朦胧的雾气中，尼奥埃希亚的万家灯火在黑漆漆的水面上摇曳晃动，接着就被他们甩到了身后。路面越来越黑，雾气愈发浓重，司机放慢了速度。车灯照着前方的雾气，似乎有一堵不断退后的墙。谢维克身子稍稍前倾，盯着车窗外。他的目光和思绪都漫无目的，不过他的表情显得很冷淡很严肃。因为他的沉默，其他人说话时声音都特别小。

路两边有一些更为暗沉的阴影，似乎在无限地延伸，那是什么呢？树吗？离开城市之后他们就一直是在树木之间行驶吗？他想起一个伊奥词汇——森林。他们不会突然进入沙漠之中吧。他们过了一个又一个的山坡，两边一直都有树，这些树矗立在清冷的雾气当中，绵延不绝，似乎整个世界都为这片森林所覆盖。森林中有不同的生灵在悄无声息地彼此对抗，树叶在夜色中不动声色地活动着。接着，车子驶出雾气重重的河谷，空气变得清澈明净。就在这片刻之间，谢维克看到，路边的树下，有一张脸在黑暗中看着他。

那不是一个人。那张脸跟他的胳膊一样长，惨白惨白的，从两个应该是鼻孔的地方呼出了一些水汽。让人惊恐的是，他确信自己看到了一只眼睛，一只大大的黑眼睛，里面带着悲哀，兴许还有点儿愤世嫉俗。这一切在车灯的照射下一闪而过。

“那是什么？”

“一头驴，对吧？”

“是一种动物？”

“是的，一种动物。没错！你们阿纳瑞斯没有大型动物吧？”

“驴是马的一种。”另一个人说道。接着又有一位年长的人用坚定的口气说道：“刚才那是一匹马。驴个头没有那么大。”他们都想跟他说话，不过谢维克没有再听下去。他想起了塔科维亚，不知道对塔科维亚来说，黑暗中这冷郁的神秘一瞥会意味着什么。她一直认为所有的生灵都是平等的，还认为她实验室那些鱼缸里的鱼跟她有亲缘关系，并为此开心不已。不仅如此，她还一直想要体验一番以非人类形态存在的感受。塔科维亚应该知道如何回视黑暗中的那只眼睛。

“前面就是伊尤尤恩了。有很多人正在等候您，谢维克博士，总统、几位部长，当然还有校长，全是一些重要人物。不过如果您累了的话，我们可以尽量缩减会面的礼仪。”

这些礼仪持续了好几个小时。事后他已经记不清到底都有哪些礼仪了。他们让他从汽车这个小小的黑盒子里下来，来到一个大大的亮盒子里，里头挤满了人——好几百个人。在他们的上方是金碧辉煌的天花板，挂满了水晶灯。他被介绍给在场的每一个人，他们全比他矮，身上全都没有毛发，连人数寥寥的几位女士也不例外。最后他终于意识到，他们应该是把所有的毛发——他这个种族身上的那种纤细柔软的短短体毛，还有头发——都刮掉了。不过他们都穿着精美绝伦的服装，剪裁和色彩都极为考究。女士们穿着宽下摆的曳地礼服，露着胸部，手腕、脖颈和头上装饰着珠宝、缎带和薄纱。男士们要么穿着长裤和外套或是各色束腰外衣，有红色、蓝色、紫色、金色和绿色，衣服上缀着流苏，袖子开衩，要么就裹着深红色、墨绿色或者黑色的长袍，膝盖处开衩，露着白色长袜和银色吊袜带。另一个伊奥词涌上了谢维克的脑海，虽然他喜欢这个词的发音，但之前一直没能发现它的用武之地："流光溢彩"。这些人身上就是流光溢彩的。接下来是众人发表讲话。伊奥共和国参议院议长——一位眼神淡漠的先生——致了祝酒词："向双子行星手足情谊的新时代，向这一新时代的先驱，向我们尊贵的客人，来自阿纳瑞斯的谢维克博士表示最热烈的欢迎！"这所大学的校长跟他愉快地交谈，这个国家的头号领导人郑重地跟他交谈。他还被引见给各位大使、宇航员、物理学家、政治家，这几十位人士名字的前后都有长长的头衔和敬称，他们跟他交谈，他一一做着回复。不过后来他已经不记得大家都说过什么了，更不记得他自己说过的内容。夜深时分，空中飘着温润的雨丝，他和一小拨人在一个大公园里穿行而过——也许是广场。脚下是鲜活的青草那种富有弹力的触感；这种感觉他以前在阿比内的三角公园里行走时也曾有过。这种鲜明的记忆，还有这杳渺、清冷的夜色唤醒了他，他的心灵从藏身之所走了出来。

随行的人带他走进一幢房子，来到其中一个房间，他们说这个房间是"他的"。房间很大，大约有十米长，显然是一个公共休息室，里头没有任何间隔，也没有床；现在还陪着他的那三个人应该是他的室友吧。这间休息室非常漂亮，有一面墙上是一排窗户，窗户之间都有纤巧的圆柱做间隔，圆柱像树木一般向上方舒展，到天花板那里形成一个双弧形。地上铺着深红色的地毯。屋子的另一头有一个开放式壁炉，里头烧着火。谢维克走过去，站在火炉面前。以前他从来没有见过烧木柴取暖的做法，不过现在已经对什么都见怪不怪了。他伸出双手，享受着火苗宜人的温暖，然后在火炉旁边一把光亮的大理石椅子上坐了下来。

同伴中最年轻的那位在他对面坐下，另外两位还在交谈。他们在谈论物理学，不过谢维克不打算去听他们谈论的内容。对面那个年轻人小声对他说道："谢维克博士，我很好奇，你现在会是什么感觉呢？"

谢维克伸了伸腿，身子前倾，让自己的脸也能烤到火："我觉得很沉重。"

"沉重。"

"也许是重力作用。也许是我累了。"

他看着对方。在炉火氤氲的热气中，他看不真切对方的脸，只能看到一条金链子的闪光和长袍发出的深红色珠光。

"我还不知道你的名字。"

"赛奥·帕伊。"

"哦，帕伊，对，我看过你在《悖论》上发表的文章。"

说话的时候他已经昏昏欲睡。

"这里应该有迷你吧，资深教员的房间里应该都有酒柜。你想要喝点儿什么吗？"

"水就可以了。"

年轻人拿着一杯水回来了，另外两个人也来到了火炉边。谢维克把水一饮而尽，然后低头看着手中的杯子。这件脆弱的东西形状精美，边缘被火光照成了金色。他能感觉到在自己身边或坐或站的那三个人的存在，也能感觉到他们的态度：他是属于他们的，他们要给予他保护和尊敬。

他抬头挨个看了看他们，他们也都满怀期待地看着他。他说：“呃，我现在就在你们手里了。”然后他微笑起来，“你们打算如何处置我这个无政府主义者呢？”

第二章

阿纳瑞斯

一面白色的墙壁上，有一扇方窗，方窗外是明亮空旷的天空，天空的正中央是太阳。

屋子里一共有十一个小宝宝，他们中的大多数都已经被安顿到了大大的铺着软垫的围栏婴儿床里，三三两两地待着，经过一番吵闹捣蛋之后，相继安然入睡。只有两个最大的宝宝还在外头待着：那个好动的胖宝宝把一个做游戏用的小钉板给肢解了，另外那个长得瘦骨伶仃的，正坐在阳光透过窗子投射出的那个黄色的四方形里，盯着那道光束看，脸上带着一种傻乎乎的热切表情。

照看这些孩子的是一位头发灰白的女看护，她的一只眼睛已经失明。现在她正在前厅里跟一位三十来岁的高个男子在交谈，那男子一脸忧伤。“他妈妈被征调到阿比内了，”他说，“她想把他放在这里。”

“那么说是要把他全托了，帕拉特？”

“是的。我要搬回宿舍去住。”

“别担心，他跟这里的人都很熟！不过鲁拉格去了之后，分配处很快会把你也派去的吧？反正你们夫妻俩都是工程师，不是吗？”

“是的，不过她去……你看，是中央工程学院把她要去的。我没有那么出色。鲁拉格去做的是重要的工作。”

女看护点点头，叹了口气。她大声说了句“就算是这样……”然后就打住了没再说下去。

父亲盯着那个瘦骨伶仃的宝宝，小宝宝正全神贯注地看着阳光，没有注意到前厅里的父亲。这时候，那个胖宝宝到瘦宝宝这边来了。他身上那湿答答的尿布直往下掉，因此只能曲着身子用一种别扭的姿势往前挪，但是速度却非常快。不管他过来是因为无聊还是为了找同伴玩儿，反正等他挪到那块四方形光影里头之后，发现这里很暖和，于是就在瘦宝宝旁边一屁股坐了下来，把他给挤到阴地里去了。

瘦宝宝的开心马上被一阵狂怒所取代。他一把推开胖宝宝，吼道："滚开！"

女看护马上走过去，她一边扶起胖宝宝，一边说道："谢夫，不能推别人。"

瘦宝宝站了起来。阳光照着他怒气冲冲的脸，他的尿布都快要掉下来了。"我的！"他干脆响亮地说道，"我的太阳！"

"太阳不是你的。"女看护的口气温和又决绝，"没有东西是属于你的。它是拿来用的，拿来分享的。如果你不愿意分享，那也就不能用它。"她毫不留情地把瘦宝宝轻轻地抱起，放到一边，远离了那块四方形光影。

胖宝宝坐在那里，淡漠地看着这一切。瘦宝宝整个身子摇晃起来，惊叫着："我的太阳！"一下子气得泪水哗哗直流。

父亲把他抱起来。"哦，乖，谢夫。"他说，"别哭了，你知道你不能占有任何一样东西。你这是怎么了？"他的声音很轻柔，微微有些颤抖，就跟他自己也快要哭出来了似的。他怀里那个身体瘦长、没什么分量的小孩则大哭不已。

"有些人就是不懂得轻松过活。"保姆在一边同情地看着。

"我现在带他回家一趟。你知道，他妈妈今晚就要走了。"

“去吧。希望很快你也能被征调过去。”女看护说，一边像拎一袋米一样把胖宝宝放到自己的膝盖上。她眯起那只好眼睛，表情显得很忧郁。“再见，谢夫小宝贝。明天，听到了吗？明天我们要玩卡车司机的游戏。”

谢夫还是不肯原谅她。他一边抽泣，一边紧紧地搂着父亲的脖子，把脸藏在没有阳光的暗处。

那天上午，合唱队把所有的长椅子都搬去搞排练了，学习中心的大屋子又被舞蹈队占了，地面被他们踩得咚咚作响。演讲—聆听小组的孩子们于是就去了创作室，在泡沫石地面上围坐成一个圈。一个长手长脚、又瘦又高的八岁男孩儿第一个自告奋勇站了起来。他像所有身体健康的小孩一样把身子挺得笔直，脸上有一层细细的绒毛。在等着其他孩子安静下来听自己说的时候，他苍白的脸慢慢地变红了。

“开始讲吧，谢维克。”辅导员说道。

“呃，我有一个想法。”

“大点儿声。”辅导员说，他是一个二十出头的体格魁梧的年轻人。

男孩儿窘迫地笑了笑：“呃，我在想，假设我们对某个东西扔了块石头，比如说一棵树。你把石头扔出去，石头在空中飞过，砸到了树上，对吧？可那其实是不可能的。因为——我能用一下书写板吗？看，这是你，在扔石头，这是那棵树，”他在石板上草草地画着，“假设那是树，这是石头，看，就在你和树的中间点。”孩子们看着他画的那棵霍勒姆树，咯咯地笑了起来，他自己也微笑起来：“要从你这里到达那棵树，石头得先到达你和树的中间点，对吧？接着它得到达这个中间点和树之间的中间点，然后它又得到达这个点和树之间的中间点。石头飞了多远是无关紧要的，它总会飞到某一个地方，只是所需时间不同而已，这是石头最后到的那个地方和树之间的中间点……”

“你们觉得这个有趣吗？”辅导员打断了他，问其他的孩子。

“为什么石头到不了树那里呢？”一个十岁的小女孩问道。

“因为它每次都得先飞过一半的路长。”谢维克说，“而在它的前方，总是还有一半的路程没有完成——明白？”

“是否可以说你没有对准那棵树呢？”辅导员问道，脸上有一点点的笑意。

“这跟你是否对准了无关。它就是无法到达树那里。”

“谁告诉你的？”

“没有人告诉我。我自己看出来的。我想我看出来了石头是怎样……”

“够了。”

有几个小孩刚才一直在底下说话，现在也突然住口，似乎一下子变成了哑巴。屋子里鸦雀无声。小男孩站在写字板旁边，愁眉苦脸的，似乎给吓坏了。

“演讲是一种分享——一种合作的艺术。你没有分享，只是在自我表现。”

大厅那边隐约传来合唱团雄壮的歌声。

“那不是你自己看出来的，不是你自己的想法。我在一本书上看到过跟这个非常类似的东西。”

谢维克盯着辅导员：“什么书？我们这儿有吗？”

辅导员站起身来。他的身高是男孩儿的两倍，体重则是三倍。他的脸上明明白白地写着他非常厌恶这个小孩儿；不过看他的姿态，他并没有要体罚对方的意思，只是想要表明自己的权威地位。不过，这种权威稍打了一些折扣，因为他气急败坏地回答了这个小孩奇怪的问题：“没有！不许自我中心！”接着，他又换回了那种书生气的优美音调：“这种事情跟我们演讲—聆听小组的目标恰好是相反的。演讲是一个双向交流的过程。跟你们中大多数人不同，谢维克还没有能力理解这一点，所以他在这个小组里是不合适的。你自己也感觉到了，是吧，谢维克？我建议你去参加别的小组，适合你现在这个水平的小组。”

其他人都没有说话。谢维克把书写板递还给老师，走出大家围坐的那个圈子。屋里还是很安静，只有那含糊的响亮歌声在飘荡。他来到走廊上，就这样站在那里。屋里，在辅导员的指导下，小组成员开始一个挨一个地讲接龙故事。听着他们那服服帖帖的声音，听着自己仍然很快的心跳声，谢维克的耳边响起了一阵歌声。这不是合唱团的声音，每次当克制着自己不哭的时候，耳边就会传来这种声音；以前他已经好几次听过这个声音了。他不想听这个声音，也不愿再去想什么石头和树的中心点了，于是就开始想九宫图。九宫图是数字组成的，数字总是很冷静很可靠的；每次做错了事，他就会去想数字，因为数字是不会犯错的。刚才他脑海里已经出现过九宫图了，这是一种空间的艺术，就像音乐是一种时间的艺术一样：1至9的九个整数，5在正中央，其他数字按序排列成一个四方形。不管这些数字的排列是多么不均衡，不管你选的是其中哪一列数字，它们相加的和都是等值的；这个图形看着就令人愉快。要是能够组织一个喜欢谈论这些问题的小组该多好啊；可是只有几个比他大的男孩女孩可能会喜欢，而他们又很忙。辅导员刚才提到的那本书是什么样的呢？那会是一本数字书吗？上头会演示石头是怎样到达树那里的吗？他讲那个石头和树的笑话可真是傻，别人都不觉得那是个笑话。

辅导员说得没错。他的头开始疼了。他赶紧把注意力转向自己的内心，去看那个让人平静的图形。

如果一本书全是用数字写成的，那这本书肯定很可靠、很公正。用言语表述出来的东西都不可能是非常公正的，用言语表述出来的事物也都不会直来直去，彼此协调一致，而是曲里拐弯、相互碰撞的。但是，在言语的背后，言语的中心，一切都是公正的，就像在计算尺的中心一样。每件事都有可能会变，但是不会消失。如果你能看到数字，就能看到这一点，看到这种平衡、这种模式。由此你会看到世界的根本——牢固的根本。

谢维克已经学会了等待，这方面他已经很有经验了。他首先学会的是等妈妈鲁拉格回家，不过那是老早以前的事了，他已经记不清了；以后，他等待着轮到自己的那次机会、等待着跟别人分享、等待着自己的那一份，并在这些等待中进一步完善着这种技能。八岁的时候，他会问为什么、怎样和那又如何，却很少问什么时候。

他等着父亲来接他回家。这是一次漫长的等待：六十天前，帕拉特被临时派到德拉姆山去负责维护水回收设备。完成任务之后，他要去马列尼恩海滩待上十天，在那里游游泳、放松放松，还会跟一个叫比帕尔的女人做爱。他把这些都原原本本地告诉给了儿子。谢维克信任他，他也值得谢维克信任。六十天后，他来到了广原的小学生宿舍。这个又瘦又高的男人脸上的表情比起以前更加忧郁。他需要的并不是做爱，他需要的是鲁拉格。见到儿子，他笑了，眉头却还是痛苦地皱着。

他们都很享受共处的时光。

“帕拉特，你看到过全是数字的书吗？”

“你说的是什么书，数学书吗？”

"我想是吧。"

"是这样的吗？"

帕拉特从外套口袋里掏出了一本书。那本书小小的，正适合装在口袋里。跟大多数的书一样，它的封皮也是绿色的，上面印着生命之环的图案。书的内页印得很满，字很小，留白只有一点点，因为造纸要消耗大量的霍勒姆树和大量的人力。学习中心的材料部就总是要求大家，必须等一页纸坏了之后才可以去领一张新的纸来替换。帕拉特把书打开来给谢维克看，对开的书页上有很多的数列。就是这些数字，跟他想象中的一样。他双手接过这个永恒的公正契约。封面上那个生命之环的上方印着书名：对数表，基数10和12。

男孩儿仔细看了一会儿书的封面。"这是做什么用的？"他问道。很显然，这些图形印在这儿不只是为了看着好看的。工程师开始跟他解释什么是对数。他们现在是在冰冷昏暗的公共休息室里，并排坐在一把硬邦邦的长沙发上。房间的另一头，两个老头在大声地玩着"绞杀"游戏。一对少年情侣走进来，问管理员今晚是否还有空的单人间，得到肯定回答后两人就去房间了。雨点猛力敲打着这栋单层房子的金属屋顶，很快便又停止了。这个地方雨从来就下不长。帕拉特拿出计算尺，给谢维克演示如何操作；谢维克也给他看了九宫图及其排列规则。等他们意识到时间已经不早的时候，天也确实很晚了。夜色浓得如同泥泞，带着清新的雨水气息。他们摸黑跑回宿舍，值夜班的人象征性地说了他们几句。他们迅速地互吻道别，两人都笑得前仰后合的。谢维克跑回自己那间大宿舍，趴在窗户边。他看到阴暗的路灯下，父亲正沿着广原唯一的那条街道冒雨往回赶。

谢维克拖着泥泞的腿上床睡觉。他做梦了，在梦里，他走在一条大道上，穿越一片光秃秃的空地。远远的前方，他看到有一条线跟大道相交。等他穿过空地走到近处，才发现那是一堵墙。这堵墙横亘在空地上，从这边的地平线一直延伸到那边的地平线。墙很厚很高，黑黢黢的。大道在墙这里被截断了。

他想继续前进，可是他没法前进。墙挡住了他。他心头涌上一阵恐惧，还有一些痛苦和愤怒。他必须继续往前，否则就永远也回不了家。可是前面横着这堵拦路墙，已经没法再往前了。

他双手捶打着光滑的墙面，大喊大叫。他的叫声里没有实质内容，就像是乌鸦叫。他被这个声音吓得直往后退。这时他听到另一个声音在说："看。"是他父亲。他知道妈妈鲁拉格也在，虽然他并没有看到她（他已经记不起她的长相了）。他看到妈妈和帕拉特都四肢着地趴在墙角下的阴影里，他们的身形比人要大，形状也跟人不一样。他们用手指着，让他看那不毛之地上的什么东西。是一块石头，跟墙一样黑黢黢的，不过在石头上，也许是在石头里面，有一个数字；一开始他以为是个5，然后又觉得像是1，最后他明白那是什么了——是基数，它同时具有单一与众多的性质。"那就是基础。"一个熟悉而亲切的声音说道。谢维克欣喜若狂。那堵森然的墙已经消失了，他知道自己已经回来了，他回家了。

梦境的细节后来他已经无法回想，不过那股突如其来的狂喜是无法忘怀的。他从未有过类似的感觉；那就像对某种恒久亮光的惊鸿一瞥，如此肯定地向他展示了永恒的存在，虽然只是梦中的经历，他却从未觉得那是虚幻。只是，虽然它似乎始终触手可及，但是他再怎么渴望，再怎么用心也无法再次进入那样的状态。他只能在醒着的时候尝试回忆。有时候他会再梦到那堵墙，但梦境极其沉闷，梦中他的难题也没有得到解决。

他们都是从《奥多的生平》这本书中知道“监狱”这个东西的，选择了参加历史研究的人最近都在看这本书。这本书中有多处晦涩难懂的地方，在广原还没有哪个人有足够的历史知识能够完全理解；不过，等他们读到奥多的德里奥城堡岁月那一段时，“监狱”的意思就不言自明了。后来，一个巡回讲学的历史老师又向他们做了详尽的解释，不过老师的态度有些勉为其难，就像一位道貌岸然的大人不得已要给小孩子解释某件污秽下流的事情。是的，他说，监狱就是国家关押犯法的人的地方。可那些人干吗不离开那个地方呢？他们走不了啊，门被锁住了。锁住？就像卡车开动的时候也要锁门啊，这样你们就不会掉下去了，傻瓜！可是，他们整天待在屋子里都干吗呢？不干吗，没什么可干的。你们看到过奥多在德里奥监狱里待着时的照片，不是吗？灰白色的头低垂着，双手紧紧握拳，一动不动地待在噬人的黑暗中，那是藐视和忍耐的姿态。有时候，囚徒们还会被判做苦工。被判？嗯，就是宣判，有一个经法律授权的人，命令他们做一些体力活。命令他们？那如果他们不愿意呢？嗯，他们是被迫的；他们如果不干活，就要挨打。一阵不安袭过孩子们的心头，这帮十二岁的小孩基本上都没有挨过打，也没有见过别人被打，他们只见过有人发火时失手打人。

蒂里恩问出了所有人心里都在想的一个问题：“你是说，有很多人打一个人？”

“是的。”

“那为什么没人阻止他们呢？”

“警卫们有武器，囚徒们却手无寸铁。”老师说道。他说话的口气有些咄咄逼人，这个回答好像让他很嫌恶很窘迫。

对这种反常状况的好奇让蒂里恩、谢维克和另外三个男孩儿凑到了一块儿。女孩儿是被他们排除在外的，他们也说不上是为什么。蒂里恩找到了一个理想的可以充当监狱的地方，就在学习中心西翼楼的底下。那个地方由三面混凝土基墙环绕而成，顶部就是上头房子的地面，大小刚好够一个人或坐或躺，那三堵基墙是一栋混凝土房子的组成部分，房子的地面跟这几堵墙是相连的，一块厚重的泡沫石墙板正好可以把这个完全给挡住。现在就差怎么把这个地方给锁上了。经过试验，他们发现在其中一个墙面和墙板之间塞两根木棍就可以把墙板死死地锁住，里面的人不可能把它打开。

“灯光呢？”

“没有灯光。”蒂里恩说。他说话的口气总是这么权威，因为他能靠着想象把事弄明白。他的确掌握了一些事实，也会运用一些事实，可他并不是因为这个才这么自信的。“在德里奥城堡，他们让囚徒在黑暗里坐着。多年来一直就是这样。”

“可是空气得有啊。”谢维克说，“那扇门如此严丝合缝，空气都进不去了。得在上头弄个洞。”

“要打穿泡沫石得好几个小时。不管怎样，谁会在这个盒子里头待那么久，把空气都吸光呢！”

所有人异口同声地表示想要进去。

蒂里恩嘲弄地看着他们。“你们都疯了。难道真有人想要被锁在那样一个地方吗？为了什么呢？”建造一个监狱是他的主意，对此他已经心满意足了；他可没想到其他人并不满足于此，他们要进这个监狱，还要去开一开这个无法打开的门。

“我想见识一下。”卡达哥夫说。他十二岁了，宽宽的胸膛，一脸的老成相，说话盛气凌人。

“拜托，用用脑子！”蒂里恩嘲笑道。不过其他人全都支持卡达哥夫。谢维克到车间去拿了把钻子，他们在“门”上相当于他们鼻子高度的地方钻了一个两厘米见方的洞。正如蒂里恩所料，这花了他们将近一个小时的时间。

“你想在里头待多久啊，卡达？一个小时？”

“你们看啊，”卡达哥夫说，“既然我是囚徒，当然不能自己做决定了。我是不自由的。得由你们来决定什么时候放我出来。”

“没错。”谢维克说，这个推理把他弄得心慌意乱。

“你不能待太久，卡达。我还得去呢！”年龄最小的吉本什说。囚徒没有作答，他走进了监狱。四个狱卒一起动手，抬起门，重重地放下，然后把两根木棍插上——满怀激情地把木棍敲进去。然后，他们都挤到通风口面前去看囚徒，不过因为监狱里头除了这个通风口之外，没有任何的光，他们自然也就一无所见了。

“别把可怜虫那点儿空气都吸走了！”

“帮他吹一点儿气儿进去。”

“放点儿屁进去！”

“我们给他多少时间？”

“一个小时。”

“三分钟。”

“五年！”

“现在离熄灯还有四个小时。就这么长时间。”

“可是我还想进去呢！”

“好，我们让你在里头待一整个晚上。”

“呃，我是说明天。”

四小时后，他们撬开木棍，把卡达哥夫放了出来。他跟进去时一样大摇大摆地走了出来，然后说他饿了，还有在里头待着没什么大不了的；他基本上就是在睡觉。

“你还要进去吗？”蒂里恩挑衅道。

“当然要。”

“不，第二个该轮到我了……”

“闭嘴，吉本。那现在就进去啊，卡达？你现在马上回里头去，而且我们不告诉你什么时候放你出来，敢吗？”

“当然敢。”

“没有吃的？”

“他们会给囚徒饭吃。”谢维克说，“这也是这件事情的怪异之处。”

卡达哥夫耸了耸肩。他那屈尊俯就的态度真让人受不了。

“听着，”谢维克对年龄小一点的那两个男孩说道，“去厨房要点儿剩饭，再拿一个瓶子或是别的什么东西，装满水。”他转向卡达哥夫：“我们会给你一大袋子的东西，你可以想待多久就待多久。”

“看你们要我待多久。”卡达哥夫纠正道。

“好。进去吧！”卡达哥夫的自信勾起了蒂里恩爱嘲弄人、好玩的天性，“你是个囚徒，不能顶嘴。明白了吗？转过身去。双手抱头。”

“干什么？”

“你想临阵退缩啦？”

卡达哥夫脸色阴沉地看着他。

“你不能问为什么。因为如果你这样做，我们就可以打你，你只能忍气吞声，没人能帮你。因为我们可以踢你的鸡巴，你却不能。因为你没有自由。现在，你还愿意尝试吗？”

“当然愿意。打我吧。”

在那些厚重的基墙中间，在那片黑暗当中，蒂里恩、谢维克和那名囚徒围着一盏提灯，他们的身子都很僵硬，彼此面面相觑，好一个奇怪的组合。

蒂里恩傲慢而又放肆地笑了起来："用不着你来教训我该做什么，你这个投机分子。不许说话，进监狱去！"卡达哥夫顺从地转过身去，蒂里恩伸直双臂从后面推了他一把，卡达哥夫一下子摔了个狗啃泥。他大声嘟哝了一句，也不知道是出于惊奇还是出于痛苦，然后坐起身来，看着自己的手指。他有根手指在对面的墙上杵了一下，要么是擦伤了要么是扭伤了。谢维克和蒂里恩都没说话。这两名所谓的狱卒呆呆地站着，面无表情。现在已经不是他们在控制角色，而是角色在控制他们了。两个小一点儿的男孩儿回来了，拿了一些霍勒姆面包、一个瓜，还有一瓶水。他们边走边说着话，不过看到监狱里这奇怪的安静的一幕，他们也噤声了。他们把食物和水塞进监狱，然后把门抬起来，闩好。卡达哥夫一个人留在了黑暗之中，别的人围着提灯站定。吉本什小声说道："那他在哪儿撒尿呢？"

"撒自己床上。"蒂里恩用嘲弄的语气说道。

"那他如果要拉屎呢？"吉本什问，然后就突然大笑起来。

"拉屎有那么好笑吗？"

"我想——如果他看不到呢——那么黑……"吉本什都没法说清楚自己干吗觉得那么好笑。大家都开始没有来由地大笑起来，直到笑得喘不过气来。他们都很清楚，监狱里头那个男孩儿能听到他们的笑声。

这时候学生宿舍已经熄灯了，很多大人也已经上床睡觉，不过居民楼里还有着星星点点的灯光。街道上空无一人。男孩子们大笑着冲下街道，一边相互大叫着对方的名字，共有一个秘密、打扰他人，还有干坏事儿的得意劲儿让他们疯狂不已。他们在楼下的大厅里和宿舍床上玩起捉迷藏游戏，把宿舍里一半的学生都吵醒了。也没有大人来管他们，任由这场骚乱慢慢地自己平息下来。

蒂里恩和谢维克坐在蒂里恩的床上小声嘀咕了很长时间。最后的结论是，这都是卡达哥夫自找的，要让他在监狱里待上整整两个晚上。

第二天下午，在木材再利用小组的小组活动上，辅导员问大家卡达哥夫去哪儿了。谢维克跟蒂里恩交换了一个眼色。他没有回答，觉得自己很聪明，觉得自己很有力量。蒂里恩却回答说，卡达哥夫今天应该是去参加别的小组活动了。听到这个谎言，谢维克大受震动。他内心里那种很有力量的感觉突然让他觉得很不舒服：双腿发软，耳朵觉得很热。辅导员跟他说话时，他突然跳起来，那种感觉或许是紧张，或许是害怕，总之是类似的一种感觉。以前他从来没有过这样的感觉，像是窘迫，不过似乎比这还要糟糕：内心深处他觉得非常难受。他一边想着卡达哥夫，一边在那些三层的霍勒姆木板上钉钉子，用砂纸把洞口抹平，再拿砂纸把板子磨得丝绸般平滑。卡达哥夫在他的脑海里挥之不去，这种感觉真是不好受。

午饭之后，留下站岗的吉本什过来找蒂里恩和谢维克，一副心神不安的样子：“我想我听到卡达在里头说什么了，一种有趣的声音。”

大家一时都没有说话。然后谢维克说道：“我们去把他放出来。”

蒂里恩看着他。“得了吧，谢夫，别捣乱了。别装出一副很为他人着想的样子！让他在里头待够时间，然后再表示对他的尊重吧。”

“为他人着想，去你的吧。我只想尊重我自己。”谢维克说，然后拔腿往学习中心跑去。蒂里恩很了解他；他没有继续跟他争吵，而是跟了上去。那两个十一岁的男孩儿也紧随其后。他们贴着墙根儿慢慢爬到“监狱”门口。谢维克和蒂里恩一人撬开了一根楔子，门砰的一声，直直倒了下来。

卡达哥夫躺在地上，身子蜷成一团。他坐起身，然后慢慢站起来，走了出来。他佝偻着身子，其实“监狱”屋顶虽矮，也没必要缩得这么厉害的。提灯的亮光让他直眨眼，不过别的跟平常都没什么区别。他身上的味道令人难以接受，也不知道是为什么，他竟然拉肚子了。牢房里一片狼藉，他的衬衣上溅了一些黄色的排泄物。他借着提灯的亮光看到这些东西，便伸出一只手拼命地想要去遮它们。大家都没再说什么。

他们从屋子底下爬了出来，然后回宿舍去。卡达哥夫问道：“我待了多久？”

“算上最开始那一个小时，一共大概三十个小时。”

“挺久的了。”卡达哥夫底气不足地说道。

把卡达哥夫弄去浴室洗干净之后，谢维克急急忙忙直奔厕所而去。他凑到马桶旁边大吐特吐，又剧烈抽搐了一刻钟。等抽搐过去之后，他觉得自己筋疲力尽。他来到宿舍的公共休息室，看了一会儿物理书，然后早早地上了床。五个人都没有再去学习中心底下那个监狱，也都没有再提起这件事，只有吉本什有次在一些大男孩和大女孩面前吹嘘过；不过那些人都没明白这是怎么样一回事，于是他也就不再提了。

月亮高悬在北景物理科学及材料科学地区学院的上空。

四个十五六岁的男孩儿坐在山顶上，边上是一簇一簇凌乱低矮的霍勒姆灌木，他们低头能看到地区学院，抬头则能看到月亮。

“真是奇怪，”蒂里恩说，“我以前从来没想过……”

其他三个人开始嘀咕起来，似乎已经知道了他接下来要说什么。

“我以前从来没想过，”蒂里恩不为所动，继续说道，“在那上面，在乌拉斯，有人坐在山上，看着阿纳瑞斯，看着我们，说‘看，那边的月亮’。我们的地球就是他们的月亮；我们的月亮则是他们的地球。”

“那么，到底哪个是对的呢？”比达普大声问道，一边打了个哈欠。

“那就得看你坐在哪边的山上了。”蒂里恩说。

他们继续看着天上那个模模糊糊、光华四射的青绿色圆球。现在已经是满月后一天了，所以那个圆球不是很圆，圆球北部的冰盖发出了耀眼的光。“它的北部可以看得很清楚，”谢维克说，“那里阳光普照。那是伊奥，那边那块褐色的凸起部分。”

“他们那里的人都赤身裸体躺在太阳底下，”科维杜尔说，“肚脐上戴着珠宝，身上没有毛发。”

接着是一片沉默。

这次山顶聚会只属于男性，对他们所有人来说，女性的存在都是不可接受的。最近，他们的世界里好像到处都是女孩子。不管是清醒的时候还是在睡梦中，都有女孩子在他们眼前晃悠。他们都幻想着跟女孩子上床；有几个已然绝望的家伙则努力克制着跟女孩子上床的念头。怎么做都无济于事，女孩子们无处不在。

三天前，在奥多运动历史课上，他们都看了那个视觉课程，那里面有这样的画面：在妇女们涂着油的棕色肚子上那个光洁的肚脐中，装饰着五光十色的珠宝。私底下，他们每个人的脑海里都在不停地回放着这一影像。

他们还看到了许多小孩子的尸体，这些小孩子跟他们一样，身上也有毛发，这些尸体被堆在一个海滩上，像一堆生锈僵硬的废铁。

人们在上头淋汽油，把尸体烧毁。“舍国巴奇福尔省的饥荒，”录像里的解说员说道，“饿死病死儿童的尸体在海滩上被烧毁。距伊奥国（就是在这个国家，人们在肚脐眼上装饰珠宝）七百公里的蒂乌斯海滩上，女人们为有产阶层（这里用的是伊奥语，因为在普拉维克语中没有与此对应的词汇）的男性成员提供性服务，这些男人整天躺在沙滩上，等着无产阶层的人为他们献上食物。”然后是关于用餐的一个近景镜头：柔软的嘴唇在微笑着咀嚼着食物，光洁的双手伸到银碗里取用美味佳肴。接着镜头又切换回到一个小孩尸体的面部，小孩的脸空洞僵硬，嘴张着，形成了一个干燥的黑乎乎的空洞。“这两件事是同时发生的。”那个声音平静地说道。

不过，男孩子们脑海中涌起的还是那般景象——那个五光十色的肚脐。

“那些电影是什么时候拍的？”蒂里恩说，“是在大移居之前呢，还是现在？他们也不说。”

“那有什么关系呢？”卡维杜尔说，“在奥多主义革命之前，乌拉斯星球上的人就是这样生活的。奥多主义者都离开了，来到了阿纳瑞斯。所以也许乌拉斯并没有什么改变——他们还在那里。”他指了指那个巨大的青绿色月亮。

“我们怎么知道他们还在那里呢？”

“什么意思，蒂里？”谢维克问。

“如果那些电影是在一百五十年之前拍的，乌拉斯现在也许已经发生了翻天覆地的变化。我没有说肯定就是这样，不过假使是的话，我们又怎么知道呢？我们没有去过那里，也没跟他们说过话，我们跟他们根本就没有过交流。乌拉斯人现在怎么生活，我们根本就不知道。”

“PDC的人就知道。他们跟进入阿纳瑞斯港那些货船上的乌拉斯人说过话。他们了解情况，也必须得了解，这样我们才能继续跟乌拉斯做生意，还有就是弄清楚他们对我们到底构成多大的威胁。”比达普的话很有道理，不过蒂里恩的回答却很尖锐：“PDC的人也许是了解情况，可是我们不了解。”

“了解情况！”卡维杜尔说，“从托儿所的时候开始，就听人说乌拉斯这个那个的！那些肮脏的乌拉斯城市和油腻腻的乌拉斯人的身体，以后就算看不到这些图片，我也无所谓！”

“没错。”蒂里恩为自己的推理洋洋自得，“学生能够看到的乌拉斯介绍材料都是一个样儿，恶心、淫荡、像屎一样。可是你们想一想，如果移民者离开的时候，那个地方真那么乌七八糟，那它怎么可能还能维持一百五十年呢？如果他们真的那么病态，他们怎么还没死呢？他们那个怪异社会怎么还没彻底崩溃呢？我们那么害怕的到底是什么呢？”

“受到影响。”比达普说。

“我们就那么脆弱，连跟他们一点点的接触都经受不起吗？不管怎样，他们不可能所有人都是病态的。不管他们的社会是什么样子，他们当中总有些人是好的。我们这里的人也是有分别的，不是吗？难道我们所有人都是完美的奥多主义者吗？看看那个卑鄙的帕休斯吧！”

“但是在一个病态的机体中，即便是健康的细胞也注定要毁灭的。”比达普说。

“哦，你可以用类推来证明一切，你知道怎么类推。可是，我们怎么就能断定他们的社会是病态的呢？”

比达普咬着大拇指指甲盖：“你是说，PDC和教育协会在乌拉斯这个问题上骗了我们。”

“不是，我是说我们只知道他们告诉我们的事情。你知道他们告诉了我们些什么吗？”蒂里恩回头看着他们，在明亮的蓝色月光下，可以清楚看到他那张黑黑的脸，还有脸上那个扁平的鼻子。“卡维说了，就在一分钟之前，他说得清楚明白。你们都听到了：厌恶乌拉斯，痛恨乌拉斯，害怕乌拉斯。”

“难道不是吗？”卡维杜尔问道，“看看他们怎么对我们奥多主义者吧！”

“他们把自己的月球给我们了，是吧？”

“没错，可那是为了防止我们去乌拉斯，破坏对他们有利的现状，建立起一个公平社会。而且我敢打赌，把我们赶走之后，他们就在用比以往更快的速度建立政府和军队，因为在乌拉斯已经没有人会阻止他们了。如果我们向他们开放港口，你们以为他们会以朋友和兄弟的身份来这里吗？他们有一亿人，我们只有两千万，他们会吗？他们会把我们全部消灭，或者把我们变成——你们怎么说来着，那个词是什么——哦，奴隶，去为他们开采矿石！”

“好，我同意，害怕乌拉斯也许是有道理的。可是为什么要痛恨呢？仇恨是无济于事的；为什么要教我们这个呢？会不会是因为，如果了解了乌拉斯的真相，我们——我们中的一些人——也许会喜欢它——喜欢它的有些东西呢？PDC要阻止的，会不会不仅仅是他们中的一些人，而且也包括我们中那些想去那里的人呢？”

“去乌拉斯？”谢维克震惊地问道。

之所以这样辩论，是因为他们喜欢这样，喜欢让思想循着种种可能的轨迹天马行空地奔驰，喜欢就那些从来没人问过的问题发问。他们都很聪明，彼此年龄相仿，都是十六岁，但他们的头脑都接受了严格的训练，条理清晰，乐于探索。不过话说到这里，谢维克在卡维杜尔之后，也开始觉得这个辩论索然无味，他觉得很困惑。“谁会想去乌拉斯呢？”他问道，“为了什么呢？”

“去发现另一个世界的真相。去看看‘马’是什么！”

“太幼稚了。”卡维杜尔说，“在其他星系里也有生命。”他冲着一碧如洗的夜空挥了挥手，“他们是这么说的。那又如何呢？我们有幸出生在了这里！”

“如果我们比其他的人类社会更先进，”蒂里恩说，“那么我们应该去帮助他们。可是我们却被禁止这么做。”

“禁止？这可是个不良词汇。谁禁止我们了呢？”谢维克身子前倾，充满了激情地说道，“规则并不是‘命令’。我们没有离开阿纳瑞斯，因为我们是阿纳瑞斯人。身为蒂里恩，你无法离开蒂里恩的躯壳。你也许想要从另一个人的角度看看自己的样子，可你做不到。可是，难道你做不到这一点是被别人强迫的吗？我们待在这里也是被强迫的吗？怎么强迫呢——法律，政府还是警察？都不是。这一切只是因为我们自身的存在，因为我们生来就是奥多主义者。你生来就是蒂里恩，我生来就是谢维克，我们都是天生的奥多主义者，彼此负有责任，这种责任就是我们的自由，如果我们要逃避这种责任，那就会失去自由。你真的想要生活在一个没有责任、没有自由、没有选择机会，只有伪自由的社会里吗？在那里要么顺从法律，要么违反法律、随后接受惩罚吗？你真的想要待在监狱里吗？”

“哦，该死，不是。我就不能再开口了吗？谢夫，你的问题就在于，不开口则已，一开口，就是攒了整整一卡车该死的沉重砖块，然后一股脑儿地倾倒出来，也不看看压在砖块下头那个血淋淋的躯体……”

谢维克坐直身子，一脸的无辜。

不过比达普——这个体格魁梧、四方脸的家伙——却啃着自己的大拇指指甲盖，说道：“我还是赞成蒂里的看法，如果我们能够真正了解乌拉斯的一切，那该多好啊。”

“那你认为谁在骗我们？”谢维克问道。

比达普平静地回视着他的目光。“谁呢，兄弟？除了我们自己还有谁呢？”

那颗姐妹星球照耀着他们，平静安详而又光华璀璨。这个美丽的事物就是一个典型的例子，代表着难以触及的真相。

西特米尼安沿海地区的造林工程是阿纳瑞斯大移居之后第十五个十年里的一个大工程，持续了两年时间，征用了近一万八千人。

虽然东南一带漫长的海岸线很是富饶，滋养了许多的渔村和农场，不过整个星球上可耕作的土地仅限于海边的一条狭长地带。内陆以及往西的地区，包括西南广阔的平原在内，基本上都没有人烟，只有孤零零的几个矿区小镇。这片区域被称为土区。

在此前的那个地质年代，土区曾经是一片广阔的霍勒姆林。霍勒姆是阿纳瑞斯最主要的一种植物，在阿纳瑞斯随处可见。现在，这里的气候比原来热，也比原来干燥。数千年的干旱扼杀了树木，土壤干化成了颗粒极其微小的灰色尘土，风一过就漫天飞扬，堆成了一座座线条单调的小山一样的沙丘。阿纳瑞斯人希望通过育林让这片不安分的土地恢复到原先肥沃丰产的状态。谢维克觉得，这倒是挺符合因果可逆原则。这个原则虽然不受目前在阿纳瑞斯备受推崇的因果物理学派的重视，但仍然是奥多主义思想的内在要素之一，大家对此都心照不宣。他想要写一篇论文，探讨奥多的观念跟当代物理学的关系，尤其是因果可逆原则对奥多处理结果-手段问题的方式产生了怎样的影响。不过，年仅十八岁的他还没有足够的知识来完成这样一篇论文。

如果他不能尽快离开这片该死的土区，回去研究物理学，那就永远不可能掌握足够的知识。

夜里，工队营地里所有的人都在咳嗽。白天他们咳嗽少一些：忙得顾不上咳嗽了。尘土是他们的敌人，这些细小干燥的尘土挤满了他们的嗓子和肺部；这是他们的敌人、他们的职责、他们的希望。曾经，那些尘土是堆积在树底下的厚厚黑土。通过长期不懈的努力，他们会使这一幕得到重现的。

她从石头中拿来绿叶，

在石头的内心深处有清泉在流淌……

平日里吉尔玛整天哼着这个调子。在这个炎热的夜晚，在穿越茫茫平原返回营地的路上，她把歌词也大声唱了出来。

“谁？‘她’是谁？”谢维克问。

吉尔玛微笑着。她的脸庞很宽，柔软光洁的皮肤上沾满了尘土，都结成块了，头发上也满是灰尘，身上有一股浓浓的好闻的汗味儿。

“我是在南台长大的。”她说，“矿工们住的地方。这是矿工的歌。”

“什么矿工？”

“你不知道啊？就是大移居之前就已经住在这里的那些人。他们有些人留了下来，加入了团结组织，就是那些金矿工人和锡矿工人。到现在，他们都还保留着自己的一些节日和歌曲。大大[①]是一个矿

① 原注：在普拉维克语中，小孩子可以称呼任何一个亲密的大人为“大大”（男性）或“嬷嬷”（女性）。

工，我小时候他给我唱过这个歌。”

“嗯，那么‘她’是谁呢？”

“我不知道，歌里就是这么唱的。这不正是我们现在正在做的事情吗？从石头里拿来绿叶！”

“听起来很像是某种宗教。”

“你这个人，还有你这些书本上的字眼，真是好笑。不过是首歌而已。哦，我真希望我们要回的是别的营地，可以去游个泳。我身上好臭！”

“我也很臭。”

“我们都很臭。”

“团结一致……”

不过，这个营地距离特米尼安海滩还有十五公里，要游泳那只能在沙海里游了。

工队里有一个人的名字发音跟谢维克很像：谢维特。经常是，有人叫到这个人的名字，回答的却是另外一个人。因为这个无意的巧合，谢维克觉得自己和这个人之间有一种很亲近的关系，比兄弟情谊更为特别。有几次，他还发现谢维特在盯着自己看。不过他们还没有说过话。

刚来造林区的时候，谢维克很沉默，心中满怀怨恨和疲惫感。物理学是最为重要的核心领域之一，从事这种工作的人就不应该被特别征用来参加这样的工程。做自己不喜欢的工作难道是道德的吗？工作需要有人来干，但是有很多人根本就不在乎自己会被派到哪里，他们不停地变换工作；这样的人应该主动来这里。这个活儿傻瓜都能干。事实上，他们当中很多人能比他做得更好。过去他一直很为自己的强壮有力自豪，在旬末的轮值活动中总是自愿去干那些“重活”；可是这里的活是日复一日永无止境，每天八小时，在沙尘和烈日之下。整个白天里，他都在盼望着夜晚的到来，然后他就可以独自一人思考问题了。可是，晚饭后回到帐篷里，只要脑袋一挨着枕头，他就会像头死猪一样一觉睡到天亮，脑子里什么想法也没有了。

他发现工友们都很木讷粗野，就连那些比他还小的人也拿他当孩子看。他对这些人充满了鄙视和愤恨，唯一的乐趣就是给自己的朋友蒂里恩和洛娃波写信。他们写信用的是在学院的时候编出来的一套密码，就是跟当代物理学专用符号相对应的一系列文字。把这些文字写出来似乎是言之成文的，其实除了他们标出来的等式和物理计算式之外，别的全是些废话。谢维克和洛娃波写的等式都很清晰明确。蒂里恩的信非常有趣，谁看了都会觉得信里头说的是真实的情感和现实的事件，不过有关物理的内容却让人看着含含糊糊的。后来，谢维克也会经常发给他们一些这样的谜题，因为他发现，当他顶着沙尘拿一把钝铲子在石头上挖洞时，就可以用脑子去解开这些难题。蒂里恩回了好几次信，洛娃波只回了一次。她是一个冷漠的女孩儿，谢维克知道这一点。不过，学院里没有人知道他现在是多么凄惨。他们已经开始了独立的研究工作，都没有被派来参加这该死的植树工程。他们最主要的职能没有浪费，他们在工作：做自己想做的事情。而他不是在工作，他是被工作所奴役。

不过很奇怪，他却为自己现在所完成的事情备感自豪——为现在所做的一切——为这件事带来的满足感。而且，有一些工友确实是很特别的人，比如说吉尔玛。开始的时候，她那种健壮的美让他心生敬畏，不过现在，他自己也已经足够强壮了。

“今晚跟我一起吧，吉尔玛。”

“哦，不行。”她满脸讶异地看着他。

谢维克的自尊受到了伤害。“我还以为我们是朋友呢。”

“我们是朋友啊。”

“那……”

“我已经有伴侣了，他已经回家了。”

“你早说就好了。”谢维克脸红了。

“呃，我没有想到应该告诉你。抱歉，谢夫。”她看起来满脸的歉意。他抱着一线希望说道：“你不觉得……”

“不觉得。不应该这样对伴侣，脚踏几条船。”

“我觉得，终身的伴侣关系跟奥多主义道德观是相悖的。”谢维克书生气地说道，声音很刺耳。

“什么占有是不对的；应该让彼此自由翱翔。”吉尔玛的声音很柔和，“这些都是胡扯。你说，还有什么能超越日夜相守，跟对方分享你的全部自我、你的整个一生呢？”

他坐了下来，双手放在膝盖之间，低着头。这个骨瘦如柴、身形纤长的懵懂少年现在满面愁容。“我还做不到。”过了一会儿他说道。

“是吗？”

“我并没有真正地了解谁，你看我对你是多么不了解。我是与世隔绝的，我跟别人格格不入，永远也没有办法融和，我还去想什么伴侣，真是傻。那种事情只适合……适合人类……”

吉尔玛怯怯地伸出一只手放到他肩上，她这种羞怯不是因为性别而是出于尊重。她没有去打消他的疑虑，没有说他跟别的人是一样的。她说的是：“我不会再认识像你这样的人了，谢夫。我永远也不会忘记你的。”

不管怎样，拒绝就是拒绝。虽然她的态度非常温柔，他还是带着一颗伤痛的心离开了她，而且很生气。

天气非常热，只有黎明前那一个小时有些许凉意。

有一天吃过晚饭，名叫谢维特的那个家伙来找谢维克。这个人体格粗壮，相貌英俊，年纪大概三十岁。“我很烦别人老把我们俩弄混，”他说，“你改个名字吧。”

如此无礼，如此咄咄逼人，要在以前谢维克肯定会束手无策。现在他则轻轻巧巧地以同样的方式回敬了对方。“既然你不喜欢这样，那你自己改名字好了。”他说。

“你们这种投机小人，去学校上学，想要让自己的双手保持干净。”那家伙说道，“我一直想要把你们这种人揍出屎来。”

“不许叫我投机小人！”谢维克说。不过，这可不是什么口水仗。谢维特马上就冲他动了手，而他也回击了几下。他的胳膊很长，勇气也出乎对手的意料，但却还是打不过对方。有几个人停下来看了看，发现这不过就是两个人在打架，不怎么有趣，于是就走开了。暴力行为不会让他们不快，也不会产生什么吸引力。谢维克没有请求别人帮忙，因为这是他自己的事情，跟别人无关。苏醒过来之后，他发现自己躺在两个帐篷之间的空地上，周围是一片黑暗。

他耳鸣了好几天，嘴唇也被撕了一道口子，因为尘土的关系，伤口过了很长时间才慢慢恢复，尘土又进一步加剧了他身上各个地方的痛楚。他和谢维特之间以后再也没说过话。他远远地看着在另外一堆篝火旁边的那个人，心中并没有仇恨。谢维特给他献上了一份大礼，这份礼物他本来也是要给对方的，他已经接受了，尽管很长时间以来他一直都没有掂量过这份礼物的分量，也没有考虑过它的性质。在他这么做之后，这份礼物也跟另一件礼物没什么分别。那是他成长过程中又一件值得纪念的事情。有一次，他离开篝火之后，他们小组新来的一个女孩儿跟谢维特一样，在黑暗中摸到了他的身边，那时他的嘴唇都还没好……他记不起来她具体说什么了；她奚落他，而他又一次做了简单直接的回应。他们趁着夜色来到平原上，她让他尽情地享用她的身体。这是她的礼物，他接受了。跟阿纳瑞斯所有孩子一样，他也有过性体验，跟男孩女孩都有，不过那时候他们都还是孩子；他从未体验过超越自身预期之外的乐趣。比叔恩是寻欢老手，她带他进入了真正的性爱境地，这里没有恶意，没有力不从心，两具躯体奋力合为一体，这种奋力让这一刻化为虚无，超越了自我，也超越了时间。

在星空底下，在温暖的尘土之中，一切都放松下来，很从容，很可爱。漫长的白日热烈明亮，尘土里都有比叔恩的体香。

他现在在种植组干活。东北区过来的卡车上满载着小树苗，有好几千株。这些树苗来自位于雨带的绿山，那边每年的降水量有四十英寸。他们冒着尘土把小树苗种下。

种植组有五十个人，他们在这里干活已经两年了。种完小树苗之后，他们坐平板卡车离开，一边回头看着自己的成果。在层叠起伏的苍白沙漠上，有一片非常模糊的绿色的薄雾——死亡之地覆上了一层轻巧的生命之纱。大家在卡车上欢呼雀跃、唱歌、互相大叫大嚷。泪水涌上谢维克的双眼，他心里想着：她从石头中拿来绿叶……吉尔玛很早之前就被派回到南台了。“你怎么一脸苦相？”身后的比叔恩问道。他们俩紧紧地挤在一起，她的一只手随着卡车的颠簸，在他那布满了尘土的坚实胳膊上来回抚摸。

西南，锡矿货运站。“女人啊，”弗凯普说，“女人都以为你是属于她们的。没有一个能算得上真正的奥多主义者。”他是一位农业化学家，现在是在去阿比内的路上。

“那奥多本人呢？”

“理论上是吧。她在阿西伊奥死了之后就没有性生活了，不是吗？不管怎么说，总是有例外的。不过绝大多数的女人，她们跟男人唯一的关系就是占有。要么占有对方，要么被对方占有。”

“你认为她们跟男人有所不同？”

“我确信是这样。男人想要的是自由，女人想要的则是所有权。只有能用你交换到别的东西的时候，她才会放手让你走。所有女人都是资产者。”

“这么说人类的另一半太糟糕了。”谢维克说道，心里却在疑惑这个人的话是否正确。在他被派回西北区的时候，比叔恩哭成了泪人，她痛哭流涕，要他说没有了她他没法活下去，还坚持说没有了他，她是没法活的，他们应该算是伴侣。伴侣，这么说，好像她可以跟哪个男人交往时间长达半年似的！

谢维克只懂得一种语言，就是他现在说的普拉维克语，这种语言中没有哪种说法能够表达性关系中的所有权。一个男人说自己“拥有”一个女人是毫无意义的。意思最近的词是“操”，这个词还可以用于诅咒，意思很明确：表示强奸。通常这个意思只能译为一个中性词，比如性交。这个词的主语只能是复数，也就是说这是两个人一起做的事情，而不是一个人能做或者归一个人所有的东西。跟别的任何东西一样，词语也不再能传达那种体验的全部内涵。谢维克能感觉到词语无法表达的那些东西，但却不能肯定那到底是什么。有些时候，在土区的星空之下，他确实感觉到自己拥有比叔恩，占有她。她也认为她拥有他。不过他们都错了；比叔恩虽然多愁善感，但也清楚这一点；最后，她还是带着微笑跟他吻别，放手让他离去。她并没有拥有他。拥有他的是他自己的身体，在成年人的性激情第一次发作的时候完全占有了他——还有她。不过这一切都已经过去，事情已经发生，它不会（他想着，现在是午夜时分，地点是锡矿货运站，十八岁的他，坐在一位刚刚认识的路人身边，喝着一杯黏稠的甜果汁，等着搭哪趟车队的顺风车到北方去），也不可能再发生了。有很多事情还会发生，不过他是不会第二次遭人偷袭、被打倒、被击败。被打败、投降，自有其销魂之乐趣。比叔恩自己大概从来没想过还有比这些更大的乐趣。她又为什么需要想呢？是她自己，她的自由意志，放手让他离开的。

“你看，我并不同意。”他跟弗凯普说道，后者拉长着脸。“我认为男人通常得经过学习才能成为无政府主义者。女人则不需要。”

弗凯普神色冷峻地摇了摇头。“是孩子，”他说，“是对孩子的拥有，让她们成了资产者。她们不会放手的。”他叹了口气，“浅尝辄止，兄弟，规则是这样。别让你自己成为别人的财产。”

谢维克一边微笑，一边喝着果汁。“我不会的。”他说。

他很高兴自己又回到了地区学院，又一次看到那些装点着青色霍勒姆灌木的低矮山丘、厨房边的菜园、居民楼、宿舍楼、车间、教室和实验室。从十三岁开始，他就一直住在这个地方。对他来说，归程总是和出发同等重要。出发对他来说是不够的，仅仅是完成了一半而已；他还需要回来。也许，这样一种倾向已经预示了他今后所要从事的工作，那种穷尽认识之可能的无尽探索。若不是对归程有着无比坚定的信心，他也许就不会耗费多年时间去经营那份事业。尽管他自己不见得能成功回归，但这种旅程的本质决定了回归的存在，就如环球旅行一般。你不能两次踏进同一条河流，也不能再次回到家中。他知道这一点；事实上，这是他对这个世界最基本的认识。正是在了悟世事无常的基础上，他发展出了自己的大理论：最善变的事物，表现出来的恰恰是最完满的不朽。你与河流的关系、河流与你以及与其自身的关系，总是比简单的缺乏认同感的关系更为复杂、更为令人安心。按照综合时间理论，你能够再次回家，只要你心中明了，家是你从未真正到过的一个地方。

所以他很高兴，能回到一个近乎于他曾经拥有或者说曾经向往的家的地方。不过，他发现他在这里的朋友们都相当幼稚。在过去这一年里，他已经成长了很多。有些女孩子一直跟他有联系，有些则远离了他的生活；她们都已经变成女人了。不过，除了偶尔的联系之外，他跟这些女孩子都已经撇清关系了，因为他现在已经不想再要什么性狂欢了；他现在有别的事情要做。他发现最聪敏的那些女孩子，比如洛娃波，同样也很冷淡、很机警；在实验室、手工课和宿舍的公共休息室里，她们的表现就是好伙伴，别无其他。女孩子们想要在生孩子之前接受完培训，开始自己的研究工作或者找一个自己喜欢的工作；不过青春期的性尝试已经不再能令她们满足了。她们想要一段有结果的关系，而不是无疾而终；不过，这种关系遥不可及。

这些女孩子是很好的同伴，她们很友好、很独立自主。谢维克这个年纪的男孩子，他们的孩童时期似乎行将结束却又无法完全结束，生活很是寡淡无味。他们都太过理智，似乎既不想专注于工作也不想专注于性。听蒂里恩说话，好像性交这回事根本就是他的发明，其实他只跟那些十五六岁的小女孩儿谈过恋爱；在同龄人面前他从来都畏缩不前。比达普在性方面一直都不大积极，他接受了一个热恋着他、比他小的男孩儿的求爱，就这么得过且过地处着。他似乎对什么事都不上心，变得很爱冷嘲热讽，说话讳莫如深。谢维克觉得，自己跟朋友们之间已经有了隔膜。友情是靠不住的，即便是蒂里恩也太过自我，最近又变得太过郁郁寡欢，没法再找回以往那种亲密了——就算谢维克想这样做。事实上，他也没有想要这样。他对这种孤独满心欢喜。他从来没有想过，比达普和蒂里恩这样的保留其实是对他自身所作所为的一种回应；他温和却非常自闭的性格也许已经创造了一种氛围，只有极其强大或者对他极其热爱的心灵才能承受得起。事实上，他只留意到这样一个事实，就是他终于有大量的时间可以投入工作了。

还在东南区的时候，习惯了按部就班的劳作，不再把脑子浪费在密码信件、把精子浪费在梦遗上头的时候，他就开始有了一些想法。现在他可以自由地把这些想法付诸实现，看看这些想法是否的确具有价值。

学院里最资深的物理学家是弥迪斯。她现在不是物理科的主管，因为所有的管理工作都是一年一换由二十位终身教授轮流担任，不过她担任教职已经三十年了，而且是这些人当中最为睿智的一个。从心理上来说，大家跟弥迪斯都有着一定的差距，就像一座山，山巅上不会有热闹的人群。她从不刻意强调自己的权威，也无须强迫他人服从，因此却更有让人一望而知的气度。有些人的权威与生俱来；有些皇帝也的确穿着新衣。

“我把你那篇关于相关频率的论文发给阿比内的萨布尔了。”她告诉谢维克。她向来就是这么快人快语，很好相处。“想要看看答复吗？”

她隔着桌子把一张粗糙的纸片推给了他，那张纸一看就知道是从一张大纸上撕下来的，上头是一个写得很潦草的等式：

$$\frac{ts}{2}(R)=0$$

谢维克双手撑在桌子上，低头盯着那张纸片。透过窗户泻进来的阳光映照着他水一般清澈的双眼。今年十九岁，弥迪斯则是五十五岁。她用怜爱的目光看着他。

“就是漏掉了这个。”谢维克说。他抓过桌上的一支铅笔，在纸片上涂画起来。他一头纤细的银色短发，原本苍白的脸上泛起了一片红晕，耳朵也变红了。

弥迪斯悄悄地绕过桌子坐了下来。她腿部的循环系统有毛病，必须坐着。不过她的动作还是影响到了谢维克。他抬起头，淡漠的眼神不快地看了看她。

“我能在一两天内把这个弄好。”他说。

“等你弄好之后，萨布尔想要看看结果。”

接着两个人都没有说话。谢维克的脸色恢复了正常，然后他意识到眼前是自己敬爱的弥迪斯。“你为什么把论文发给萨布尔呢？”他问道，“还有那么大一个漏洞呢！”他微笑起来，想着自己把漏洞补上之后的情形，满脸喜气洋洋。

“我想他也许能看出来你哪儿弄错了。我看不出来。而且我也想让他看看你现在在做什么……你知道，他想让你去他那里，去阿比内。”

谢维克没有作答。

“你想去吗？”

“现在还不想。”

“我以为你会想去呢。但你必须去，为了那里的那些书，为了你能与之碰撞的那些出色头脑。你的才智不应该浪费在沙漠里！”弥迪斯突然激动起来，“谢维克，你有义务去追寻最好的一切。别让那虚伪的平等主义给蒙蔽了。你应该跟萨布尔一起工作，他很出色，会让你努力工作的。不过你可以自由地寻找自己想走的路。在这里再待一个学期，然后就走吧。在阿比内照顾好自己，保持自由的状态。力量存在于某个中心，而你马上就要前往那个中心了。我跟萨布尔不是很熟，也没有听说过什么关于他的负面消息；不过你要记住：你会是他的人。”

在普拉维克语中，单数形式的物主代词通常是用于表示强调；习惯上很少这么用。孩子们小的时候也许会说“我妈妈”，不过很快他们就学会说“妈妈”；人们不说“我的手受伤了”，而是说“手受伤了”；等等。普拉维克人表达“这个是我的，那个是你的”时说的是“我用这个你用那个”。弥迪斯这句“你会是他的人”听上去很是奇怪。谢维克茫然地看着她。

“你还有事情要做呢。”弥迪斯说，她漆黑的双眼闪闪发着亮光，似乎是生气了。“去做吧！”说完她就出去了，实验室里还有一个小组的人在等她。谢维克困惑地低头看着那张纸片。他只听明白弥迪斯让他赶紧改正那些等式，过了很长时间之后，他才弄懂了她当时跟他所说的一切。

他出发去阿比内的前夜，他的同学为他搞了一个聚会。从前他们聚会是很频繁的，任何一件小小的事情都可以成为理由，可这一次却特别带劲儿。谢维克很是震惊，很奇怪为什么这一次聚会能如此之棒。他自己是从来不受别人影响的，却没想到自己原来那么有影响力，也没想到别人居然会喜欢他。

他们中有很多人显然都把自己好多天的配额给攒起来了，聚会上的食物丰富得惊人。他们预订了大量的甜点，食堂的面包师充分发挥了自己的想象力，给大家制造了许多意外惊喜：五香华夫饼、配熏鱼吃的撒了胡椒的小方饼、甜美多汁的油炸面圈。此外还有果汁、来自齐朗海地区的水果蜜饯、腌小虾、取之不尽的脆红薯片。如此丰盛，真是令人心花怒放。人人都开心地大快朵颐，有几个还吃撑了。

此外还有幽默小品和娱乐表演，有些事先排练过，有些则是即兴的。蒂里恩穿着从回收垃圾箱里捡来的一套破衣服，扮成一个穷困的乌拉斯人，也就是乞丐——这个伊奥词大家都在历史课上学到过——在人群中走来走去。“给我一点儿钱吧。”他哀求着，还把手伸到大家鼻子底下晃来晃去，“钱！钱！为什么不给我钱？你们没有钱？骗子！卑鄙的资产者！投机分子！看这些吃的，要没有钱你们怎么能弄到这么些吃的呢？”然后，他开始向大家推销自己，花言巧语地说道：“美我，美我吧，只要一点点钱。”

“不是美，是买。”洛娃波纠正道。

“美我，买我，有什么关系呢，看啊，多漂亮的身体啊，难道你不想要吗？”蒂里恩低声哼唱着，瘦瘦的屁股扭来扭去，双眼忽闪忽闪的。最后大家用一把鱼刀当众把他给“处决”了，然后他又换上平常的衣服回来。他们当中有些人是技艺高超的竖琴手和歌手，所以聚会中有大量的音乐和舞蹈，不过大家做得最多的还是说话。每个人都滔滔不绝地说着，就跟他们一个个明天就会变成哑巴似的。

夜深了，年轻情侣们离开会场去寻找单人间享受浪漫之夜，其他人也困了，开始陆续回宿舍去。最后只有一小拨人留了下来，置身于一堆空杯子、鱼骨头和各种甜点碎屑之中，他们得在天亮之前把这些东西都清理掉。不过现在离天亮还有好几个小时，于是他们继续聊天，不时地抨击一下这个事儿再评论一下那个事儿。比达普、蒂里恩和谢维克都在，另外还有几个男孩和三个女孩。他们谈了韵律这种时间的空间表述方式、古代的数字和谐理论和现代物理学之间的关联，谈了长距离游泳的最佳划水方式，谈了自己的童年是否幸福，还有到底什么是幸福等问题。

“苦难是一种误解。”谢维克身体前倾，明亮的眼睛睁得大大的。刚刚步入成年的他体形依然瘦瘦长长的，手很大，耳朵有些招风，关节处棱角分明，不过他非常健康强壮，可以说是非常漂亮的。他那一头暗褐色的头发跟其他人一样，又细又直、肆意生长，他在额头上弄了一根带子，省得头发掉下来。他们里面只有一个人的头发与众不同，那是一个高颧骨、塌鼻梁的女孩儿：她一头闪亮的黑发剪得像一顶扣在脑袋上的帽子。她用严肃的目光定定地看着谢维克，因为吃了油炸面圈嘴唇油乎乎的，下巴上还有一片碎屑。

“苦难确实存在。”谢维克摊开双手，“真真切切地存在。我可以说它是误解，但却不能假装它不存在或者已经消失。苦难就是我们生存的状态。等它来了之后，你就会感觉到。你知道这就是事实。当然，救治疾病、防止饥饿和不公是对的，我们这个社会一直在这么做。不过没有哪个社会能够改变生存的本质。我们不能防止苦难——我们可以防止这种痛苦、那种痛苦，对，但却不能防止所有的痛苦。一个社会只能减轻那些不是必须的苦难，但其他的苦难仍然存在，这是最根本的现实。在座的每一个人以后都会体验到不幸；如果我们活五十年，就要体验五十年的痛苦。最后我们会死去。这就是我们一出生就面临的生存状态。我对人生充满恐惧！很多时候我——我非常害怕。每一次的快乐都是那么微不足道。不过，我不知道这是否算是一个误解——快乐之后的绝望，对痛苦的恐惧……如果对这一切可以不害怕不逃避，也许能够……克服、超越它。会有东西可以超越这一切的。就是经受苦难的这个自我，到达某种地步这个自我会——终结。我不知道该怎么说。不过我相信现实——我从苦难当中体会到，自己并非身处舒适与快乐之中——相信痛苦的本质并非痛苦，如果你能够克服、能够坚强地去承受的话。”

“我们人生的真义在于爱，在于团结。”一个目光柔和的高个儿女孩儿说道，“爱是人生的真实状态。”

比达普摇了摇头。“不，谢夫说得没错。”他说，“爱只是克服痛苦的一种方式，它可能会走错方向，可能会消失。而痛苦却绝不会消失。不过正因为如此，我们别无选择，只能承受！我们必须承受，不管情愿与否。”

短头发女孩儿猛烈摇头。“可是我们不会！一百个人、一千个人中会有一个去承受，全部承受。我们其他人则继续假装自己很快乐，要不就变得麻木。我们也遭受了苦难，不过还不够，所以我们其实没有苦难。”

“那我们该做什么，”蒂里恩说，“每天拿榔头砸脑袋一个小时，保证我们遭受足够的苦难？”

“你们把苦难仪式化了，”另一个人说，“奥多主义者的人生目标是积极而非消极的。除了身体的痛苦可以是对危险的警告之外，通常其他痛苦都是不好的，从心理学和社会学的角度来说都是具有破坏性的。”

“是什么促使奥多对痛苦异常敏感呢——她自己还是别人？”比达普反驳道。

“但是整个互助原则为的就是避免痛苦！”

谢维克坐在桌子上，两条长腿晃来晃去，神色认真而从容。“你们目睹过人死去的过程吗？”他问道。他们基本上都见过，要不是在谁的家里，要不就在医院的志愿者活动中。除了一个人之外，他们都有过一两次协助埋葬死者的经历。

“我在东南区工作营地看到过这样一个人。我以前从来没有见过那样的场面。有一辆飞车的引擎出了问题，起飞后就坠毁了，然后又着起了火。大家把那个人从车里抬出来，他全身都被烧坏了。他又活了大概两个小时。其实，他当时就应该死了的，不可能还坚持那么长时间，那两个小时真是难受。我们等着有人从海滩送麻醉剂过来。我跟两个女孩儿陪在他身边，我们本来是在那儿给飞车装货的。当时没有医生，我们什么也帮不了他，唯一能做的就是待在那里，陪着他。他有过休克，不过大部分时间都是清醒的。他忍受着巨大的疼痛，尤其是双手。我想他并不知道自己的整个身体都已经烧焦了，他自己最主要的感觉来自双手。你没法通过抚摸去安慰他，你一摸皮肉就会掉下来，他则会痛苦地尖声喊叫。你什么也做不了，没法帮他。也许他知道我们在身边吧，我不敢肯定。就算是这样对他也没有任何帮助，你什么也帮不了他。然后我发现……你们看……我发现任何人都帮不了别人。我们没法救助彼此，抑或是我们自己。”

“你到底在说什么？疏远和绝望！你否认了兄弟情谊，谢维克！”高个女孩儿大声叫道。

“不——不是，我没有。我是想要解释我心目中真正的兄弟情谊，它的开端——开端就是分享痛苦。”

“那么结束呢？”

“我不知道，现在还不知道。”

第三章

乌拉斯

在乌拉斯的第一个早上，谢维克是在沉睡中度过的。醒来时，他觉得鼻塞喉咙痛，还不停地咳嗽。他认为自己是感冒了——即便是奥多主义者的医学也没能战胜普通的感冒——医生的说法却不是这样。这位威严、年长的医生刚才一直等着给谢维克做检查，他说这更可能是一种严重的花粉热，是初来乍到乌拉斯的人对此地的尘土和花粉的过敏症。他开了一些药，又给谢维克打了一针，谢维克很有耐心地配合着对方。医生还用一个托盘给他端来了午餐，谢维克欣然接受，他肚子已经很饿了。医生请他待在房间里，然后就走了。吃完后，他以自己的住处为起点，一个房间一个房间地开始了他的乌拉斯探索之旅。

他之前躺着的这张四脚大床，几乎把整间屋子的空间都占据了。床垫比“警惕号”上的床铺要软得多，床上用品异常繁复，有些像丝织品一样轻薄，有些则厚重又暖和，还有许多枕头堆叠得像厚厚的云层一般。地上铺着松软的地毯；屋里还有一个锃亮的雕花五斗橱，还有一个大得足以装下十个人衣服的壁橱。这间屋子出去就是他昨晚到过的那间带壁炉的宽敞的公共休息室；第三个房间里，有一个浴缸、一个盥洗盆和一个样式精巧的坐便器。这间屋子显然是给他专用的，房门正对着卧室，而且每样用具都只有一件。每件东西都极尽奢华美观，已经远非色情意味那么简单了，在谢维克看来，这是要对排泄过程进行极度的美化。他在这间屋子里待了几乎一个小时，把每样用具依次用了一遍，把自己收拾得极其整洁。水可以很痛快地用：水龙头如果不关掉就会一直出水；浴缸肯定能装下六十升水，马桶每冲一次得用掉至少五升的水。这一点实在是不足为奇，乌拉斯星球表面有六分之五为水所覆盖，即便是位于两个极点的荒漠也都是冰天雪地。没有必要节约用水；没有干旱……可是排泄物去哪里了呢？他开始思考这个问题。他在马桶旁边跪下，仔细研究着它的运行机制。他们肯定是将排泄物从水中过滤出来作为农作物的肥料。在阿纳瑞斯有些沿海地区，人们也用类似的系统来开垦农田。他很想找个人问一问，不过最终还是没有这么做。在乌拉斯，有很多问题他都始终没有问。

他觉得除了头还是很沉之外，自己的身体已经恢复了，便开始坐立不安起来。屋子里很暖和，于是他也就不急着穿上衣服，光着身子昂首阔步地来回走动。他走到大房间的窗户边，透过窗子往外看。房子很高，一开始他被吓了一跳，往后退了一下。他还不习惯在高过一层的屋子里待着，感觉就像从一艘飞船上往下看；感觉自己远离了地面，高高在上，跟地面不再有关联。他面前的窗户正对着一片小树林，树林再过去是一栋白楼，上头有一座优雅的方塔。白楼再过去的地面往下倾斜，形成了一道宽阔的山谷。山谷里显然都是农田，因为点缀在其中的数不清的绿块都是规整的矩形。往更远处看，那片绿色渐变成了蓝色，不过还是能看出道路的线条、灌木篱墙和那些大树，构成了一个精细的网络，跟人体的神经系统相仿。最远处，山谷的边缘是层层叠叠的蓝色山丘，在浅灰色的平静天空下显现出模糊柔和的轮廓。

这是谢维克此生所见最美丽的风景。那些富有活力的柔和色彩、那些人类创造的直线和自然创造的强有力的、层层扩散的轮廓线条的完美融合、相互各异的元素彼此间和谐共存，这一切给他的印象是一个复杂的融合体。以前他从未见识过这样的景象，如果有的话，那也只是这种景象的小小预示，比如有些人沉思之中的平静脸庞。

跟眼前的景象相比，阿纳瑞斯的任何一个地方，即便是阿比内平原和尼希拉斯峡谷都显得乏善可陈：贫瘠、单调、原始。西南区的沙漠倒是有一种博大宽广的美，不过那样的美很不友善，而且永远那么单调。即便是人类耕作最多的地方，其风景也像是有人拿黄色粉笔随意勾勒出来的一幅粗糙草图。眼前的景色却生机无限，充满了历史的沧桑，同时预示着无穷无尽的未来。

谢维克想，这才是世界应有的面貌。

在那片蓝绿色的绝美风光中，还有什么东西在歌唱：那个声音低回婉转，极其优美动听。那是什么呢？一阵小小的、甜美的天籁之音在空气中传播。

他凝神屏息，侧耳倾听着。

外头传来敲门声。谢维克还光着身子，于是转过身，迟疑片刻后说道："请进！"

有一个人走了进来，手里拿着几包东西，进门后便站住了。谢维克穿过房间，先是以阿纳瑞斯人的方式跟对方说了自己的名字，接着，又按乌拉斯人的方式，向对方伸出了只手。

这个人年纪在五十左右，脸上皱纹密布，面容憔悴。他说了些什么，可谢维克一个字也没听明白。他也没有跟谢维克握手，也许是因为他手里那些包，不过看他也没有要把包放下、腾一只手出来的意思。他的脸色极其凝重，也许是很窘迫。

谢维克本以为自己至少懂得了乌拉斯人相互问候致意的礼仪，看到对方这样便很困惑。"进来吧，"他又说道，然后又补充了一句，"先生！"因为他觉得，乌拉斯人称呼别人总是要用上头衔或敬称。

那个人又说了一通莫名其妙的话，一边侧身往卧室走去。这一次谢维克听懂了几个伊奥词，不过其他的话还是莫名所以。他听任对方往前走，因为看样子对方是想要去卧室。也许这个人是自己的室友？可是卧室里只有一张床啊。谢维克不再去理会对方，转身回到了窗户边上。那个人急忙跑进卧室，在里头噼里啪啦地来回折腾了好几分钟。谢维克想对方应该是个上夜班的，卧室白天归他用，在阿纳瑞斯，有时候住房紧张的时候就会这么安排。他正这么想的时候，那个人又出来了。他说了些什么——也许是“您请自便，先生”。——接着用一种很怪异的方式低了下头，好像他觉得五米外的谢维克要打他的脸似的，然后就走了。谢维克继续站在窗户边上，渐渐地意识到，这是有生以来第一次有人冲自己鞠躬。

他走进卧室，发现床已经铺好了。

他若有所思地慢慢穿好衣服。在他穿鞋的时候，又传来了敲门声。

进来一群人，神态跟前面那个人完全不同；在谢维克看来，他们个个神态自若，如同他们有权利进入这里，也有权利进入他们想去的任何地方。拿包裹的那个人则是畏葸不前，几乎可以说是偷偷摸摸溜进来的。不过，他的脸、他的双手、他的衣服比后来者更接近谢维克心目中正常人所应有的样子。那个偷偷摸摸的人举止很怪异，外表却很像阿纳瑞斯人，后来这四个人举止像阿纳瑞斯人，但是他们的外表，包括他们刮得很干净的脸和他们那华丽的服饰，都更像是外星人。

谢维克终于认出来了，他们中有一个是帕伊，另外三个也是昨晚一直跟自己在一起的。他告诉对方自己还没有记住他们的名字，于是他们又微笑着自我介绍了一遍：他们是齐弗伊李斯克博士、奥伊伊博士和阿特罗博士。

“哦，见鬼！”谢维克说，“阿特罗！幸会幸会！”他双手搭在这位老人的肩膀上，吻了吻对方的脸颊。然后他又意识到，这种亲切的问候方式，在阿纳瑞斯也许很平常，却很可能是这里的人所不能接受的。

还好，阿特罗也热情地拥抱了他。他抬头看着谢维克，灰色的眼睛看起来朦胧一片。谢维克这才想起，他已经近乎失明了。“亲爱的谢维克，”他说，“欢迎来到伊奥——欢迎来到乌拉斯——欢迎回家！”

“我们一直在相互通信，相互攻击对方的理论，已经那么多年了！”

“你总是更有力的攻击者。嗯，等一下，我有东西要给你。”老人伸手去掏口袋。他那件天鹅绒质地的学院长袍底下是一件外套，外套下是一件背心，背心下是件衬衣，衬衣下也许还有件别的什么。所有这些衣服，还有他的裤子上，全都有口袋。谢维克颇有兴味地看着阿特罗在六七个口袋里摸索一番，每个口袋里头都有东西，最后他终于掏出了一样东西：镶在一片抛光木头上的一小块方形黄色金属。“给你，”他盯着那个东西说道，“这是给你的奖励，你知道，是西奥·奥恩奖。奖金已经打入了你的账户。拿着，这东西过了九年才到了你的手中，不过迟到总比不到好。”他双手颤抖着把那个东西递给谢维克。

这东西很沉，那个黄色的小方块是纯金。谢维克手捧着这个东西，一动不动地站着。

“不知道你们这些年轻人想不想坐下来，”阿特罗说，“我是得坐下了。”于是大家都在那几把软软的大椅子上坐了下来。谢维克仔细地研究过这些椅子，椅子上头包的材料他从没见过，那是一种黄色的材料，不是织物，手感像皮肤。

“九年前你多大年纪，谢维克？”

阿特罗是乌拉斯在世物理学家中最有声望的一位。他身上不仅有一种长者的威严，还有习惯受人尊敬的人所特有的那种自信的直言不讳。对此谢维克并不意外，阿特罗正是谢维克所认可的那种权威。他很高兴，对方终于只用他的名字来称呼他了。

“我写《原理》时是二十九岁，阿特罗。”

“二十九？上帝啊。这么说来，你是近一个世纪以来最年轻的西奥·奥恩奖得主了。我是快六十岁的时候才得奖的……那么，你第一次给我写信的时候多大？”

“大概二十吧。”

阿特罗哼了一声：“当时我还以为你四十了呢！”

“萨布尔现在怎么样了？”奥伊伊问道。乌拉斯人的个子在谢维克看来都很矮，奥伊伊则比一般的人还要矮一些；他的脸部平板板的，线条很柔和，一双乌黑椭圆的眼睛。“有那么六到八年左右的时间，你没有再写信来，是萨布尔跟我们保持着联络，不过他从来不会通过你跟我们的无线电连接来跟我们交谈。我们很好奇你们两个是什么关系。”

“萨布尔是阿比内物理协会的高级会员，”谢维克说，“我曾经跟他共事。”

“一个年长于你的对手，心里充满嫉妒，还阻挠你的研究；事情再明白不过了。不用他说我们就知道，奥伊伊。”第四个人，也就是齐弗伊李斯克用一种刺耳的声音说道。他是一个矮壮的中年人，皮肤黝黑，双手纤细，一看就是坐办公室的文职人员。在这些人当中，只有他没有把胡子完全刮干净，下巴上还留了一撮胡子，跟他那头浅灰色短发相呼应。“用不着故作姿态，说你们奥多主义者就真的亲如兄弟，”他说，“人性都是一致的。”

谢维克不知道该如何作答，正巧打了个喷嚏，刚好掩饰了自己的尴尬。“我没有手帕。”他一边道歉，一边擦着眼睛。

“请用我的手帕吧。”奥特罗说，一边从口袋里掏出了一块雪白的手帕。谢维克接过手帕，心里立刻涌起了一个难以忘怀的记忆。他想到了自己的女儿萨迪克，一个黑眼睛的小姑娘，想起她说：“你可以用我的手帕。”这个记忆曾经是那么亲切，现在则让他疼痛难当。为了摆脱这个记忆，他勉强笑了笑，说道：“我对你们的星球过敏，医生说的。”

“上帝呀，你不会一直这么打喷嚏吧？”老阿特罗关切地看着他问道。

“你的佣人还没有来过吗？”帕伊问道。

“我的佣人？”

“就是你的仆人。他应该给你拿些东西来的，包括手帕，让你在可以自己去购物之前过渡一下。不是什么精挑细选的东西——要我说，对于你这样身高的人来说，没多少现成的衣服可供选择的！”

明白过来之后（帕伊说话拉长着声调，语速很快，跟他柔和英俊的长相很相配），谢维克赶紧说道：“你们真是太好了。我觉得——”他看着阿特罗，“我就是，你们所说的乞丐。”现在他跟这位老人说的就像他在“警惕号”上跟齐默医生说过的话一样，“我没法带钱过来，我们那里不用钱。我也没法带什么礼物，我们那里没有你们缺的东西。所以我就这么来了，就像一个真正的奥多主义者一样，‘两手空空’地来了。”

阿特罗和帕伊安慰他说，他是客人，不存在什么付费的问题，接待他是他们的荣幸。“而且，”齐弗伊李斯克用他那刺耳的声音说道，“买单的是伊奥政府。”

帕伊目光严厉地瞟了他一眼，不过齐弗伊李斯克没有理会，而是直直地盯着谢维克，毫不掩饰自己黝黑面庞上的表情。不过谢维克并没看明白，那是警告，还是同情。

“你这个顽固的舍国人。”老阿特罗带着鼻音说道，“可是谢维克，你的意思是说，你随身没有带任何东西过来——没有论文，没有新成果吗？我本以为你会带一本书过来，带来物理学上的又一个重大变革。这些雄心勃勃的年轻人都在等着挑战你哩，就跟你当年拿《原理》挑战我一样。你最近在研究什么？”

“呃，我一直在读帕伊——帕伊博士关于封闭宇宙、悖论及相对论的那些论文。”

“这几篇论文都很出色。赛奥是我们的当红明星，这一点毫无疑问。至少他自己是这么看的，是吧，赛奥？可是，那跟奶酪的价格有什么关系呢？你的综合时间理论呢？”

“在我的脑子里。”谢维克边说边露出了亲切爽朗的笑容。

片刻的沉寂。

随后奥伊伊问他，是否看过一位外星物理学家——地球的爱因斯坦——关于相对论的论文。谢维克没有看过。大家都对此表现了强烈的兴趣，除了阿特罗，他已经过了拥有强烈情感的年龄了。帕伊跑回自己的房间，给谢维克拿来一份爱因斯坦论文译文的复印件。“这篇论文是好几百年前写的，不过里头有些见解对我们来说还很新鲜。”他说。

“也许吧，”阿特罗说，“不过这些外星人里没有一个能够理解我们的物理学。海恩人称之为唯物主义，地球人称之为神秘主义，然后就对它置之不理了。现在一切外星的东西都很受追捧，不要让这种潮流影响到你啊，谢维克。他们的东西对我们一无用处。锄你自家园子里的草吧，我父亲以前就常这么说。”他以老年人特有的方式擤了一下鼻子，然后站起身来，“跟我一起去小树林里走走吧。难怪你鼻子塞，这里头实在是太闷了。”

“医生说我得在这间屋子里待三天，不能出去，否则可能会——被感染？还是感染别人？”

“老弟啊，千万别信医生的话。”

“不过也许这件事情上得信呢，阿特罗博士。”帕伊用他那舒缓宜人的声音说道。

“不管怎么说，医生是政府派来的，是吧？”齐弗伊李斯克的声音里带着明显的敌意。

“我相信，那是他们能找到的最优秀的医生。”阿特罗表情严肃地说道。他没有再催谢维克，自己走了。齐弗伊李斯克也跟着出去了。另外两个年轻人留下来陪着谢维克，他们一起聊物理学，聊了很长时间。

谢维克感到极度地心满意足，还有一种发现某事物恰如其分的强烈认同感。有生以来第一次，谢维克在跟人交谈时有了棋逢对手的感觉。

弥迪斯是一个很棒的老师，正是在她的鼓励之下，谢维克开始探究新的理论领域，但是在这方面，她的认识永远也没法跟上他。吉瓦拉伯是他认识的人当中，所受的教育及能力都跟他相当的唯一一人，但他们认识的时候她已经快要走到生命的尽头。那之后，谢维克跟许多很有天赋的人共过事，但因为他一直不是阿比内学院的全职人员，因此也就没能够把他们带到更深入的研究中去；他们仍然停顿在那些老问题上、在传统的因果物理学上停滞不前。一直以来，他都没有遇到跟自己旗鼓相当的人，现在，在这处处都是不平等的地方，他终于遇到了跟自己的学识平等的人。

这是一种启示，一次解放，这所大学里物理学家、数学家、天文学家、逻辑学家、生物学家云集，要么是他们来找他，要么是他去找他们，大家一起交谈，一个又一个的新领域就此形成。思想的本性就是沟通，它需要被写下来、讲出来，付诸实践。思想就像草坪，它渴望阳光、喜欢人群，杂交会使它成长得更加茁壮，踩踏会使它生长得更为繁茂。

就在这个下午，在这所大学里，跟奥伊伊和帕伊一起的时候，他知道自己已经找到了久已向往的某种东西，就像孩提时代，他跟蒂里恩和比达普能说上半宿的话，相互取笑攻讦，最终却总能促成思想的大胆飞跃。他还清楚地记得其中的几个晚上，蒂里恩当时的样子也如在目前。蒂里恩说：“如果知道了乌拉斯的真实情景，我们当中有些人也许会想去那里的。”他当时大受震动，狠狠地斥责了蒂里恩，蒂里恩马上予以还击；他总是会对别人的反对予以还击，这个可怜可恨的家伙，而他也总是对的。

谈话告一段落。帕伊和奥伊伊都不说话了。

“很抱歉，”他说，“我觉得头很沉。”

“对这里的重力有感觉吗？”帕伊问道，脸上带着迷人的微笑。他就像一个机灵的小孩，知道如何运用自己的魅力。

“这倒没什么感觉，”谢维克说，“只是这里，这地方怎么说？”他指着腿上的一处说。

“膝盖——膝关节。”

“对，膝盖。它的机能好像变弱了。不过我会习惯的。”他看了看帕伊，又看了看奥伊伊，“我有一个问题，希望不会冒犯到你们。”

“没关系，先生！”帕伊说道。

奥伊伊说：“我看你并不知道怎么冒犯我们。”奥伊伊不像帕伊那样讨人喜欢。即便是在谈论物理学的时候，他也有些含糊其词、不够坦率。不过在他这种做派的背后，谢维克却感觉到了某种东西，某种可信任的东西；而在帕伊那股迷人魅力的背后，又会是什么呢？唉，无所谓了。他必须得相信他们所有人，他会相信的。

“女人都在哪里呢？”

帕伊大笑起来。奥伊伊微笑着问道：“从哪种意义上来说？”

“什么意义都行。我在昨天晚上的聚会上看到过女人——五个，也许十个——男人却有好几百人。按我看，那些女人都不是科学家。她们是些什么人呢？”

“妻子呗。事实上，她们当中有一位就是我的妻子。”奥伊伊带着他那鬼鬼祟祟的微笑说道。

“其他的女人呢？”

“哦，这完全不是问题，先生。”帕伊马上答道，“只要告诉我们你喜好的类型，这事儿再简单不过了。”

“听说过阿纳瑞斯风俗的一些独特之处，不过我想，你想要什么我们基本上都可以实现。”奥伊伊说。

谢维克不明白他们在说什么，挠了挠头：“那么说，这里的科学家都是男的喽？”

“科学家？”奥伊伊问道，似乎觉得这个问题很不可思议。

帕伊咳了一声。“科学家，哦，是的，确实都是男的。当然，在女子学校里也有一些女教师，不过她们都没法超出学历教育的水平。”

“为什么呢？”

“她们做不了数学，没有抽象思维的头脑，简单说就是不合适。你也知道的，女人所谓的思考是通过子宫来进行的！当然啦，总会有那么几个例外，那些头脑发达、阴道萎缩的讨厌女人。”

“你们奥多主义者会让女人来做科研？”奥伊伊问道。

“呃，是的，她们也在从事科学工作。”

“我想不会很多吧。”

“嗯，大约占到一半吧。”

“我就说嘛，”帕伊说道，“女技师们经过恰当的训练，可以在任何一种实验室里帮男人分担各种工作。对一些重复性的工作，她们的确更灵巧也更高效，而且她们更听话——不那么让人烦。如果我们可以用女性，就可以让男性更快地解放出来，去从事一些创新性的工作。”

“在我的实验室里，绝对不行。”奥伊伊说，“就让她们待在自己应该待的地方吧。”

“谢维克博士，你发现过哪位女性能胜任创造性的智力工作吗？”

“呃，应该说是她们发现了我。比如北景的弥迪斯，她是我的老师。还有格瓦拉伯，我想你们应该知道她吧。”

“格瓦拉伯是个女的？”帕伊显然是大吃一惊，而后笑了起来。

奥伊伊好像并不相信，而且显得很不愉快。“当然喽，从你们的名字是看不出男女的。”他冷冷地说道，“我想，你的看法是，不要区别对待男性和女性。”

谢维克和缓地说道：“奥多就是女性。”

“那就是了。”奥伊伊说。他没有耸肩，不过也就差那么一点儿了。帕伊脸上充满了崇敬之意，一边点了点头，就像在听老阿特罗叨叨的时候的反应。

谢维克发现，自己已经触及了这些人内心深处的一种敌对情绪，这种情绪并非出自个人因素。显然，这些人的背后是备受压迫、沉默无声、动物化的女性。她们被他们所压制，囚在笼中。他没有权利取笑他们。他们所了解的人际关系只有一种，那就是占有。他们依然执迷不悟。

“一位美丽而贞洁的女人，”帕伊说，“是给我们带来灵感的缪斯——是世界上最珍贵的东西。”

谢维克感到很不舒服，于是站起身来走到窗边。“你们的星球，非常漂亮。”他说，“我希望能对你们星球有更多的了解。不过我现在只能在屋里待着，你们能给我一些书看看吗？”

“当然可以，先生！什么书呢？”

“历史、照片、故事，什么都行，也许应该是一些儿童读物。你们瞧，我对你们这里所知甚少。我们学过有关乌拉斯的知识，可那些都是奥多那个时代的事情。在那之前还有八千五百年的时间呢！而且迁居阿纳瑞斯之后又过了一个半世纪了；从最后一名迁居者乘坐最后一艘飞船走了之后——我们就对你们一无所知了。我们对你们一无所知；你们对我们也是一样。你们是我们的过去，我们也许会是你们的未来。我想要去了解，而不是忽视这一切。这就是我来这里的原因。我们应该相互了解。我们不是原始人，所遵循的也不再是那些部落的道德观，那样是不行的。这样的无知是一个错误，这样的错误还会引发新的错误。所以我来学习了。”

他说得非常诚恳。帕伊热心地表示了赞同：“说得太好了，先生！我们完全认同你这个目的！”

奥伊伊用自己那双朦胧的黑色眼睛盯着他，说道：“那么，从根本上来说，你是作为你那个社会的使者来的喽？”

谢维克走了回去，坐到了壁炉边上的大理石椅子上。他早已将这个地方当作了自己的座位、自己的领地。他想要有一片自己的领地，也觉得自己需要小心谨慎。不过让他感觉更强烈的是沟通的需要，是摧毁那些墙的愿望，正是这种需要和愿望带领着他跨越了那道没有水的深渊，从另一个世界来到这里。

“我此行的身份，”他小心翼翼地说道，“是首创协会的会员，就是过去两年来一直通过无线电跟乌拉斯保持对话的那个组织。不过你们看，我并不是某个当权机构或者公共机构的使者。希望你们提问时不要将我看作是那种身份。”

“不是的。”奥伊伊说，“我们提问的对象是——物理学家谢维克。当然，这也经过了我们的政府以及世界政府理事会的批准。不过，你在这里的身份是伊尤尤恩大学邀请的客人。”

“好的。”

“不过，我们不确定你此行是否也经过了批准……”他迟疑着说道。

谢维克咧嘴一笑：“我的政府的批准？”

“我们知道，从名义上来说阿纳瑞斯是没有政府的。不过，肯定会有管理部门吧。我们猜想，派你来的那个团体，也就是你所在的首创协会，是某种类型的党派，也许是个革命党派。”

“在阿纳瑞斯，所有人都是革命者，奥伊伊……负责行政管理的网络系统被称为PDC，也就是生产分配协调处。这是一个协调体系，在所有从事生产工作的协会、联盟以及个人之间进行协调。他们管的不是人，而是生产。他们没有权力支持我或是阻止我。他们所能做的，就是将我们公众的意见——社会舆论对我们的看法——转告给我们。这是你们想要了解的吗？呃，大多数人都反对我和我的朋友们。大多数的阿纳瑞斯人并不想了解乌拉斯的一切。他们害怕这个星球，不想跟资产者搭上任何关系。很抱歉我说得太无礼了！在这里也是这样，有些人也是这样看的，是吧？有蔑视、有恐惧，也有宗族主义。嗯，我来到这里，就是希望能改变这种状况。”

“这是你的个人意愿。”奥伊伊说。

“这是我此行的唯一动机。”谢维克微笑着、极其恳切地说道。

接下来的两天，他跟来访的科学家聊天、看帕伊拿来的书，也有时候什么都不做，只是站在双拱顶的窗户下，看着那个夏意渐浓的大峡谷，一边倾听外头那简单甜美的歌声。现在他知道这些歌唱者的名字了，是鸟儿，而且通过书上的图片知道了它们的长相。不过，当他听到它们的歌声或是瞥见翅膀在树木之间扑闪而过时，还是像个小孩子一样充满惊奇。

他曾经以为，自己在乌拉斯会感到不习惯，会失落，会觉得格格不入，会很困惑——不过现在一点儿这种感觉也没有。当然，让他不明白的东西总是在不停地涌现。现在他只是粗略地看到了许多东西：这个复杂得令人难以置信的社会，其中包含着不同的国家、阶级、等级、教派、风俗，还有着令人震惊、伟大漫长的历史。他所见到的每个人都是一个谜，总是能够出乎你的意料。不过，他们并非他原先以为的那种粗俗冷酷的自我主义者，他们跟他们的文化、跟他们的风景一样复杂、多样化；他们很有智慧，也很善良。他们对他就像兄弟一样，尽己所能不让他觉得失落、格格不入。他们要让他觉得自在，而他也确实觉得很自在，这种感觉是情不自禁的。这整个世界、柔和的空气、透过那些小山丘照耀过来的阳光，还有更加明显的重力作用，这一切都明白无误地告诉他，这里就是家园，就是自己种族生活的世界；这里享受到的美好的一切都是他与生俱来的权利。

到了晚上，他就会回想起阿纳瑞斯的静寂，那种绝对的静寂。那里没有鸟儿在歌唱，除了人声之外再没有任何其他的声音。静寂，再有就是贫瘠的土地。

第三天，老阿特罗给他拿来一摞报纸。帕伊——他常来陪谢维克——当时没跟阿特罗说，等老人走了之后才告诉谢维克："讨厌的垃圾，那些报纸，先生。很有趣，不过上面写的东西都不能相信。"

谢维克拿起最上面的那张报纸。纸张很粗糙，印刷也很劣质——是他在乌拉斯见到的第一样拙劣的物品。事实上，看起来它们就像是PDC的公告和地区报告，而在阿纳瑞斯那些也就相当于报纸。不过，他手里这份报纸的风格跟阿纳瑞斯那些脏兮兮的、出于实用目的而印刷出来的东西不一样，上面全是感叹号和照片。有一张照片的内容是谢维克站在飞船跟前，皱着眉头，帕伊搀着他的胳膊。图片上方有一行巨大的文字：首位月球来客！谢维克好奇地往下读了起来：

他在地球上迈出了第一步！谢维克博士是一百七十年来首位从阿纳瑞斯居留地来到乌拉斯的客人，昨天他乘坐月球定期飞船抵达佩尔太空港。这位杰出的科学家，因其为全世界人民做出的贡献获得了西奥·奥恩奖，并被伊尤尤恩大学授予教授职位，是享受这一殊荣的外星第一人。当被问及初次到访乌拉斯的感受时，这位身材高大的杰出物理学家答道："能受邀来到美丽的贵星球，是我莫大的荣幸。我希望这是全西蒂恩友谊新时代的开端，由此我们的双子星球可以和平友爱，携手并进。"

"可是我根本没说话！"谢维克告诉帕伊。

"当然没有，我们当时就没让那帮人靠近你。可这样也没法限制那帮鸟食记者的想象力！他们想让你说什么，就会在报道里写什么，才不管你有没有说呢。”

谢维克咬着嘴唇。“呃，”最后他说道，“我如果说的话，差不多也就是这样的话。不过，‘全西蒂恩’是什么意思？”

“地球人把我们称作‘西蒂恩人’。我想是因为他们对我们的太阳的称呼。大众传媒是最近才开始用这个词的，这个词现在很时髦。”

“那么说，西蒂恩人是乌拉斯人和阿纳瑞斯人的统称喽？”

“我想是吧。”帕伊说道，听得出来他兴致不高。

谢维克继续看报纸。他看到自己被描述成了一个高大的人，还说他没有刮毛发，一头厚密的灰色长发，像“鬃毛”，他不知道那到底是什么意思。关于他的年龄有三个版本，分别是三十七、四十三和五十六。报纸说他写了一部伟大的物理学巨著，书名是《共时原理》或《贡时原理》（拼写因不同报纸而各异），说他是奥多主义政府派来的友好大使，是素食主义者，还说他跟所有阿纳瑞斯人一样不喝东西。看到这里他实在控制不住了，哈哈大笑起来，笑得肋骨都隐隐作痛。“见鬼，他们是很有想象力！难道他们以为我们是靠水蒸气存活的吗，像那些岩苔一样？”

“他们是说你们不喝含酒精的饮料。”帕伊也笑了，“我想，关于奥多主义者，这里所有人都知道的一件事就是，你们不喝酒。顺便问一下，确有其事吗？”

“有些人将霍勒姆树根发酵，从中提取酒精用以饮用。他们说这样能让潜意识自由地起作用，就像是进行脑波训练。比起喝酒，多数人都更喜欢这个，非常容易而且不会导致某种疾病。这里的人也会这么做吗？”

“更多的还是喝酒。我不知道还有这么一种疾病，是什么病？”

“叫酒精中毒吧，我想。”

“哦，我明白了……不过辛勤劳作的人们想要高兴高兴，想要有一个晚上能暂时摆脱这世界的悲哀，这个时候他们做什么呢？”

谢维克面无表情：“呃，我们……我不知道。也许我们的悲哀是无法摆脱的吧？”

“有趣。”帕伊友好地笑了笑。

谢维克继续往下看。有一份报纸所用的语言他看不懂，还有一份连字母都完全陌生。帕伊解释道，第一份是舍国的，另一份是本比利的，本比利是位于西半球的一个国家。舍国报纸印刷质量很好，版式也很庄重：帕伊解释说这是一份政府出版物。“您看，在伊奥，受过良好教育的人了解新闻是通过电传、广播、电视以及周刊评论。看这些报纸的几乎全是档次比较低的人——是一些半文盲写来给另一些半文盲看的，你自己也看得出来。伊奥的媒体是完全自由的，这就意味着无可避免地会有很多垃圾。舍国报纸的报道写得比较好，不过报道的内容仅限于舍国中央常务委员会想要报道的内容。在舍国审查工作是非常彻底的。国家就是一切，一切都是为了国家。这对于奥多主义者是不可想象的，是吧，先生？”

“那这份报纸呢？”

“我不了解。本比利是一个落后的国家，总是在闹革命。”

“本比利有一帮人通过首创协会的波长给我们发送过信息，就在我离开阿比内之前不久。他们称自己为奥多主义者。在伊奥有这样的组织吗？”

“我从来没有听说过，谢维克博士。”

碰壁了。到现在，出现碰壁情形的时候，谢维克已经能够有所意识了。眼下这堵墙就是隐藏在这个年轻人的魅力十足且谦恭有礼的外貌下那淡漠的态度。

“我觉得你很怕我，帕伊。”他突然用欢快的口气说道。

“怕你，先生？”

“因为我的存在，是国家有必要存在的反证。不过有什么可怕的呢？我不会伤害你的，赛奥·帕伊，你知道，我这个人是没有攻击性的……听着，我不是博士。我们是不用头衔的，我叫谢维克。”

“我知道，很抱歉，先生。你看，在我们看来，这样叫是很失礼的，总之就是不对劲。”他讨好地道着歉，希望能得到原谅。

“你就不能将我看作是一个跟你平等的人吗？”谢维克问道，看着他，眼神里既没有宽恕也没有怒气。

帕伊头一次露出了困惑的表情：“可是，先生，你真的是，你知道，是一位非常重要的人物……”

“你们没有理由非得因为我改变习惯。”谢维克说，“没关系的。我以为除掉这些不必要的礼节，你会很高兴，仅此而已。”

三天在屋里足不出户，谢维克觉得自己精力过剩。重获自由之后，他就迫不及待地请陪同的人带自己到处去看看。他们陪他在校园里转了转。大学本身就是一个城市，一共有六万名师生。校园里宿舍、食堂、剧院、会议室等等一应俱全，跟奥多主义者的公社没什么区别。只不过这里非常古老，清一色全是男性，豪华得惊人，而且这里的组织结构不是联盟式的，而是一个自上而下的分级体系。虽然如此，谢维克还是觉得这里像个公社。他不得不偷偷提醒自己两者是有区别的。

他们租了几辆车，开车去了郊外。车很漂亮，样子很特别、很雅致。一路上很少见到有车：很少有人拥有自己的车子，因为车辆税很高，租车的话费用也很贵。这样的奢侈品如果对公众完全放开，就会耗尽不可再生的自然资源，由此产生的废气废料还会污染环境，因此都通过法律和税收得到了严格的控制。他的导游们对此颇以为豪。他们说，好几个世纪以来，在生态控制及自然资源的节约使用方面，伊奥一直处于全球领先的位置。在第九个千年期曾经有过对资源的过度使用，那都已经是非常遥远的过去了，唯一的后遗症是某些金属的稀缺，好在这些材料都可以从月球进口。

接下来他们或乘汽车或乘火车继续前行，沿途他看到了村庄、农场和城镇；封建时代留下的堡垒；阿伊古城凋敝破败的城堡，这座古城是四千四百年前一个帝国的都城。他看到了农田、湖泊和亚冯省的丘陵，这个省位于伊奥国的中心位置，在北方的地平线上则是嵋特伊山脉绵延不绝的白色山巅。这片土地的美丽和富庶让他惊叹不已。导游们说得没错：乌拉斯人知道如何善加利用自己的星球。他从小所受的教育告诉他，乌拉斯是一个极度腐败的邪恶社会，这个地方没有公正，浪费过度。可是，他所打交道的人，所看到的人——即便是在最小的小村子里——都是衣冠楚楚、彬彬有礼。而且，跟他预期完全不同的是，他们个个都很勤勉。没有人满脸不乐意地站在那里等着别人给自己派活。跟阿纳瑞斯人一样，他们都在忙碌地工作。这让他很惊奇，他原来以为，如果你剥夺了一个人天生的劳动欲望——他的主动性、他发自内心的创造力——而代之以外界的刺激和强迫，那么他就会变成一个懒惰的、没有热情的劳动者。可是，没有热情的劳动者是开垦不出那些可爱的农田、造不出那些华丽的汽车和舒适的火车来的。原来他被教导要相信发自内心的主动性，但是现在看来，利益的诱惑和推动力显然更加强大。

在那些小镇上他看到了一些体格强健、神情倨傲的人，他本来想跟他们说说话，问他们一些问题，比如，他们是否觉得自己很穷；因为如果这些人算穷的话，那他就得改变一下自己对这个字的理解了。可是，导游们要带他看的地方实在太多，因此他似乎一直都没有时间去问。

伊奥国其他的大城市距离大学都很远，不可能一天之内就赶到。不过他们带他去了尼奥埃希亚，那里距离大学五十公里。那边举行了一系列的活动接待他。他不太喜欢这样的活动，认为那根本就算不上是个聚会。所有人都温文有礼，都在高谈阔论，却没有谈什么有趣的东西；他们笑得太多，看着都有点儿神经质了。不过，他们的服装确实华丽。他们似乎把自己举止中所欠缺的愉悦都体现到了服装、食物和各种各样的饮料上头。举行招待仪式的那些宫殿的房间里都陈设着极度奢华的家具和装饰品，大概也是出于同样的原因。尼奥埃希亚有五百万人口——相当于他的星球全部人口的四分之一。他们带他参观了这座城市的各处景点。他们带他去了国会广场，领着他观看了国会大楼——伊奥政府所在地——高大的青铜门；他还被许可现场旁听了参议院的一次辩论以及一次国会会议。他们带他去了动物园、国家博物馆和科技博物馆，还带他去了一所学校，穿着蓝白相间校服的可爱的孩子们为他演唱了伊奥国歌。他们带他参观了一个电子配件厂、一个全自动的炼钢厂和一座核电站，以便让他看到在一个资本经济社会里，生产及能源供给是如何高效运转的。他们带他去看政府出资兴建的一个新住宅区，这样他可以看到国家对民众的体恤。他们还带他去坐船观光，从挤满世界各国船只的苏阿河口顺流而下，一直去到大海。他们带他去高等法院，他花了一整天的时间旁听了各类民事及刑事案件的审理，听得他又是迷乱又是胆战心惊；不过他们坚持说，他应该什么都看看，想去的地方都应该去一去。他有些底气不足地问他们是否能去看看奥多的墓地，他们很爽快地马上带他去了泛苏阿区一个古老的公墓。他们甚至还允许那些臭名昭著的报纸记者前来拍照，拍他站在古老高大的柳树树荫下，看着那块保护得很好的简朴墓碑：

莱阿·阿西伊奥·奥多

698—769

统一即分割；

远游即归程。

他们带他去了世界政府理事会所在地罗达里德，在该机构的一次全会上发了言。他本希望能在那里接触到、至少是看到一些外星人，看到那些来自地球和海恩的使者，不过日程表安排得太紧，他没能达成愿望。他下了很大的功夫来准备自己的演讲，呼吁新旧两个世界应当自由沟通、相互认可。听完他的演讲之后，全场起立鼓掌，时间长达十分钟。那些受人尊崇的周刊对此发表评论予以肯定，称其为“一位伟大科学家为人类和谐共处所做的一个无私的道德指引”，但却没有引用演讲的内容，那些大众报纸也没有。事实上，虽然听众鼓掌很热烈，谢维克却有一种奇怪的感觉：其实根本没有人在听自己讲话。

他们对他很优待，很多地方他都可以去：光研究实验室、国家档案局、核技术实验室、位于尼奥的国家图书馆、位于米费德的加速器基地以及位于德里奥的太空研究基地。虽然在乌拉斯所见的一切都让他意犹未尽，不过这样的游历有几个星期也就够了：所有的一切都那么迷人、那么不可思议、那么令人惊叹，最后他觉得自己都有些受不了了。他想要在大学里安定下来，开始工作，花一些时间好好想一想所见的一切。不过他还是请他们带自己去太空研究基地转转，作为最后一天的观光项目。听到他提这个要求，帕伊似乎非常高兴。

最近所见的很多东西令他敬畏，是因为那些东西很古老，有几百年，甚至几千年的历史。太空基地则不同，是座很新的建筑，建成时间还不到十年，采用的是目前所流行的那种奢华、优雅的风格。设计师非常富于激情，运用了许多大面积的色块，屋子的高度以及纵深因此都被夸大了。实验室很宽敞很通透，所附带的工厂及机械车间外面都是尼奥·夏安堂式柱廊，有着华丽的拱门和柱子。机库的面积非常大，上方是一个半透明的彩色穹顶，极其瑰丽。这里的工作人员却非常沉静稳重，与建筑风格形成了鲜明的对比。他们带谢维克参观整个基地，包括他们正在研制的星际推进实验系统，还给他看了电脑及制图板上的计划，加上一艘未完工的飞船。飞船就停在那个穹顶机库里，在橙色、紫色、黄色灯光的照射下，显得异常庞大，颇具梦幻色彩。这次参观，平常陪同他的人并没有随行。

“你们的条件真好。”谢维克跟负责接待他的那位名叫奥伊吉奥的工程师说道，“你们有这么多的资源，做得也很出色。这一切真是太伟大了——这种协作，这种配合，再加上如此伟大的一项事业。”

“你们那里不能进行这么大型的工程，是吧？”工程师笑着说道。

“飞船吗？我们的飞船队就是当年的移民者离开乌拉斯时搭乘的那些飞船——是在这里，在乌拉斯生产的——快有两百年历史了。在我们那里，就算造一艘运谷物的海船——不如说一艘驳船——也需要一年的规划，对我们的经济也是很大的负担。”

奥伊吉奥点了点头：“呃，我们终归也收到了你们的货物，还好。不过你知道，只有你能告诉我们什么时候该放弃这整个工作——彻底放弃。”

“放弃？你的意思是……”

“比光速更快的，”奥伊吉奥说，“跃迁。传统物理认为这是不可能的。地球人也说不可能。但是海恩人——毕竟我们现在所采用的驱动方式就是他们发明的——说这是可能实现的，只是他们也并不知道该如何实现，因为时间物理的概念他们还是从我们这里学去的。如果说在我们已知的世界中有谁掌握了这种方法的话，那肯定就是你，谢维克博士。”

谢维克冷冷地盯着对方，眼神明亮清澈又很坚决：“我是一个理论家，奥伊吉奥，不是设计师。”

“如果你可以提供一种理论，一种将时序与共时性联合起来的时间统一场理论，那么我们就可以设计出这样的飞船，让我们可以在离开乌拉斯的瞬时到达地球、海恩，或者另外一个星系！这个老爷船，”他低头看着机库，看着那艘未完工飞船沐浴在紫色、橙色光柱中的模糊身影，“就会像牛车一样变为老古董了。”

“你们能将梦想变作现实，太了不起了。”谢维克说，他还是那么落落寡合、神色冷峻。奥伊吉奥和其他人还想带他去看看别的，跟他探讨一番，不过他很快就说出了这样一句话，简单明了，其中没有任何讽刺的意味。“你们还是带我回陪我来的那些人那边去吧。”

他们照做了。大家热情地挥手道别。谢维克钻进车子，然后又钻了出来。“差点儿忘了，”他说，“还有时间去看看德里奥的另外一个地方吗？”

“德里奥已经没什么可看的了。”帕伊说，他还是一如既往的谦恭有礼，努力掩饰着恼怒的情绪——谢维克跟着工程师们单独行动了五个小时。

“我想去看看那座堡垒。”

“什么堡垒，先生？”

“建于列王时期的一座古老城堡。后来改作了监狱。”

“那样的东西应该都被拆掉了，太空基地重建了整个镇子。”

他们进到车里，司机关上车门。齐弗伊李斯克（他可能是另一个导致帕伊心情不佳的原因）问道：“谢维克，为什么你想看城堡呢？我还以为，看了那么多古老的废墟，你应该有一阵子不想看了呢。”

“奥多在德里奥的这座堡垒里待了九年。”谢维克答道。自从跟奥伊吉奥谈过话之后，他就一直是同一副表情。“那是在747年的暴动之后。她在这里写了《狱中书》和《类推》。”

“这座堡垒恐怕已经被推倒了。”帕伊用同情的口气说道，“德里奥原本是个濒临绝灭的小镇，于是太空基地干脆推倒了原有的一切，然后重起炉灶。”

谢维克点了点头。但是当车子顺着沿河公路往通向伊尤尤恩大学那条岔道上行驶时，经过了塞西河河湾的一处悬崖，悬崖上有一座建筑，厚重、残败、摇摇欲坠，黑石砌成的塔楼已经破败不堪。这座建筑跟太空研究基地那些色彩明快的华美建筑、瑰丽的穹顶、明亮的工厂、整齐的草坪和小径极度不协调。在它的映衬之下，那些东西就像是一堆纸片，再没有别的东西更能让人有这样的感觉了。

“那个，我想应该就是那座堡垒。”齐弗伊李斯克说道，他总喜欢发表一些不合时宜的言论。

“已经变成了一片废墟，”帕伊说，“里头肯定都空了。”

“要停下来去看看吗，谢维克？”齐弗伊李斯克一边问，一边准备去敲包围着司机座位的格栅。

“不了。”谢维克说。

想看的他已经看到了。德里奥那座堡垒仍然还在。他没必要进到里面，顺着破败的走廊去找奥多待过九年的那间牢房。他知道监狱的牢房是什么样子。

他抬起头来，还是冷冷地板着脸，看着现在几乎盘踞在车子上方那些沉重阴暗的墙壁。“我在这里已经很久了，”堡垒说道，“现在我还在。”

在高级教员食堂吃过饭后，他回到自己的房间里，独自一人坐在没有点火的壁炉边上。现在是伊奥的夏天，一年中白昼最长的日子很快就要到来，虽然时间已过八点，天却还没有黑。透过穹形窗户，可以看到天空依然带着些白昼的色彩，一种纯净的浅蓝色。和煦的空气中带有割过的青草和湿润泥土的气息。小树林外那座小教堂里亮着一线灯光，微微涌动的空气中还有模糊低沉的音乐声。那不是鸟儿的歌唱，而是人在唱歌。谢维克侧耳聆听着。有人在教堂里伴着风琴练习《数字和谐组曲》。谢维克跟乌拉斯人一样熟悉这些曲子。奥多在致力于复兴人际关系的时候，也曾经努力复兴人同音乐最基本的关联。对于必需的东西，她总是很尊重的。移居阿纳瑞斯的人将人类的法则抛诸身后，却一直遵循着和谐的法则。

这间安谧的大屋子阴凉平静，天色渐渐地暗了下来。谢维克环视着屋子，看着那些完美的双弧形窗户、木地板边缘微微的亮光、略有弯曲的石砌烟囱、镶着木板的墙壁，这一切都是那么协调，令人赏心悦目。这是间很漂亮很有人情味儿的屋子，同时也非常古老。他们告诉他，这栋高级教员楼建于540年，距今四百年了，距离阿纳瑞斯大移居则有两百三十年。一代又一代的学者们在这栋房子里生活、工作、交谈、思索、睡觉、死去，一切都发生在奥多出生之前。在草坪上、在小树林阴暗的树叶之间，《数字和谐组曲》已经飘荡了好几个世纪。“我在这里很久了，”房间对谢维克说道，“现在我还在。你在这里做什么呢？”

他不知道怎么回答。他没有权利享用这个世界的优雅和富饶，那是这个世界的人用劳作、奉献和忠诚换来并一直保持着的。天堂是为创造天堂的人所有的，而他不属于这些人。他是一个边缘人，属于否定了自己的过去和历史的那一类。移居阿纳瑞斯的人们只选择了未来，摈弃了旧世界以及这个世界的一切过往。可是未来必定会成为过往，过往则会成为未来。否定是不能让人如愿的。离开了乌拉斯的奥多主义者是错误的，错在他们那不顾一切的勇气，错在否定了自己的历史，也放弃了回归的可能。一个不愿意踏上归途、不愿意让自己的飞船回返将自己的故事告诉他人的开拓者并不是真正的开拓者，只是冒险家，而他的孩子们也只能是天生的流亡者。

他已经开始爱上了乌拉斯，可是他这种一厢情愿的爱有什么用呢？他不属于这里，也不属于自己出生的那个世界。

他在登上“警惕号”之后头一个小时里体会到的那种孤独，那种确切无疑的疏离感再次袭上心头，明白无误地向他宣告：无人理会、备受压抑才是他的真实处境，无可逃避。

他在这里是孤立的，因为他来自一个自我放逐的社会。在他自己的世界里他也一直都是孤立的，因为他将自己放逐出了那个社会。移居者们迈出了一步，他则是迈出了两步。他遗世独立，因为他在哲学上以身犯险。

他竟然以为自己可以帮助两个世界走到一起，而他自己却并不属于其中的任何一个，这真是够傻的。

他盯着外面蓝色的夜空。在影影绰绰的树叶以及小教堂的尖塔上方、在那片小山丘黑色的轮廓上方——那些小山丘在晚上似乎变小变远了——升起一个亮亮的东西，投射出大片柔和的光芒。月亮升起来了，他想，心里涌起一种又亲切又感激的感觉。时间仍然是统一的。他曾经多次看过月亮升起。孩提时代，他跟帕拉特一起，透过广原住处的窗户看过月亮；少年时代也曾看着月亮在丘陵上方升起。他在干燥的沙漠平原上看过月亮，也曾在阿比内的屋顶上和塔科维亚一起赏月。

可是，彼月亮非此月亮。

时当满月，阿纳瑞斯从外星的丘陵上方升起，闪着莹莹的光，蓝白色的光轮中点缀着暗褐色的斑点。月影在他周遭移动，而他木然呆坐。他空空的双手之中，满溢着自己那个世界投射过来的光芒。

第四章

阿纳瑞斯

西斜的阳光晒到谢维克的脸上，他醒了过来。飞船正从尼希拉斯上方的高空通过，随后便径直飞往南方。这一天的大部分时间里他都在睡觉。现在是漫长旅程的第三天，举行告别宴会的那个夜晚似乎已经是非常遥远的事情。他打了个哈欠，揉揉眼睛，又摇了摇头，想要把耳中飞船发动机那低沉的声响赶出去。然后他完全清醒过来，意识到这次旅行即将结束，他们应该已经快到阿比内了。他把脸贴到满是灰尘的窗户上，没错，下方两道低矮的赭色山脊之间那一大片被围墙围住了的空地，正是太空港。他凝神细看，想看看起落场上有没有太空飞船。乌拉斯虽然是个可鄙的地方，毕竟也算另外一个世界。他希望能看到一艘来自另一个世界的飞船，一个跨过那道没有水的可怕深渊的航行者，一样由外星人制造的东西。不过，太空港里并没有飞船。

乌拉斯的货船每年只来八次，装卸完货物之后马上离开。他们在这里并不受欢迎。事实上，对有些阿纳瑞斯人来说，他们的存在是一种永远无法消除的耻辱。

他们会带来石油和石油制品、阿纳瑞斯现有工业无法生产的某些精密机械部件以及电子元件，还常常带来某个新品种的果树或粮食供阿纳瑞斯人试用。他们带回乌拉斯的则是整船的水银、铜、铝、铀、锡和黄金。对于他们来说，这是非常划算的一笔交易。每年八次的货物分配是乌拉斯世界政府理事会最显赫的一项职能，也是乌拉斯全球股票市场的一个重大事件。事实上，自由星球阿纳瑞斯就是乌拉斯的一个矿区殖民地。

这事是阿纳瑞斯人的一个心病。世世代代的阿纳瑞斯人对此都争论不休。每年在阿比内的PDC辩论会上，那些反对派人士都会强调：“我们为什么要跟这些制造战争的资产者进行这种投机倒把的交易呢？”那些头脑相对冷静的人给出的答案也总是千篇一律：“乌拉斯自己开采矿石要付出更大的成本；所以他们不会侵略我们。不过，一旦我们撕毁贸易协定，他们就会采用武力了。”不过，对于从来没有花过钱买东西的人们来说，成本概念以及市场机制都是很难理解的，两个世界整整七代人的和平也没能换来他们彼此的信任。

这一来，那个被称为防卫协会的工作岗位就从来不愁没有志愿者。多数的防卫工作都是极其乏味的，在普拉维克语中它们不被称为工作（在普拉维克语中工作和玩乐用的是同一个词），而是称作克莱吉克，就是苦工的意思。防卫工作人员驾驶十二艘老旧的星际飞船，他们要维修这些飞船，让飞船在轨道上运行，构成一道防卫网络，要在一些边远的地方维护雷达及无线电远程扫描装置，还要在港口做一些极其无聊的工作。即便如此，也总是有志愿者在排队等候着补缺。虽然阿纳瑞斯年轻人被灌输的道德观是要讲求实效，可他们身上依然有着无限的活力，向往着利他主义和自我牺牲。他们希望得到这样的工作，因为它是这种精神的完美体现。孤独、高度警觉、危险、太空飞船，所有这一切交织成了一种极其浪漫的诱惑。现在，也是出于一种纯粹的浪漫情怀，谢维克把自己的脸紧紧地贴在舷窗上，直到空无一人的太空港被飞船抛到了身后。他觉得有些失望，因为停机坪上并没有那些可耻的矿石货船。

他又打了个哈欠，伸了伸懒腰，视线转向前方，想看看能见到什么。飞船正在飞越尼希拉斯最后一道低矮的山脊。前方，蜿蜒山脉的南方是一大片绿色的山坳，在午后阳光的照射下熠熠生辉。

他心中充满了赞叹和惊喜。六千年前，他的先人们也曾带着同样的心情欣赏这片风光。

在第三个千年期的时候，乌拉斯星球上瑟多努和德夯的祭司天文学家发现，“彼岸世界”茶色部分的明亮度会随着季节变化而改变，于是他们给那些平原、山脉以及反射着阳光的海洋起了带有神话色彩的名字。他们将阴历新年里最先变绿的那片地区称为安斯霍斯，意思是心灵花园：阿纳瑞斯的伊甸园。

在接下来那个千年里，他们的发现通过望远镜得到了证实。安斯霍斯成了阿纳瑞斯星球最受关注的地方；第一艘载人登月飞船的降落地点正是介于山脉和海洋之间的这片绿地。

不过，他们发现阿纳瑞斯伊甸园其实是一片干冷多风的地带，这个星球的其他地方则比这里还要糟糕。这里生命进化的最高形式只是鱼类和无花植物。空气很稀薄，跟乌拉斯星球上那些海拔非常高的地方一样。这里要么烈日炎炎，要么寒风刺骨，总是尘土飞扬。

初次登陆两百年之后，人们对阿纳瑞斯进行勘探，绘制地图，进行实地考察，不过并没有人移居到这里来。在乌拉斯富饶的水岸地带有着充足的空间，为什么要迁居到一片荒凉的沙漠里去呢？

不过，这里的矿藏得到了开采。由于第九个千年期以及第十个千年期早期的那种劫掠式开采，乌拉斯的矿脉已经枯竭；随着火箭技术的进步，比起从低品位矿石或海水中提取矿物，到月球上去开采那些必需的金属更为经济。乌拉斯纪年10–738年，人们在尼希拉斯山脚，也就是昔日安斯霍斯的所在，建起了一处居留地。人们在这里开采水银，这个地方被称为阿纳瑞斯镇。其实这不能算一个镇，这里没有女人。男人们到这里来服役当矿工或技术员，两三年后回返家园，回到那个真正的人的世界。

月球及其矿藏归世界政府理事会管辖，不过在月球的东半球，舍国搞了点儿小动作：开辟了一个火箭基地和一处居留地，居留地里住的都是金矿工人及其家小。那些人是真正地生活在月球上，不过此事只有他们的政府知情。10–771年，舍国政府垮台，有人便借此机会建议世界政府理事会将月球转让给世界奥多主义协会——在他们彻底颠覆乌拉斯的法律权威和国家政权之前，拿出一个星球来收买这帮人。阿纳瑞斯镇上的人都撤离了，混乱之中的舍国也匆忙派出了最后两艘飞船去接回那些金矿工人。不过，并非所有人都选择了回归，他们中有些人已经爱上了这片荒凉的沙漠。

世界政府理事会赠送给选择移居的奥多主义者们十二艘飞船，此后长达二十多年的时间里，这些飞船在两个星球之间穿梭往返，将上百万名选择了新生活的人们送过了那道没有水的深渊。随后港口关闭，不再接受外来移民，仅对贸易协定允许进入的货船开放。当时，阿纳瑞斯镇人口已经超过了十万，名字也改成了阿比内，这个词在新社会的新语言中意为“头脑”。

在奥多对于理想社会的构想中，地方分权是一个至关重要的因素，当然她自己没能在有生之年看到这样一个社会成为现实。她认为不必对社会进行去城市化，同时也指出，一个公社的规模自有其局限，这种局限取决于一个公社对其基本食物及能源直接供应区的依赖程度。她认为，所有公社之间都应当有通信及交通网络，这样物资及思想才能按照人们的需要进行流通，同时也能便利高效地开展管理工作，使所有的公社之间都可以进行物资交换。不过，这样的网络管理并不是自上而下的，其中没有控制中心、没有首都、没有那种永不停歇的官僚机构，也没有哪个个人想要成为老板、统帅或是国家元首。

不过，她的这些设想是以乌拉斯的富饶土地为基础的。在贫瘠的阿纳瑞斯，因为资源稀缺，各个公社只能四处分散，而且不管人们如何克制，大部分的公社还是不能自给自足。哪怕他们已经极尽克制，甚至只维持着生活的最低限度。与此同时，他们也不可能倒退回前城市化、前工业化时期的部族生活状态。他们很清楚，现在这种无政府主义状态，其前身是一个高度发达的文明，这种文明有着复杂多样的文化、稳定的经济以及高度工业化的科技，这种科技保证了高效的生产和运输。虽然各个居留地之间相距遥远，他们还是构建了复杂的社会结构。他们先修建了道路，随后是房屋。各个地区之间彼此交换各自特有的资源及物产，通过错综复杂的过程实现平衡——生命、自然生态以及社会生态中特有的多样化平衡。

不过，根据人们对类推模式的理解，一个神经系统中必须得有至少一个神经节，最好还能有个大脑，总之必须得有个中心。负责实施管理、工作分派、物资分发的电脑，以及绝大多数工作协会的中央联合会，从一开始就一直设在阿比内。从一开始，移居者们便已经意识到，这种不可避免的中央集权化是一种持久的威胁，必须始终对其保持警惕。

哦，无政府主义的孩子，无限期望
无限谨慎
在夜色般深沉的摇篮边
我在黑夜中聆听，聆听
听孩子是否一切无恙

以上诗句作于大移居之后的第十四年，作者是皮奥·阿蒂恩，他的普拉维克语名字是托博。奥多主义者想让自己的新语言、新世界变得富有诗意，他们最初的努力显得无比僵硬笨拙，却总能直抵人心。

现在，阿纳瑞斯的头脑以及中心——阿比内就在飞船前方，在那片绿色的大平原之上。

那片鲜艳厚重的绿色田野是不可能被认错的：这种颜色并非阿纳瑞斯本土所有。只有在此地以及温暖的凯伦海岸，旧世界的谷物才能茂盛生长。其他地方的主要作物则是霍勒姆灌木和苍白的弥尼草。

谢维克九岁的时候，有好几个月，他下午的作业就是照料广原公社的观赏植物——那是些娇嫩的外来植物，必须像照料婴儿一样小心伺候，给它们浇水、施肥、晒太阳。他给一位老人当助手，这是一项需要付出极大耐心、能让人感觉平和的任务。他喜欢上了那位老人，也喜欢上了那些植物、尘土以及工作本身。看到阿比内平原的色彩，他便想起了那位老人，想起了鱼油肥料的气味，想起了光秃秃的小树枝上萌出的第一颗小叶芽那种充满了生机的纯净绿色。

他看到远处那片鲜艳的田野上有一道长长的白影。飞船从上方飞过时，白影忽然幻化成许多小方块，就像撒落的盐块。

城市边缘闪过一簇耀眼的亮光，他不由得眨了眨眼，几个黑点在他眼前一闪而过：那是一些巨大的抛物面反光镜，作用是给阿比内那些精炼工厂提供太阳能。

飞船降落到了镇南端的一个物资分发处。谢维克走下飞船，走进了这个星球最大城市的街道。

街道宽阔而整洁，所有的东西都暴晒在太阳下，没有阴影的遮挡，因为阿比内所处的纬度在赤道以北不到三十度，而且街上的房子都很矮。高的只是那些坚固的风轮机塔楼，数量也不是很多。太阳在深蓝紫色的天空中放射着白炽的光芒。空气清新纯净，没有烟雾和湿气。所有的东西都很清晰，棱角分明，透亮异常。每一件东西都呈现出某种遗世独立的姿态。

阿比内的组成部分跟其他奥多主义公社毫无二致，这样的模式在众多公社中不断重复，其中包括车间、工厂、住家、宿舍、学习中心、会议厅、物资分发处、仓库和食堂。大一些的建筑通常环绕在露天广场周围，由此构成了城市的基本单元：一个又一个的小公社。重工业及食品加工厂往往聚集在郊区，相关工业也总是分布在同一个广场或同一条街道附近，城市的单元结构由此得到体现。

谢维克最先走过的是纺织品区的一连串广场，四周到处都是霍勒姆纤维加工厂、纺织厂、印染厂和布料服装分发处；每一个广场的中间都竖着一些柱子，从上到下挂满了染得五颜六色的旗帜，骄傲地彰显着本地所从事的行业。城市里所有的房子都很相像，朴素坚固，材质则是石块及模压泡沫石。在谢维克看来，其中有些房子非常大。其实那些房子基本上也只有一层，因为此地多发地震。出于同样的原因，房屋的窗户都很小，用的是坚固而不会碎裂的硅塑料。窗户虽小，数量却很多，因为在日出前一小时及日落后一小时这两个时间段里都没有人工照明。室外温度超过55华氏度时，供暖就会停止。这并不是因为阿比内能源短缺，此地有大量的风轮机及用于供暖的地热微分发电机；不过，有机经济的原则是这个社会运行的根本，对于人们的伦理及审美都产生了深远的影响。“多余的东西就是大便。”奥多在《类推》中写道，“大便滞留在体内就成了毒药。”阿比内是无毒的：一座毫无遮蔽的城市，光线充足，色彩鲜明，空气纯净，而且非常安静。整座城市让人一览无余，就像撒落的盐一般简洁明了。

没有任何遮掩。

那些广场、朴实无华的街道、低矮的房子、没有围墙的车间院子，全都充满了活力。谢维克一路走，一路感觉到身边有其他人在走路、干活、说话，不停有人跟他擦肩而过，有人在大声嚷嚷，有人在闲谈，有人在唱歌，人们活着、忙碌着、来来往往。车间和工厂都面朝广场而立，要么就朝着自家敞开的院子，门也全都开着。他经过一家玻璃工厂，一名工人正舀起一大勺灼热的熔液，随意得如同厨师在盛汤。玻璃厂隔壁的院子里忙得热火朝天，工人们正在浇铸建筑用泡沫石。领头的是一位壮硕的妇女，她穿着一条落满灰尘的工作服，正用响亮的声音指导其他人往模子里倾倒熔化物。这之后是一家小型电线厂、地方干洗店、制造修理乐器的拨弦乐器作坊、地方小型物资分发处、剧院及砖瓦厂。每一处正在进行的活动都很令人着迷，其中绝大多数都是在户外，让人可以看清全部的过程。到处都有孩子，有的在帮大人干活，有的在地上捏泥团，还有一些则在街上玩游戏。一个女孩儿坐在学习中心的屋顶上，低头看书。电线工人用带色的电线在商店店面拉出了藤蔓的形状，非常喜庆华丽。洗衣店大敞着的门口喷出阵阵蒸汽以及人们的谈话声，热闹非凡。没有哪一扇门上了锁，关着的也是极少数。街上没有任何的掩饰，也没有广告。一切都在这里，所有的工作，城市里的所有活动，都让人开目可见、触手可及。

不时地，会有一辆车顺着物资街叮叮当当地往下走，车里挤满了人，车外还有不少趴在车两侧支柱上的乘客。一群老太太激烈地诅咒着，因为车子在她们那个站没有减速让她们下车，一个小男孩蹬着自己做的一辆三轮车在后面拼命追赶。经过交叉路口时，车子上方的电线喷出了阵阵蓝色的电火花：似乎每处街道在平静的表面下都潜藏着无限的动力，需要不时地放一放电，释放出爆炸声、蓝色电流以及臭氧的气味。这种交通工具就是阿比内的公共汽车，看到它们经过，人人都会有欢呼雀跃的冲动。

物资街的尽头是一大片空地，还有五条街道也呈放射状汇聚于此，形成了一个三角形的公园，公园里长满了青草绿树。在阿纳瑞斯，大部分的公园都是泥地或沙地运动场，旁边围起灌木或是霍勒姆树。这个公园却与众不同。谢维克穿过空荡荡的人行道，走进公园。他之所以对这个公园感兴趣，是因为他曾多次见过这个公园的照片，也因为他很想近距离地观看外星树木，也就是乌拉斯树木，感受一下式样各异的树叶的那种绿意。日落时分的天空辽远澄澈，天空的最高点正在变暗变紫，那是透过稀薄的大气层看到的外太空色彩。他小心翼翼地钻到了那些树下。树叶簇集成团，这么多的叶子是不是很浪费呢？霍勒姆树就只长着必须的刺和针叶，别无其他。这些繁茂的树叶不就是多余的、无用的吗？没有肥沃的土壤、频繁的浇灌和精心的呵护，这些树是不可能茁壮成长的。他不喜欢这样的铺排和浪费。他头顶着繁茂的树荫在这些树之间穿行，脚下是软绵绵的外星青草，感觉就像踩着活生生的肉体。他退回到小径上。树木伸出的枝干阴森地压在他的头顶上方，像许多只绿色的大手。他感到了一种敬畏。他觉得自己是有福分的，虽然他并未为此祈求。

他顺着阴暗的小径往下走。前方有一把石头长椅，有人正在那里看书。

谢维克慢慢地走了过去。他来到长椅面前，看着那个人。对方正低头看书，金色的天光透过树木泛起些许的绿意，笼罩着她的全身。这是一位五六十岁的女士，穿着很怪异，梳到脑后的头发打成了一个结。她左手支颐，挡住了大半张嘴，看她嘴部的线条就知道她很严厉，右手放在膝盖上，拿着一摞纸。那些纸很重，纸上面那只冰冷的手也很重。天色渐渐变暗，她却没有抬头，继续看着那摞《社会有机体》的校样——那是奥多的雕像。

谢维克站在那儿看着雕像。过了一会儿，他挨着她坐了下来。

他对地位等级之类的事情全无概念，何况长椅上也有足够的空间。他这么做仅仅是受了一种友爱之情的推动。

他看了看这个坚毅、忧伤的雕像，看了看那双手，那双老妇人的手，又抬头看着那片幽暗的树枝。有生以来第一次，他想到了奥多——他从孩提时代便知道的奥多，想到这个人的思想在他以及他认识的每个人的脑海中深深地扎下了根，成为了他们的思想准绳。他还想到，奥多从来没有到过阿纳瑞斯。在绿叶树木的树荫之下，在无从想象的辉煌城市里，在说着未知语言的人群当中，在另一个世界里，她生活、死去，最终长眠地下。奥多是一个外星人、一个流亡者。

暮色中，一个年轻人和一个雕像并排而坐，不出声也不动弹，跟雕像几无二致。

最后，看到天色已晚，他站起身来，折回到街道上，开始向路人打听中央科学院的方向。

这段路程并不很远，华灯初上他就到了那里。大门口那间小办公室里，有一位登记员，也许是值班人员，正在看书。门虽然开着，他还是敲了一下，以提请对方的注意。“谢维克。”他说。这是惯例，在跟陌生人开始交谈之前，先将自己的名字告诉对方，这样对方就可以称呼你了。在阿纳瑞斯，人们相互之间只用名字称呼。这里没有头衔，没有关于头衔的称谓，也没有传统的敬语。

“考科凡。”那位女士答道，“你不是昨天就该到了吗？”

“飞船的时间表改了。还有哪间宿舍有空床位吗？”

“46号房间还空着。穿过院子之后左边那栋楼。萨布尔给你留了一个条，请你上午去物理办公室找他。”

"多谢！"谢维克说，然后大步走过那个铺着花砖的宽阔院子，一只手挥舞着行李——一件冬天的外套和一双备用靴子。这个四方院子周围都是房子，现在都亮着灯。寂静之中有一种连续的低沉声音，显示着人的存在。明朗清晰的城市夜色中涌起一股暗流，让人心中悸动，同时又充满希望。

现在还是用餐时间，他赶紧沿着弯弯曲曲的路赶去学院食堂，看看是否有多余的食物给突然到访的客人。不过，他发现自己的名字已经写进了日常就餐人员的名单里。食物非常丰盛，甚至还有甜点，是一种煨蜜饯。谢维克酷爱甜食。他是最后一批用餐的，看到蜜饯还剩很多，于是又去拿了一盘子。他一个人坐在一张小桌子边吃饭，旁边那些大桌子围坐了好几拨的年轻人，他们面前的盘子已经空了，却还坐在那里高谈阔论：他听到他们在谈论氩气在极低温度下的反应，谈论一位化学教师在讨论会上的举动，谈论假想中的时间曲度。有两个人扫了他一眼；在小公社里，人们通常会主动跟陌生人搭讪，现在他们却没有过来跟他讲话；他们的扫视也并没有敌意，也许只是有一点点挑衅的意味吧。

宿舍楼里有一条长长的走廊，两边都是紧闭的房门，门后面显然都是些单人间。他找到46号房，心里好奇登记员为什么把他安排到了这里。从两岁时开始，他就一直住四人到十人的集体宿舍。他敲了敲46号房门，没人回应，于是打开了门。这是一个小小的单人间，里面没有人，只有走廊上透进来的微弱灯光。他打开灯，屋里有两把椅子、一张书桌、一把旧计算尺和几本书，台床上整齐叠放着一条橙色的手织毯子。有人住在这里，那个登记员弄错了。他关上房门，随后又将房门打开去关灯。书桌就在灯的下方，桌上有一张随意撕下的纸条，上头潦草地写着："谢维克，物理办公室，上午。2—4—1—154。

萨布尔。”

他把手中的外套放到椅子上，备用靴子放到地上，然后站在那里看了看那些书，都是一些物理学和数学的标准参考书，绿色封皮，封面上印着生命之环。他把外套挂到壁柜里，脱下靴子，然后小心地拉上壁柜的帘子。他从房间这头走到门口：四步的距离。他踟蹰着站了一分钟，然后有生以来第一次，关上了属于自己一个人的房间的门。

萨布尔是一个壮实的小个子，四十来岁，不修边幅。他脸上的毛发比一般人都更黑更粗，汇聚到下颚那里就成了一把繁密的胡子。他穿着一件冬天穿的厚重束腰外套；看情形，他去年冬天穿的也是这件衣服，袖子的边都已经脏得发黑了。他的态度生硬又勉强，说话也断断续续的，跟他潦草书写在破纸片上的便条是一个风格。“你应该去学伊奥语。”他用低沉的声音对谢维克说道。

“学伊奥语？”

“我让你去学伊奥语。”

“为什么呢？”

“这样你就可以读乌拉斯人的物理学著作了！阿特罗、托、拜斯科这些人的作品。目前还没有人把它们翻译成普拉维克语，没人能做到。在阿纳瑞斯，大概只有六个人能看懂这些作品，更别提翻译了。”

“我怎么学伊奥语呢？”

“通过语法书和词典！”

谢维克毫不退缩：“哪里能够找到这些书呢？”

“这里。”萨布尔声音低沉地说道。他在那些放着绿色小开本书的乱糟糟的架子上扒拉了一阵，动作粗暴急躁。他在最底下那个架子上找到了两卷厚厚的、没有装订的册子，扔到桌子上，“等你能够读懂阿特罗的伊奥语作品之后再来找我。在此之前我跟你没什么好说的。”

“这些乌拉斯人用的是哪种数学？”

“你不懂的。”

“这里有人研究时间拓扑学吗？”

“有，图勒特，你可以去向他请教，不过你不需要去听他的课。”

“我打算去听格瓦拉伯的课。”

“为什么？”

“她关于频率及周期的研究……”

萨布尔坐了下去，然后又站起身来。他这个人非常的焦躁生硬，像一把木锉子，让人难以忍受。“不要浪费时间。在因果理论方面你已经远远地超越了那个老太婆，她在其他方面的那些观点纯属废话。”

“我对共时理论很有兴趣。”

“共时！弥迪斯都给你灌输了些什么投机取巧的废话呀？”物理学家对他怒目而视，短粗的头发下，太阳穴的血管都鼓起来了。

“是我自己对共时理论有兴趣。”

“成熟一点儿，成熟一点儿，你该成熟一点儿了。你现在已经来到这里，我们在这里是研究物理学的，不是宗教学。忘掉那些神秘主义，成熟起来吧。你学伊奥语要多久？”

“我学习普拉维克语就花了好几年的时间。”谢维克说。萨布尔却全然没有注意到他话语中那轻微的讽刺意味。

“我花了十旬的时间，就可以读懂托的《绪论》了。哦，该死，你需要一本学习资料，最好是这本。这里，等一下。”他在一个塞得满满的抽屉里翻找一阵，最后找出一本书。这本书样子很怪异，封皮是蓝色的，封面上也没有生命之环。书的标题是一些烫金字母，看样子是*Poilea Afio-ite*。这些字母没有任何意义，其中有些字母的字形也是谢维克所不知道的。谢维克盯着这本书看了看，然后从萨布尔手中接了过来，但没有打开它，就那样一直拿着。他一直都很想见识一下这样的东西——外星造物，是来自另一个世界的信号。

他想起了帕拉特给他看的那本书，那本关于数字的书。

“等你看得懂这个的时候再来找我。”萨布尔用他那低沉的声音说道。

谢维克转身离去。萨布尔抬高了声音：“这些书只能你自己看！不是谁都可以看的。”

年轻人停下脚步，转过身来。片刻之后，他很平静又带些挑衅地说道：“我不明白。”

“不要让别人看这些书！”

谢维克没有作答。

萨布尔又站起身来，走到他身边：“听着，你现在是中央科学院的一名成员，一个物理学理事，跟我萨布尔共事。你信奉什么？特权即义务，是吧？”

“我要学习不得与他人分享的知识。”片刻踌躇之后，谢维克答道，把这句话说得跟一个逻辑学命题似的。

“如果你在街上发现了一包爆炸雷管，你会跟路过的每个孩子‘分享’这些雷管吗？那些书就跟炸药一样。现在你明白我的意思了吗？”

“是的。”

“那就好。”萨布尔板着脸转过身去。他的表情不像是因为具体某事而发怒，倒更像是一种风土病的后遗症。谢维克小心翼翼地拿着那包“炸药”离开了，心里充满了强烈的反感和无尽的好奇。

他开始学习伊奥语，独自一人在46号房间学习。这一方面是因为萨布尔的警告，另一方面也因为，独自工作对他来说是最自然不过的事情。

在他很小的时候，他就清楚地意识到自己跟周围那些人在有些方面是不同的。对于一个孩子来说，意识到这种区别是非常痛苦的，因为在他什么也没有做，而且也没有能力去做什么的时候，他不能证明这种区别是正当的。对于这样的小孩来说，如果能有个值得信赖、充满爱意、本身也与众不同的大人在身边，那将是唯一的安慰；但是谢维克没有。他完完全全地信赖自己的父亲、深爱自己的父亲。不管谢维克是什么样子、不管他做什么，帕拉特都会认可他，对他的爱不会有丝毫动摇。但是，帕拉特身上没有这种让人痛苦的与众不同的特质。他跟其他人一样，跟所有那些非常合群的人一样。他深爱着谢维克，却没法告诉谢维克什么是自由，也没法让他知道，承认孤独本身就是对孤独的一种超越。

因此，谢维克早已习惯了这种内在的孤独。在公社的时候，他每天都要跟别人接触和交流，还有几个朋友陪伴，这种孤独由此得到些许缓解。在阿比内他没有朋友，而且因为他住的不是集体宿舍，所以也没有交到新的朋友。二十岁的他对自己的想法和怪异性格异常敏感，没办法做到开朗外向。他表现得十分孤僻冷淡，他的同学们感觉到他这种超脱是发自内心的，所以也没人尝试过要接近他。

他很快就喜欢上了独处一室的私密状态，继而尽情享受着这种完全的独立。他离开房间只是为了去食堂用餐，还有就是每天去街道上快走，这么做是为了让身上的肌肉放松，一直以来他都是这样锻炼。然后他就会回到46号房间，继续钻研伊奥语语法。每隔一两旬的时间，他要去做一次“旬末轮值”的公社劳动，不过一起干活的人都是陌生人，不像以前在小公社的时候大家彼此都很熟悉，所以从心理上来说，这为时几天的体力劳动并不能使他的隔绝状态，以及伊奥语的学习进程有所中断。

伊奥语语法很复杂，毫无逻辑，而且有很多固定用法，他从中得到了莫大的乐趣。一旦掌握了基本的词汇之后，学习进度就很快了，因为他懂得自己所阅读的内容；他理解这个领域，也理解那些术语。每次遇到难点时，他自己的直觉或者某个数学等式总能够引导他走出困境。这些难点并不全是他以前接触过的，因为托的《当代物理学绪论》根本不是什么入门手册。等到他磕磕绊绊地看到这本书中间部分的时候，他已经不再是学伊奥语，而是在读物理学了；他由此理解了为什么萨布尔要让他从乌拉斯物理学家的著述着手。从任何角度来说，这些著述都远远领先于阿纳瑞斯，至少领先二十到三十年的时间。事实上，萨布尔本人关于因果物理的研究成果中最有见地的部分都是从伊奥语翻译过来的，不过这一点他并没有说明。

他继续潜心研究萨布尔给他的其他书籍，都是乌拉斯当代物理学的重要著作。他更加深居简出了。他从不参加学生协会的活动，也不参加其他协会或联合会的会议，在物理协会的会议上也总是昏昏欲睡。这些团体的会议是社会活动和社交的一种手段，在小公社里则是生活的一种基本方式，但在这座城市里就显得没那么重要了。对于这里的人来说，没有谁是不可或缺的；事情总有其他的人愿意去做，而且做得足够好。除了旬末轮值和宿舍及实验室例常的值班任务之外，谢维克的时间全归他自己支配。他经常忘了锻炼，有时候还忘了吃饭。不过，有一门课他从来没落过一次，那就是格瓦拉伯的频率及周期课程。

格瓦拉伯实在太老了，经常讲着讲着就跑题，有时候还唠叨个不停。来听她讲课的人很少，人也不是很固定。因此，她很快就记住了一个固定的听众——那个瘦瘦的大耳朵男孩儿。她开始只为他一个人讲课。那双明亮、坚定、睿智的眼睛迎着她的目光，让她保持冷静，将她唤醒。她的眼睛由此焕发了光彩，视力也得到了恢复。有时她会忽然情绪高涨，其他学生抬头看着她，或困惑或震惊，甚至还有些恐惧——假使他们还有那种机灵劲儿去感到恐惧的话。格瓦拉伯眼中的世界远远超出大多数人的理解范畴，令他们震惊不已。可那个有着明亮眼睛的男孩总是坚定地注视着她。在他的脸上她看到了自己曾拥有的那种喜悦。此前从未有人能与她分享她的奉献，她终其一生的全部奉献。现在，他接受了，也分享了。跨越五十年的鸿沟，他成了她的兄弟，成了她的救星。

在物理学办公室或食堂相遇时，他们通常会直接谈到物理学；但是赶上格瓦拉伯精神不济的时候，他们就会发现没什么可聊的，因为这位老妇人跟这个年轻人一样害羞。“你吃得太少了。”她会这么说。他则报以微笑，耳朵也跟着变红了。两个人都不知道接下来该说些什么。

来到学院半年之后，谢维克交给萨布尔一份三页纸的论文，题目是《评阿特罗的无限延续假想》。十天后，萨布尔将论文还给了他，用他那低沉的声音说道：“把它译成伊奥语。”

“我本来用的基本上都是伊奥语。”谢维克说，“因为我用了阿特罗的术语。我只要把初稿誊出来就可以了。做什么用呢？”

“做什么用？这样那个该死的投机主义者阿特罗就可以看到了！

下旬第五天会来一艘飞船。”

“飞船？”

“乌拉斯的货船！”

谢维克这才知道，原来在这两个彼此隔绝的世界之间往来的不只是石油、水银和书籍——比如他一直在看的这些书——除了这些之外还有信件！信件！这些信件的收件人是那些资产者，那些在以不公权力为基础的政府统治之下的国民，那些不可避免地受他人剥削同时又剥削他人的人们——因为他们甘愿充当国家机器上的一个小零件。这些人跟自由人交流思想能本着互不侵犯、自觉自愿的原则吗？他们能够真正地认可平等的原则、致力于学术交流吗？还是仅仅为了居高临下支配他人、炫示自己的力量、取得控制权呢？现在真的要跟资产者交换信件了，这样的念头让他惊恐不已。不过，去发掘事实真相应该是很有意思的……

到阿比内的前半年时间里，他经受了无数新发现的冲击，由此很不情愿地认识到自己曾经是——也许现在仍然如此——多么天真幼稚。对于一个极富才智的年轻人来说，要承认这一点是相当不容易的。

最初的发现，也是到目前为止仍然最难接受的一个发现，就是他奉命去学习伊奥语，但却不能跟人分享自己所学。这样的情形他以前见所未见，令他非常困惑，到现在还是没能想明白。显然，他不跟别人分享自己所学并不会伤害到任何人。但从另一方面说，让别人知道他懂伊奥语，这又能有什么伤害呢？他们如果愿意也可以去学啊。自由应当是公开坦率，而不应当是遮遮掩掩的，而且自由总是值得付出一些风险的。再说了，他也没看出哪里会有风险。有一次他忽然想到，是萨布尔想将乌拉斯物理学的新发现保密——将其据为己有，借此凌驾于他的诸位阿纳瑞斯同事之上。这样的想法同谢维克的思维习惯格格不入，所以要让他清楚意识到这点很难。最后他终于想到了这一点，但却马上将它强压下去，似乎这真是一个非常龌龊的念头。

接下来就是那个单人房间，另一个让谢维克如坐针毡的问题。孩提时代，如果让你自己一个人睡，那意味着，你这个人太以自我为中心了。你让宿舍里的其他人烦到忍无可忍了。一个人独处相当于是一种耻辱。对于大人来说，单人房间给人最主要的联想就是性。每一幢宿舍楼里都会有很多单人间，想过性生活的一对男女可以用上一个晚上或者一旬，想用多久就用多久。一对男女结为夫妇后可以拥有一个双人房间；那些小镇子里没有现成的双人房间，这些人通常会在宿舍楼的一头搭出一个双人房间，这样的房间一个接着一个，宿舍楼后头就有了一长排鳞次栉比的低矮建筑，被称为“夫妻车队”。除了性交的需要之外，没有理由不睡在集体宿舍里。你可以选择宿舍的大小，如果你不喜欢这间宿舍的室友，也可以搬到其他宿舍去。每个人都有自己的工作场所：车间、实验室、工作室、机器房或是办公室；浴室你可以选择单间或是公共浴室；性隐私在哪里都能得到保证，也是为社会所接受的；这种隐私之外的其他隐私就没有必要了，都是多余的浪费的。如果让个人拥有自己的住宅和公寓，阿纳瑞斯的经济就无法满足这些建筑的建造、维护、取暖及照明需要。一个人如果生性不爱交际，那他只能远离社会，自己照顾自己。他完全有这样的自由。他可以随心所欲选择一处地方给自己建造房屋（不过，假使他破坏了一处好景致，或是占用了一点点的农田，他就会处于重压之下，邻居们会强迫他搬到别处去）。在阿纳瑞斯一些比较古老的公社外围，有许多的独居者和隐士，他们声称自己并非这社会的一分子。不过，多数人认为团结是人的权利也是义务。对于他们来说，隐私只有在有作用的时候才是有价值的。

对于自己被安排住进了单人间，谢维克一开始很不高兴，以致觉得是一种羞耻。为什么他们要把他塞到这里来呢？但很快他就发现了原因：这个地方很适合他现在所从事的工作。如果半夜时分他想到了什么点子，就可以马上打开灯，把它写下来；哪怕是在黎明时分，也不用担心四五个室友同时起床的那种喧闹和混乱会把它吓跑；如果他什么想法也没有，只能整天坐在书桌跟前盯着窗外看，那也不会有人在他背后嘀咕他为什么这么懒散。事实上，隐私于物理学正如于性生活一般合宜。不过话说回来，隐私真的是必须的吗？

学院食堂晚餐时总会有一道甜点。谢维克非常喜欢吃，每次都会把最后剩下的甜点打扫干净。可是他的良知，他那关于有机社会的良知，却消化不良了。从阿比内到极远地区的每一个食堂里都能吃到同样的东西吗？每一个人都能有自己的那一份食物吗？食物是均分的吗？一直以来他听说的、所到之处所见到的确实都是这样。当然会有地区差异：每个地方都有自己特有的食物，有些东西会短缺，有些又会有盈余，特殊情况下——比如在野外作业营地里——只能将就，厨师也有好有坏。事实上，虽然社会的大框架是一致的，其中的细节却有着无尽的变数。不过，厨师再能干，没有原料也是做不出甜点来的。多数食堂一旬当中只能供应一两次甜点，这里则是每晚都有。为什么？难道中央科学院里的人高人一等吗？

谢维克没有拿这些问题去问别人。对于多数阿纳瑞斯人来说，社会良知、其他人的看法，是他们行为最强大的精神驱动力，不过这种驱动力在他身上相对要弱那么一点点。他的许多问题都是别人所不能理解的，所以他已经习惯了自己默默地去解决。于是，他尝试自己来处理这些问题。从某种意义来看，对他来说，这些问题比物理学上的问题还要难。他没有去问别人的意见，只是以后也不再吃食堂里的甜点了。

不过，他并没有搬到集体宿舍去住。他将自己道德上的不安同现实的好处进行了某种权衡，发现后者分量更重。他在那间单人间里能更好地工作。这个工作很值得去做，他做得也很好。从根本上来说，这个工作对他的社会是有用处的。正是因为有了这种责任，他现在享有这种特权也就无可厚非了。

于是他继续工作。

他瘦了，走路的时候脚步轻飘飘的。他不参加体力劳动，没有职业变化，也没有社交及性交。这些对他而言都不是欠缺，只意味着自由。他是一个自由的人：可以依照自己的意愿做事情，想做多久就做多久。他就是这么做的，就这么一直不停地工作，并乐在其中。

他随时记录下自己的各种假想，正是这些假想最后发展成一套完整的共时理论。这时他又开始觉得这不过是个小目标；他已经有了一个更大的目标，如果可以的话，他要得出一个关于时间的综合理论。他感觉自己好像被锁在了一间屋子里，这间屋子处于一大片空旷原野的正中央：如果他能想到办法出去，外头就是清晰的路径。这种直觉日渐困扰着他。在那年的秋天和冬天，他逐渐地偏离了原有的睡眠习惯。夜里睡两个小时，白天抽时间再睡两个小时，对他来说就足够了，而且现在他不再像以往那样沉沉入眠，而只是浅睡辄止，即使睡觉也保持某种半清醒的状态，无时无刻不在做梦。他的梦境都很清晰生动，做梦成了他工作的一部分。在梦中，他看到时间在倒退，一条河往源头倒流。他的左手和右手同时抓住两个时刻；他把双手分开，看到那两个时刻也分开了，就像裂开的肥皂泡，他微笑起来。他起床，匆匆写下之前思索了几天一直没能想出来的那个数学表达式，其实人并没有真正地清醒。他看到空间朝自己不停地收缩，就像一个球被压扁时不停地挤压中间的空隙，越来越紧，越来越紧，然后他惊醒过来，想要大叫救命，声音却被堵在了嗓子里。于是他只好在沉默中挣扎，努力摆脱这样一个念头：自身的存在是永恒的空虚。

一个寒冷的暮冬下午，他从实验室回家时顺道去了物理办公室，看看邮件筐里是否有自己的信。其实应该不会有他的信的，他从来没有给北景区的朋友们写过信；不过这几天他感觉一直不太舒服：他否定了自己几个最美妙的假想，半年的辛劳之后又转回了原先的起点，因为那个相位模型实在太过含糊，没有什么用处；他的喉咙也很痛。他希望能收到哪个熟人的来信，如果有谁在物理办公室的话，也可以跟对方打声招呼。不过，办公室里只有萨布尔一个人。“看这个，谢维克。”

这位长者递给他一本书：一本薄薄的书，绿色封皮，封面上印着生命之环。他接过来，看了看标题：《评阿特罗的无限延续假想》。里面是他那篇论文、阿特罗的感谢及辩驳以及他对此的回应。内容全部被译为普拉维克语，由阿比内的PDC出版社出版。署名是：萨布尔、谢维克。

萨布尔探头过来看着谢维克手里的书，一副心满意足的样子。他低沉的声音有些沙哑，很开心地说道：“我们把阿特罗击垮了，彻底击垮了，这个该死的投机分子！现在让他们自己去解释这个‘不够缜密的轻率结论’吧！”萨布尔对伊尤尤恩大学的《物理学评论》含恨已久，后者曾经对他的理论成果下了“观念偏狭、幼稚、不严密，处处都体现着奥多主义教条的影响”的评语。

“现在让他们看看谁才是观念偏狭！”他咧开嘴笑着说道。跟他认识了将近一年，谢维克想不起来之前还有什么时候见过他的笑脸。

谢维克走到屋子另一头，将一把长椅上的一摞纸拿开，给自己腾地方坐下来；物理办公室一共有两间屋子，理所应当是公用的，可是萨布尔却在这后一间屋子里乱糟糟地堆满了他自己要用的各种资料，几乎没有给别人留任何的空间。谢维克低头看了看还拿在他手里的那本书，又看了看窗外，心里觉得很不舒服。他的气色看上去也不好，还显得很紧张；不过在萨布尔面前他从未有过胆怯或是局促，他在自己没兴趣去了解的人面前向来如此。“我不知道您在翻译这个。”他说。

“不只是翻译，还有编辑。我对不尽完善之处做了润色，还把你遗漏掉的一些衔接之处补上了，等等。花了好几旬的时间哩。你应当为此自豪，在很大程度上，你的观点是最后成书的基础。”

这本书中的观点完全是谢维克和阿特罗两个人的。

“是的。”谢维克说。他低头看着自己的双手，一会儿之后说道：“我想将这个学期写的关于可逆性的论文发表。应该让阿特罗看看，他会有兴趣的，他现在还在因果律问题上头困着。”

“发表？在哪里？”

“用伊奥语，我是说在乌拉斯发表。寄给阿特罗，就像这篇论文一样，他会拿到那边某份期刊上发表的。”

“你不能把我们这里还没有发表过的作品拿去他们那里发表。”

“可这本书我们就是这么做的。这本书上所有的内容，除了我的反驳之外，都在《伊尤尤恩大学评论》上发表过——在我们这里发表之前。”

“这种事我无法阻止，可是为什么你要认为是我急着要将它出版呢？你认为PDC的每一个人都赞同我们像现在这样跟乌拉斯交流观点，是吧？防卫协会坚持认为，通过那些货船运出这个星球的每一个文字都应当由PDC认可的专家来审核。除此之外，那些没法跟乌拉斯沟通的外省物理学家，你以为他们都不会嫉妒我们吗？有的是人在虎视眈眈，巴不得我们走错路。如果我们被抓住了，那么我们就会失去乌拉斯货船这个邮件往来的通道。你现在明白了吗？”

“学院是如何优先得到这个权利的呢？”

“十年前，派格弗尔入选了PDC。”派格弗尔曾经是一位很有声望的物理学家。“从那以后，我就一直谨小慎微，让这个权利得以保留。明白？”

谢维克点了点头。

“不管怎样，阿特罗也不想看你的那个东西。好几旬之前，我就看了那篇论文，后来又还给了你。你把时间浪费在格瓦拉伯痴迷的这些错误理论上，打算到什么时候才罢手呢？她已经在这上头浪费了自己的一生，你难道看不出来吗？如果你继续执迷不悟，那你也会变成一个白痴。当然，这是你不可剥夺的权利。不过，你可不要把我当成一个白痴。”

“那么，如果我拿这篇论文去投稿，就在我们本地，用普拉维克语投稿，又会怎样呢？”

“浪费时间。”

谢维克耐着性子微微地点了下头。他站起身来，身体还是那样的纤长、瘦骨嶙峋。他站了一会儿，沉浸在自己的思绪中。炫目的冬日阳光照着他的头发——他的头发现在梳到脑后扎成了一个辫子——和他沉静的面庞。他走到写字台边上，从那一小摞新书中拿了一本。“我想寄一本给弥迪斯。”他说。

“你想拿多少本都可以。听着，如果你认为你比我更了解你自己所做的一切，那就把论文拿去投稿。不需要经过批准！你知道，这里不分什么等级！我不能阻止你。我所能做的只是给你提出建议。”

“你是媒体协会物理学稿件的审稿人。”谢维克说，“我认为现在就问问你的意见，可以节省大家的时间。”

他的口气很柔和，却毫无妥协之意；因为他并没有打算要胜人一筹，所以也不用向别人屈服。

“节省时间，什么意思？”萨布尔怒冲冲地说道。不过，萨布尔也是一位奥多主义者：他扭动着身子，似乎正在遭受自身虚伪的折磨。他把身子转过去，又转回来对着谢维克，然后恶狠狠地开了口，声音都因为愤怒而更加嘶哑：“去吧！去投那份该死的东西吧！我将宣布我的能力不足以对它进行审核，会让他们找格瓦拉伯来审稿。她是共时理论的专家，我不是。狂热的神秘主义者！宇宙是一把巨大的竖琴，通过振动出现复又消失！顺便问一句，那它会弹出什么音调来呢？我想应该是《数字和谐组曲》中的某一节吧？事实就是，我没有能力——换句话说，是不愿意——为PDC或出版社审核那些知识大便！”

“之前我为你所做的工作，”谢维克说，“就是我在格瓦拉伯共时理论指引下所做工作的一部分。既然你接受其中一个，那就必须接受另外一个。在北景我们有一种说法，稻谷在粪肥的浇灌下长得最好。”

他继续站立片刻，见萨布尔并未作答，于是跟对方道了再见，离开了办公室。

他知道自己赢得了一场战斗，很轻松，而且也没有明显地冒犯对方。不过，终归还是冒犯了。

正如弥迪斯所预见的，他成了“萨布尔的人”。萨布尔多年前便已不再是一位真正的物理学家，他的声望是建立在剽窃他人观点的基础之上的。比如这次，进行思考的是谢维克，荣耀则归萨布尔所有。

这样的情形从道义上来说显然是难以忍受的，谢维克可以进行公开的抨击，也可以拂袖而去。只是他并没有这样做。他需要萨布尔，想要发表自己写的东西，想要把它们寄给能理解它们的那些人，乌拉斯的那些物理学家；他需要他们的观点、他们的批评、他们的合作。

于是他们讨价还价，他和萨布尔，像投机者一样讨价还价。这已经不再是一场战争，而是一场交易。你给我这个，我就给你那个。你拒绝我，我也拒绝你。成交吗？成交！谢维克的事业，就跟他所处的这个社会一样，依赖于一份契约的存续，这份契约从根本上来说是一份利益合同，只是没人这么承认。不是那种互助团结的关系，而是一种相互剥削的关系；不是有机的，而是机械的。如果一样事物从根本上来说是机能紊乱的，那么它还能真正发挥作用吗？

可我想要的只是完成这项工作，谢维克在心里为自己辩护。这是一个多风的午后，天阴沉沉的，他正沿着林荫路往宿舍楼院子走去。这是我的职责、我的乐趣，是我整个人生的意义所在。我所共事的这个人争强好胜，统治欲很强，是一个投机分子，不过我无法改变这一切；如果我想要工作，就必须跟他共事。

他想到了弥迪斯和她的警告，想到了北景学院以及他临走前夜的那次聚会。现在看来，那些似乎都是非常久远的事情了。那些时光是那么天真、平静、无忧无虑，他想起来就会淌下恋旧的泪水。他从生命科学院大楼的门廊下走过时，身边经过的一个女孩儿侧眼看了看他。他觉得她很像那个女孩儿——叫什么名字来着？——就是那个聚会时吃了好多炸面圈的短发女孩儿，于是停下脚步，回过身去，可是女孩儿已经拐过去了。不管怎样，眼前这个女孩儿可是一头长发的。过去了，一切都已经过去了。他从门廊下走出来，迎着风。风中稀疏地夹杂着几缕细雨，等雨水最终落下时就更稀疏了。这是一个干燥的世界，干燥、阴沉、充满敌意。“敌意！”谢维克用伊奥语大声说道。他从来没有听人说过伊奥语；听起来怪怪的。雨水打在他脸上，就像沙子一样，这是充满了敌意的雨水。他最初是嗓子疼，后来头也疼得很厉害。他回到46号房间，躺到床上——床跟门之间的距离似乎比平常要远得多。他在发抖，浑身不由自主地打战。他拉过那条橙色毯子裹住身子，整个人蜷成一团，努力地想让自己睡着，可是他仍在不停地打战，因为从他身体的四面八方，那些微小原子在不停地撞击着他，随着温度的升高，撞击力也越来越大。

他以前从来没生过病，身体上的不适最多限于疲劳，对于高烧他一无所知。在那个漫长的夜晚，在清醒的间隙，他想，自己快要疯了。等到白天的时候，他在恐惧的驱使下开始去寻求帮助。他不敢去找同一楼道里的邻居：夜里他曾听到自己大喊大叫、胡言乱语。他拖着病体去了附近的诊所，要走过八个街区。冰冷的街道沐浴在初日的光芒中，在他身边阴险地打着转。在诊所里，医生诊断他的这种错乱其实是轻度肺炎，然后给他安排了二号病房的一个床位。他表示不想去。助理医师批评他太自我主义了，然后解释说，如果他执意回家，那么就得麻烦一个医生出诊，还得给他安排私人护理。于是他去了二号病房。病房里的其他病人都是老人。一位助理医师进来给了他一杯水和一片药。“这是什么？”谢维克满腹狐疑地问道。他的牙齿又开始打战了。

“退烧药。”

“有什么作用呢？”

“把你的热度降下来。”

“我不需要。”

助理医师耸了耸肩。“随便。”她说，然后就走开了。

多数的阿纳瑞斯年轻人都觉得生病是一种耻辱：这一方面是他

们这个社会过去成功预防的结果，另外也许是“健康”和“生病”这两个词的类推用法让他们困惑。他们认为生病是一种犯罪，只不过并非出于故意。向这种犯罪的冲动屈服，或是使用药物来缓解痛苦，都是不道德的。他们对吃药打针敬而远之。等进入中年老年之后，多数人才改变想法。疼痛比耻辱更加难以忍受。助理医师把药分发给二号病房里那些上了年纪的病人，他们跟她开起了玩笑。谢维克在一边看着，既觉得无趣，又觉得难以理解。

之后又来了一位医生，手里举着一个注射器。“我不想打针。”谢维克说。“别自我主义了。”医生说，“翻过身来。”谢维克照做了。

再后来又来了个女的，递了杯水给他。可是他抖得太厉害，洒出来的水把毯子都弄湿了。“别管我了。”他说，“你是谁？”对方回答了他的问题，不过他没听明白。他让她走开，说自己感觉挺好的。然后他开始跟她解释，为什么周期假设虽然本身意义不大，却是他研究共时理论的根本基础。他一会儿说自己的母语，一会儿说伊奥语。他还拿粉笔在一块石板上把那些公式和等式写了出来，好让她和小组其他的人能听明白，因为他很担心他们对这个基础会有误解。她摸了摸他的脸，帮他把头发梳到脑后。她的双手凉凉的，摸在他脸上让他感觉到了前所未有的舒适。他伸手去抓她的手，没有抓到，她已经走了。

许久之后，他终于清醒过来。他又能顺畅呼吸了，感觉自己通体舒泰。他不想动弹，担心任何动作都会扰乱这一完美安逸的时刻，扰乱这无比平衡的世界。天花板上那道斜斜的阳光美得无法形容。他就那样躺着，看着那道阳光。病房另一头那帮老头正在齐声欢笑，声音苍老又沙哑，听着却也很美。一个女人走了进来，在他床边坐下。他看着她笑了笑。

“感觉如何？”

“如获新生。你是谁？”

她也微笑起来：“母亲。”

“新生。不过我想，我应该得到一个新的身体，而不是原来这具旧皮囊啊。”

“你到底在说什么？”

“我说的不是这里的事情，是乌拉斯的事情。新生是他们信仰的一部分。”

“你还是有些神志不清。”她摸了摸他的前额，“没有发烧。”她说这几个字的声音触碰到了谢维克内心深处的某种东西，是他内心深处某个隐秘的地方，某个被隔绝开了的地方，她的声音在这个隐秘的地方反复地回响着。他看着这个女人，惊恐地说道：“你是鲁拉格。”

“我跟你说过我是。说好几次了！”

她的神情还是那样的漠然，甚至可以说有点儿开心。谢维克再没法装腔作势了。他没有力气挪动身子，只是直往后缩，带着明显的惧意，似乎她不是他的母亲，而是死神。不知道她有没有注意到他这个细微的举动，总之她没有做出任何表示。

她的长相很端庄，皮肤是黝黑色，五官纤巧匀称。她应该已经超过四十岁了，脸上却没有一丝皱纹。她身上的一切都显得很和谐、很有节制。她的声音低沉悦耳。“我原先不知道你来阿比内了。”她说，“不知道你到底在哪里——连你是不是还活着都不知道。我去出版社的库房里找最新的出版物，为工程图书馆挑些图书，然后我看到了一本书，是萨布尔和谢维克合著的。萨布尔我当然知道。可是谢维克是谁？为什么听起来这么耳熟？一时之间我都没能想明白。很奇怪，是吧？可是，当时我觉得那是不可能的。我知道的那个谢维克才二十岁，应该不可能跟萨布尔合写什么超宇宙论的论文。不过，也许别的什么谢维克还不用等到二十岁呢！……于是我就过来看看。宿舍楼有个男孩告诉我你在这里……这个诊所真是太缺人手了。我不明白协会为什么不要求多给医学岗位一些配额，或者就少收一些病人嘛；这里有些助理医师和医生一天要工作八个小时！当然，医学界有些人就希望这样，就因为那种自我牺牲的冲动。可惜的是，这并没有让效率最大化……真是不可思议，居然还能找到你。本来我可能再也见不着你了……你跟帕拉特有联系吗？他还好吗？”

“他已经死了。”

“啊。”鲁拉格的声音中没有假装出来的震惊或是悲痛，只有一种干巴巴的平常态度，一丝凄凉的韵味。谢维克被这个声音打动，有那么一会儿，他终于能够将她看作一个真实的人了。“多久了？”

“八年了。”

“他那时候还不到三十五岁。”

“广原发生了一次地震。我们在那里住了大概五年的时间，他是公社的建筑工程师。学习中心被震毁了。他跟其他人一起去解救困在里头的学生，然后又来了第二次地震，整个房子都塌了。一共死了三十二个人。”

“当时你在那里吗？”

“在地震之前大概十天，我开始去地区学院学习。”

她陷入了沉思，脸色安详沉静：“可怜的帕拉特。不过这倒很像他的风格——跟其他人一起死去，成了一项统计数据，三十二个当中的一个……”

“如果他不进楼里去的话，这个数据会是更大的数字。”谢维克说。

她盯着他看，从目光里看不出她心里有什么情感，又或是没有什么情感。她的话也许是发自内心，也许出于故意，不过这无从分辨。“你很喜欢帕拉特。”

他没有回答。

“你长得不像他。事实上你长得像我，除了肤色之外。我本来以为你会像帕拉特。我这么猜的。真是奇怪，人居然可以凭借想象做出这样的假设。那么，他以前跟你住在一起？”

谢维克点了点头。

“他很幸运。”她没有叹气，声音却很压抑。

“我也很幸运。”

短暂的沉默。她淡淡地笑了笑：“是啊。我本来可以跟你们保持联系的。你是不是对我很反感，因为我没有跟你们联系？”

“对你很反感？我对你压根就不了解。”

“你了解的。在你断奶之后，帕拉特和我还是把你留在我们身边一起住。我们俩都想要这样。人一生最初那几年是人际交往的关键时期；心理学家已经确切地证实了这一点。只有从小就得到关爱，以后孩子才能很好地适应社会生活……我是想维持这段关系的。我努力想让帕拉特也调到阿比内来。可他那个工种一直不缺人，其他岗位他又不愿意来。他生性固执……最初他还不时写信来，告诉我你的情况，后来他就不再写了。”

“无所谓的。”年轻人说道。这场病让他更瘦了，瘦削的脸上如今布满小汗珠，脸颊还有前额都亮晶晶的，像抹了油。

又是片刻的沉默，随后鲁拉格用她那很有节制的悦耳声音说道：“呃，有所谓的，过去就有，以后还有。不过，是帕拉特一直陪在你身边，见证了你的成长岁月。是他把你抚养成人，尽到了父母的责任，而我却没有。对我来说，工作是第一位的，向来如此。不过，谢维克，我还是很高兴你来了这里。现在，也许我能帮上你一点儿什么了。我有体会，对于初来乍到的人来说，阿比内是很难让人产生亲近感的地方。你会感觉失落、孤立无援，没有小镇子上那种单纯融洽的氛围。我认识一些很有趣的人，你也许愿意结识，或许有些人还能助你一臂之力。我认识萨布尔；我多少能猜到一些你对他、对整个学院的反感。他们支配着一切，需要经历了一些事情之后，你才能知道如何击败他们。不管怎样，我很高兴你来到这里。我现在很开心，以前从未奢望过的开心——一种极度的喜悦……我看了你的书。书是你写的，对吧？否则萨布尔干吗要跟一个二十岁的学生合作出书呢？这个问题已经超出我的能力了。我只是一名普通的工程师。我承认你令我骄傲。很奇怪，是吧？不合情理，甚至有些资产者的意味，好像你是我拥有的某件物品一样！不过一个人年龄越长，就越需要某些安慰，这些安慰并不全是合情合理的。只是为了继续活下去而已。”

他看到了她的孤独、她的痛苦，而且对此愤愤不平。自己居然有这种情绪，他觉得很害怕。这是对忠诚父爱的侮辱，父亲那纯粹不渝的爱是他生命的根基。她在帕拉特需要她的时候弃他而去，现在她有什么权利，在她自己需要的时候来找帕拉特的儿子呢？他没有东西可以给她，也没有东西可以给别的任何人。“如果你能把我也当成是一个数据，”他说，“我也许感觉会更好些。”

“啊。”她说，还是那样柔和而又漠然。她从他身上把目光移开。

病房另一头的那帮老头用胳膊肘相互推来推去，用钦羡的目光看着她。

“我想，”她说，“我这样是在试图占有你。可我这么想的前提是你也可以占有我，如果你想的话。”

他一言不发。

“当然，除了生理之外，我们不能算是母子。”她脸上又恢复了那种淡淡的微笑，“你不记得我，而我所记得的，也只是那个小宝宝，而不是眼前这个二十岁的大小伙子。过去的都已经过去，不再相干。不过此时此地，我们都是兄弟姐妹。这才是真正重要的，是吧？”

“我不知道。”

她又默然地坐了一分钟，然后站起身来。“你需要休息了。我第一次来的时候你病得很厉害。他们说现在你已经基本康复了。我想我不会再来了。”

他没有说话。她说：“再见，谢维克。”一边说一边转过身子。在她说话的时候，他似乎瞥见了——也许只是他一个可怕的想象——她的脸突然变了，突然整个掉了下来，变成了一堆碎片。应该只是他的想象吧。她走出病房，迈着端庄女子所特有的那种优雅整齐的步伐。他看到她在走廊里停下脚步，微笑着跟助理医师说起话来。

她所带来的那种恐惧攫住了他，心里涌上一种感觉，誓言已经遭到破坏，时间也不再连贯。他一下子崩溃了，开始放声哭泣。他努力地想把脸藏到胳膊底下，因为他没有力气翻身。有一个老头，一个病老头，过来坐在他的床沿，拍着他的肩膀。“没事的，兄弟。什么都会过去的，小兄弟。”他嘟哝着。谢维克能听到他的话，也能感觉到他的动作，但却并不觉得安慰。当你感觉糟糕、当你身处墙角的阴暗之中，即便是兄弟也没法给你安慰。

第五章

乌拉斯

谢维克长出一口气，他四处旅游的使命终于完成。伊尤尤恩大学的新学期开始了；现在他终于可以在这个天堂里安定下来，生活、工作，而不是仅仅在外头张望了。

他承担两个研究班和一门公开课的教学工作。没有人要求他承担教学工作，但是他自己主动提出了开课请求，于是管理部门就给他安排了两个研究班。公开课则跟管理部门无关，是应一个学生代表团的要求而开设的。学生们一说，他马上就答应了。阿纳瑞斯学习中心的课程就是这么安排的：要么是应学生的要求，要么是老师主动开设，再不就是在双方的共同努力下达成一致。听说管理部门对此的反应是有些慌乱，他觉得很可笑。“他们是不是害怕学生成为尢政府主义者呢？”他说，“不这样那些年轻人能怎么办呢？身处底层的时候，他们就必须组织起来一起努力。”他不想让管理部门把这门课取消掉——他以前就参与过这样的斗争——因为他将自己的决心传递给了学生，他们更加坚定了。为了避免出现负面舆论，校长们做出了让步。第一天来听课的有两千人，随后人数开始急剧减少。他只讲物理，从来不谈私人问题和政治问题，而且他讲的还是高等物理。不过每次还是都会有好几百名学生。有些人仅仅是出于好奇，想来看看这位月球来客；其他人则是为谢维克的个人魅力所折服，这个人身上有些隐约的东西，他们虽然不一定能听懂他讲的数学，但是从他的言谈中能够感受到自由意志的魅力。他们当中也有人对他的哲学和数学都能理解，而且这样的学生数量之多，相当惊人。

这些学生都受过一流的教育，头脑敏锐，反应迅速。不工作的时候他们就休息，没有成打的义务需要他们来承担，来使他们分心，使他们头脑变得愚钝。他们不会因为头天参加了轮值工作而在课上累得直打瞌睡。他们的社会保障了他们的自由，没有贫困，也没有什么会分散他们精力、需要他们操心的事情。

不过，这却产生了另外一个问题：他们有了自由后该去做什么。在谢维克看来，很大程度上，恰恰是这种无须承担任何义务的自由使他们失去了自主的自由。

当他们向他解释考试制度时，他大为惊骇；在这种模式下，教育者先是以填鸭的方式把信息塞给学生，随后又命令他们吐出来。他无法想象还有什么能比这个更能扼杀学生的自主学习欲望。最开始他拒绝让学生做任何测试或是给他们打分，可是这一点给大学管理部门带来了更大的困扰，最后他做出了让步，因为他不想对自己的主人太过无礼。他让学生针对自己感兴趣的任何物理学问题写一篇论文，告诉他们自己会给他们所有人最高分，这样那些官僚就有东西可以往表格和名单里填了。出乎他意料的是，很多学生来找他提出抗议。他们希望他能给他们设定问题，对他们提问；他们不想自己设定问题，只想把学到的答案写下来。还有一些人坚决反对他给所有人同样的分数。如果这样，擅长学习的人跟那些愚笨的人怎么区分开来呢？学习用功有什么用呢？如果没有能拉开差距的竞争，那他们也可以什么都不做了。

“呃，当然可以。”谢维克苦恼地说道，“如果你们不想做一件事情，那就别做好了。”

他们心有不甘地离开了，不过还是那么有礼貌。这些男孩子都很讨人喜欢，待人坦诚，彬彬有礼。根据自己以往读到的乌拉斯历史，谢维克得出一个结论，这些人，事实上都是——虽然这个词如今已经很少见了——贵族。在封建时代，贵族将自己的后代送入大学，从而赋予大学以高贵的地位。现在，正好颠倒过来：大学赋予人以高贵的地位。他们很自豪地告诉谢维克，伊尤尤恩大学奖学金的竞争一年比一年激烈，这一点证实了这个机构最为本质的民主性。他说："你们只是在门上多加了另一把锁，就称之为民主。"他喜欢这些文雅聪明的学生，但是对他们任何一个都没有很大的热情。他们对自己的职业规划是成为理论科学家或应用科学家。对他们而言，从他这里学到的东西只不过是达到目的的一种手段，获得事业成功的手段。对他能给予他们的其他东西，他们也许重视，也许并不以为意。

这么一来，除了准备这三门课之外，他发现自己并没有其他任务；其余的时间完全归他自行支配。除了二十来岁时在阿比内中央学院度过的那几年之外，他还从来没有过这样的时候。那几年之后，他的社会及个人生活都变得越来越复杂，也越来越费力了。他不仅是一名物理学家，同时还是一个伴侣、一个父亲、一个奥多主义者，最后还成了一名社会改革运动者。在多重身份之下，不管面对什么样的烦恼和责任，他都不曾得到任何庇护，也从来不奢望会得到庇护。他没有逃避任何事情的自由，只有去做所有事情的自由。在这里，情形正好相反。跟所有的学生和教授一样，除了自己的脑力工作之外，他什么也不用做，的的确确是什么也不做。有人帮他们铺床，有人给他们打扫房间，学院的各项事务都有人帮他们做好安排，到处都是一片坦途。没有妻子，没有家庭——这里根本就没有女人。大学学生是不允许结婚的。已婚的教授上课期间通常会住在学校的单身宿舍，周末才回家。这里是七天一周制，每周上五天课，休息两天。没有任何事情会令他们分心。有大把的时间可以用于做科研；所有的材料都唾手可得；知识分子之间随时可以相互激励、辩论、对话；没有任何压力。真是一个天堂啊！可是，他却似乎无法开展工作。

现在缺了某样东西？不，有问题的是他自己，不是这个地方，他想。他还没有适应这个地方。他不够自我，还没法接受如此慷慨的给予。他感觉自己像一株干枯的沙漠植物，突然来到了这片美丽的绿洲。阿纳瑞斯的生活已经将他密封起来，他的灵魂已经关闭；生命之水在他四周汩汩涌动，他却无法喝到一口。

他强迫自己工作，可是即便在工作中，他也找不到踏实的感觉。他似乎已经失去了自己的某种才能，而在他的自我评价中，那种才能正是他超越于多数物理学家的原因——那种才能让他能够意识到什么才是真正重要的问题，引领他向着真正的核心进发。在这里，他似乎失去了方向感。他去光研究实验室工作，完成了海量的阅读，并在那年的夏天和秋天写了三篇论文：照通常的标准来看，这半年是卓有成效的。可他自己清楚，从真正意义上来说，自己其实是一事无成。

事实上，随着时间推移，他越来越觉得这个地方很不真实。第一天来到这里时，他透过住处的窗户看到了一个生机勃勃、精彩纷呈、无穷无尽的世界。如今这个世界似乎正在溜出他的掌握，从他这个外星人那双笨拙的双手中悄然溜走。当他再次凝神细看时，手中攥着的却是别的什么东西，某种他根本不想要的东西，某种类似于废纸、包装纸或是垃圾的东西。

刊用他文章的那些报纸给他开了稿费。他在国家银行已经有了一个账户，里面是西奥·奥恩奖的奖金一万国际通用币，还有伊奥国政府赠与的五千元。现在这个数目还在迅速上涨，有他授课得到的工资，还有大学出版社付给他那三篇专论的稿费。起初他觉得很有趣，然后就开始觉得很不安。毕竟，钱这个东西在此地是非常重要的，他不应该将其斥为可笑之物。他试着去读一本初级经济学课本，可那本书实在太过乏味，读时就像在听一个人没完没了地叙述一个漫长无聊的梦。他无法强迫自己去理解银行的运作方式，以及其他诸如此类的东西，因为对他来说，所有这些的资本运作就如同某个原始的宗教仪式一般没有意义，两者同样粗俗，同样繁复冗余，同样全无必要。人类对神灵的血祭当中，至少还有一种误入歧途的骇人美感；而在银行家的仪式中，贪婪、懒惰、嫉妒被假定为人类一切行为的动因，由此，这些可怕的事情也变得陈腐平常了。谢维克是带着鄙视，而非兴趣去读这本怪异的书。他没有承认，也不能承认的是，事实上，这本书让他很害怕。

来到伊奥的第二周，赛奥·帕伊带他去“逛街”。他不想剪头发——不管怎么说，他的头发是他身体的一部分——只是想要一套乌拉斯风格的衣服和鞋子，让自己尽可能不那么像个外星人。他原来那身简朴的衣服实在太惹人注目，跟伊奥人那些花里胡哨的鞋子比起来，那双粗陋的沙漠软靴也确实显得怪异。应他的要求，帕伊带他去了尼奥埃希拉的高档商品街——萨伊穆特尼维亚前景街，去那里找裁缝和鞋匠为他量身定制服装和鞋子。

这是一次令人瞠目结舌的经历，事后他赶紧把它抛诸脑后，可是此后的好几个月时间，这次经历却不停在他的梦中出现，而且全是噩梦。萨伊穆特尼维亚前景街有两英里长，车水马龙，人头攒动。街上售卖各式各样的货物，恭候着客人去光顾：外套、裙装、礼服、长袍、长裤、马裤、男士衬衣、女士衬衣、帽子、鞋子、袜子、围巾、披肩、马甲、斗篷、伞；式样各异的服装适应于各种不同的场合——睡觉、游泳、玩游戏、出席下午聚会、出席夜间聚会、出席乡间聚会、旅行、看戏、骑马、种花、待客、划船、用餐、打猎。每种服装都有上百种不同的剪裁、式样、颜色、质地和面料。香水、钟表、照明灯、雕像、化妆品、蜡烛、画像、相机、运动器具、花瓶、沙发、水壶、智力玩具、枕头、洋娃娃、过滤器、踏脚垫、珠宝、地毯、牙签、日历、水晶把的白金拨浪鼓、电动削笔器、镶着钻石数字的腕表；各式各样华而不实的小雕像、纪念品和其他小玩意儿，要么本来就没有用处，要么就把用途掩藏在花哨的装饰之下；此外还有无数的奢侈品、无数的废物。谢维克在第一幢大楼前驻足，眼前是一个闪闪发光的陈列着服装和珠宝的橱窗。他看到橱窗正中央有一件带有斑点、毛茸茸的外套。“那件大衣要八千四百元？”他难以置信地问道，因为他最近刚在报纸上看到“基本生活工资”是每年两千元。“哦，没错，那是真正的皮草，现在很少见的，因为那种动物现在已经是保护动物了。”帕伊说，“很漂亮，是吧？女人都喜欢皮草。”然后他们继续往前走。又走过一幢大楼之后，谢维克感觉筋疲力尽。他没法再看下去了，恨不得掩上自己的眼睛。

这条噩梦般的街道最最怪异的一点在于，在此地销售的成千上万件东西，没有一样是在这里生产的。它们只是在这里售卖。那些车间、工厂呢？那些农民、工匠、矿工、织布工、化学家、雕刻匠、染工、设计师、机械师呢？那些辛勤劳作的、制造了这一切的人呢？他们都在视野之外，都在别的地方，都躲在墙的背后。所有这些商店里所有的人，要么是买东西的，要么就是卖东西的。他们跟那些东西之间除了占有与被占有的关系之外，再没有任何别的关联。

他发现，一旦他们给他量过了尺寸之后，他就可以通过电话定购所需的其他东西，于是就决定再也不到那条噩梦般的街道去了。

一星期后，衣服和鞋子送到了。穿戴停当后，他站在卧室的穿衣镜前。灰色长外套、白色衬衣、黑色马裤、长袜和锃亮的鞋子，全都是量身定制的，跟他的修长身材及窄脚面非常配衬。他小心翼翼地抚摩着一只鞋子的鞋面，鞋子的用料跟另外那间屋子里的椅子上包着的那层东西一样，都是一种摸上去像皮肤的东西。他最近问过别人那是什么东西，对方告诉他那是皮——动物的皮，他们称之为皮革。他皱了皱眉，直起身子，从穿衣镜前走开，但是他已经很不情愿地看了出来，这么一身打扮的自己跟母亲鲁拉格前所未有的相像。

仲秋时有一个长假，多数学生都回家了。谢维克跟一帮学生和光实验室的研究员们去嵋特伊爬了几天山。回到学校后，他在那台巨大的电脑上工作了几个小时，这台电脑在学期当中是很难轮上用的。不过大部分时间他都没怎么用心工作，这种毫无头绪的工作状态让他很是烦恼。假期里他睡得多了一些，其他时间则是散步、看书。他告诉自己，问题在于自己太心急了；你不可能在短短几个月时间里就适应一个全新的世界。校园里的草坪和小树林有些凌乱，但是很美。浅灰色的天空下，金色的树叶如同团团火焰，在湿润的风中起舞。谢维克读过伊奥那些伟大诗人的作品；他现在能够理解他们关于花、关于飞翔的鸟儿、关于森林秋色的描写了，这一点令他喜出望外。在黄昏时分回到房间是另一件赏心乐事，屋子那种沉静协调的美总是能令他欢欣不已。他现在已经习惯了这样的雅致和舒适，有了一种很亲切的感觉。还有晚餐桌上那些面孔、他的同事们，有些他越来越喜欢、有些则越来越讨厌，不过起码都已经很熟稔了。还有食物，当初食物的丰富多样曾令他大为惊诧，现在也已习以为常了。餐桌边那些服务生已经摸清了他的喜好，现在他无须开口就能得到想要的饭菜。他还是不吃肉；他曾经尝试过，一方面是出于礼貌，另外也是为了证实自己并没有什么非理性的成见，但是他的胃却自有主张，具体是什么主张也不知道，总之是背叛了他的意志。在两次近乎灾难的经历之后，他放弃了努力，继续当他的素食主义者，当然是一个饭量很大的素食主义者。这里的饭菜非常对他的胃口。到乌拉斯之后他体重已经增加了三至四公斤。那次爬山使皮肤被晒黑了，假期里又得到了充分的休息，他现在看上去气色非常好。他去餐厅就餐，当他从餐桌上起身时，高大的身影总显得特别醒目。这是一个很大的餐厅，木梁支撑的天花板高高在上，隐在阴影中，墙壁上镶着木板、挂满了油画，餐桌上摆着精美的瓷器和银器，在烛光下熠熠生辉。他跟另一张桌子的某人打了声招呼，继续往外走，脸上是平静超然的神色。屋子另一头的齐弗伊李斯克看到了他，也跟着出来，在门口赶上了他。

“可以占用你几分钟时间吗，谢维克？”

“可以。去我的房间？”他现在已经很习惯用物主代词了，下意识地就说了出来。

齐弗伊李斯克似乎有些犹豫：“去图书馆怎么样？你正好顺道，我呢，想去借本书。”

外头天已经黑了，还下着雨，他们穿过方庭，往贵族科学图书馆走去——贵族科学是物理学的旧称，即便是在阿纳瑞斯，某些特定场合也还保留着这种说法。齐弗伊李斯克打着伞，谢维克却是冒雨往前走，他觉得很享受，他现在的神情就像伊奥人在太阳底下走路的时候一样。

“你都淋湿了。”齐弗伊李斯克咕哝道，“你的肺不好，是吧？应该注意一点儿。”

“我很好。”谢维克微笑着说，继续在清新的细雨中迈着大步，

"政府派来的那个医生，你知道，他为我做了治疗，还开了吸入剂。很有效，我现在不咳嗽了。我请医生把这个疗法还有用的什么药，通过无线电告诉阿比内的首创协会。他告诉他们了，也很高兴能这么做。这事儿再简单不过了，却可以大大缓解尘咳病的痛苦。可是为什么，为什么不早点儿这么做呢？为什么我们不能携手合作呢，齐弗伊李斯克？"

舍国人哼了一声，声音中有着讽刺的意味。他们走进图书馆的阅览室。阅览室光线黯淡，非常安静，屋顶是精致的大理石双层拱形结构，过道两旁是一排排古老的书籍；桌子上方是朴素的白色球形吊灯。屋里没有人，只有一位馆员急匆匆地在他们身后跟了进来，点着大理石壁炉里的火，问清楚他们没有别的需要之后便又出去了。齐弗伊李斯克站在壁炉面前，看着引火柴慢慢地燃起。他的眉毛在那双小眼睛上头支棱着，那张黝黑粗糙睿智的脸比往常更显苍老。

"我也许要失礼了，谢维克。"他先用他那嘶哑的声音说了这么一句，然后又说道，"我希望，不至于太唐突。"——谢维克从未在他身上见到过这样的谦卑。

"怎么了？"

"我想知道，你是否知道自己现在在这里做什么。"

谢维克略一踌躇："我想我知道。"

"那么说，你知道自己已经被收买了？"

"收买？"

"姑且称之为合作吧，如果你喜欢这个说法的话。听着，不管一个人有多睿智，他都无法看清自己不知道如何去看清的事情。在这里，在一个资本经济社会里，在一个财阀寡头政治的国家，你怎么能够了解自己的处境呢？你来自天上另一星球的公社，那里都是些忍饥挨饿的理想主义者，你怎么可能看清呢？”

“齐弗伊李斯克，我明确地告诉你，在阿纳瑞斯已经没有多少理想主义者了。没错，第一代移居者是理想主义者，他们离开这个世界去了我们那片荒芜之地。可是现在已经过去整整七代人了！现在我们的社会很现实的。也许已经太过现实，太过关注生存问题了。当社会协作、互助是活下去的唯一手段时，你还能说它是理想主义吗？”

“我没法跟你讨论奥多主义的价值，倒不是说我不懂它的价值！你看，我对它多少还是有些了解的。我们的国家更接近奥多主义，比这里的人接近得多。我们同样是八世纪那次伟大革命运动的产物——我们也是社会主义者，跟你们一样。”

“可是你们是政府主义者[①]。舍国政府甚至比伊奥国政府还要集权化。一个权力机构能集一切功能于一身：政府、行政、警察、军队、教育、法律、贸易、生产。而且你们也是货币经济。”

“我们的货币经济建立在这样的一个原则之上：每一个工人根据自己的劳动价值得到相应的酬劳——付酬的不是他被迫为之服务的资本家，而是国家，他是这个国家的一分子！”

“劳动的价值是由工人自己确定的吗？”

“你干吗不去一趟舍国，亲眼看看真正的社会主义是如何运作的呢？”

“我知道真正的社会主义应当如何运作。”谢维克说，“我可以告诉你们，可是你们的政府会同意我在舍国讲社会主义吗？”

齐弗伊李斯克踢了踢一根尚未燃着的木柴。他低头看着火苗，一副愁苦的表情，鼻子跟嘴角之间的皱纹越发的深了。他久久没有作

---

① 作者发明的术语，与无政府主义者相对。

答，最后终于说道："我不打算跟你耍什么花样。这样毫无益处，而且我真的不打算这么做。我现在必须问清的是：你是否愿意去舍国？"

"现在不去，齐弗伊李斯克。"

"可是你能达到什么目的呢——在这里？"

"我的工作。而且，在这里我离世界政府理事会比较近……"

"世界政府理事会？他们一直受伊奥国的控制，三十年了。别指望他们能救你！"

谢维克停顿片刻。"你是说我正处于危险之中？"

"你连这一点都没有意识到吗？"

谢维克又停顿片刻。"那你说我要提防谁？"

"首先是帕伊。"

"哦，是的，帕伊。"谢维克双手撑在华丽的镶金壁炉架上，"帕伊是个相当出色的物理学家，而且非常乐于助人。不过我并不信任他。"

"为什么？"

"呃……他总是在逃避。"

"没错。这个心理诊断非常准确。不过帕伊的危险不在于他这个人的圆滑，谢维克。他的危险在于他是伊奥政府一位忠心耿耿、野心勃勃的特工。他定期地向国家安全部——也就是秘密警察——汇报你的情况，汇报我的情况。上天为证，我绝对没有低估你的意思，但是你没有意识到，你那种跟人打交道的习惯，视每一个人为独立的个体，在这里是不行的，完全行不通。你必须明白，在所有的个体背后都有潜藏的力量存在。"

齐弗伊李斯克说这番话时，谢维克原本放松的身体变得僵硬了；他现在像齐弗伊李斯克一样站得笔直，低头看着火苗。"你怎么这么了解帕伊？”他说。

“我还知道你的屋子里有一个隐蔽的窃听器，我的屋子里也有。所有这些都是通过同样的方法知道的，了解这些是我的工作。”

“你也是政府特工？”

齐弗伊李斯克脸色一沉，随后突然转过来面向谢维克，声音柔和却满怀恨意。“是的。”他说，“我当然是。如果我不是特工，就不会在这里了。人人都心知肚明。我的政府只会向外派出那些能够信任的人。他们可以信任我！因为我不像这帮有钱的伊奥教授，我还没有被收买。我相信我的政府，相信我的国家，我对它绝对忠诚。”他费力地说着，显得很是痛苦，“谢维克，你看看自己身边吧！你是落入贼群中的一个孩子。他们对你很好，给你很好的房间，让你教课，让你有自己的学生，给你钱，带你去城堡、去模范工厂游览、去参观美丽的村庄。一切都那么可爱，那么美好！可是为什么呢？为什么他们要把你从月球带来这里，赞美你，出版你的书，让你安然待在暖和的课堂、实验室和图书馆里？你以为他们这么做是出于科学的无私精神，是出于兄弟情谊吗？这个社会讲的可是利润啊，谢维克！”

“我知道。我来这里是要跟他们做交易的。”

“交易——什么交易？你想要什么？”

谢维克现在的脸色跟他离开德里奥城堡时一样，冷淡肃穆。“你知道我想要什么的，齐弗伊李斯克。我想要我的人民不再过放逐的生活。我之所以来这里，是因为我认为你们舍国的人不会想要我们的东西。你们那里的人害怕我们。你们害怕我们把革命带回来，那种老式的革命，真正的革命，那种为了正义的革命。那样的革命你们只是开了个头，随后便半途而废了。伊奥国的人没那么害怕我，因为他们已经忘记了革命，也不再相信革命。他们认为，如果人们能够占有足够多的东西，便会心满意足地在监牢中待着。可是我不相信这些。我想要把墙推倒，我想要团结，人类的团结。我想要乌拉斯和阿纳瑞斯之间的自由交流。我在阿纳瑞斯尽己所能地为实现这一点而努力，现在在乌拉斯也同样在尽我所能。在那里，我采取实实在在的行动。在这里，我跟他们交易。”

“交易什么呢？”

“哦，你知道的，齐弗伊李斯克。”谢维克小声说道，话语中多少有些腼腆，“你知道他们想从我这里得到什么。”

“我是知道，可之前我并不知道你自己也明白，”舍国人的声音也很低；他原本刺耳的声音现在更加刺耳，似乎只剩了呼吸和嘴唇摩擦的声音。“那么说，你已经完成了——统一时间理论？”

谢维克看着他，眼里有着依稀的嘲讽。

齐弗伊李斯克却追问不舍：“已经形诸文字了吗？”

谢维克继续看着他，足足看了一分钟，然后直截了当地说道：“没有。”

“很好！”

“怎么说？”

“因为如果已经见诸文字，那么他们也就到手了。”

“你这么说什么意思？”

“就是字面意思。听着，有财产就必然会有偷窃，这不正是奥多说的吗？”

“‘小偷存在的前提是财产所有者的存在；犯罪存在的前提是法律的存在。’出自《社会有机体》一书。”

“就是这样。就算你把文件放进一间上锁的屋子里，总会有人有钥匙可以打开房门的！”

谢维克皱起眉头。“没错，”过了一会儿，他又说道，“这的确很不好。”

“对你而言是这样，对我不是。你知道，我不像你有那么多良心上的顾虑。我知道你还没有把统一时间理论诉诸文字。如果我认为你已经把它写下来了，就会用尽一切手段把它搞到手，对你威逼利诱，哪怕是偷。如果我确信绑架你不会导致伊奥国向舍国宣战，甚至还可能会诉诸武力。把你的理论从这帮大腹便便的伊奥资本家手里夺过来，交给我国的中央常务委员会。因为我为之献身的是最崇高的事业，那就是我的祖国的强大和安康。”

“你在撒谎。”谢维克心平气和地说道，“你很爱国，这一点我相信。不过，比爱国更重要的，则是你对科学事实的尊重，以及对他人的忠诚。你不会背叛我的。”

“如果可以的话，我会这么做的。”齐弗伊李斯克恶狠狠地说道。他本想接着往下说，但却停住了，最后又生气又无奈地说道：“随你怎么想吧。我没法让你看清眼前的危险。不过请记住，我们需要你。如果你终于看清这个地方的真面目，那么就去舍国吧。你选错人了，你还想跟他们成为兄弟！如果——此事其实跟我无关，不过无所谓了——如果你不来我们舍国，那么至少，不要把你的理论交给伊奥人。不要给这些放高利贷的家伙任何东西！离开这里吧，回家去，把你能贡献的贡献给你的人民吧！”

“他们不想要。”谢维克面无表情地说道，“你以为我没有试过吗？”

四五天之后，当谢维克问起齐弗伊李斯克时，得知他已经回舍国去了。

“回国了？他没有跟我说过要走啊。”

“舍国人随时可能接到他们委员会的命令，他自己是无法提前知道的。”帕伊说道——告诉谢维克这个消息的人当然是非他莫属的，“他只知道，当命令来的时候，他最好马上走路，不要搞什么告别耽搁了时间。可怜的老齐弗！我真想不通他到底做错了什么。”

谢维克每周去拜访阿特罗一两次，阿特罗住在校园边上的一座舒适的小房子里，有两个跟他一样老迈的仆人在照顾他的起居。他年近八十，据他自己说，已经徒具第一流物理学家的称号。格瓦拉伯眼睁睁看着自己一生的研究成果得不到认可，他虽然没有这样的遭遇，不过随着年岁日长，也变得凡事淡漠起来，这一点跟格瓦拉伯倒是很像。不过至少他对谢维克还是有兴趣的，而且这种兴趣显然纯粹是私人的——一种同志情谊。在所有因果物理学家当中，他第一个接受了谢维克理解时间的方式。他曾经用谢维克自己的武器为谢维克的理论辩护，与科学界的全部权威为敌。这场斗争持续了好几年，一直到《共时理论》完整出版、共时学派随之大获全胜为止。这场斗争是阿特罗人生的一个亮点。他当然也是在为真理而战，不过他真正喜好的是斗争本身，这种喜好超过了对真理的喜好。

阿特罗的家族可以追溯到一千一百年之前，代代相传，繁衍至今，历代传人中有过王子也出过大地主。到现在他们家族在西埃省还有一片产业，包括七千英亩土地和十四个村庄，西埃省是整个伊奥国最具田园风光的一个地区。他说话带有外省口音，其中还夹杂许多他引以为傲的古语。他对财富不以为意，把整个国家政府称之为“一帮蛊惑人心、卑躬屈膝的政客”。你无法用金钱买到他的敬意，不过任何一个在他看来“为人端正”的傻瓜，都能够得到他慷慨赠送的敬意。他身上有些地方谢维克觉得完全无法理解——一位贵族，一个谜。不过他对金钱和权力发自内心的蔑视，让谢维克感觉他是自己认识的乌拉斯人中最亲近的一个。

有一次，他们坐在阿特罗家的玻璃门廊里聊天，门廊里种满了各种罕见的珍稀花卉。阿特罗偶然提到了一个词“我们西蒂安人”，谢维克打断了他：“西蒂安人——那不是一个鸟食用的词吗？”“鸟食”是大众媒体、报纸、广播以及小说当中用的一个俚语，指的是城市中的劳动者。

“鸟食！”阿特罗重复了一遍这个词，“我亲爱的朋友，你到底是从哪里看到这种粗话的？我说的‘西蒂安’这个词，日报的作者和读者们都完全能够领会，就是指乌拉斯和阿纳瑞斯！”

“我是很奇怪您居然用了一个外来词——事实上这正是一个非西蒂安语。”

“有区分才有这样的定义，”老人轻松愉快地回避了谢维克的问题，“一百年之前，我们不需要这个词，有‘人类’就可以了。不过六十多年前，这一切都改变了，当时我十七岁。到现在一切都还历历在目，那是初秋里的一天，天气晴好，我正在练习骑马，我姐姐隔着窗子大声叫我。有人正在通过无线电跟外太空的人交谈！我可怜的好妈妈以为我们的末日到了；你知道，她以为外星恶魔来了。不过那不过是一个海恩人，正在大聊特聊什么和平啦、友谊啦。总之，如今‘人类’这个词太泛泛了。没有绝情绝义，又怎么辨别兄弟情谊呢？通过区分才有这样的定义，老弟！你我是同宗的。几个世纪以前，你们也许在山间放牧羊群，而我们则在西恩奴役那些农奴；不过我们都属于同一个大家庭。要认识到这一点，你只需要见一见——或者只要听一听——某个外星人就可以。来自另一个星系的生物，一个所谓的人，也有两条腿、两只手，还有一个头，里面有那么一点点脑子，除此之外，跟我们没有任何的相似之处！”

“可是海恩人不是已经证明了我们……”

“都来自外星，都是五十万年前，也许是一百万，甚至是两三百万年前那些海恩星际殖民者的后代，是的，我知道。他们已经证明了！老天啊，谢维克，你这么说话真像一个神学院的新生！在经历了如此时间跨度之后，你怎么还能这么认真地谈论什么历史证据呢？那些海恩人把一个又一个的千年纪当球耍，可那全都是骗人的。证据，当然喽！先祖们的信仰是这么说的，那口气也同样权威，我们是平拉·奥德的后代，他被上帝赶出了神园，因为他居然胆大妄为地数自己的手指和脚趾头，计算出二十的总数，结果就将时间释放到了宇宙当中。如果必须做出选择的话，我宁可以相信这个版本，不会相信那些外星人编的故事！”

谢维克哈哈大笑起来；阿特罗幽默的话语让他觉得很有趣。不过老人说这些话其实是很认真的。他拍了拍谢维克的胳膊，还按照他激动时的惯有方式耸了耸眉毛，咂吧了一下嘴，然后说道：“我希望你也能这么想，我亲爱的朋友，很恳切地希望。我相信，你的社会有很多令人钦佩之处，不过它没有教会你如何辨别是非——这其实是文明教给我们的最好的一样东西。我不希望那些该死的外星人影响到你对兄弟情谊、互助主义的理解。他们会跟你高谈阔论什么‘共同人性’‘所有星球的联合’，如此种种，可我不希望你去轻信他们的话。生存的法则就是斗争——竞争——消灭弱者——无情的生存之战。你和我：乌拉斯和阿纳瑞斯，我们现在领先于他们，领先于那些海恩人和地球人，随便他们自己怎样称呼自己都好。我们必须继续保持领先。他们给我们带来了星际快车，可是我们现在正在制造比他们更为先进的星际飞船。在你打算发表你的理论时，我恳切地希望你能想一想你对自己的人民、对自己的种族所负有的职责，想一想忠诚意味着什么，想一想谁应当得到这样的忠诚。”阿特罗已经半瞎的眼睛里涌出了泪水，上了年纪的人就是很容易落泪。谢维克伸出一只手搭到老人的胳膊上抚慰着他，但什么也没有说。

“当然，最后他们总是能够得到它的，他们也应当得到它。科学真理迟早是要为世人所知的，正如我们不可能拿一块石头挡住太阳。但是，在他们到手之前，我要他们先付出酬劳！我要他们承认我们应有的地位。我要的是尊重：这就是你可以为我们争取到的。跃迁——如果我们掌握了跃迁技术，他们的星际快车就一文不值了。你知道，我想要的不是钱，我想要的是让所有的人承认，西蒂安科技是优越的，西蒂安人的智力是超群的。如果必须存在一个星际文明，那我绝不希望我的同胞是其中的低级成员，老天明鉴！我们应当以贵族的姿态进入其中，手中握有一件伟大的礼物——事情应该是这样。呃，在这个问题上我有时候太过于极端了。顺便问一下，你的书最近进展如何？”

“我正在研究斯卡斯克的重力假设。我有种感觉，他只用了局部微分方程式，这是不对的。”

“可是你的上一篇论文是关于重力的。你什么时候才能去写真正重要的东西呢？”

“你知道，对我们奥多主义者来说，过程即结果。”谢维克淡淡地说道，“而且，如果忽略了重力，就不可能将一个关于时间的理论很好地陈述出来，是吧？”

“你是说，你要将这个理论逐渐地呈现给我们？”阿特罗显得很难以置信，“我从来没想过能这样。我最好再看看你最近那篇论文，我当时觉得里面有些内容意义不大。最近我的眼睛非常疲劳，我想我读东西时用的那个该死的放大投影仪大概是出了什么毛病，投影出来的文字好像都很不清晰。”

谢维克看着眼前的老人，心里充满了敬意，又有些许的内疚。不过，他没有再跟对方讲自己那个理论的进展情况。

谢维克每天都能收到各种各样的邀请：接待会啦，典礼啦，开幕式啦，不胜枚举。他去参加了其中的一些活动，因为他此行前来乌拉斯是负有使命的，他要尽力去完成这个使命——全力弘扬兄弟情谊的观念，使自身成为两个星球团结的象征。

他发表演讲，人们边听边说：“说得太对了。”

他很好奇，为什么政府没有阻止他发表演讲。齐弗伊李斯克肯定是出于自身的目的，将伊奥政府实施控制及审查的程度做了夸大。他宣扬的都是纯粹的无政府主义，他们却没有阻止他。不过，他们有必要阻止吗？每次他的听众似乎都是同样的一些人：衣冠楚楚、气色很好、举止得体、面带微笑。在乌拉斯全是这样的人吗？“痛苦使人类团结在一起。”站在他们面前，谢维克说道。他们则会点着头说：“讲得真好。”

他开始仇恨他们，意识到这一点之后，他马上拒绝了所有的邀请。

可是这么做就意味着他承认了失败，也使他越发孤立。他没有在做此行原本打算要做的事情。他告诉自己，不是他们孤立他，而是——他是一贯如此的——他自己使自己陷于孤立。每天他都要见到很多人，可他仍是孤独的，苦闷的孤独。问题在于他跟外界没有联系。他觉得，到乌拉斯这么几个月以来，自己跟外界的任何事物、任何人都没有联系。

有天晚上在高级教员食堂的餐桌上，他说：“你看，我不知道你们这里的人是怎么生活的。我看到过私人住宅，是从外面看到的。我在内部看到的只是你们的公共生活：会议室、食堂、图书馆……”

第二天，奥伊伊问谢维克下周末是否愿意去他家吃饭并留宿一晚。奥伊伊的态度显得有些生硬。

奥伊伊家在距离伊尤尤恩大学几英里外的阿莫依诺村，以乌拉斯人的标准来看，那是一幢简朴的中产阶级住宅。房子建于大约三百年前，很可能比附近绝大多数的房子都要古老一些，石头结构，房间的墙上镶着木板，窗户及门廊是伊奥国典型的双拱形结构。屋子里的摆设相对比较少，这一点谢维克一看就很喜欢：这样屋子会显得简朴而宽敞，可以看到大片擦得极亮的地板。

在举行接待会和各类典礼的公共建筑里，总是有大量奢华的装饰品和便利设施，每次身处那样的环境中他都深感不安。乌拉斯人很有品位，但是似乎总有一种炫耀的冲动从中彰显而出，结果就导致了铺张浪费。占有欲是人的自然天性，本身具有审美价值，但经济和竞争的冲动却掩盖并扭曲了这种价值，结果就使他们造就的一切东西变成了一种一成不变的铺张。然而，这幢房子却有着一种节制的优雅。

一位仆人在门口接过他们的外套。奥伊伊的夫人从位于地下室的厨房里走上来迎接谢维克，原先她一直在厨房里指导厨子准备晚餐。

晚餐开始之前，他们一直在聊天。谢维克发现自己几乎只跟奥伊伊夫人一个人在交谈，而且态度非常友善，极力想要讨好对方，这一点让他自己深感讶异。不过，终于又跟女性说上话了，感觉真是太好了！难怪他觉得自己被孤立了，这是一种人为的孤立，每天身边打交道的都是男人，缺少了异性带来的紧张和吸引力。西瓦·奥伊伊就是很有吸引力的。看着她颈部和鬓部那精致的线条，他对乌拉斯妇女修剪头部毛发的风尚不再反感。她一开始话很少，甚至有些羞怯；他努力让她感觉自在一些，他很高兴，因为他的努力似乎是见效了。

他们走到饭厅去吃饭，在餐桌上他又看到两个孩子。西瓦·奥伊伊带着歉意说道："在这样的乡下地方，没法找到很好的保姆。"谢维克表示同意，虽然他并不知道保姆到底是指什么。他看着那两个小男孩，同样感觉很放松很开心。自从离开阿纳瑞斯之后，他几乎没有再看到过小孩子。

两个孩子都很干净清爽，穿着蓝色天鹅绒外套和马裤，非常安静，只有在别人跟他们说话时才会接茬儿。他们用敬畏的眼神看着谢维克，就跟他是来自外星的怪物一样。

九岁的哥哥对七岁的弟弟很严厉，小声地跟弟弟说不要盯着别人看，弟弟没有照做，他就狠狠地拧弟弟。弟弟也回拧哥哥，还想在桌下踢哥哥。显然，长幼尊卑的礼仪还没能在他的脑子里扎下根来。

回到家后，奥伊伊似乎变了个人。他脸上不再有那种偷偷摸摸的神色，说话时也不再拖着调子。他家里人对他很尊敬，不过这种尊敬是相互的。谢维克听奥伊伊发表过很多关于女人的言论，而现在他对妻子那么温恭有礼，甚至可算是体贴周到，谢维克甚感惊讶。"这是一种骑士精神。"谢维克想，这个词是他最近刚刚学会的，不过他很快又觉得那应该是比骑士精神更美好的一种东西。奥伊伊宠爱妻子，信任妻子。他对妻子以及孩子的举动很像一个阿纳瑞斯人。事实上，回到家以后，他突然成了一个率直亲切的人，一个自由的人。

在谢维克看来这是很狭隘的一种自由，仅适用家庭范畴内，不过他感觉非常放松，自己也自由了很多，所以不愿意对此予以批评。

谈话的间隙，小弟弟用他那清亮的童音说道："谢维克先生不是很有礼貌。"

“为什么呢？”谢维克赶在奥伊伊夫人责备孩子之前问道，“我做什么了呢？”

“您没有说谢谢你。”

“为什么要这么说呢？”

“我把泡菜盘子递给您的时候，您应该说的。”

“伊尼！不要乱说话！”

“谢维克！不要个人主义！”两者语气如出一辙。

“我以为你是在跟我分享那些泡菜呢。那是一个礼物吗？在我的星球，只有收到别人礼物时，我们才说谢谢你。你看，其他东西我们都是大家一起分享的，不需要说的。你要我把泡菜还给你吗？”

“不用，我不喜欢泡菜。”孩子用他那双乌黑清澈的眼睛盯着谢维克。

“那就更容易跟别人分享了。”谢维克说。大孩子在座位上扭来扭去，克制着没有去拧伊尼，伊尼却大笑了起来，露出了白白的小牙齿。过了一会儿，又是一个谈话的间隙，他冲谢维克倾过身子，小声说道：“您愿意去看看我的水獭吗？”

“好啊。”

“它在后花园里。妈妈觉得它会打扰您，所以把它关在外面了。有些大人不喜欢动物。”

“我想要去看一看，在我的星球上没有动物。”

“你们没有动物？”大孩子目不转睛地看着谢维克，“爸爸！谢维克先生说他们那里没有动物！”

伊尼也盯着谢维克：“那你们有什么呢？”

“人类、鱼类、虫子，还有霍勒姆树。”

“霍勒姆树是什么？”

这番谈话持续了半个小时。这是谢维克来到乌拉斯之后第一次有人请他对阿纳瑞斯进行描述。问题是孩子们问的，不过家长也听得兴趣盎然。谢维克小心翼翼地不去谈及伦理，他此行的目的并不是要向主人的孩子做宣讲。他只是告诉他们，沙漠是什么样的，阿比内是什么样的，人们穿什么样的衣服，他们想要新衣服时会怎么做，孩子们在学校里做什么。尽管他很努力，谈话最后还是变成了一次宣讲。他讲到了学校里的课程，包括耕作、木工、污水再利用、印刷、管道作业、道路维修、剧本创作以及其他成人社会所有的职业。他还说到，没有人曾因为任何事情而受到惩罚。伊尼和阿伊维都被他的描述深深吸引了。

“不过有些时候，”他说，“他们会让你自己一个人待一段时间。”

“可是靠什么呢，”奥伊伊突然问道，似乎这个问题在他心中压抑已久，现在突然爆发出来了，“靠什么让人们循规蹈矩呢？他们为什么不去抢劫或者杀害别人呢？”

“没有人有财产可供抢劫。如果你想要什么东西，就到仓库去领。至于暴力，呃，我也不清楚，奥伊伊，好端端的，你会杀害我吗？如果你想要这么做，相关的法律就能够阻止你吗？高压统治是最无效的维持秩序的方法。”

“就算这样吧，那你们怎么能够让人去做那些脏活呢？”

“什么脏活？”奥伊伊的妻子没听明白。

“清理垃圾，挖坟墓。”奥伊伊说。谢维克又补充道：“开采水银。”他差点儿就说出“粪便清理”了，不过他想起了伊奥人对这类词的禁忌。在他刚到乌拉斯的时候，他就想，乌拉斯人其实就居住在成堆成堆的“粪便”之中，但他们却从来不提粪便这个词。

“呃，这样的工作我们所有人都会去做，不过不用做很长时间，除非你很喜欢这个工作。每一旬会有一天，公社管理委员会或者街道委员会或者需要你的任何人都可以要求你去参加这样的工作；他们会排出一个轮值表。那些大家不喜欢或者是危险的工作岗位，比如水银矿和碾磨厂的工作，通常只要做个一年半的时间。”

“可是这样的话，所有的人在开始的时候都得先学习职业技能。”

“是的，这样效率是不高，可是除此之外还能怎么办呢？你不能要求一个人一直从事那种干上几年就会致残或致命的工作。为什么他就必须得做那种工作呢？”

“他可以拒绝指令吗？”

“那不是指令，奥伊伊。他去分配处——劳力分配处，说，我想做这个，哪里有这样的工作？然后他们就告诉他哪里有。”

“可这样的话，人们为什么还要去做那些脏活呢？他们干吗不挑那种休息十天才上一天班的工作？”

“因为这些工作是大家共同完成的……还有别的原因。你知道，阿纳瑞斯不像这里这么富饶。在那些小公社里，娱乐活动很少，要干的活却很多。因此，假使大部分时间你都是在操作一台机械织布机，那么每到旬末的时候，能够到外面去，跟另外一些人一起，铺设管道或者犁地，那会是很愉快的一件事情……此外我们也是为了迎接挑战。你们认为，这里的人工作的动力是跟经济相关的，因为大家需要钱或者渴望获得利润。不过，在一个没有金钱的地方，真正的动机也许就更清晰明了。人们喜欢干活，他们喜欢把活干得漂漂亮亮。人们去做危险艰苦的工作，是因为他们很自豪能够这么做，他们可以在那些弱者面前表现自我，我们是这么说的——你们也许是说炫耀？嘿，看啊，小孩儿，看我多强壮！你知道吗？人总是喜欢做自己擅长做的事情……不过，事实上，这是一个结果与方法的问题。无论如何，做工作就是为了工作本身。这就是人生不竭的乐趣之所在。每个人内心都知道这一点，这也是全社会的共识，是你与邻居们的共同观点。在阿纳瑞斯，没有其他回报，也没有其他法律。只有一个人自身的乐趣，以及对于同伴的尊重，仅此而已。在这样的前提之下，邻居的观点就会变成一种非常强大的作用力。”

“从来没有人反抗过吗？”

“也许有，但是不多。”谢维克说。

“那么，每个人都很辛勤地工作吗？”奥伊伊的妻子问道，“如果有人不愿意合作，那会怎样？”

“呃，那他就不停地搬家。你知道，别人会嫌恶他的。他们会取笑他，或者对他很不客气，甚至痛打他；在那些小公社，大家也许会一致同意将他清除出食堂的就餐名单，这样他就得自己一个人做饭吃饭；那是一个极大的耻辱。于是他继续搬家，到另一个地方待一段时间，接着也许又得换一个地方。有的人一生就是这么度过的。我们称那种人为那曲尼比。我也算是一个那曲尼比，因为我离开自己的工作岗位，来到了这里，而且比其他人都要走得更远。”

谢维克的声音很平淡；如果说他的话语中有辛酸，孩子们是听不出来的，对大人们来说也是难以名状的。不过，在他说完之后，席间还是出现了片刻的静默。

“我不知道这里是谁在做这些脏活。”他说，“我从来没有见过有人在做。真是奇怪。是谁在做呢？他们为什么要做呢？是能得到更高的报酬吗？”

“如果工作很危险，有时候报酬是会高一些。如果仅仅是下等的工作，酬劳只会更少。”

“那他们为什么还要做呢？”

“因为收入低总好过没收入。”奥伊伊说，他话语中的辛酸是显而易见的。他的妻子不安地开口想要转换话题，他却继续往下说开了，“我的祖父是一个门房，在一家旅馆干了五十年，擦地，换脏床单。每天工作十小时，每周六天。他必须做这个工作，这样他和家里人才能吃上饭。”奥伊伊突然打住了，瞟了一眼谢维克，脸上又出现了惯有的那种偷偷摸摸、缺乏信任的表情，接着又看了看自己的妻子，神色近乎挑衅。他妻子没有看他，只是笑了笑，用一种不安的孩子气的声音说道：“迪麦里的父亲是一位非常成功的人士，在他去世的时候，他的名下有四家公司。”她的微笑中带着痛苦，黝黑纤细的双手紧紧地绞在一起。

“我想你们阿纳瑞斯是没有所谓成功人士的。”奥伊伊的话语中带着明显的嘲讽意味。这时候厨子进来换盘子，他马上就打住了。伊尼似乎知道有仆人在场时，这个严肃的话题是不会继续下去的，他说道：“妈妈，谢维克先生可以吃过饭之后去看我的水獭吗？”

等他们回到起居室后，伊尼得到允许把自己的宠物拿了进来：那是一只小水獭，一种在乌拉斯很常见的动物。从史前时代开始，这种动物就已经被人类驯养，奥伊伊解释说，最初是用来帮助人类抓鱼，后来成了宠物。这种动物有着短短的四肢、弓形的柔软的后背、平滑的茶褐色皮毛。这是谢维克第一次近距离看到一只没有关在笼子里的动物，他并不觉得害怕，这个小东西对他也是一样。它那雪白锋利的牙齿让人印象深刻。在伊尼的坚持下，他小心翼翼地伸出一只手去抚摸它。水獭坐了起来，盯着他看，黑黑的眼睛中夹杂着一些金色，充满了好奇，显得很机灵很天真。“Ammar，”这个超越了物种界限的凝视深深打动了谢维克，他喃喃说道，“兄弟。”

水獭发出呼噜呼噜的声音，四肢着地跳了下去，然后好奇地研究起了谢维克的鞋子。

“它很喜欢你。”伊尼说。

“我也喜欢它。”谢维克略带伤感地答道。每次当他看到一只动物，看到鸟儿飞过，看到秋日里流光溢彩的树木，这种伤感便会涌上心头，在他的欢乐上头切出一个刀口。在这样的时刻，他不会刻意去想塔科维亚，也不会想到她并不在自己身边。虽然他没有想到她，她却似乎就在身边。似乎乌拉斯这些动物植物的美丽和奇妙，其中都包含着来自塔科维亚的信息。塔科维亚从来没有见过它们，她整整七代的祖先也从未触摸过动物温暖的皮毛，从未见过树影下扑闪而过的翅膀。

那天晚上，他是在一间紧挨着屋檐的卧室里睡的。屋里很冷，不过他很喜欢，大学里那些屋子一直都太过暖和了。屋里的布置也很简陋：一张床、几张书架、一个柜子、一把椅子，还有一把油漆过的木头桌子。他想，这样才像个家的样子。当然，前提是不去考虑床的高度、柔软的床垫、精细的羊毛毯和丝质床单、柜子上那些象牙摆设、皮面书，以及这样一个事实：这间房间以及房间里的一切，这栋房子以及这栋房子所处的这片土地，都是私人财产，是迪麦里·奥伊伊的私人财产，虽然房子并不是他建造的，屋里的地板不是他擦的。谢维克把这些烦人的区别抛诸脑后。这是一个很好的房间，跟宿舍楼里的一个单人间并没有本质的区别。

睡在这间屋子里，他梦到了塔科维亚。他梦见，她跟他一起躺在床上，他们手臂相互缠绕，身体紧贴在一起……可他们是在什么房间里呢？他们置身何处呢？他们在月球上，天气很冷，他们并肩走路。月球上一片萧条，到处覆盖着白雪，泛着蓝光，不过雪并不厚，很容易就被踢开，露出底下发光的白色地面。一片死寂，这是一个死气沉沉的地方。“其实不是这样的。”他告诉塔科维亚，他知道她很害怕。他们朝着某个东西走去，那是远处的一个线状的东西，看起来很脆弱很明亮，像是塑料，那是这片白色雪原上远处几乎无法看见的一道栅栏。谢维克内心深处很害怕到那个地方，可是他却跟塔科维亚说：“我们很快就到了。”她没有回答。

第六章

阿纳瑞斯

在医院里待了一旬之后，谢维克出院回家，住在隔壁45号房间的邻居迪萨尔过来看他。这位邻居是一位数学家，身材瘦高。外斜视的眼睛，没有得到矫正，所以你永远也没法弄清楚他是否在盯着你看，也弄不明白你自己是否在跟他对视。他和谢维克在学院宿舍里做了一年的近邻，两人君子之交淡如水，彼此还没有说过一句完整的话。

现在，迪萨尔来到了谢维克的房间里，看着他，当然也可能是看着别处。“怎样？”他说。

“我很好，多谢。”

“帮你打饭？”

“一起吃？”谢维克说。迪萨尔说话惜字如金，像发电报似的，谢维克也受了影响。

“好吧。”

迪萨尔在学院食堂打了两份饭，拿一个托盘装着，然后他们在谢维克的屋里一起吃饭。接下来的三天里都是如此，直到谢维克可以起床出门为止。很难理解迪萨尔为什么要这么做。他并不和善，对兄弟情谊似乎也没抱多大指望。他对其他人敬而远之，原因之一是为了掩盖自己做的一些坏事；他要么是懒散得令人咋舌，要么就是个不知掩饰的资产者，因为45号房间里堆满了他无权、也没有理由保有的东西——食堂的餐具、图书馆的书、从一家工艺品仓库拿来的木雕工具、从哪个实验室顺回来的显微镜、八条毯子，把壁柜塞得满满当当的衣服——有些明显不合他的尺寸，还有一些应该是他八岁或十岁时穿过的。情形似乎是他在各个储藏处和仓库里抱回了很多东西，也不管自己需要与否。“你留着这些垃圾干吗？”

第一次得到允许进入迪萨尔的房间时，谢维克问过对方。他对着谢维克，目光游移不定。“不知不觉就攒下来了。”他语焉不详地答道。

迪萨尔所选的研究领域极其深奥，学院和数学协会里都没有人能够真正去检查他的工作进展，这也正是他如此选择的原因。他以为谢维克的动机也跟自己一样。“工作？”他说，“见鬼去吧。这样的岗位不错。因果，共时——狗屁。”谢维克有时候很喜欢迪萨尔，有时候又很讨厌他，喜欢和讨厌的程度旗鼓相当。尽管如此，他还是刻意地跟迪萨尔保持着频繁的来往，作为自己生活的某种调剂。

这次患病的经历让他意识到，如果继续那么独来独往，自己会彻底崩溃的。他还从道德的层面来审视这个问题，无情地剖析自己。他一直是个独行侠，同兄弟情谊的道德要求格格不入。二十一岁的谢维克绝不是什么道学先生，因为他的道德感中带有激情，而且十分强烈。不过，他的想法还是多少有些僵化。那是一种已然内在化的宣传教育、一种过分单纯的奥多主义，也就是普通成年人会向孩子们灌输的那些东西。

他一直都做得不对。不能一错再错了，于是他便努力改正。

每十个晚上当中，有五个晚上他不让自己去接触物理学。他主动加入学院宿舍管理委员会，积极参加物理协会和学院成员理事会的会议，还加入了一个进行生物反馈训练及脑波训练的团体。去食堂的时候，他强迫自己坐到大桌子边，而不再像以前那样坐小桌子，边吃边看书。

他觉得很惊奇：大家似乎都一直在等待着他的加入。他们接纳了他，对他表示欢迎，邀请他成为自己的伙伴和同事。他们带着他到处转悠。短短不到三旬的时间里，他对阿比内的了解就超出了之前的整整一年。他跟着一拨又一拨兴致勃勃的年轻人去运动场、工艺中心、游泳池，参加各种节庆活动，参观博物馆，看戏，听音乐会。

对他来说，音乐会是一种全新的发现，一件极富震撼力的乐事。

他以前从未去过阿比内的音乐会，部分原因是他认为音乐应该是一件需要自己身体力行的事情，而不仅仅是用耳朵来听的。孩提时代，他经常在当地的唱诗班和合唱团里演唱或是演奏乐器；他也乐在其中，但并没有什么了不起的天赋。他对音乐的了解仅限于此。

学习中心教导各种艺术方面的实践技能：歌唱、韵律学、舞蹈以及画笔、凿子、刀、车床等工具的用法。这种教学非常讲求实效：孩子们要学会去看、去说、去听，要学会动手操作。艺术和工艺之间没有区别；艺术本身在生活中没有自己的一席之地，仅仅被认为是生活的一项基本技能，就像演讲一样。因此，建筑学很早就得到了自由发展，已经形成了一种统一的风格，很纯粹、很朴素，比例均衡。绘画和雕塑基本上是为建筑及城市规划服务。作为语言的艺术，诗歌和故事本身都不具备很强的生命力，都是跟歌舞相关联的；只有戏剧完全独立，也只有戏剧被称为“艺术”——是一门完整的艺术。阿纳瑞斯有为数众多的地方剧团和巡回剧团，每个剧团都拥有自己的演员和舞者，还有许多保留剧目轮演剧团，它们通常都有自己的剧作家。这些剧团演出各种悲剧、半即兴的戏剧以及哑剧。在那些彼此隔绝的荒凉小镇，这些剧团像雨水一样受到欢迎，它们的到来是当地的年度盛事。作为阿纳瑞斯人内心孤独感与团结精神的具化产物，戏剧拥有惊人的能量，创造了极度的辉煌。

不过，谢维克对戏剧并不是很感兴趣。他喜欢那些精彩绝伦的台词，但表演行为本身并不合他的意。直到这一年——他来到阿比内的第二年，他才终于发现了自己心目中真正的艺术：用时间创造出来的艺术。有人带他去听了音乐协会的一场演奏，第二天夜里他又去听了一场。此后的音乐会他一场不落，如果可能就跟新结识的人一起去，实在不行就自己单独去。相较友谊而言，音乐是他更迫切需要的东西，能给他带来更深层次的满足。

他努力摆脱最初那种离群索居的状态，但这样的努力不过是一时狂热，事实上也没有成功。这一点他自己也很清楚。他根本没有交到真正亲近的朋友。他跟许多女孩儿上床，可是从中并没有得到应有的乐趣。那就像排泄一样，仅仅是为了解决一种需要，而且事后他都觉得羞耻，因为在这个过程中他把别人当成了排泄对象。他更喜欢手淫，对他这样的人来说这种方式更为适用。他注定是孤独的，他的遗传基因便是如此。她不就是这么说的吗：“工作是第一位的。”说这话时鲁拉格非常平静，用的是那种就事论事的语调。她无力改变这一点，无法逃脱困住自己的那个冰冷囚室。他也是如此。他打心眼儿里向往能靠近那些友善的年轻人，那些跟他兄弟相称的人，但却无法真正靠近他们，他们也无法靠近他。他生来就是孤独的，一个糟糕的冷酷的知识分子，一个自我主义者。

工作是第一位的，但经常毫无头绪。它就跟性一样，按理说应当是让人愉悦的，事实却并非如此。他继续翻来覆去地思考那些同样的问题，但却始终无法解决托的时间悖论，哪怕再接近一步都不能，更别提共时理论了。去年的时候，他还觉得这个理论已经触手可及，当时的那种自信现在看来真是难以置信。难道二十岁的他真的以为自己有这样的能力，能够推导出一个足以颠覆宇宙物理学的理论吗？在那次发烧之前他肯定是严重神经错乱了。他加入了两个哲学数学的学习小组，努力让自己相信这样的小组合乎自己的需要，同时拒绝承认自己的水平足以胜任这两个小组的导师。他还尽可能地躲着萨布尔。

在采取这一系列新举措之初，他曾向格瓦拉伯表示，自己想要增进对她的了解。她尽己所能地给予了回应，但是冬天对她来说一直都不好过；她身体不好，耳朵很背，年老体衰。她准备在春天开一堂课，随后又放弃了。她的状况很不稳定，有一次都几乎认不出谢维克了，过几天又硬拉着他去自己宿舍彻夜长谈。他的有些想法已经超越了格瓦拉伯，所以这样的长谈进行得很不顺利。要么就是格瓦拉伯把他烦上好几个小时，推翻或者部分否定他知道的一些东西，要么就是他试着去纠正她，让她觉得很难过，还会把她搞得迷惑不已。这样的情形已经超出了他这个年龄的人的耐性和应变能力，最后他不得不尽可能地避开格瓦拉伯，每一次都感觉很内疚。

除她之外，他再也没有可以讨论专业问题的对象了。学院里的人对于纯粹时间物理学的了解都太有限，不足以跟他交流。他希望自己能去教授这门课，可是他还没有得到教职，学院也没给他教室；师生协会拒绝了他的申请。他们不希望跟萨布尔发生冲突。

这一年里，他开始花大量的时间写信给阿特罗以及其他乌拉斯物理学家和数学家。这些信真正寄出的很少，有些他写了之后就撕掉了。他给数学家劳埃·安寄过一篇长达六页的讲述时间可逆性的论文，后来发现，对方已经去世二十年了；安的《时间几何学》一书序言中讲述了作者的生平，但是他没有看。还有一些信，他本打算通过乌拉斯货船发出，却被阿比内太空港的管理人员截住了。因为太空港的运营需要多家协会合作完成，因此太空港是归PDC直接管辖的，其中部分协调专员必须懂得伊奥语。太空港的这些管理人员有专门的知识，担任的职位也非常重要，很容易就沾染上官僚习气：他们总是很自然地说“不”。他们怀疑写给数学家的那些信件，因为信中的内容很像一些密码，而且也没有人能够断定它们就不是密码。给物理学家的信件需要经过他们的顾问——萨布尔审核之后才能放行。有些信件谈论的话题不属他所擅长的因果物理范畴，那他是不会审核的。“不在我的能力范围之内。”他会用低沉的声音说道，然后把信推到一边。谢维克抱着姑且一试的想法继续把信投往港口，他们则会将信退回来，上面批着“审核未通过，不予发出”。

他在物理学协会上提出这个问题，萨布尔通常不会劳神来参加这种会的。会上的人对于这个话题——跟意识形态上的对立方之间的自由通信——都不怎么重视。有人谴责谢维克，为什么要去研究如此晦涩的领域，因为他自己也已经承认，在他所在的这个星球，没有其他人能够胜任这种研究。“这无非是一个全新的领域而已。”他说。不过，这样的辩白根本不起任何作用。

“如果这是一个新领域，那就跟我们分享啊，不要跟资产者去分享！”

“从一年前开始，每学期我都想要开一门课。你们却总是说没有足够的需求。就因为它是新的，所以你们就害怕，是吗？”

这么一来，再也没人帮他了。他气愤地离开了会场。

即便是一封信也寄不出去，他还是继续往乌拉斯写信。给某个人写信，这个人也许能理解自己，也许已经理解了，这个想法让他还能继续写下去、继续想下去。否则他真的没法继续了。

时间一旬一旬地过去，然后是一个又一个学期。每年有那么两三次，他的努力能得到回报：收到阿特罗或是伊奥国或舍国哪位物理学家的信。那些信都很长，写得密密麻麻，论证也很严密，从开头称谓到信末签名之间全是理论，全是深奥的超数学—伦理学—宇宙学时间物理理论，出自他不认识的人之手，以他不会讲的语言写就。他们猛烈地抨击他的理论、试图推翻他的理论，那些人是他祖国的敌人，也是他的对手；是陌生人，也是兄弟。

收到信后的几天时间里，他会变得暴躁，同时又兴高采烈，没日没夜地工作，新的观点像喷泉一样源源不断地涌出来。随后，在极度猛烈的喷射和挣扎之后，他又缓缓地回到现实之中，回到干燥的地面，进入干涸枯竭的状态。

在他来到学院的第三年即将结束的时候，格瓦拉伯去世了。他请求在她的追悼会上发言。依照惯例，追悼会在死者生前工作的地方举行：这次是在物理实验室大楼的一个演讲厅里。他是会上唯一的发言者。没有学生到场，格瓦拉伯开始授课到现在还不到两年。在场的只有学院几位年长的会员，还有一位中年人是格瓦拉伯的儿子，他是东北区的一位农业化学家。谢维克站在这位老教授曾经站着讲课的位置，用嘶哑的声音——现在一到冬天他就会习惯性地感冒——告诉在场的诸位，格瓦拉伯是时间科学的奠基人，是整个学院里最伟大的宇宙学家。“我们物理学界现在有了自己的奥多。”他说，“我们拥有她，但是我们并没有给她应有的荣誉。”会后，一位老太太眼里噙着泪水，向他表示了谢意。“我们总是在一起过旬末，我们俩，在我们街区的门房值班，我们聊得非常愉快。”她说，楼里吹出的冰冷的寒风吹得她直眨眼。那位农业化学家跟他们嘟哝了几句客套话之后，就匆匆地去赶回东北区的飞船了。谢维克感到莫名的愤怒，这中间又夹杂着悲伤、烦躁和无奈，他开始漫无目的地在城里乱走。

在这里三年，他取得了什么成就？一本书（已经被萨布尔据为己有）、五六篇未发表的论文、为一位逝者所写的悼词。

他所做的一切都得不到理解。更坦率地说，他所做的一切都毫无意义。不管是对个人还是对社会，他都没有起到任何必需的作用。事实上——在他这个领域这种现象并不罕见——二十岁的时候，他的能量便已全部耗尽。他不可能再有什么成就了。他已经撞上那堵墙，永远回不了头了。

他在音乐协会礼堂前停下来，看着这一旬的节目单海报。今天晚上没有音乐会。他转过身，跟一个人打了个照面，是比达普。

比达普向来很有防范意识，又有些近视，所以他的脸上没有任何的表情。谢维克拽住他的胳膊。

“谢维克！见鬼，居然是你！”他们相互拥抱、亲吻对方，分开来，随后又再次拥抱。谢维克心中满溢着爱意。怎么会这样？在地区学院的最后一年里他甚至都不是很喜欢比达普了。这三年来，他们彼此没有通过信。他们的友情仅限于少年时代，那是早已过去的事了。不过友爱之情还在，就好像一块煤又熊熊燃烧起来。

他们边走边聊，谁也没注意自己到底在往哪里走。他们挥舞着手臂，不时地打断对方的话。阿比内的宽阔街道在冬夜里异常静谧。每一个街角都有一盏黯淡的街灯，射出一圈银色光晕。干燥的雪花在这圈光晕中翻腾飞舞，像一群一群小小的鱼，追逐着自己的影子。雪后的风更冷更刺骨。他们嘴唇发麻、牙齿打战，说话都受到了影响。他们赶上了十点钟的末班公交车，回了学院；比达普的宿舍在城郊，在这样寒冷的天气里要去那边太过费力了。

他惊奇地看着46号房间，用讽刺的语气说道：“舍夫，你过得可真像一个腐朽的乌拉斯投机分子。”

“别逗了，还不至于那么糟。你给我找一样无用的垃圾出来！”

房间里的东西跟谢维克第一次进来时几乎完全一样。比达普用手一指："那条毯子。"

"我来的时候就有了。那是手织出来的，他们搬走的时候留这里了。像这样的夜晚，有一条毯子难道过分吗？"

"这样的颜色实在是太无用了。"比达普说，"作为一个功能分析家，我得向你指出，橙色绝对不是必须的。对于社会生物体来说，橙色起不到任何不可或缺的作用，不管是在细胞层面还是组织层面，当然在整个有机体以及绝大多数核心道德层面来说也不是必须的；在这种情况下，放弃是比忍耐更好的选择。把它染成暗绿色吧，兄弟！这堆东西是什么？"

"笔记。"

"用密码记笔记？"比达普很冷静地翻看其中一本笔记。谢维克想起来了，这种冷静是比达普的一个特点。对于隐私——或者私人所有权——他比绝大多数的阿纳瑞斯人还要无动于衷。比达普从没有过喜欢得要随身携带的铅笔，也没有哪件衬衣是他喜欢得舍不得扔进垃圾篓的。如果有人送给他礼物，考虑到送礼者的感受，他会留下那件礼物，最后却总会丢掉。他自己也意识到了这一点，声称这表明他比多数人都要先进，是天生的纯粹奥多主义者，是完美人类的早期样本。不过，他其实也是有隐私意识的。这种意识针对的是头脑里的想法，不管是他自己的还是别人的，但也仅限于此。

他从来不偷窥他人。现在他说道："还记得那些傻乎乎的信吗，你去参加造林工程时，我们用密码写的那些信？"

"这是伊奥语，不是密码。"

"你学伊奥语了？那为什么要用伊奥语写呢？"

"因为在这个星球上，没有人能够理解我所说的东西，他们也不想理解。唯一一个理解的人三天前去世了。”

“萨布尔去世了？”

“不是他，是格瓦拉伯。萨布尔活得好好的，一时半会儿死不了！”

“有什么问题吗？”

“萨布尔的问题？一半是嫉妒心，另一半是无能。”

“我一直以为他那本关于因果论的书应该是一流的。这话是你自己说的。”

“我原来也这么以为，不过后来我看到原文。那些都是乌拉斯人的观点，而且还不是新观点。他已经有二十年没有过自己的见解了，大概也有二十年没洗过澡了。”

“那你的观点呢？”比达普一只手放在那摞笔记本上，凝神看着谢维克。比达普眼睛很小，有一点点斜视，五官鲜明，身材短粗。他啃着指甲盖，多年来他一直有这个习惯，指甲已经变成了细细的一条，贴在他那肥厚而敏感的指尖上。

“我没什么观点。”谢维克坐到床上，“我入错行了。”

比达普咧嘴笑着。“你？”

“我想，这个期末我就去要求换岗。”

“换去做什么呢？”

“无所谓。教师、工程师，只要远离物理就行。”

比达普在书桌前那把椅子上坐下来，继续啃着指甲盖，说道：“这个想法好奇怪啊。”

“我认识到了自己的局限。”

“我不知道你会有什么局限，我是指在物理学方面。你身上有各种局限和缺点，不过都不是物理学方面的。我知道，我不懂什么共时理论！可是，你并不是非得会游泳才能了解一条鱼，也不是非得会发光才能懂得星星……”

谢维克看着这位朋友，冲口而出——以前他从来没能确切地表述出这个想法：“我一直想自杀，经常想，就在今年。这似乎是最好的出路。”

“这并不是什么摆脱苦难的好方法。”

谢维克的笑容有些僵硬：“你还记得这个？”

“记得很清楚。对我来说，那是非常重要的一次谈话，我想对塔科维亚和蒂里恩来说也是。”

“是吗？”谢维克站起身来。屋子的空间只能踱上四步，不过他还是没法待着不动。“当时对我来说也很重要。”他站到窗户边上，“不过来这里之后，我已经变了。这里有什么事情不对劲，我又不清楚到底是什么事情。”

“我清楚。”比达普说，“是那堵墙，你碰壁了。”

谢维克大惊失色地转过身来。“墙？”

“对你来说，这堵墙显然是萨布尔，还有他在科学协会和PDC的那些拥护者。拿我自己来说，我来阿比内的时间只有四旬，四十天，却已经看出来了，在未来的四十年里，我在这里会一事无成。我希望能够改进学习中心的科学教学，但却不会有任何收获。除非现实有所改变，或者我加入到对立方去。”

“对立方？”

“那些小人。萨布尔的朋友们！那些掌权的人。”

“你到底在说什么，达普？我们根本没有什么权力机构。”

“没有吗？那萨布尔为什么那么强势？”

“没有权力机构，没有政府，这里毕竟不是乌拉斯啊！”

“是的，没错，我们是没有政府，没有法律。但是据我的观察，思想从来不是由法律及政府来控制的，即便在乌拉斯也是如此。如果他们控制了思想，那奥多主义是怎么产生的呢？奥多主义运动怎么能发展成一项世界性的运动呢？当权者也曾试图用武力镇压，但是失败了。你不能通过镇压来粉碎一种思想，你只能去忽视它——拒绝思考，拒绝改变。而这一点正是我们的社会现在所做的！能利用你的时候，萨布尔就利用你；没法利用的时候，他就阻挠你，不让你发表论文，不让你教书，甚至不让你工作。对吧？换句话说，他有权力凌驾在你之上。他从哪里得到的这个权力呢？不是哪个既定的当权机构，因为并没有这样的机构；也不是因为他在学术上的建树，他根本没有建树。他的这种权力得自人性中那种天生的怯懦，得自公众的认同！这个权力机构，他也是其中的一分子，他懂得如何利用它。这是一个未经确认、未经授权的政府，它在僵化每一个人的思想，借此统治这个奥多主义社会。”

谢维克双手支在窗台上，透过玻璃上那些模糊的影子望着外面那一片黑暗。最后他说道：“你这么说真是太疯狂了，达普。”

“不，兄弟，我的头脑很正常。真正使人疯狂的是想要脱离现实生存的意图。现实太糟糕了，足以置你于死地。假以时日，它绝对可以把你杀死。现实就是痛苦——这是你说的！可是让你发疯的是这些谎言，是对现实的逃避。你想要自杀，也是因为这些谎言。”

谢维克转过身来对着他。“可是你不能真的认为有什么政府存在，在这里！”

“托玛尔的《释义》中是这么定义的：‘政府：权力的合法运用，以保有并扩展权力。’将‘合法’两字改为‘约定俗成’，就是对萨布尔，教育协会，还有PDC的定义。”

“PDC！”

“到目前为止，PDC从本质上来说就是当权的官僚机构。”

过了一会儿，谢维克有些不自然地笑了。“嗯，说下去，达普，挺有趣的，不过有点儿病态，是吧？”

“舍夫，你有没有想过‘疾病’这个词的类推说法——愤恨社会、心怀不满、疏远他人，如此种种？你有没有想过，‘疾病’的类推说法也可以是‘疼痛’？说到疼痛的时候你指的是什么？苦难吗？你有没有想过，苦难跟疼痛一样，对机体是有作用的呢？”

“不！”谢维克口气很强烈，“我说的是个人的、精神层面的痛苦。”

“可当时你讲的是肉体痛苦，讲的是那个被烧死的人。我讲的才是精神的痛苦！有些人眼睁睁看着自己的才能、自己的成果、自己的整个人生白白浪费，睿智的头脑要屈从于愚蠢的头脑，力量和勇气被扼杀，因为嫉妒，因为对权力的渴望，因为对变革的恐惧。变革就是自由，变革就是活力——奥多主义思想的基本不正在于此吗？可是现在不再有变革！我们的社会是病态的，这你也知道。给你带来痛苦是这个社会的痼疾，导致其自取灭亡的痼疾！”

“够了，达普。别再说了。”

比达普没有再往下说。他又开始有条不紊地啃起了手指甲，一副若有所思的表情。

谢维克坐回到床上，双手托着下巴。接着是长久的沉默。雪已经停了。一阵阴冷干燥的风撞击着窗玻璃。屋里很冷；两个年轻人都没有脱掉外套。

“听着，兄弟，”谢维克终于开了口，“阻挠个人创造力的不是我们这个社会，而是阿纳瑞斯的贫瘠。这个星球并不足以支撑起一个文明。如果我们不信任彼此，如果我们不能弃绝自己对于公共财物的占有欲，这个贫瘠不毛的星球上就没有任何东西可以拯救我们了。人类的团结是我们唯一的依靠。”

“团结，没错啊！就算在乌拉斯，在那个树上会直接掉下食物的地方，在那里，奥多也说，人类团结是我们唯一的希望。可是我们已经背叛了这个希望。我们任由合作变质为遵从。在乌拉斯他们有代表少数人的政府，在这里我们有代表多数人的政府，不过那也是政府啊！社会良知已经不再是一个生命体，而是成了一台机器，一台权力机器，被官僚所控制的权力机器！”

“你我也可以去自愿报名，几旬之内，我们就可以通过抽签被安排去PDC的某个岗位上班。难道那样我们就变成官僚、变成老板了吗？”

“舍夫，问题不在于被安排去PDC的每一个人。他们多数人都跟我们一样，真的是一模一样，满腔热忱，天真幼稚。问题也不仅仅存在于PDC，而是在阿纳瑞斯的每一个地方。学习中心、学院、矿区、磨坊、渔场、罐头厂、农业发展研究站、工厂、生产某种单一产品的公社——任何一处需要专门技术以及稳定的制度来维持运转的地方。这种稳定性就为权力欲的膨胀提供了空间。大移居之初，我们对这一点是有意识的，并且一直有所防范。当时的人们非常谨慎地将对事的管理同对人的控制进行了严格的区分。他们当时做得非常好，以至于我们都忘记了，在人性中，对于控制权的欲望跟对于互助的渴望是同时并存的，而我们应当世世代代对每个人进行训练，以便约束这种欲望。没有人生下来就是奥多主义者，就如没有人生来就是文明人一样！可是我们忘掉了这一点。教育是社会有机体中最为重要的一项活动，而我们的教育却逐渐退化。我们的教育现在已经变得非常教条、流于说教、独断专行了。孩子们鹦鹉学舌般的学习奥多说过的话，把这些话当成了法令——这完全是对奥多的亵渎！”

谢维克踌躇不语。比达普所说的这种教育方式，他经历得太多了，从孩提时代开始，甚至现在在学院里还是如此，他无法反驳比达普的这种谴责。

比达普还在乘胜追击。“自己不去思考自然会更安逸。找一个恰当安全的社会等级去对号入座好了。不用去做什么改变，没有遭人反对的危险，也不会让你的协会烦心。接受别人的统治总是最省心不过的事情。”

“可这不是政府，达普！那些专家和经验丰富的人对工作人员或某个协会只是在进行指导；他们最清楚该如何开展工作。工作总得有人去做呀！至于PDC，没错，如果当初在构建时没有刻意预防，它也许真会变成一个统治集团，一个权力机构。可是看看它的构成吧！志愿者，通过抽签选出，一年的培训，四年在册，然后就离开了。在这样的一个体系当中，没人能够获得统治他人的权力，他们只能在里面待上四年。”

“有些人不止四年。”

“顾问吗？他们又不参加投票。”

“投票本身无关紧要。幕后有人在操纵……”

“得了吧！纯属胡思乱想！幕后操纵——怎么操纵？什么幕后？任何人都可以列席PDC的任何一次会议，假如他是一位理事，又对该议题有兴趣，他还可以参与辩论和投票！你是要宣称我们这里也有政客吗？”谢维克近乎狂怒，两个耳朵都涨红了，说话的声音也大了起来。现在已经很晚了，院子周边那圈宿舍已经一片漆黑。45号房间的迪萨尔敲了敲墙壁让他们安静。

“我所说的你自己也很清楚。”比达普的声音低了许多，“那就是，真正掌控着PDC的是萨布尔之流，年复一年。”

“既然你知道这一点，”谢维克也压低嗓门来抨击对方，语气却更加严厉了，“那么为什么你不将它公之于众呢？既然你知道了事实真相，为什么不提请你所在的协会召开一次评判会议呢？如果你的观点无法经受公众的考验，那我也不想在夜半时分听你窃窃私语地告诉我。”

比达普的眼睛眯成两个点，像两颗钢珠。“兄弟，”他说，“你太自以为是了，向来如此。突破你那该死的纯洁道德，往外看一看吧！我来跟你窃窃私语，是因为我知道我可以相信你，去你妈的！我还能跟谁说呢？难道我想落得蒂里恩那样的下场吗？”

“蒂里恩那样的下场？”震惊之余，谢维克不由得又提高了声音。比达普冲着墙做了个手势，示意他小点儿声。“蒂里恩怎么啦？他现在哪里？”

“在赛格维纳岛的收容所里。”

“收容所？”

比达普在椅子边上坐着，弓起膝盖抵着下巴，双手环抱膝盖。现在他说话时显得很平静，尽管有些不情不愿。

“蒂里恩写了一个剧本，搬上了舞台，就在你走之后的那一年。那个戏很有趣，也很疯狂，你知道他的风格。”比达普伸手摸了摸自己那头乱糟糟的浅棕色头发，把头发捋散开来，“在愚蠢的人看来，那个戏似乎是反奥多主义的。而愚蠢的人是很多的。于是这部戏引起了一片哗然。他遭到了谴责，公开的谴责。此前我从未见识过类似的事件。所有的人都跑到协会会议上来进行声讨。他们以前会用这样的方法来对付某个专横的工长或是管理人员，提醒他要有自知之明。而现在，他们用这个方法只是为了告诫某一个人，让他不要独立思考。确实很糟糕。蒂里恩无法接受。我觉得这事儿确实让他有点儿失常了。在那之后，他觉得所有人都在反对他。他开始变得唠唠叨叨——都是一些含有恨意的话。那些话也不是完全没有理性，但总是很刻薄，满怀恨意。而且他跟所有人都那样讲话。最后他从学院毕业，取得了数学教师资格，便请求安排工作。他得到的工作是去南景的一个修路队。他提出了抗议，说这样的安排是个错误，但是被分配处的电脑给驳回了。于是他只好出发。”

“从我认识他起，蒂里从来没有做过户外工作。”谢维克插了一句，“从他十岁开始。他总是想法子弄到案头工作。分配处这样做是公平的。”

比达普对他的话没有在意。“在那里到底发生了什么我并不清楚。他给我写过几次信，每一封信都是经过重新投递的。他总是被派去那些边远的小公社，去干体力活。他给我写信说，他辞职了，要回北景来看我。可是他没有来，信也没有了。最后我通过阿比内劳工档案找到了他的下落。他们给我寄来一份他的卡片的复印件，最后一个条目上只有简单的几个字：‘治疗中，赛格维纳岛。’治疗！难道蒂里恩杀人了吗？他是强奸犯吗？除此之外，还会有什么理由要把他送进收容所呢？”

“他们不会把人送进收容所的，除非你自己要求去那里工作。”

“别再跟我说这些废话了。”比达普情绪忽然激动起来，“他从来没有主动要求去那里！是他们把他逼疯，然后把他送进去的。我说的是蒂里恩，蒂里恩，你还记得他吗？”

“我是在你之前认识他的。你觉得收容所是什么地方——监狱吗？那是一个避难所。假使那里有杀人犯和持续旷工者，那也是他们自己要求去的，在那里他们不再有压力，而且不会受到惩罚。可是，你口口声声说的这些‘他们’指的是谁呢？‘他们’把他逼疯。你是想说这整个社会体系都是邪恶的，‘他们’是迫害蒂里恩的人，你的敌人。‘他们’，事实上就是我们——这个社会有机体吗？”

“如果你的良心能够简单地将蒂里恩划归为一个旷工者，那我跟你就没什么可说的了。”比达普蜷成一团坐在椅子上。他的话语中明显地带着忧伤，谢维克出于正义的愤怒就此烟消云散。

半晌，两个人都保持着沉默。

“我还是回去吧。”比达普直起僵硬的身体，站了起来。

“从这里回你那里要走一个小时。别傻了。”

“呃，我以为……既然……”

“别傻了。”

“那好吧。厕所在哪里？”

“左边，第三个门。”

等他回来之后，比达普提出自己睡地上，不过房间里没有垫子，而且只有一条保暖的毯子，这个主意——谢维克还是同样的评论——太傻了。两个人都闷闷不乐，板着脸，很恼火，好像他们刚刚用拳头打了一架，却没有把心中的怒火发泄出来。谢维克打开褥子铺好，两个人并排躺下来。关灯以后，屋里便陷入黑暗，不是那种漆黑的暗，而是城市夜晚的半明半暗。地面上有雪，还反射着微弱的灯光。天气很冷，俩人都觉得对方的体温很宜人。

“我收回关于毯子的评论。”

“听着，达普，我不是真的……”

“哦，早上再说吧。”

“好。”

他们越靠越紧。谢维克把身子俯卧过来，两分钟之内就睡着了。比达普拼命想让自己保持清醒，随后也陷入了那阵暖意之中，越陷越深，接着又进入了临睡时那种放松、信赖的状态，随后便睡着了。夜里，他们中有一个人一边做梦一边大声叫嚷。另一个睡意蒙眬地伸出手，低声安慰着对方。那漫不经心的温暖具有无比的分量，超越了所有的恐惧。

第二天晚上他们又聚在一起，讨论他们是否应该合住一段时间，就像少年时期那样。这事儿需要好好合计，因为谢维克是绝对的异性恋，比达普则是纯粹的同性恋。合住对比达普来说更合意，不过，谢维克也非常乐意去巩固昔日的友情。当他发现这件事情中性的成分对比达普来说非常重要，而对他来说则只是一个任务，于是他就采取了主动。他非常温柔，又非常坚持，确保比达普晚上还会愿意跟他在一起。他们在市区的一个宿舍楼里要了一间单人房，两个人在那里住了大约一旬，然后他们又分开来住了，比达普回自己的宿舍，谢维克回46号房间。双方都没有很强烈的维持性关系的欲望，只是重新恢复了对彼此的信任。

此后他们几乎天天见面，不过谢维克有时候也会好奇地想，自己究竟为什么会喜欢、信任这个朋友。他发现自己很讨厌比达普现在所持的那些观点，而比达普却坚持要谈这些，这也令人生厌。他们几乎每次见面都要吵得面红耳赤，彼此都给对方带来了很大的痛苦。分开的时候，谢维克老是自责，自己为什么要执着于那种不再合时宜的忠诚呢，同时又会怒气冲冲地发誓再也不见比达普。

但事实是，他现在比小时候更喜欢比达普了。无能、固执、武断、消极，这些也许都可以用来形容比达普。可是他已经获得了一种精神上的自由，这正是谢维克所渴望的，虽然这种自由的外在表露方式让他讨厌。比达普改变了谢维克的生活，谢维克知道这一点，也知道自己终于能够继续走下去了，而这力量正是来自比达普。一路上他不停地跟比达普抗争着，但终于还是走下来了。他跟对方辩论，伤害对方的同时自己也受着伤害，以此来寻找——通过愤怒、否定和拒绝——自己所寻求的东西。他不知道自己在寻求什么，但却知道该到哪里去找。

在他的感觉中，这段时间跟过去那一年同样不快乐。他的工作仍然毫无进展；事实上，他已经完全放弃了时间物理，退而求其次做起了低级的实验室工作：在放射实验室跟一位寡言务实的技术员搭档，一起做了很多的实验，研究次原子速率问题。这是一个很普通的研究领域，他进入这一领域虽然有些晚，不过在他的同事们看来，这表明他终于不会再去做什么惊世骇俗之举了。学院员工协会安排了一门课由他任教——给新入校学生讲数学物理学。终于给安排了一门课程，他却一点儿成就感也没有，因为这门课也不过是别人给他的，经过别人许可的。身边的一切几乎都无法给他带来安慰。他自己那严格刻板的道德观所构筑成的墙壁已经往外扩展了很多，已经可以包容一切，其中唯独没有安慰。他觉得很冷，迷失了方向。但是，他没有地方可以退却，没有东西可供遮蔽，只能向着寒冷继续前进，越发地迷失了方向。

比达普交游广阔，来往的多是一些很古怪很叛逆的人，他们中有些人挺喜欢内向的谢维克。比起他在学院里认识的那些相对保守的人，这些人给他的感觉也没亲近多少，不过他发现他们那种独立的思想很有趣。他们甚至不惜付出变成怪人的代价，也要保有自己精神的自治。他们中有些是知识分子中的“那曲尼比”，已经好多年不在固定岗位上工作了。不跟他们在一起的时候，谢维克对他们都非常不以为然。

他们当中有一位名叫萨拉斯的作曲家，萨拉斯跟谢维克都想相互学习。萨拉斯对数学所知有限，不过每次谢维克从类推或者应用的角度来说明物理学问题时，他总是非常热心地聆听，而且很有领悟力。谢维克也同样很乐意聆听萨拉斯跟他讲的音乐理论，以及萨拉斯用磁带播放或者自己用便携乐器演奏的各种音乐。不过萨拉斯跟他讲的有些东西他觉得完全无法理解。他的工作是在阿比内以东的特米大平原开挖河道。他利用每旬三天的假期进城来，跟这个那个女孩一起度过。谢维克原以为他做这个工作，是因为他想干一段时间的野外作业作为调剂；不过后来谢维克发现萨拉斯从来没有做过跟音乐相关的工作，他只做那些无需特殊技能的工作。

“你是在分配处的哪一类名单上？”他好奇地问萨拉斯。

“普通劳力组。”

“可是你是有技能的！你在音乐协会的音乐学校学过六年还是八年，不是吗？他们为什么不安排你去教音乐呢？”

“他们安排过，不过我拒绝了。我可不打算再花十个年头去教书。请记住，我是一个作曲家，不是表演者。”

“可是应该也有作曲家这样的岗位吧。”

“哪里？”

“在音乐协会吧，我想。”

“可是音乐理事们不喜欢我的创作。也没有其他什么人喜欢，我总不能自己一个人组成一个协会吧？”

萨拉斯是个瘦瘦的小个子，前额和头顶都秃了；他把剩下的头发剃得短短的，头发和胡子连在一起，在后脑勺和下巴那里形成了一个柔滑的米色圆圈。他甜蜜地笑着，那张表情丰富的脸皱了起来。“你看，我并不是按照音乐学校里所教的方法来作曲的，我创作的是无用的音乐。”他笑得更甜蜜了，“他们想要的是赞美诗，我讨厌赞美诗。他们想要的是赛欣尔创作的那种悦耳和谐的乐曲，我讨厌赛欣尔的音乐。我正在创作一首室内乐，自己琢磨着可以将它命名为‘共时原理’。五种乐器，循环往复地独立演奏各自的主题：没有旋律的承前启后，乐曲的推进完全依靠各部分之间的关联，这会是一曲很美妙的音乐。可是他们是不会听的，他们没法听，他们听不懂！”

谢维克沉思片刻。“如果你将名字改为‘团结欢乐曲’，”他说，“他们会愿意听一听吗？”

“妈的！”在一边听着的比达普说道，“这是你这辈子第一次说话这么愤世嫉俗，谢夫。欢迎加入劳动阶级！”

萨拉斯大笑起来。“他们会听的，不过他们不会同意录音，也不会拿到各地去演奏。这首曲子的风格不是有机的。”

“难怪我住在北景的时候从来没有听过什么专业的音乐。可是大家怎么能认可这样的审查呢？你创作的是音乐！音乐是一门创造性的艺术，本身就是有机的、社会的。音乐也许是我们现在所能进行的最高贵的社会活动形式，也是个人能从事的最高贵的一项工作。音乐的本性、任何一种艺术的本性，都是分享。分享是艺术家创作的根本。不管你的理事们是怎么说的，那分配处怎么能同意不给你安排自己所在的领域的工作呢？”

“他们不想分享我的音乐。”萨拉斯用轻快的口吻说道，“它吓着他们了。”

比达普的口吻就比较沉重：“他们可以名正言顺地这么做，因为音乐是没有用处的。河道开挖倒是很重要，你知道，音乐只是一种装饰而已。我们绕了一大圈，又回到最令人鄙视的投机功利主义上头去了。复杂性、生命力、原创自由以及主动性，都是奥多主义最本质的理想，现在全被我们抛弃了。我们回到了蛮荒时代。如果这是一件新事物，赶快离开它；如果你啃不了这块骨头，那就把它扔掉！”

谢维克想到了自己的工作。他无话可说，但还是不能附和比达普这样的批判。事实上，比达普已经强迫他认识到了自己是一个革命者；可是内心深处，他又觉得自己是一个奥多主义者，一个阿纳瑞斯人，因为他从小所受的家教以及后来的学校教育。他不能背叛他的社会，因为按照正确的理解，他的社会是一个变革的社会、永恒的社会，可以持续不断向前发展。他想，如果你想要重申它是正当的、是有力量的，只需要付诸行动，不要害怕惩罚，也不要奢望奖赏，只是发自心底的行动。

比达普和一些朋友一起休了一旬的假，徒步去尼希拉斯旅行。他说服了谢维克跟他们同行。谢维克对在山里过上十天很憧憬，但又不想听比达普唠叨十天——跟比达普说话就像开批判会，而批判会是他最不喜欢的一种集体活动。在这种会上，人人都要站出来，控诉公社运行中的种种问题，通常还要就邻居们的性格缺陷进行控诉。假期越是临近，他的期待就越少一分。不过后来他还是去了，兜里揣了一个笔记本，那样到时他就可以假装自己在工作，借以躲开比达普的说教。

凌晨时分，他们在东部岬角物资分发处后头碰头，三女三男。那几位女士谢维克都不认识，比达普却只给他介绍了其中的两位。当他们向着山脉进发时，谢维克走到第三位女士旁边。“谢维克。”他说。

她说：“我知道。”

他意识到自己以前应该在哪里见过对方，而且应该知道她的名字。他的耳朵变红了。

“你在开玩笑吧？”比达普走到他的左边，“在北景学院的时候，塔科维亚是跟我们一起的啊。她来阿比内已经两年了。难道你们俩之前从来没有见过吗？”

“我看到过他几次。”女孩说道，一边冲他笑了笑。她笑的时候嘴巴大张着，很孩子气，喜好美食的人都喜欢这么笑。她个子很高，有一点瘦，双臂浑圆，臀部很宽。她算不上很漂亮，脸有点儿黑，看起来很聪明，兴致勃勃的样子。她的眼睛柔和，颜色乌黑，不是那种明亮的黑色，而是一种意味深长的黑，就像深邃细腻的黑色灰烬。当他们四目相对时，谢维克就意识到，自己曾经犯了多么不可饶恕的错误，居然把她给忘了，而在意识到这一点的同时，他也知道自己已经得到了饶恕，知道自己交上了好运，知道自己的命运将从此改变。

他们继续往山里走去。

远足第四天那个寒冷的夜晚，他和塔科维亚坐在峡谷上方一处光秃秃的陡坡上。他们下方四十米，一股山洪在湿润的岩石间奔腾而下。在阿纳瑞斯很少有流动的水；绝大部分地方河床都很低，河面延伸不了多远。只有在山间才有湍急的水流。对他们来说，水流的咆哮声、撞击声和欢唱声都是非常新鲜。

他们在山区里这样的峡谷中上上下下走了一整天，已经很累了。其他同伴都去了中途客栈，那是一间石头小屋，是以前的一些度假者修建的，为的是给后来的度假者提供方便。小屋保护得很好；在管理保护阿纳瑞斯有限的“风景区”方面，尼希拉斯协会是最为积极活跃的志愿者组织之一。在一位夏季住在这里的消防员的帮助下，比达普和其他人正从备货充足的食品储藏室往外取东西，打算整治出一顿晚餐。塔科维亚和谢维克就在这个时候分头出去，都没有跟大家说要去哪里。事实上，他们自己也不知道要去哪里。

他在陡坡上找到了她，她正坐在月棘丛中。这些月棘长在山腰上，像一丛丛精致的缎带，僵直脆弱的枝条在黄昏的微光中闪着银色的光芒。透过东边山峰之间的罅隙可以看到天空中泛起了亮光，这是月亮即将升起的预兆。这片光秃秃的高大的群山之间万籁俱寂，唯有水流的喧嚣声。没有风，也没有云彩。山间的这片空间就像一块紫水晶，坚硬、清澈而又深邃。

他们一言不发地坐了一会儿。

“从来没有哪个女的能像你一样吸引我。这次远足刚开始我就喜欢上你了。”谢维克的语气很冷淡，近乎愤恨。

“我并不想破坏你的假期。”她说，又是那样孩子气地大笑起来。在这样的黄昏时分，她的笑声显得太响了。

“没有破坏！”

“那就好，我以为你说我让你分心了呢。”

“分心！对我来说就像一次地震。”

“谢谢你。”

“要说感谢的不是你，”他的声音很刺耳，“是我。”

“只是你自己那么想而已。”她说。

接着是长久的沉默。

“如果你想要做爱，”她说，“为什么不向我发出邀请呢？”

“因为我无法确信那就是我所想要的。”

“我也是。”她脸上的笑意渐渐退去。“听着，”她说，声音很柔和，谈不上什么音色，跟她的双眼一样模模糊糊，“我必须告诉你。”可是好半天，她也没说出她得告诉他什么。最后他看着她，眼神里满是恳求和忧惧，她只好赶紧说了出来，语速非常快，“呃，我要说的是，我现在不想跟你做爱，跟谁都不想。”

“你禁欲了？”

“不！”她愤愤不平地说道，但没有解释。

“我大概也是这样。”他把一块小圆石扔进河里，“要不就是阳痿了。已经有半年，我只跟达普有过，事实上是将近一年。每一次都让人越来越难以忍受，最后我放弃了努力。不值得，不值得这么费力。但是我——我记得——我知道真正的做爱应该什么样子。”

“嗯，就是这样。”塔科维亚说道，“我原来从做爱中得到了极大的乐趣，直到我十八岁为止，要不就是十九岁。很刺激，很有趣，很快乐。可是……我也不知道。就像你说的，变得难以忍受。我不想要快乐，我的意思是，单纯为了快乐。”

“你想要孩子吗？”

“是的，时机成熟的时候。”

他又扔了块石头到河里。前方的河水消失在峡谷的阴影中，只在身后留下巨大的轰鸣声，无数的不和谐音构成一支永不停歇的和谐音乐。

“我想要完成一项工作。”他说。

“禁欲对此有帮助？”

“这其中有关联。不过我不知道是什么关联，两者并不是因果关系。大约在我开始觉得性生活索然无味的时候，我的工作也开始变得乏味，而且愈演愈烈。三年时间毫无进展。没有任何成果，在任何方面都没有成果。目力所及之处，都是曝晒在无情烈日之下的不毛沙漠，一片没有生命、没有道路、没有目的、没有性爱的荒地，到处散落着那些不幸旅客的骸骨……”

塔科维亚没有笑，她发出一种近似嘲弄的叹息，似乎谢维克的话很伤人。他想要看清楚她的脸，但她的脸处于阴暗之中，背景是明亮的天空。

“快乐有什么不对呢，塔科维亚？为什么你不想要呢？”

“快乐并没有不对，我想要快乐，只是我并不需要。如果我享用了自己并不需要的东西，那就永远也得不到我真正需要的东西了。”

“那你需要的是什么呢？”

她低头看着地面，手指甲抠着岩石的表面。她倾身向前，抓过一根月棘树枝，但是没有把它折下来，只是握着它，摸着那软软的茎和娇嫩的叶子。谢维克从她这些不安的举动中看出来，她正在努力忍耐、控制着自己心中突发的情感，这样才能够继续说话。她终于说话了，声音很轻，而且有一点儿词不达意。“我需要两个人的结合，”她说，“真正的结合，肉体、灵魂以及生命中的每一年。我要的就是这个。”

她抬头看着他，目光中带着挑衅，也许是恨意。

一阵奇妙的欣喜在他心中升腾而起，就像在黑暗之中听到了潺潺的流水声。他感觉毫无拘绊、清澈澄明，似乎是已经获得了自由。在塔科维亚脑后，月亮正在升起，天空变得越来越亮；远处山峰的银色轮廓清晰地浮现出来。“是的，就是这样。”他说道。他已经意识不到自己的存在，也意识不到自己正在跟别人说话，只是自然地说出了心里想到的话：“我却从来没有想到过。”

塔科维亚的话语中依然带着些许愤恨：“你不需要想。”

“为什么？”

“我想是因为你从来没意识到过这种可能性。”

“什么意思，可能性？”

“关注某一个人！”

他思索着她的这句回答。他们隔着大约有一米距离。两人都抱着膝盖，因为气温越来越低了，把空气吸入喉咙的感觉就像喝冰水。月光越来越亮，他们彼此都能够看到对方呼出的淡淡水汽。

“我看到了这种可能性，”塔科维亚说，“就在你离开北景学院的那个晚上。那天大家搞了一个聚会，你还记得吧。我们几个人坐在那边聊了一整个晚上。不过那已经是四年前的事了，你甚至连我的名字都忘了。”她话语中已经没有了怨恨，似乎打算原谅他了。

“那么，当时你在我身上看到的，正是这四天来我在你身上所看到的吗？”

“我不知道。很难表述。不只是性。那之前我也留意过你，跟性有关。那一次却不一样，我看到了你。可是我不知道你现在看到的是什么。我也不知道当时我看到的又是什么。当时我对你根本就不了解。只是，在你说话的时候，我似乎看清楚了你，看到了你的内心。不过，也许你跟我所以为的有很大不同。不管怎样，那并不是你的错。”她接着又补了一句，“我只知道，我在你身上看到的正是我所需要的，而不只是我想要的！”

“可你来阿比内两年了，却没有……”

“没有什么？这只是我的一厢情愿，是我自己的想法，你甚至都不记得我的名字。不管怎样，单凭一个人是没法建立起关联的！”

“然后你担心，如果你来找我，我也许不会想要这样的关联。”

“不是担心。我知道你这个人……不愿受到强迫……呃，没错，我是担心。我担心的是你，不是担心自己会犯错，我知道这并不是什么错。可是你——就是你。你知道，你跟大多数人不一样。我担心你，是因为我知道你跟我是一样的！”说到最后她的语气变得很凶，不过片刻之后，她又很亲切地柔声说道：“你看，其实没什么要紧的，谢维克。”

这是他第一次听到她叫自己的名字。他把身子转向她，说话磕磕绊绊、近乎窒息：“没什么要紧的？你先是让我明白，你让我明白了什么是真正紧要的，什么是我这一生真正需要的，然后你又说它不要紧了！”

他们现在已经是面对着面了，不过还是没有挨着。“那么，这是你需要的吗？”

“是的，这种关联，这个机会。”

“现在，还是一生？”

“现在以及整个一生。”

寒冷的黑夜之中，穿行在岩石间的湍急水流说道：一生——一生——

从山上回来之后，谢维克和塔科维亚就搬到一起，住进了一个双人房。学院附近的街区已经没有空余房间了，不过塔科维亚知道在离学院不远的地方，城北的一幢老宿舍楼里还有一个空的双人房。他们去找街区住房管理员——整个阿比内分为两百个行政区域，称为街区——管理员是一位在家办公的磨镜工，带着三个年幼的孩子，所以她把住房档案放在壁柜最顶上的那层架子上，好让孩子们够不着。她查了一下，发现那间屋子确实还空着；于是谢维克和塔科维亚签下了双方的名字，登记入住了。

搬家的过程也很简单。谢维克拿了一箱子文件、他那些冬靴和那条橙色毯子。塔科维亚则必须跑上三趟。第一趟是去地区服装分发处给两人各领一套新衣服，她有种模糊却又强烈的感觉，这是开始他们同居生活必不可少的一步。然后她回了两趟原来的宿舍，第一次是取衣服和各种书面材料，第二次是跟谢维克一起，拿了一堆奇奇怪怪的东西：一些用金属线绕成的形状复杂的东西，这些东西挂在天花板上时，就会缓慢地向着轴心内部移动、改变形状。这些东西是她从手工艺品仓库拿来的废线头和工具做成的，她称之为“占领无人空间”。房间里两把椅子中有一把已经破旧不堪，于是他们把它送去修理车间，在那里又挑了一把已经修好的椅子。这样一切就都收拾妥当了。新房间的天花板很高，屋子里通风良好，而且也有足够的空间供工艺品“占领者”占领。这幢宿舍楼在阿比内一处丘陵旁，依山而建，他们的房间有一个角窗，在这里能够晒到午后的太阳，还能看到城市的风貌：街道和广场、许多房子的屋顶、公园里的绿地以及城市外头延伸着的平原。

长久孤独之后，这种突如其来的亲密、这种欢欣，对于谢维克和塔科维亚来说都是一个考验，考验着他们的决心。最初几旬里，他时而极度得意，时而极度焦虑；她则会不时地发发脾气。两个人都过分敏感，又缺乏经验。这种紧张的状况没有持续多久，他们逐渐适应了彼此。他们对性依然满怀渴望，他们的性生活充满了激情和愉悦，他们每一天对于分享都会有新的渴望，因为每一天的渴望都能得到实现。

现在谢维克想清楚了——此前他会觉得这么想是很愚蠢的——他之前在这座城市里度过的凄惨的几年都是现在这种巨大幸福的一部分，因为那几年都是现在的铺垫，是为幸福做准备的。当时在他身上发生的一切都是现在这种际遇的组成部分。塔科维亚没能看出这种结果-原因-结果之间微妙的关联，不过话说回来，她本来就不是搞时间物理的。她只是单纯地将时间看作一条延伸的道路，顺着这条路向前走，会到达某个地方。如果足够幸运，就能到达某个值得一去的地方。

谢维克把她这个比方稍加改动，用他自己的方式加以诠释：除非过去和未来通过记忆和展望成为当下的一部分，那么对于人类来说，就根本没有什么道路，也没有地方可去。他还没有把自己的意思完全表述出来，她就点了点头。“没错。”她说，“我的生活正像你说的这样，现在的幸福不全是运气，运气只是原因之一。”

她现在二十三岁，比谢维克小半岁。她出生在东北区的环谷，那是个农业公社，地处偏远。来到北景学院之前，塔科维亚干活干得比绝大多数阿纳瑞斯青年人都要辛苦。因为环谷几乎从来没有劳力充足的时候，而他们那个公社不大，生产率也不高，不足以让分配处的电脑为他们优先安排劳力，因此他们必须自力更生。塔科维亚八岁的时候，每天在学校里待了三个小时之后，还要去磨坊干三小时的活，将霍勒姆谷粒中的禾秆和石子挑拣出来。她小时候接受的实践训练跟个人成长几乎没什么关系：这些训练只是为了帮助整个公社存活下去。在收获和播种季节，所有十岁以上六十岁以下的人都得整天在地里干活。十五岁的时候，她就负责协调安排环谷公社耕种的四百处农田的生产进度，并协助规划公社食堂的饮食安排。所有这些并没有特别的出众之处，塔科维亚也很少会想起，不过这样的经历还是对她的性格以及世界观产生了一定影响。谢维克很庆幸自己完成了分内的“克莱吉克”，因为塔科维亚非常鄙视那些逃避体力劳动的人。“你瞧狄南，”她说，“被派去收割霍勒姆根才四旬时间，就这么哀号不已。他可真是娇弱啊，你会以为他是一粒鱼子呢！他有没有摸过泥土啊？”塔科维亚对人并不宽容，而且还是个烈性子。

她在北景地区学院学习生物学，成绩优异，于是决定到中央学院来进修。一年后她受邀加入了一个新创立的协会，这个协会组建了一个实验室，研究如何增进阿纳瑞斯三个大洋中可食用鱼的产量及质量。人们问她从事什么工作时，她就会说：“我是鱼类遗传学家。”她喜欢这个工作。这个工作结合了她看重的两种东西：讲求实效的严密研究以及增产增效的明确目标。若非如此，这个工作是不能令她满意的。不过这个工作也不能完全令她满足，塔科维亚内心深处的绝大部分东西其实跟鱼类遗传学并无多大关联。

她对户外风景以及各种生灵有着近乎狂热的关注。这种关注勉强可以称之为“对自然的热爱”。但在谢维克看来，这是比爱更为宽广的一种情感。有那么一些人，他想，他们的脐带并未被割去，他们跟宇宙的关联从未中断。他们不会畏惧死亡，相反却盼望着自身腐烂掉、转化为腐殖质。看到塔科维亚手中拿着一片叶子，甚至是一块石头的时候，他会有一种奇怪的感觉，那就是她跟它们已经互为延伸，融为一体。

她带谢维克去实验室看海水鱼缸，鱼缸里有五十多种鱼，个头有大有小，色彩或单调或艳丽，游动起来或端庄或怪异。他看得心醉神迷，不由自主地生出一丝敬畏之情。

阿纳瑞斯星球的陆地上几乎没有动物，与之相反，三大洋中却生机盎然。这三个大洋彼此分开已经好几百万年了，因此其中的生物体都有着各自的进化历程，产生了令人眼花缭乱的物种。此前谢维克从未想过，生命可以如此恣意生长、蓬勃发展——也许蓬勃才是生命的本质。

在陆地上，植物的情况还算不错，多刺的植物稀稀落落地生长着，而在气候进入尘土飞扬、异常干燥的千年期时，那些尝试到地面上呼吸空气的动物大都灭绝了。但细菌存活了下来，多数是食石菌，此外还有几百种蠕虫及甲壳类动物。

人类冒着风险、小心翼翼地适应了这个极度贫乏的生态圈。只要人类能够捕鱼又不致贪得无厌，只要他们耕种土地主要用有机肥，他们就能够适应这里。可是人类没法让其他的物种也适应这里。这个星球上没有草供食草动物食用，没有食草动物供食肉动物食用，也没有昆虫帮开花植物授粉；进口的水果树全部都得靠人工授精。他们没有从乌拉斯引入任何动物，否则就可能危害这里极其脆弱的生态平衡。来的只有迁居的人们，每个人从里到外都仔细地擦洗过，没有人能带上自己的一只动物或是一朵花，连跳蚤都被阻挡在了阿纳瑞斯的大门之外。

“我喜欢海洋生物学。”塔科维亚对谢维克说道，这时他俩都在鱼缸前站着。“因为海洋中的生物很复杂，是一个真正的网络。这条鱼吃那条鱼，那条鱼吃小鱼苗，鱼苗吃纤毛虫，纤毛虫吃细菌，细菌又吃这条鱼，周而往复地循环。而在陆地上，只有三个门的动物，而且全是无脊椎的——当然没算上人。从生物学的角度来说，这很不合理。我们阿纳瑞斯人的孤单是不符合自然规律的。在旧世界，有十八门的陆地动物；这些门又分为不同的纲，比如昆虫纲，昆虫纲底下又分为许多种，种数如此繁多，根本就无法统计，其中有些种拥有数以十亿计的个体。想想看吧：到处都能看到动物，其他的生物，跟你分享这片土地和空气。你会更强烈地感觉到自己是这个星球的一分子。”光线幽暗的鱼缸中，有一条蓝色的小鱼飞跃而过，划出了一道弧线，她的视线追随着小鱼。谢维克也全神贯注地追随着小鱼的踪迹以及她思想的踪迹。他在鱼缸之间盘桓良久。此后他便经常跟着她来实验室，在鱼缸面前，收起物理学家的傲慢自大，屈从于那些奇妙的小小生灵。对于这些生灵来说，当下就是永恒，它们不会为自己的行为做解释，也不需要向人类做辩白。

阿纳瑞斯人一般每天工作五至七个小时，每旬有二到四天的假期。具体的工作时段和上下班时间，以及哪天休假等，都由个人同自己所在的工作组或工作队或协会甚至是共济联合会商议后决定，看你同哪一级机构之间更容易合作、更容易出结果。塔科维亚自行制订研究计划，不过她的这份工作还有这些鱼儿自有其特殊要求：她每天会在实验室待上二到十个小时，没有假期。谢维克则在两个地方教课，除了在一家学习中心教一门高等数学课，还在学院里有另一门数学课，两边的上课时间都在上午。每天他都能在中午之前到家，那时塔科维亚通常都还没有回来。整个楼里一片寂静。那扇西南朝向俯瞰着城市和平原的双层窗那里还没有晒到太阳，屋子里很阴凉。头顶上，那个精巧的同心转动体高高低低地悬挂着，向着同一个轴心悄然无声地转动，像身体的各个器官以及大脑的推理过程一样神秘、一样具有内在的精确。这时谢维克会坐到窗户下方的桌子面前，开始工作，读书、做笔记或是运算。慢慢地，阳光洒了进来，在桌上的纸间移动，从他放在纸上的双手之间漏过去，照得满室生辉。他继续工作。过去那几年中原以为是错误的开端以及那些毫无结果的努力，现在看来，其实都是根基、是基石，虽隐没在黑暗之中，却砌得很整齐很结实。他以这些基石为基础，抱着确信无疑的态度，有条不紊、小心翼翼却又驾轻就熟地建起了共时理论美妙坚固的框架。这个理论似乎不是他自己努力的结果，而是某种知识利用他作为工具来完成的一件作品。

跟其他与创新者为伴的人一样，塔科维亚并不总能轻松应对这样的生活。虽然她的存在对谢维克来说必不可少，但当谢维克工作时她在一边待着却可能令他分心。她不愿意太早回家，因为她在家的时候谢维克常常就不工作了，她觉得这样不好。以后，等他们人到中年、身材笨重之后，他也许可以忽视她的存在，但二十四岁的他是做不到的。所以她将实验室的任务做了安排，好让自己到下午三点左右才能到家。这样安排其实也不好，因为谢维克需要她的照顾。在他没有课的时候，当她回到家时，谢维克很可能已经在桌子面前直挺挺地坐了六到八个小时。起身的时候，他会筋疲力尽得身子摇晃，手抖个不停，说话也语无伦次。创新的灵魂对于承载这个灵魂的躯壳使用得非常狠，它会将一具一具的躯壳用坏、抛弃，然后再去寻找一个新的载体。而对于塔科维亚来说，眼前这具躯壳是无可替代的。看到谢维克身体透支的时候，她会表示抗议。她会像奥多的丈夫阿西科曾经干过的那样大喊大叫：“看在上帝的份上，姑娘，你就不能一次只为真理付出一点点时间吗？”——只是在他们这里，她才是姑娘，而且并不知道什么是上帝。

他们在一起时会聊天、散步或是洗澡，然后去学院食堂吃晚饭。饭后他们有时去开会，有时去听音乐会，或者去拜访别人：他们共同的朋友——比达普、萨拉斯以及他们那个圈子里的人，迪萨尔和学院里其他的人，塔科维亚的同事和朋友。不过会议和朋友对他们来说都是次要的。诸如此类的社交对他们来说都不是非有不可；对他们来说有彼此的陪伴便已足够，他们从不掩饰这一点，其他人也不以为忤，相反还对此颇为欣赏。比达普、萨拉斯、迪萨尔还有其他一些人总是主动来找他们，就像口渴的人来到泉水边一样。对他俩来说，其他人都无关紧要，而对于其他人来说，他俩却至关重要。他们并没有刻意去做什么，也并不比别人更和蔼或者更健谈；不过他们的朋友们都热爱他们、依赖他们，经常带礼物来给他们——那都是一些在这帮一无所有同时又拥有一切的人之间相互流动的小东西：一条手织围巾、一小块镶嵌着石榴石的花岗岩、制陶协会车间里手工制作的一个花瓶、一首描述爱情的诗、一套木头雕刻的纽扣，或是一个来自索卢巴海的海螺壳。他们要么把礼物交给塔科维亚，说：“给，舍夫可以拿这个当镇纸。”要么交给谢维克，说：“给，塔科也许会喜欢这个颜色。”通过这样的馈赠，他们希望能够分享谢维克和塔科维亚所分享的一切，希望能表达自己对他们的颂扬和赞美之情。

这是一个漫长的夏天，大移居之后的第一百六十个夏天，空气温暖明亮。因为春季的大量降雨，阿比内平原现在一片绿意，灰尘也不再四处飞扬，空气变得极其的清澈；白天日光煦暖，夜晚群星璀璨。月亮升起时，透过月亮上方那些令人眼花的涡旋状白云，可以很清楚地识别出月球上各大洲海岸线的轮廓。

“月亮为什么这么漂亮？”塔科维亚说。他们俩现在关了灯，并排躺在床上，盖着那条橙色毯子。他们的上方是悬在天花板上的“占领无人区”，影影绰绰；窗外是悬在天空的月亮，熠熠生辉。“我们知道那不过是跟我们一样的一颗行星，只是那里的气候比我们好，人比我们坏——我们知道他们都是资产者，他们发起战争、制定法律，有人在忍饥挨饿有人却大啖美食，而且他们也都会变老，都会交霉运，膝盖会得风湿，脚上会长鸡眼，跟我们这里的人一样……我们知道这一切，但为什么那颗行星看上去还是那么快乐——生活在那里的人应该也很快乐吧？看着这道亮光，我没法想象那上面会住着那种讨厌的小个子，没法想象上面会有像萨布尔那样衣袖油腻、大脑萎缩的人。完全没法想象。”

他们裸露的胳膊和胸部都沐浴在月光之中。塔科维亚脸上那些若有若无的纤细的绒毛形成了一个朦胧的光环，罩着她的面部；她的头发以及月光无法照到的地方则是阴暗的。谢维克伸出手抚摸着她的胳膊，她的胳膊和谢维克的手都仿佛镀上了一层银。清冷的月光下，这样的抚摸却异常温暖，令谢维克赞叹不已。

“如果将事物作为一个整体来看，”他说，“它们都是很美的，行星啦，生命啦……但如果靠近看，不过是一个由尘土和岩石构成的世界。生命本身也是一项艰辛的工作，日复一日，你会感到疲倦，会迷失方向。你需要跟它保持距离，需要中途停下来喘口气。要了解这个世界有多美，就要像在远处看月亮一样看它。要了解生命有多美，就要以逝去之人的观点居高临下来看它。”

“对于乌拉斯可以这样，就让它远远地作为我们的月亮——我也不想靠近它！可是我没法站到一块墓碑上，俯视着生命，说‘哦，可爱的生命！’。我想要的是身处其中并窥其全貌，就在此时此地。我可不奢望什么不朽。”

“这跟不朽无关。”谢维克咧嘴笑起来，他那瘦瘦的、毛发棱的身体上光影斑驳，“要窥其全貌，就是要了解生命是有尽头的。我会死去，你也会死去；若非如此，我们为什么能够彼此相爱呢？太阳也有燃尽的一天，到那时还有什么能让它闪耀呢？”

“啊！你又说教了，你这个可恶的哲学家！”

“说教？这不是说教，不是辩论，只是手的触摸，我触摸到了全部，我把它举起来。哪个是月光，哪个是塔科维亚？我为什么要害怕死亡？我能举起它，我能用手举起月光……”

“别搞得像个资产者似的。”塔科维亚嘟哝着。

“亲爱的，不要哭。”

“我没有哭，是你在哭。那是你的眼泪。”

“我很冷。月光很冷。”

“躺下来吧。”

当她张开双臂抱住他时，他全身剧烈地颤了一下。

“我很担心，塔科维亚。”他喃喃说道。

“兄弟，亲爱的，嘘。”

他们相拥入眠，那天晚上，以及此后的很多个晚上。

第七章

乌拉斯

谢维克看到新外套的口袋里有一封信，这件镶着一圈羊毛的外套是他在噩梦街一家商店定做的冬装。他想不明白这封信怎么会出现在这里。每天会有人给他送三次邮件，都是乌拉斯各地物理学家已发表或尚未发表的研究成果、各类招待会的请柬，还有小学生们文笔稚气的信件。这封信肯定不是跟这些邮件一起送来的。它只是一张叠着的薄纸片，没有装在信封里，上头没贴邮票，也没有那三家相互竞争的邮递公司的免费邮寄戳。

他打开信，心里隐隐担心。信上写着："如果你是一个无政府主义者，那你为什么要背叛你的世界和奥多主义理想，跟霸权机构合作？还是说，你来这里是为了把这样的理想带给我们？我们正在遭受种种不公正待遇、备受压迫，在黑夜中期待着来自姊妹星球的自由曙光。加入我们吧，我们都是你的兄弟！"信上没有落款，也没有地址。

谢维克的良心和理性都大受震动，不是觉得奇怪，而是感到恐慌。他知道他们在这里；可到底在哪个地方呢？他从来没有遇到过这样的人，没有见过他们，他在这里从来没遇到过穷人。他听任别人在自己身边筑起了一道墙，自己却无知无觉。他像一个资产者一样接受了他们的庇护。他被收买了，正如齐弗伊李斯克所说。

可是，他不知道该如何推倒这堵墙。就算知道，他又能去哪里呢？笼罩在他心头的恐慌让他晕眩。他能去找谁呢？他已经被一群满脸堆笑的富人团团围住了。

“我想要跟你谈谈，艾弗尔。”

“好的，先生。请原谅，先生，我先腾个地方把这个放下来。”

仆人动作灵巧地放下沉重的盘子，打开餐盘上的盖子，把黑巧克力斟进杯子，巧克力正好斟到杯子的边缘，既没有溢出来也没有四处飞溅。早餐这套程序他早已了然于胸、熟练非常，显然也很是自得其乐。很明显，他并不愿意这套程序被人打断。他平时说的都是很清楚的标准伊奥语，但现在当谢维克说要跟他谈一谈的时候，他马上就变得磕磕巴巴了，还带着本城的口音。谢维克已经能听懂一点儿这样的话了：这种方言的音调变化是有规律而易于掌握的，但那些省略掉的音节却只能靠猜了。这样说话的时候，艾弗尔吞掉了半数的音节，让谢维克听着跟暗语差不多。似乎眼前这个“尼奥提”——他们就是这样称呼自己的——压根儿就不想让外人明白自己的意思。

男仆站在一边等着谢维克享用早餐。他知道——在第一个星期里他就对谢维克的习惯了如指掌了——谢维克用餐的时候不需要他帮着拉椅子或者忙前忙后地伺候。他只需要以立正姿势站在一旁，就不会有礼仪不周的问题了。

“你要坐下来吗，艾弗尔？”

“听您的吩咐，先生。”仆人回答道。他将一把椅子挪了半英寸，可是并没有坐上去。

“我想跟你说的正是这个，你知道我不喜欢向你发号施令。”

“就照您自己的意思来好了，先生，不用非得给我命令。”

“你是——我不是这个意思。你知道，在我的国家，没有人会给别人发号施令。”

“我听说了，先生。”

“呃，我希望了解你，将你看作是一个跟我平等的人，我的兄弟。你是我在这里认识的人里面唯一的一个穷人——不是有产阶级的一员。我很想跟你聊聊，想了解你的生活。”

他在艾弗尔遍布皱纹的脸上看到了耻辱的神色，只好绝望地打住话头。他真是大错特错。在艾弗尔心目中，他成了一个屈尊俯就、好管闲事的傻瓜。

他失望地把双手搭在桌子上。“哦，我很抱歉，艾弗尔！我无法表达自己真正的意思。忘了这事吧。”

“悉听尊便，先生。”艾弗尔退了下去。

这事就这么过去了。“穷人”离他还是那么遥远，跟他当初在北景地区学院历史书上看到对这个词的描述时一样遥远。

与此同时，他做出一个决定，在冬季学期和春季学期之间这段时间里，要跟奥伊伊一家人一起过一个星期。

从他第一次拜访之后，奥伊伊又向他发出过好几次邀请，每次态度都显得很生硬，似乎他的好客不过是在完成一项任务或者说是政府下达的命令。不过当他在自己家里的时候，虽然还是没有对谢维克完全放松警惕，但却表现得友好，而且是发自内心的。第二次到访的时候，他的两个儿子已经将谢维克看作老朋友了，他们应答时那种自信的态度显然令做父亲的有些不知所措。他觉得很不安，不能对此表示明确的赞赏，但也不能批评。谢维克就像一个老朋友、一位兄长一样对待他们俩。他们都很欣赏他，小弟弟伊尼更是由衷地爱上了他。谢维克非常和善，很认真很诚恳，跟他们讲月球上所有好玩的事情；而且还不止于此，他身上的某种东西是伊尼所无法言表的。童年时代这种迷恋对他今后的人生产生了深远的、难以言说的影响，即便成年之后他还是说不清楚那是什么东西，只能想到似乎与此相关的两个词：

旅人、放逐。

那个星期下起了当年唯一的一场大雪。谢维克从来没有见过一英寸以上的积雪，恣肆的狂风和厚厚的积雪让他心醉神迷、欣喜不已。雪是那么白、那么冷、那么安静、那么漫不经心，即便是最虔诚的奥多主义者也不能称之为多余无用的废物；它是一种辉煌盛大的纯洁，只有灵魂猥琐的人才认识不到这一点。天一放晴他就和孩子们跑出去，他们俩也很喜欢这场雪。他们在奥伊伊家的后花园里奔跑、扔雪球，在雪地上挖隧道、搭城堡。

西瓦·奥伊伊跟她的小姑子薇阿站在窗前，看着孩子们和那个大人以及小水獭在一起嬉闹。水獭把一座雪雕城堡的一堵墙给弄塌了，它兴奋地腹部着地，沿着那堵墙一遍又一遍地往下滑。孩子们的脸蛋红扑扑的。那个大人，一头蓬乱的灰褐色长发拿一根绳子绑在脑后，耳朵被冻得通红，正在干劲十足地挖掘隧道。“不是这里！挖那边！——铲子呢？冰块弄进我口袋里了！”孩子不停地尖叫着。

“那就是我们的外星来客。”西瓦微笑着说。

“在世的最伟大的物理学家。”她的小姑子说道，“真有趣！”

他走进屋，又是吹气又是跺脚，把身上的雪弄掉。他身上散发着一股清新冷冽的气息，整个人神采奕奕、心旷神怡，只有刚刚离开白雪怀抱的人才能有这样的状态。西瓦把他介绍给自己的小姑子。他伸出一只坚硬冰冷的大手，友善地低头看着薇阿。“你是迪麦里的妹妹吧？”他说，“嗯，你跟他很像。”这句话如果是从别人嘴里说出来，薇阿会觉得平淡无奇，但是现在她却觉得开心不已。“他真是一个男子汉，”那天下午她一直在想，“一个真正的男子汉。他是个什么样的人呢？”

按照伊奥人的风俗，她的全名是薇阿·多伊姆·奥伊伊。她的丈夫多伊姆管理着一家大型联合企业，经常出差，每年有一半时间以政府商务代表的身份出使国外。谢维克一边端详着她，一边听她讲述这些情况。迪麦里·奥伊伊身上那些特征：纤细的身材、苍白的脸色、椭圆形的黑色眼睛，到了她身上就都变得很美丽了。她的胸部、双肩以及双臂都很圆润很柔软，异常白皙。用餐时，谢维克就坐在她的旁边。他的双眼不住地去瞟她裸露在外的双乳，紧身胸衣将她的乳房高高托起。在如此严寒的天气里这样半裸着身子是极其放纵的，和这场大雪一样放纵，那双小小的乳房也跟雪一样洁白无瑕。她剃光了的头颅骄傲而精致，颈部的曲线平滑地向上延伸，与头部的曲线融为一体。

她的确很吸引人，谢维克在心里想。她跟这里的床很相像：都那么柔软，当然也很做作。她为什么要那样装腔作势地说话呢？

他被她有些尖细的嗓音和她的装腔作势深深吸引住了，就像一个人在深水区紧紧抓着救生筏不放，却不知道自己其实正在不断地下沉。吃过饭后她就要坐火车回尼奥埃希拉，她只出来一天，以后他就再也见不着她了。

奥伊伊感冒了，西瓦得照顾孩子。“谢维克，你可以陪薇阿走到车站去吗？”

“上帝呀，迪麦里！不要让这个可怜的人来保护我！你不会是以为外头有一群狼吧？那帮野蛮的强盗正好来扫荡，把我掳去当小妾？明天早上你们会发现我倒在站长办公室门口，眼里有一滴冻住的泪水，一双僵硬的小手紧紧攥着一束干枯的花儿？哦，我倒希望能这样呢。”薇阿一边用她那清脆活泼的声音说着话，一边放声大笑。她的笑声就像一阵波浪，一阵黑暗、平稳、有力的波浪，把沙滩上的东西冲刷得一干二净，只剩下一片沙子。她不是在笑别的，而是在笑自己，深沉的笑声盖过了所有言语。

谢维克在客厅里穿上外套，走到门口去等她。

他们默默地走过半个街区，积雪在他们脚下嘎吱作响。

“你这样真是太客气了，身为一个……”

“身为一个什么？”

“作为一个无政府主义者。”她说，声音很细，而且故意拖长音调（帕伊说话就是这种腔调，奥伊伊在学校时也这么说话），“我很失望，本来还以为你很危险、很粗野哩。”

“我的确是这样的。”

她抬起头，斜着眼睛看着他。她披着一条鲜红色的披肩，把头也包上了；在这抹鲜艳色彩以及周遭白雪的映衬下，她的双眼显得特别黑亮。

“可现在你却那么温顺地送我去车站，谢维克博士。”

“谢维克，”他温和地纠正，“不要带上‘博士’。”

“那是你的全名吗？名和姓都包括了？”

他微笑着点点头。他感觉良好，精力充沛，天气这样晴朗，他身上那件做工精良的外套如此温暖，身边这位女士又是如此美丽，他觉得心满意足。今天一整天，他都没有什么苦恼和沉重的想法。

“你们的名字是一台电脑给起的，这是真的吗？”

“是的。”

“让一台机器给自己取名字，多郁闷啊！”

“有什么可郁闷的呢？”

“电脑起的名字那么呆板，那么不人性化。”

“还有什么能比拥有一个独一无二的名字更人性化的呢？”

“独一无二？只有你叫谢维克？”

“我在世期间是这样。这个名字以前也有人用过。”

“你是说，你的亲戚吗？”

“我们不怎么看重亲戚关系，你知道，我们所有人都亲如一家。用过这个名字的那些人，我只知道其中的一个，她生活在大移居早期。这位女士设计了一种用在大型机械中的轴承，到现在他们还管那种轴承叫‘谢维克’。”他又笑了起来，笑容比刚才更灿烂，“真是一种绝妙的不朽！”

薇阿摇了摇头。“上帝呀！”她说，“那你们怎么区分男人和女人呢？”

“呃，我们已经发明了区分的方法……”

过了一会儿她又温柔地大笑起来。她被凛冽的空气吹得流泪，擦着眼睛说道：“没错，你是很粗野！……他们都有虚构的名字吗？还有，都学虚构的语言吗——一切都是新的？”

“当初移居到阿纳瑞斯的人们吗？是的，我想他们都是很浪漫的人。”

“你们不是吗？”

“不是，我们是很讲求实效的。”

“你们可以两者兼而有之。”她说。

他没想到她也能有这么敏锐的想法。“是的，可以。”他说。

“像你这样单枪匹马，口袋里一个子儿也没有，来这里为你的人民探路，还有什么比这更浪漫的呢？”

“而且沉迷于这里的奢侈生活。”

“奢侈？在大学校园里？上帝呀！你这个可怜鬼！他们难道没有带你去看过真正像点儿样的地方吗？”

“他们带我去过很多地方，不过都没什么区别。我希望我能够进一步地了解尼奥埃希拉。我只看到过这个城市的外围——只看到了外头那层包装纸。”他用上了这个词语，因为从一开始他就非常关注乌拉斯人的这个习惯——他们把所有的东西都用干净别致的纸、塑料膜、纸板或是金属片包起来。脏衣服、书籍、蔬菜、衣服、药品，所有的东西都被层层包裹着，甚至是一包纸外面也要包好几层纸。每一样东西相互都不会挨着。他有种感觉，那就是他自己也已经被小心地包裹起来了。

“我知道。他们带你去了历史博物馆，参观了多布纳伊纪念碑，还去参议院旁听过一次辩论！”他笑了起来，因为她说的正是去年夏天某一天他的具体行程。“我知道！他们总是用这种愚蠢的方式接待外宾。我保证要让你见识到真正的尼奥！”

“那太好了。”

“我认识各式各样好玩的人。你在这里被这帮无趣的教授和政客包围着……”她吧嗒吧嗒地说个不停。这些唠唠叨叨的话他听着觉得很愉快，跟阳光、白雪带给他的感觉一样。

他们走到阿莫依诺小小的火车站。她手里拿着返程车票，火车随时可能到站。

“别等了，你会冻着的。”

他站在原地不动，穿着那件镶着一圈羊毛的外套，显得像个庞然大物，他没有作答，只是用亲切的目光看着她。

她低头看了看自己的袖口，把一处刺绣上头的雪片掸下来。

“谢维克，你有妻子吗？”

“没有。”

“你没有家吗？”

“哦——有的，有一个伴侣；还有我们的孩子。对不起，我刚才理解错了。‘妻子’，你看，我一直认为这是乌拉斯才有的事物。”

“那什么是‘伴侣’呢？”她抬头，淘气地看着他。

“我想你们会称之为妻子或丈夫。”

“她为什么不跟你一起来呢？”

“她不想来，而且我们的小孩子只有一岁……哦，现在是两岁了。而且……”他迟疑着打住了。

“她为什么不想来呢？”

“呃，在那里她有工作要做，在这里却没有。如果知道这里有那么多她喜欢的东西，我就会叫上她一起来了。可是我当时不知道。而且，还有一个安全的问题。”

“安全问题，在这里吗？”

他又迟疑了一下，最后终于说道：“还有我回去的时候。”

“你会遇到什么事儿呢？”薇阿眼睛瞪得溜圆。火车正从镇子外头那座小山丘上驶过来。

“哦，也许什么也不会发生。不过有人认为我是一个叛徒，因为，你看，我想跟乌拉斯人交朋友。等我回去的时候他们可能会制造麻烦，我不想让她和孩子们遇上那种事。出发之前我们已经有过了一点儿小麻烦，那就够受的了。”

“你的意思是，你会遇上真正的危险？”

火车正缓缓驶入车站，车轮和车厢发出嘈杂的轰鸣声和撞击声，他只好把身子冲她倾过去，好听见她的话。“我不知道。”他微笑着说道，“我们的火车跟这列火车非常相像，你知道吗？好的设计是不需要怎么改动的。”他陪着她去了一节头等车厢。她没有开门，他只好帮她把门打开。她进去之后，他也探头进去环视车厢。“不过里头就不像了！这整节车厢都是一个人的吗？就你自己？”

“哦，是的。我讨厌二等车厢。男人们嚼着麦勒胶，随地吐痰。阿纳瑞斯有人嚼麦勒吗？哦，当然没有。哦，关于你和你的国家，有好多东西我都很想要去了解！”

“我非常乐意跟别人讲那些，可是没有人问我。”

“那么，我们一定要再见，你来说给我听！你下次到尼奥的时候，可以给我打电话吗？一定。”

“一定。”他柔声说道。

“好！我知道你们是不会违背承诺的。对于你们别的习惯我一无所知，唯一知道的就是这一点。我能看得出来。再见了，谢维克。”她伸出一只戴着手套的手，在他扶着车门的手上握了一下。机车的汽笛开始轰鸣；他关上门，目送火车缓缓离去。车窗内一抹白色和鲜红色一晃而过，那是薇阿的脸。

他非常愉快地走回奥伊伊家里，跟伊尼打雪仗，一直到天黑。

本比利革命！独裁者逃亡！

叛军领袖控制首都！

世政会召开紧急会议

伊奥国有可能介入

这份鸟食报纸兴奋地用上了一连串最大号的字体，拼写和语法也都不管不顾了；看这篇文章，感觉就像在听艾弗尔说话：“在昨天晚上之前，叛军占领了整个梅斯科蒂的西部，军队勇猛地继续推进……”完全是“尼奥提”的口语表达方式，过去时和将来时都被一种劲头十足、磕磕巴巴的现在时所代替。

谢维克看了不同报纸上的相关报道，又在《世政会百科全书》上查阅了本比利的相关词条。这个国家形式上是议会制民主政治，实际上是军事独裁，由一群军队将领把持。这是西半球一个幅员广阔的国度，主要由山地以及贫瘠的大草原组成，人烟稀少，是个穷国。“我真应该去本比利。”谢维克想。关于这个国家的描述对他很有吸引力；他想象着狂风大作的苍茫草原。这则新闻异乎寻常地牵动了他，他特意去收听了收音机里播放的与此有关的公告。此前，自从他发现收音机的主要功能是为商品做广告之后，他已经很少听了。收音机里的报告，以及公共休息室里摆放着的官方的电传都非常简短，干巴巴的，跟大众报纸形成了鲜明对比，后者的每一个版面都在高呼着“革命！”。

本比利总统哈乌瓦特将军已经搭乘他那艘著名的装甲飞机安然撤离，不过有一些级别相对较低的将领被捕并被阉割，跟死刑相比，本比利人历来更愿意选择这种惩罚方式。在溃逃途中，败兵将同胞的田地和市镇付之一炬。游击队则一路乘胜追击。首都梅斯科蒂的革命军打开监狱大门，特赦了所有的囚犯。看到此处，谢维克的心狂跳起来。有希望，还有希望……他密切关注着远方那场如火如荼的革命。第四天，他在一张关于世界政府理事会辩论的电传上看到，伊奥国驻世政会大使宣布，伊奥国要挺身而出，支持本比利民主政府，现在已经派出军队去支援哈乌瓦特总统将军。

本比利革命军多数人几乎手无寸铁。伊奥国的军队则是全副武装：枪炮、装甲车、飞机、炸弹一应俱全。谢维克在报上看到关于这支军队装备的描述，觉得胃里很不舒服。

不只是不舒服，他还觉得很愤怒，身边又没有可以倾诉的人。帕伊不用说了，阿特罗是个激进的军国主义者，奥伊伊倒是很有正义感，但他内心的不安以及身为一个有产者的焦虑感使得他墨守成规，绝不敢越雷池一步。对于他自己对谢维克的好感，他的应对方式是拒绝承认谢维克是一个无政府主义者。他说，奥多主义社会自称是无政府主义社会，但实际上那里的人只是一些朴素的平民主义者。那里的社会没有一个明确的政府来维持秩序，是因为他们人数很少，而且他们根本也没有邻国。当他们的所有物遭到侵略对手的威胁时，他们要么清醒地去面对现实，要么就会被扫地出门。本比利那帮造反者现在就得清醒过来面对现实了。他们会发现，如果没有枪炮作为后盾，自由其实虚无缥缈。这一番话是他们有次在谈论这个话题时，他讲给谢维克听的——在本比利，谁处于统治地位，或者自以为处于统治地位，其实无关紧要，政治的实质在于奥伊国和舍国的权力之争。

“政治的实质。”谢维克重复了一遍这个说法。他看着奥伊伊，说道：“物理学家说出这个词显得很怪异。”

“一点儿也不怪异。政客和物理学家应对的都是事实、都是真实的作用力、世界的基本法则。”

“你们用以保护自身财富那些微不足道的‘法则’、你们这些枪炮的‘作用力’，你居然将这些跟熵法则以及重力的作用力相提并论？我原来真是高估你的智商了，迪麦里！”

奥伊伊在对方的轻蔑和怒火面前退缩了。他没再说什么，谢维克也没有继续往下说，不过奥伊伊永远也忘不了这一幕，它已经深深地烙在了他的脑海中。这是他此生最为羞辱的时刻。假使如此轻易便将他镇住的只是那个深受蛊惑、一根筋的乌托邦主义者谢维克，那么这不过是一时的羞辱；但是，这是那个物理学家谢维克，是那个他身不由己要去喜爱仰慕的人——因此他也希望能得到对方的尊重，这种尊重比起他现在能从别处得到的尊重更有分量——如果鄙视他的是这个谢维克，那么这种羞辱就是无法容忍的，他必须把它藏起来，在他的余生里都要把它锁进心灵深处最黑暗的那个角落里。

谢维克面临的有些问题也因本比利革命而趋于严重了，尤其是如何保持缄默这个问题。

对他来说，不信任身边的人是很难的一件事情。养育他的那种文化一直都提倡并倚赖于人与人之间的团结互助。他同那种文化在有些方面是格格不入，但现在的这种文化他也同样无法接受。有生以来一直伴随着他的那个习惯现在还在：他理所应当地认为人人都是乐于助人的。他总是很信任他们。

可是齐弗伊李斯克曾经警告过他。虽然他努力要将其抛诸脑后，却还是会不时地回想起来。他自己的感觉和直觉进一步证实了这些警告的正确性。无论情愿与否，他都得学着怀疑他人。他必须缄口不言。他必须将自己所有的东西保留着，保留着跟他们做交易的本钱。

这段日子以来，他说话很少，写东西也很少。他的办公桌上乱糟糟堆满了无关紧要的文件；很少一点儿真正有用的笔记总是随身携带，就放在那些乌拉斯服装众多口袋中的一个里面。每次离开办公室之前，他都要把电脑里存储的数据清除掉。他心中有数，自己离统一时间理论已经近在咫尺了。这个理论是伊奥人梦寐以求的，既为了他们的航天事业，也为了他们的声望。同时他也知道，最后的成果现在并未达到，也许永远也不能达到。这两点他都从来没跟别人明确地提起过。

在离开阿纳瑞斯之前，他以为一切已经尽在掌握。他已经得出那些等式了。萨布尔知道这一点，所以想要跟他和解，想要给他荣誉，希望在成果发表之后自己也能分享荣誉。他拒绝了萨布尔，不过这也并不是一个纯粹的无政府主义者的个人做法。真正无瑕的做法是把这一理论交给他们首创协会的出版社去发表，可是他也没有那样做。他还不能肯定它已经达到了可以发表的程度。有些内容还不完善，需要再稍加修正调整。他已经在这上面花了十年时间，再多费一点儿工夫也没什么坏处，他可以将它打磨到臻于完美。

那个不太完善的小地方，越深究起来似乎错得越厉害。先是推理上的一个小漏洞，然后是一个大的漏洞，然后是这个理论基础上的缺陷……离开阿纳瑞斯的前夜，他把所有跟这一理论有关的文件全部烧毁了。他是空着手来到乌拉斯的。整整半年来，用他们的话来说，他一直在“唬”他们。

或者说，他一直在自欺欺人？

很有可能，整个统一时间理论根本就是一个无法实现的虚幻目标。或者，即便因果物理与共时物理有一天能统一归结到一个综合理论中来，实现这一点的人很可能也根本不是他。他已经奋斗了十年，却还没有能够实现这个目标。数学家和物理学家都是脑力运动员，他们的伟大成就都是在年轻时获得的。更有可能的是——也许已经发生了——他这个人已经才思枯竭，彻底完蛋了。

他很清楚地记得，以前做出最佳创造之前，他也有过同样情绪低落、挫败感强烈的时候。他发现自己总是试图拿这一点来鼓励自己，继而又为自己的天真恼怒不已。对一名时间物理学家而言，用因果顺序来解释时间顺序是一件相当愚蠢的事情。难道他已经老了吗？不如还是安下心来，去思考那个虽然微不足道却很实际的任务：将时间间隔的概念再精炼一下。这个，对别人也许还会有点儿用处。

可即便在这个问题上，在跟其他物理学家谈论这个问题的时候，他也感觉到自己是有所保留的。他们也都感觉到了。

他穿过校园，向教室走去。树木已经萌生新叶，鸟儿在树丛间欢唱。整个冬天，他都没有听见它们的歌声，现在它们又开始高歌了。甜美的乐声从它们嘴里源源地涌出：啾啾，唧啾，这是我的财产，这是我的土地，它们属于我，属于我。

谢维克在树下待了一分钟，聆听它们的鸣唱。

然后他转身走入一旁的小径，从另外一个方向穿过校园，去了火车站，搭一趟早班火车去了尼奥埃希拉。在这个该死的星球上，那里会有一扇门是敞开着的！

在火车上的时候，他想到可以试着离开伊奥国，之后也许可以去本比利。不过他也没太当真，他只能坐船或乘飞机走，肯定会被追上被截住的。唯一一个能够躲开那些呵护备至的好心主人视线的地方就是他们自己的大城市，在他们自己的眼皮子底下。

这不是一次出逃。就算真的离开这个国家，他也依然被禁锢在乌拉斯。你不能称之为出逃，尽管这些有着条条框框国界的政府主义者会这么说。一段时间里，那些呵护备至的好心主人会暂时以为他出逃了，想到这一点，他突然觉得很振奋，而他已经好多天没有过这种感觉了。

这是入春以后头一个真正暖和的日子。田野一派绿意，还有水光闪现。草场上，母畜身边跟着小崽。小绵羊尤其可爱，蹦蹦跳跳得像一个个白色的弹力球，尾巴不停地打着转。他旁边的一个围栏里是公羊、公牛和牡马，它们长着粗壮的脖颈，雄赳赳地站着，就像带电的雷雨云。

池塘里积满了水，白色鸥鸟在蓝色的水面上飞掠而过。上方，浅蓝色的天空中点缀着片片白云。果树的枝条上缀满了红色花蕾，有一些花已经绽放，花瓣是玫红色或是白色。谢维克透过车窗望着外头，他发现，即便是如此美景，也难以平复自己烦躁和叛逆的情绪。这样的美是不公平的。乌拉斯人凭什么享有这样的美景？为什么上天对他们如此慷慨、如此厚爱，而他的同胞们得到的却是那么少，那么少？

我这种想法简直就像一个乌拉斯人，他告诫自己，像个该死的资产者了。似乎报酬就意味着全部，似乎美丽，甚或生命都是可以挣来的！他努力让自己什么都不想，就那样往前探着身子，看着柔和的天空，看着阳光，看着在春日原野上欢蹦乱跳的小绵羊。

尼奥埃希拉是一座拥有五百万人口的城市，精巧的光彩夺目的高楼在河口那片绿色沼泽地里拔地而起，好像这个城市是用雾气和阳光建造出来的。火车平稳地沿着一座长长的高架铁路蜿蜒而上，城市在眼前越来越高大、明亮，感觉越来越真切。最后，突然之间，它吞没整列火车——火车驶入一条铺有二十道铁轨的漆黑的地下通道，耳边传来巨大的轰鸣声，随后火车将乘客带进了宽敞明亮的中央车站。车站正上方是一个象牙色与天蓝色相间的巨大穹顶，据说这是所有已知星球当中人工修建的最为庞大的穹顶。

这座广阔无垠、天空一般的穹顶下方，是抛光的大理石地面。谢维克穿过这片辽阔的空间，终于来到长长一溜门面。不时有人走过来，每个人都是孤立的，带着各自的目的。在他看来，这些人全都忧心忡忡。他在乌拉斯人脸上经常能看到这种忧虑的神色，觉得很好奇。这是否因为，不管他们多么有钱，还是得操心去挣到更多的钱，以免临死的时候穷困潦倒？还是说是出于愧疚，因为不管他们多么穷，总是有人比他们更穷？不管什么原因，总之每个人的脸上都有某种相同的神情，站在他们中间他觉得非常孤独。在逃离他那帮向导和保镖时，他并没有考虑过结果——在这样一个社会里，人和人之间彼此并不相互信任，最基本的道德观不是相互帮助，而是相互侵略——独自一人身处这样一个社会会是怎样？他感到了一丝恐慌。

他曾经模模糊糊地设想过，在城里四处溜达，跟那些无产阶层的人说说话，如果还存在有这样的人，或者说这样的阶层。可是所有这些人全都行色匆匆，都有正事要办，他们不想闲聊，不想浪费自己宝贵的时间。他们这种匆忙也感染了他。走到阳光灿烂、人潮汹涌的莫伊阿大街上的时候，他暗自想，自己也得个去什么地方。去哪里呢？国家图书馆？动物园？可他并没有观光的心情。

他犹豫着，无法做出决断，他在车站旁边一家售卖报纸和小饰品的店门口停下来。报纸上的标题醒目地写着“舍国派兵支援本比利叛军”，可是他对此无动于衷。他没看报纸，而是看着货架上那些彩色明信片，然后忽然想起来，自己还没有任何关于乌拉斯的纪念品。出门旅游应该带回一点纪念品的。他喜欢明信片上的图画，上面都是伊奥国的优美风光：他爬过的那些山、尼奥的摩天大楼、大学里的小礼拜堂（跟他窗外的景色几乎一模一样），穿着漂亮外省服装的农家女孩儿、罗达里德城堡，还有一张是他第一眼就留意到了的：一片开满鲜花的草地上，一只小绵羊正在蹬腿，神情极其可爱。小皮鲁恩肯定会喜欢这只小羊的。他每种卡片都选了一张，拿去柜台。“五张是五十分，加上小羊那张是六十分；一份地图，给您，先生，一共一块四。天气多好啊，春天终于来了，是吧，先生？先生，没有更小面额的吗？”谢维克拿出来的是一张二十元的钞票。他把买票时找回来的零钱摸出来，大致研究了一番那堆纸币和硬币上的面额，凑够了一块四。“正好，先生。多谢，祝您度过愉快的一天！”

礼貌也像明信片和地图一样，可以用钱买到的吗？他想着像阿纳瑞斯人去物资分发处领东西一样，径直去拿自己想要的东西，冲登记员点点头便转身离去。如果他那样做的话，店员对他会有礼貌吗？

毫无意义，这么想毫无意义。在资产者的地方，就应该像资产者那样想问题。像他们一样穿衣服，像他们一样吃饭，像他们一样行事，让自己也变成一个资产者。

尼奥市中心没有公园，这里寸土寸金，不能将土地浪费在福利设施上。他走进别人带他来过多次的那些恢宏壮丽、流光溢彩的街道。到了萨伊穆特尼维亚街之后，他赶紧穿了过去，他可不想重温那个白日噩梦。现在他身处商业区，到处都是银行、写字楼、政府大楼。整个尼奥埃希拉都是这个样子吗？那些巨大的石头玻璃盒子闪闪发光，就像一个个硕大的华丽包装，里面却只有空虚、空虚。

他经过一幢建筑，一层的窗子上写着“美术馆”。他走进去，想逃离这些街道带给自己的道德上的幽闭恐惧症，到美术馆里去发掘乌拉斯的美。可是，美术馆里所有画作的画框上都带着标签。他看着一幅画工很好的裸体画，标价是四千伊奥元。“这是菲·菲特的作品。”一个皮肤黝黑的男子悄无声息地出现在了他的身侧，“一周之前我们还有五幅他的作品。要不了多久，它肯定会成为艺术市场上最值钱的东西。投资菲特作品绝对物有所值，先生。”

“四千元够这个城市两户家庭一年的开销了。”谢维克说。

对方打量了他一番，拖长音调说道：“是的，呃，您看，先生，这可是一件艺术品啊。”

“艺术？艺术应该是内心的自然流露。不然的话他创作这幅画是为什么呢？”

“按我看，您应该是一位艺术家吧。”对方的语气中已经带上了明显的傲慢。

“不是，我只是看到屎的时候知道那是屎！”听了这话，经纪人赶紧往后退，退到谢维克无法够着他的时候才开始说话，其中有“警察”这个字眼。谢维克向他做了个鬼脸，大步走了出去。他顺着街道往下走，走到一半停了下来，他不能这样走个没完。

那么，又能去哪里呢？

去找个人……找个人，另外某个人。一个真正的人。找一个能够给他帮助，而不是兜售东西的人？谁呢？去哪里找呢？

他想到了奥伊伊的两个孩子，那两个很喜欢他的男孩子，一时之间还真想不到其他合适的人了。随后一个影像浮现在了他的脑海中，很远很小，同时又很清晰：奥伊伊的妹妹。她叫什么名字？她说过，你一定要给我打电话，此后她两次邀请他去参加晚宴，请柬写在那种散发着芳香的厚纸上，字体粗粗的，很孩子气。那两封请柬混在众多陌生人发来的请柬之中，当时他也没怎么在意。现在他想起来了。

与此同时，他也想起了另外一封信，那封莫名其妙出现在他外套口袋中的信：加入我们吧，我们都是你的兄弟。可是在乌拉斯，他找不到一个兄弟。

他走进最近的一家商店。这是一家糖果店，装饰着大量的金色涡卷和粉色灰泥，一排排玻璃柜子里满满当当的全是盒子、罐子和篮子，里头是各式各样粉色、棕色、奶油色和金色的糖果。他问货架后的那位女士，可否帮他找一个电话号码。刚才冲着艺术品经纪人发了那一通脾气之后，他现在说话语气很柔和，而且作为一名无知的外来者，他表现得也很谦卑。他这种态度马上征服了这位女士。她不单帮他在厚重的电话号码簿上查了号码，还用店里的电话帮他拨了号。

“你好？”

他说：“谢维克。”然后就不再做声了。电话对他而言，就是紧急状况时的一个联络工具，用以通知对方有人去世或是出生或是发生了地震。现在，他可不知道该说什么。

“谁？谢维克？真的吗？你能打电话来真是太好了！既然是你的话，我就一点儿都不介意被吵醒了。”

“你在睡觉？”

“香甜地熟睡，我还没起床呢。天气这么好这么暖和。你在哪里呢？”

“我想是在卡伊西卡伊街上。”

“随便在哪里，你都往外走吧。现在几点了？上帝呀，快中午了。嗯，我会到半道接你的。在老御花园里的游船池旁边。你找得到吗？听我说，你一定得在这儿待一阵子，今天晚上我要举办一个聚会，绝对像天堂一般美妙。”她接着又噼里啪啦讲了一通。谢维克全盘同意。他从柜台旁边经过时，女店员冲她微笑着说：“最好给她带一盒糖果，是吧，先生？”

他停下脚步。“应该这样吗？”

“总不会有害处的，先生。”

她的语气中有那么一点点的肆意和亲昵的感觉。店里的空气香甜温暖，似乎春天里所有的香味全都挤在这里。谢维克站在那圈华丽可爱的小盒子当中，目光迷离，活像那些围栏里的大型动物，那些被春天的暖意所麻痹的公羊和公牛。

“我会帮你挑好的。”店员拿过一个带有精致彩绘图案的小铁盒子，在里面装满玫瑰花状的糖果：小小的巧克力叶片、棉花糖的花瓣。她把小盒子用一张薄纸包住，放进一个银色的纸板盒里，再用玫瑰色的厚纸包起来，最后打上绿色的天鹅绒丝带。她这一连串极其灵巧的动作中带着一种轻松愉快、心领神会的感觉。

她把包好的礼盒递给谢维克，谢维克咕哝着表示了感谢，然后转身离去。她提醒他说：“十元六角，先生。”声音里并没有什么责怪。因为怜悯，她甚至会由着他走的；女人常常都会对强大的力量表示怜悯；不过他顺从地走了回来，如数交了钱。

他坐地铁来到老御花园，找到了游船池。宽敞明亮的环形水面上，一些打扮得非常可爱的小孩子划着一艘艘的小船。那些小船带有丝一般的缆索和如同珠宝的黄铜装饰，都是了不起的工艺品。他看到薇阿就在池子对面，于是绕过池子跟她会面。这是一个风和日丽的春日，公园里那些黑黢黢的树木上，嫩绿色的新芽正在绽放。

他们在公园里一家餐馆吃午餐。餐厅坐落在一片阶地上，上方是高耸的玻璃穹顶。阳光透过玻璃穹顶照射进来，穹顶底下的柳树已经是枝叶繁盛，柳枝低低垂到一个水池中。一些胖胖的白鸟在水中优游，懒洋洋地盯着食客们，等着他们给自己喂点零碎食物。薇阿明确表示让谢维克来点菜，不过经验老到的侍者不着痕迹地向他提出建议，让他感觉好像菜都是自己点的。而且幸运的是，他口袋里有足够的钱。饭菜妙不可言，他从来没有吃到过如此精美的食物。他的习惯是一日两餐，所以乌拉斯人的午餐他通常都是不吃的，不过今天他放开肚子吃了个痛快，薇阿则是优雅地浅尝辄止。最后他迫使自己停下来，那种恋恋不舍的表情让她大笑不已。

“我吃得太多了。”

“稍微走走，可以帮助消化。”

他们的确只是稍微走了走，在草地上慢慢地踱了十分钟之后，薇阿就姿势优雅地坐到一排矮树丛底下，树上开满金色的花朵，耀眼夺目。他在她身边坐下。他看着薇阿纤小的双脚，脚上是一双鞋跟很高的白色鞋子，塔科维亚常说的一个词窜进了他的脑海：“身体投机分子”。塔科维亚用这个词称呼那些将性作为武器同男人进行权力斗争的女人。薇阿是身体投机分子的终极代表。鞋子、衣服、化妆、首饰、姿态，她身上的一切都充满挑逗的意味。她那女性的身体经过如此精心的装扮和修饰，几乎都不像一个活生生的人了。她是伊奥人在梦境中、在小说和诗歌中、在他们无穷无尽的描绘裸体女人的绘画中、在音乐中、在那遍布曲线和穹顶的建筑中、糖果中、浴室里、床垫上备受压抑的种种性欲的化身。

她刮得光光的头上扑了一层掺了小云母片的滑石粉，微微的闪光让头部的轮廓显得不那么刺目。她披着一件薄薄的披肩，裸露的胳膊在其下隐约可见，显得纤柔迷人。她的胸部没有露在外面，伊奥女人的裸体是留给主人的，她们不会袒胸露乳地出门。她的手腕上满是金手镯，乳沟处的柔软肌肤上有一颗闪着蓝色光芒的宝石。

“那个东西怎么不滑下去呢？”

“什么？”她自己看不到那颗宝石，所以就可以假装不知道，逼着他指给她看，也许还得把手伸到她胸部去摸那颗宝石。谢维克笑了笑，摸了摸宝石。“是粘上去的吗？”

“哦，这个啊。不是的，我这里植入了一片小小的磁铁，这颗宝石背面有一小片金属，也可能正好相反。怎样都好，总之宝石是贴在我身上了。”

“你的皮肤下面有一片磁铁？”谢维克问道，语气中带着不加掩饰的厌恶。

薇阿微笑着拿开那颗蓝宝石，让他看自己的皮肤，那里只有一个很小很小的银色凹痕。“你对我可是厌恶到极点了——这一点可真让人来劲。要我看，不管我说什么做什么，你对我的评价也不可能再糟了，因为你现在对我的评价已经是最糟的了！”

“不是这样的。”他反驳道。他知道她是跟自己玩笑，但却不清楚这其中的游戏规则。

“不，不，我看出了你对我的厌恶。这样的。”她摆出一副怒气冲冲的样子，两个人都笑了起来。“我跟阿纳瑞斯的女人真的那么不一样吗？”

“哦，是的，的确很不一样。”

“她们是不是都非常强壮，身上满是肌肉？她们是不是穿靴子，扁平的大脚，穿着实用耐穿的衣服，一个月剃一次汗毛？”

“她们根本就不剃汗毛。”

“从来不剃？身上哪里都不剃？哦，上帝呀！我们还是谈点别儿的吧。”

“谈你吧。”他身子倚在草堆上，跟薇阿靠得很近，她的体香以及身上的香水味道包围着他。“我想知道，在乌拉斯，女人是低人一等的，她们自己对这样的状况满意吗？”

“低谁一等？”

“男人。”

“哦——这个啊！你为什么觉得我是低人一等的呢？”

“你们社会的所有事情似乎都是男人来做的，工业、艺术、管理、政府、决策。你一辈子都要跟你父亲的姓和你丈夫的姓。男人上学，你们却不上。老师、法官、警察、公务员都是男的，是吧？你们为什么让他们来控制一切呢？你们为什么不去做自己想做的事情呢？”

“可是我们做了呀。女人们在做的就是她们自己想做的事情。不过她们用不着把手弄脏，用不着戴上头盔，用不着在董事会上大喊大叫。”

“可你们做什么了呢？”

“嗯，当然就是管着男人了！而且你知道，把这一点告诉给他们是绝对安全的，因为他们不会相信。他们会说，‘呃，呃，有趣的小女人！’然后拍拍你的头，昂首阔步走开，身上的奖章叮当作响，心满意足。”

“你也很心满意足吗？”

“是的，我很满足。”

“我不信。”

“那是因为这不符合你的原则。男人总是有很多的原则，别的事情都必须去顺应这些原则。”

“不，不是因为原则，是因为我看出来你并不满足。你很不安定，很不满足，很危险。”

“危险！”薇阿朗声笑道，“这个恭维可真是不同凡响！我怎么危险了，谢维克？”

“呃，因为你知道在男人的眼里，你是一件东西，一件可以被占有、被买卖的东西。所以你就一门心思想着怎么去作弄那些占有者，去报复……”

她气定神闲地把纤细的小手覆到他嘴上。“嘘，”她说，“我知道你不是想要冒犯我，我原谅你。不过请到此为止。”

他眉头紧皱，觉得她很虚伪，然后又意识到自己也许真的伤害到她了。她的手在他唇上只是轻轻地触碰了一下，那种触觉却久久不散。“很抱歉！”他说。

“没有，没有。你这个月球来客怎么会明白呢？而且你是个男人……不过我还是要告诉你一些事情。如果你把你在月球上的那个‘姐妹’带来，给她一个机会，让她脱掉靴子，来上一次精油浴，再来一次脱毛，给她穿上一双漂亮的高跟鞋，肚脐上贴上珠宝，再洒点儿香水，她肯定会喜欢的。你也会喜欢的！哦，你肯定会喜欢的！可是你们不会这么做，你们这帮信仰你们那些原则的可怜虫。一群无趣的兄弟姐妹！”

“你说得没错。”谢维克说，“一点儿乐趣都没有，从来没有。

在阿纳瑞斯，我们整天在矿井深处挖铅矿石。夜晚降临的时候，我们吃完饭——吃的是拿一勺盐水煮的三颗霍勒姆果实——然后轮流背诵奥多语录，直到上床就寝。只有睡觉这件事情我们是单独做的，而且还穿着靴子。”

他的伊奥语还不够流利，没法像用本族语那样来一次滔滔不绝的讲演——他经常会有突如其来的长篇大论，塔科维亚和萨迪克都听惯了。不过，虽然他说得磕磕巴巴，薇阿也还是受到了震撼。她又不由自主地发出了低沉的笑声。

“上帝啊，你还挺有趣的！还有什么是你不会做的吗？”

“推销员。”他说。

她微笑着打量着他，姿势显得很专业，活像一个演员。除了母亲跟宝宝、医生跟病人、爱人跟爱人之外，在非常近的距离之内，人们通常是不会相互注视的。

他坐直身子。“我想再走一走。”他说。

她伸出双手，让他拽自己起来。她的手势慵懒迷人，语气中的亲密感却无可捉摸。“你真的很像一个兄弟……抓着我的手。我不会放开的！”

他们在大花园的小径上闲庭信步。他们走进皇宫，这里现在已经辟为王室博物馆了，薇阿说她喜欢看这里面的珠宝。织锦墙壁和雕花灯罩上，肖像里那些傲慢的君主和王子盯着他们。屋子里满是银子、金子、水晶、稀有木材、织锦和珠宝。站在天鹅绒绳栏后头的警卫身上穿着黑红相间的制服，跟这一派华丽的景象，跟那些金丝帘子、织羽床罩非常协调。只有脸色跟这一切不太搭调。他们的脸上写满了疲惫。

因为他们已经烦透了整天站在一帮陌生人中间，做着毫无意义的工作。谢维克和薇阿走到一个大玻璃匣子前，匣子里是蒂阿伊女王的斗篷，是用活剥的俘虏人皮做成的。一千四百年前，这个不可一世的可怕女人就是穿着这件斗篷，跟她那饱受苦难折磨的臣民一起祈愿上帝结束那场瘟疫。“我觉得这真的很像山羊皮。”薇阿审视着玻璃匣子里这件已然褪色、被时间侵蚀得千疮百孔的破衣服。她抬头看着谢维克。“你还好吧？”

“我想我还是离开这个地方吧。”

走到花园之后，他的脸色不再那么苍白，不过他还是充满恨意地回头看了看宫殿的围墙。“你们为什么对自己的耻辱念念不忘呢？”他说。

“可是这不过是历史而已。像那样的事情现在不会再发生了！”

她带他去剧院看了一场日间演出，是一出喜剧，主角是一对年轻夫妇和他们各自的母亲，里面充满了许多不带黄色字眼的黄色笑话。薇阿笑的时候谢维克也勉强跟着笑。看完演出之后他们去了市区的一家饭店，那个地方奢华得不可思议。晚餐花了一百元。谢维克因为吃了中饭，所以现在就吃得特别少，不过在薇阿的坚持下，还是喝了两三杯红酒。酒比他原先以为的要好喝，而且似乎对他的思维也没有什么不良影响。他身上的钱不够付账了，可薇阿仍旧没有一点要分摊费用的意思，只是建议他签一张支票，他照做了。之后他们坐出租车去了薇阿的寓所；车钱也是让他支付的。他很奇怪，薇阿难道真的是那种神秘的妓女？可是奥多所描述的妓女都是一贫如洗的，薇阿显然并不穷；她告诉过他，“她的”聚会自有“她的”厨子、“她的”女仆和“她的”宴会承办人来打理。而且，大学里那些男人谈到妓女时总是一副轻蔑的神色，好像在谈论一些肮脏的动物，而薇阿尽管浑身散发着诱惑，却对公开谈论与性有关的事情表现得非常敏感。跟她谈话的时候，谢维克不得不斟词酌句，而以前在家的时候，他只有在跟害羞的十岁孩子说话时才会这样。

总之，他搞不清楚薇阿到底是个什么人。

薇阿的家很大很豪华，可以俯瞰整个尼奥市的夜景。屋里所有的家具，甚至连地毯都是白色的。不过谢维克对于奢华的景象已经见惯不惊，而且还困得要命。客人们要一个小时之后才到。薇阿去换衣服的时候，他在起居室一张巨大的白色扶手椅上睡着了。女仆往桌上放东西时发出的碰击声把他给吵醒了，正好看见薇阿走回来。她现在换上了伊奥正式的女装晚礼服，一条曳地打褶长裙裹住了臀部以下的身体，上半身则是赤裸的。在她的肚脐眼里有一颗小小的宝石在闪耀，跟二十五年前他在北景地区科学院跟蒂里恩和比达普一起看过的那些图片一样，那么……他盯着对方，一开始还睡眼惺忪，随后便完全清醒了。

她也盯着他，莞尔一笑。

她在他身边一把带软垫的矮凳上坐下来，抬头便能看到他的脸。她把白色裙裾撩到脚踝上，说道："现在告诉我，在阿纳瑞斯，男女之间到底是什么样的关系？"

真是太不可思议了。女仆和酒席承办公司的那位先生现在也在屋里。他俩彼此都清楚对方已经有伴侣了；他们之间也没有说过一个跟性有关的词。可是她的衣服、她的举动、她的语气——不是赤裸裸的挑逗还能是什么呢?

"男女之间按照他们所希望的方式交往。"他的声音似乎有些不快，"双方都是如此。"

"那么说这是真的了，你们真的没有道德观，是吗？"她好像很震惊，同时又很愉快。

"我不知道你这么说是什么意思。在那里伤害一个人，跟在这里伤害一个人是一样的。”

“你是说你们也有我们那套老规矩？你看，我觉得道德观是一种迷信，跟宗教没有什么区别，应该予以弃绝。”

“其实我的社会，”他完全困惑了，“正是要努力实现这一点的。摈弃道德规范，对——摈弃那些规则、法律和惩罚——让人们自己来区分善恶，自己做出抉择。”

“那么说，你们已经摈弃了一切的该与不该。可是你看，我认为你们奥多主义者完全搞错了。你们摈弃了牧师、法官、离婚法令以及等等的一切，可是你们只不过是没有正视真正的问题。你们把真正的问题压抑在自己的内心，压抑到了自己的良心之中。可是问题仍然还在。你们仍然是一群奴隶！你们并没有真正的自由。”

“你怎么会这么认为？”

“我在一本杂志看到过一篇关于奥多主义的文章。”她说，“我们今天一整天都在一起。我不了解你，但是我了解你的一些事情。我知道你——有一个蒂阿伊女王盘踞在你的身体里，就在你这个毛茸茸的脑袋里。这个暴君把你指使得团团转，一如她当年指使她的奴隶。她说，‘做这个’！你就照做了；她说，‘不许这么做’！然后你就真的不那么做了。”

“她就应该待在那个地方，”他微笑着说道，“待在我的头脑当中。”

“不，还是让她在宫殿里待着的好。那样你就可以背叛她了。本来你们是可以的！你的曾曾祖父就这么做了；至少他躲到月球上去。可是他把蒂阿伊女王也一起带上了，现在你也还带着她！”

“也许吧。可是在阿纳瑞斯，她明白，如果她让我伤害别人，那只会伤害到我自己。”

“还是那么虚伪。生活就是一场战争，只有强者才能胜出。所有的文明都不过是把鲜血隐藏起来，用漂亮的辞藻把仇恨掩盖起来而已！”

“你们的文明也许是这样。我们的文明从不隐藏什么，一切都袒露在外。在那里，蒂阿伊女王披的是她自身的皮肤。我们只遵循一项法则，人类变革的法则。”

“变革法则就意味着只有最强者才能生存！”

“是的，但在所有的社会物种中，最为强大的就是那些最社会化的。从人的角度来说，最强大的就是最合于伦理道德的。你看，在阿纳瑞斯，我们没有猎物也没有敌人。我们拥有的只是我们彼此。相互伤害不能给我们带来力量，只会削弱我们的力量。”

“我不在乎什么伤害不伤害。我不在乎其他人，其他人也不在乎我。他们只是假装在乎别人，我不想假装。我想要自由！”

“可是薇阿……”他柔声说道，因为她对于自由的向往深深打动了他。可他刚开了个头，门铃就响了。薇阿站起身来，捋平裙子，微笑着去迎接她的客人。

接下来一个小时里，前后来了三四十个人。一开始，谢维克觉得很烦躁很无趣。不过又是一次老套的聚会，所有人都站着，手端一杯酒，面带微笑，大声交谈。不过，随后聚会开始变得有趣起来。谈话和辩论逐渐深入，人们开始坐下来说话，慢慢开始像一次家庭聚会了。大家相互传递着精致的小甜点和肉片鱼片，那位周到的侍者总是会适时地帮你续上酒。谢维克也要了一杯。几个月以来，他亲眼目睹了乌拉斯人是如何嗜酒，似乎也没有谁因为这个而病倒。他现在喝的东西有一股药味，不过有人告诉他，这里头主要是碳酸水。他喜欢喝碳酸水，而且也已经渴了，于是便一饮而尽。

有两个人一门心思想要跟他谈论物理。其中一个彬彬有礼，聊了一会儿之后谢维克想方设法躲开了，因为他发现跟一个不懂物理的人谈物理实在太过费劲。另一个人非常傲慢，躲开他是不可能的了；不过谢维克发现，愤怒的情绪却让谈话顺畅了许多。这个人自认为无所不知，显然是因为他很有钱的缘故。“据我理解，”他对谢维克说道，“你的共时理论否定了关于时间最为显而易见的一个事实：时间是流动的。”

“嗯，在物理学上，说到‘事实’的时候一定要谨慎。这跟商业不同。”谢维克的语气非常温和愉悦，不过这种温和之中却蕴藏着某种东西，以至于正在边上跟另一班人聊天的薇阿也转过身来听他讲话。“依照共时理论严格的定义，时间的连续性并不是物理学上的客观现象，而是人的一个主观现象。”

“哦，可别吓着可怜的迪阿里，用最浅显的语言跟我们解释一下吧。”薇阿说，她的迅捷反应让谢维克咧嘴笑了起来。

“呃，我们都觉得时间在‘流淌’，从我们身边经过。可是如果是我们自己在往前行进，从过去前往将来，不断地发现新事物，那会是如何呢？你们看，那就有点儿像是在读一本书。那本书一直就在，所有的页码都在。如果你想要看到并领会整个故事，你必须从第一页开始读起，然后循序往下读。宇宙就像是一本巨大无比的书，而我们都是一个个渺小的读者。”

“可事实是，”迪阿里说，“我们体验中的宇宙是一个流动不息的连续体。在这种情况下，说什么在一个更高层面上所有的一切都可以永远并存，这样的理论有什么用处呢？对于你们这些理论家来说也许很有趣，可是没有一点儿实用性，跟现实生活毫无关联。除非这个理论能够帮助我们建起一个时间机器！”他最后又补充了这么一句，语气中的那种快活显得生硬做作。

“但在我们的体验中，时间不仅仅是连续向前的。”谢维克说，“你从来不做梦吗，迪阿里先生？”他觉得很自豪，他终于第一次记起要称呼别人“先生”了。

“那有什么关系呢？”

“很显然，我们对于时间的体验仅仅是出于我们的意识。一个婴儿是没有时间概念的：他不能远离自己的过去，他也理解不了过去跟现在有何关联，也不能在现在对未来做出规划。他不知道时间的流淌，不知道死亡为何物。成年人的潜意识正类似于此。在梦里，没有时间，也没有什么前后次序，因与果相互混淆。在神话和传说中是没有时间的。故事中说到的‘很久以前’是指什么时候呢？此外，当神秘主义者将自己的理性同潜意识重新连接时，他便能看到这两者融为了一体，便能理解永恒为何物。”

“没错，神秘主义。”两个人中比较腼腆的那个急切地说道，“八千年期时的蒂伯里斯，写过这么一句话，潜意识同宇宙共存。”

“可是我们都不是小孩子了，”迪阿里打断了他的话，“我们是理性的成年人。你的共时理论难道是神秘主义的回归吗？”

片刻的沉默。谢维克给自己拿了块糕点吃下去，其实他并不想吃。他今天已经发过一次脾气，把自己弄得像个傻瓜一样。一次足矣。

“也许你可以将它看作是为了达到平衡的一种努力。你看，因果论完美地诠释了我们对于线性时间的认知，以及时间演变的证据。它涵盖了事物的创生以及死亡。但却仅限于此。它能够解释所有变化，但是无法阐释事物的持久性。它只讲述了时间之箭，却没有涉及时间之环。”

“时间之环？”那个比较有礼貌的询问者问道，一看就知道他非常想要弄明白。谢维克几乎忘了迪阿里的存在，专注地向这个人讲解起来，伸出手臂做出各种各样的手势，想要更形象地向听众演示自己讲到的那些箭啊、圆环啊、振动啊。“时间是线性的，同时也是环形的。看到了吗？这是一个星球在旋转，绕着太阳沿轨道转一圈，就是一年，对吧？两圈则是两年，以此类推。你可以没完没了地去数这个圈数——天文观测员做的就是这个。事实上我们计算时间用的就是这样一个系统。计时器和时钟都是同样的原理。不过在这个系统之内，这个圆环之中，时间在哪里呢？哪里是开端哪里是尽头呢？无限的重复是无法界定时间的。必须有所比较，参照其他循环或是非循环过程，才能界定出时间。呃，你看，这一点很怪异也很有趣。你知道，原子运动就是循环往复的。性状稳定的化合物，其组分相互之间的运动是稳定的、周期性的。事实上，正是原子所进行的这种细微的在时间上具有可逆性的循环，赋予了事物足够的稳定性，也让演变成为可能。这些不受时间限制的微小颗粒在一起构成时间。从宏观上来看整个宇宙，呃，你知道，我们认为整个宇宙就是一个循环的过程，是一种持续的扩张和收缩，没有什么以前和以后。只有在每一次的大循环中——我们就是生活在这样的一次循环之中——这其中才有线性的时间和改变。因此，时间是两面的。它一方面是一支箭、一条流淌的河流，没有了这一面，就不会有变化，不会有发展，没有方向，没有创造。另一方面，它也是这个圆环，或者说是循环，没有了这一面，宇宙就一片混沌，只是无数个毫无意义的瞬间构成的序列，一个没有时钟、没有季节、没有承诺的世界。”

“你不能将两种对立的陈述应用到同一个事物上。”带着高人一等的平静，迪阿里说道，“换句话说，这两个‘面’其中之一是正确的，另一个则纯属臆想。”

“很多物理学家也是这么说的。”谢维克赞同道。

“可是你认为呢？”那个好奇的人问道。

“呃，我认为那是走出困境的一道方便之门……难道你能把存在和变化这两者其中之一看作幻象吗？没有存在的变化毫无意义，没有变化的存在则无聊透顶……如果我们的思想能同时从这两个方面来认知时间，那就会出现一种真正的时间物理学，它将为我们提供这样一个时间场，人们可以在其中领会时间的两面性，领会时间的两种进程。”

“可是这样的‘领会’意义何在呢？”迪阿里说，“如果它无法在科技上得到实际应用的话。那就仅仅是虚妄的理论，不是吗？”

“你这样问问题真的很像一个投机分子。”谢维克说，不过现场并没有人知道他这样说是在侮辱迪阿里，他的词汇中这个词是最具侮辱性的；迪阿里还微微点了点头，心满意足地接受了这个“恭维”。不过薇阿却感觉到了气氛的紧张，她插了进来。“你看，你说的这些我真的没有理解，不过我想，如果我理解了你那个书的比喻——所有的一切其实都是在当下同时存在的——那么我们不就可以预言未来了吗？既然未来已经存在？”

“不对，不对。”那个腼腆的人现在一点儿也不腼腆了，“它的存在不是像一张床或是一栋房子。时间不是空间。你不能在里头来回走动！”薇阿开心地点了点头，似乎很高兴有人让她回到自己的本分。

那个腼腆的人似乎从将女人逐出高级思想领域的行为中获得了力量，于是转向迪阿里说道：“在我看来，时间物理的应用是道德的。您这么认为吗，谢维克博士？”

“道德？呃，我不知道。你知道，我主要处理数学问题。对于道德行为，你没法列出等式。”

“为什么呢？”迪阿里说。

谢维克没搭理他。“不过的确，时间物理学跟道德是有关的。因为我们对于时间的认知直接关系到我们区分因与果、手段与结局的能力。我要再次提到婴儿，还有动物，他们无法区分自己现在的行为同由此可能产生的后果。他们没法做出一个滑轮，也没法做出一个承诺。我们能够。我们能看出当下同非当下的区别，我们可以在两者之间建立关联。正是在这一点上，时间物理学同道德、同责任有了关联。如果你说方法虽然不好却可以产生好的结果，就好比在说，如果我拉动这个滑轮上的绳子，却会拉起那个滑轮上的重物。违背承诺也就是否定过去的真实性；因而也就否定了拥有真实未来的希望。如果说时间跟原因是相互作用的话，如果说我们是时间性的动物，那么我们最好能够认识它，充分利用好它。那就是，做事负责。”

“可是，”迪阿里为自己的敏锐暗暗自得，“你刚才说，在你的共时体系当中，没有过去也没有将来，只有某种永恒的当下。那么你如何能对一本已然写就的书负起责任来呢？你所能做的就是去阅读这本书。不存在选择，也没有行动的自由。”

“这就是决定论所面临的问题。你说得很对，共时理论思维中隐含着这样的问题。不过因果理论也有问题。就像这样，来做一个很傻的小设想：你往一棵树扔一块石头过去，如果你是一个共时理论者，那么石头就是已经碰到树了；如果你是一个因果理论者，那么石头就永远碰不到树。你会选哪一种呢？也许你更愿意什么也不想，直接把石头扔出去，不做任何选择。我则宁愿将事情复杂化，两者都选。”

“那……那这两者您如何调和呢？”腼腆的那个人急切地问道。

谢维克近乎绝望地笑了。“我不知道，我一直在研究，已经很长时间了。毕竟，石头是碰到树了。单纯的因果论或是单纯的统一论都无法对其做出解释。我们不想要单纯，而是要复杂，要搞清楚原因同结果、手段和目的之间的关系。我们对于宇宙的理解必须跟真实的宇宙一样无穷无尽。那是一个复杂的物体，包括延续也包括创造，包括存在也包括变化，包括几何学也包括道德。我们寻求的不是答案，而仅仅是如何提出问题……”

“说得好，不过工业需要的是答案。”迪阿里说。

谢维克缓缓地转过身子，一言不发地俯视着他。

气氛非常沉重，薇阿没来由地以优雅的姿态跳起来，又把话题拉回到了她感兴趣的预言未来上去。其他人也被这个话题吸引，开始七嘴八舌地讲起了各自同算命者和天眼通打交道的经历。

谢维克打定主意，不管别人再问什么，他都不再开口了。他觉得从未有过的口渴，便让侍者帮自己续杯，然后将那杯好喝的满是泡沫的东西一饮而尽。他环视着房间，看看其他人，借此来驱散自己的愤怒和不安。不过他们都在大闹大笑，互相打断——对于伊奥人来说，这样的表现真是太情绪化了。有一对男女在角落里进行着性交的前戏。谢维克厌恶地调开了目光。难道他们在性方面也如此自我主义吗？在其他那些形单影只的人面前爱抚、性交，就像在一个饥饿的人面前吃饭一样粗鲁无礼。他把注意力转回到自己身边那些人身上。现在他们已经不再谈算命，转而说起政治了。他们都在讨论这场战争，谈论舍国接下来会如何作为，伊奥国接下来会如何应对，世政会接下来会如何表态。

“你们为什么只讨论那些抽象的东西呢？”他突然问道，一边觉得很奇怪，自己打定主意不再说话了的，怎么又开口了呢？“相互厮杀的不是这些国家的名字，而是人。士兵们为什么要去打仗呢？人为什么要去杀掉陌生人呢？”

“可士兵们就是做这个的呀。”一个漂亮的小个子女人说道，她的肚脐眼上装饰的是一颗猫眼石。好几个人开始向谢维克解释国家主权的原则。薇阿插了进来。“请他说吧。谢维克，如果是你，会如何解决眼下这种混乱呢？”

“解决的方法就在近旁。”

“哪里？”

“阿纳瑞斯！”

“可是你们那些人在月球上的所作所为没法解决我们这里的问题。”

“人类的问题都是一样的。生存，种族的生存、团体的生存、个人的生存。”

“还有国家的自我防卫。”有人大声说道。

他们试图说服他，他也试图说服他们。他知道自己想说什么，也知道说出来之后可以说服在场所有的人，因为他要说的东西很清楚很正确，不过不知道怎么回事，他没法恰当地表达自己的想法。每个人都在大声地说话。那个漂亮的小个子女人拍了拍自己坐的那把椅子宽大的扶手，他顺从地坐了下来。她柔软光滑的头就蹭着他的胳膊。“你好，月球来客！”她说。薇阿刚刚跟另外一拨人聊了一会儿，现在又回到他这边来了。她的脸上泛着红晕，眼睛显得又大又亮。他感觉帕伊似乎就在屋子的另一头，不过眼前的面孔实在是太多，全都模糊成了一片。眼前的一切此起彼伏，中间夹杂着冷场的停顿，他觉得自己似乎置身幕后，正看着老格瓦拉伯假设的循环宇宙的运行。

“必须坚持法律权威的原则，否则我们就会退化到完全的无政府状态！”一个胖子皱着眉咆哮道。谢维克说：“是的，是的，退化！我们享受这样的退化已经一百五十年了。”那位娇小美女穿着银色凉鞋的脚在裙裾底下隐约可见，趾头上缀着成百上千颗的小珍珠。薇阿说："还是跟我们讲讲阿纳瑞斯吧，那到底什么样。真的有那么好吗？"

他坐在椅子扶手上，薇阿蜷坐在他脚边的椅垫上，纤柔的身子挺直着，柔软的双乳用它们那毫无生气的眼睛盯着他。她得意地微笑着，脸上一片红晕。

某种阴暗的东西袭上谢维克的脑海，眼前的一切都变得阴暗了。他的嘴很干，不假思索地把侍者刚刚又倒给他的饮料一饮而尽。"我不知道。"他说，他的舌头似乎有些麻木了，"不，那里不好，那里是一个丑陋的世界。跟这里不一样。阿纳瑞斯到处都是尘土和光秃秃的丘陵，贫瘠干旱。那里的人也不美丽。他们大手大脚，就跟我和那边那位侍者一样。只是没有人腆着大肚子。他们会弄得很脏，在一起洗澡，这里没人会这样做的。城镇都很小很阴暗，非常沉闷。没有宫殿。生活沉闷，必须不停地辛苦劳作。你总是得不到自己想要的，就算是必需的东西，因为物资总是很匮乏。你们乌拉斯就什么都很充足，充足的空气、充足的雨水、草地、海洋、食物、音乐、建筑、工厂、机器、书籍、衣服、历史。你们很富有，你们拥有很多。我们很贫穷，我们什么都缺。你们拥有东西，我们一无所有。在这里，什么都很美丽，只有人的脸蛋不美丽。在阿纳瑞斯，什么都不美，只有人的脸蛋才美。其他人的脸，其他男男女女的脸。除此之外，我们一无所有，我们只拥有彼此。在这里你们看到的是珠宝，在那边只能看到眼睛。在眼睛当中，你能看到夺目的光彩，人类精神的光彩。因为我们的男人和女人是自由的——一无所有，但他们是自由的。而你们在占有的同时也被占有。你们都是身陷囹圄，每个人都孤立无援，孤独地守着自己占有的一堆东西。你们在囚笼中生，在囚笼中亡。我在你们眼中看到的只有一样东西——墙，墙！”他说话的时候所有的人都在盯着他看。

他听到自己的话声在这片沉寂中回响，耳朵很热。那种模糊空虚的感觉又一次袭上脑海。“我觉得很晕。”他边说边站起身来。

薇阿过来搀住他。“这边走。”她说道，一边轻轻地笑，一边急速地喘气。他跟着她穿过人群。他觉得自己的脸色苍白，那种眩晕的感觉还在。他希望她能带自己去盥洗室，或者到窗边呼吸点儿新鲜空气。可是他们去的却是一间光线昏暗的大屋子，里面只有射灯发出的亮光。一张床沿很高的白色大床靠墙放着，另一面墙被一面大镜子遮住一半。屋里的帷幕和各类亚麻制品上都有一种令人窒息的甜香味，是薇阿所用香水的味道。

“你喝多了。”薇阿说。薇阿站在他面前，借着昏暗的灯光抬头看着他，还是那样气喘吁吁地笑着，“真的太多了——你真是不可思议——太棒了！”她把双手搭在他肩上，“哦，看看那帮人的脸色吧！为了这个我得亲你一下！”她踮起脚尖，将自己娇艳的双唇、白色的脖颈和赤裸的双乳凑到他的面前。

他抱住她，吻着她的嘴唇，把她的头往后扳，然后是她的脖颈和她的胸部。一开始她非常顺从，身体似乎柔弱无骨，然后她稍稍地挣扎了一下，一边笑着一边轻推着他。“哦，不要，不要，规矩点儿。”她说，“好了，就这样，我们还得回聚会上去。不要，谢维克，请你平静下来，这样不可以的！”他没有理会，把她往床那边拖。她虽然嘴里还在说，却顺从地跟了过来。他一只手摸索着自己身上那些样式复杂的衣服，费力地松开裤子，然后又去解薇阿的衣服，去松那条束得很紧的裙带，却没法弄开。“住手。”薇阿说，“不行，听着，谢维克，这样不行，现在不行。我没有吃避孕药，如果现在跟你上床，麻烦就大了，我丈夫两周之后要回来！不行，放开我。”可是他没法放开她；他的脸紧紧地贴着她满是香汗的柔软的身体上。“听着，别把我衣服弄乱，别人会注意到的，上帝呀。等一等，请等一等，我们可以安排，我们可以安排一个地方幽会，我得保护自己的名声，我没法相信这个女仆，等一等，现在不要，现在不要！不要！”他那种盲目的冲动和他的大力终于把她吓到了，她用尽全力把他往外推，双手抵着他的胸部。他往后退了一步，她突然这么害怕地大声说话，这么拼命地挣扎，让他很困惑，不过他无法罢手，她的抵抗让他更加兴奋了。他紧紧地抱住她，精液喷到了她白色的丝质裙子上。

“放开我！放开我！”她不停地轻声叫着，音调却很高。他放开了她，头昏脑涨地站在那里，一边摸索着自己的裤子，想要把裤子拉回去。“我很……抱歉……我以为你想要……”

“上帝呀！”薇阿低下头，借着昏暗的灯光看着自己的裙子，把裙子上的褶子捋平，“哎呀！我必须得换条裙子了。”

谢维克大张着嘴站在当地，呼吸困难，双手无力地垂在身体两边；然后他突然转过身，大步走出了这间昏暗的屋子。他回到灯火通明的聚会上，在拥挤的人群中跌跌撞撞地往外走，然后被谁的腿绊了一下，他发现自己已经被不同的身体、衣服、珠宝、乳房、眼睛、烛光和家具团团围住了。他向一张桌子跑过去。桌子上，一个银盘子里，塞着肉馅、奶油和香草的小点心被摆放成一个同心圆，就像一朵苍白的大花。谢维克气喘吁吁，加快脚步，然后对着盘子大吐特吐起来。

“我会带他回家的。”帕伊说。

“上帝呀，快带他回去吧。”薇阿说，“赛奥，你来这里是为了找他吗？”

“哦，算是吧。还好迪麦里给我打了电话。”

“你来了他肯定很高兴。”

“他不会有麻烦的。我们已经把他带到门厅那边了。走之前我可以借用一下电话吗？”

“代我向长官问好。”薇阿顽皮地说道。

奥伊伊跟帕伊一起来到妹妹的寓所，现在两人又一起离开了。他们坐在政府部门的那辆豪华大轿车中间的座位上，这部车子帕伊一打电话便能召来，去年夏天去太空港接谢维克也正是这部车子。谢维克现在躺在后座上，姿势还跟之前他们把他塞进去的时候一样。

“迪麦里，他一整天都跟你妹妹在一起吗？”

“应该是从中午开始。”

“感谢上帝！”

“你们为什么那么害怕他到贫民窟去呢？每一个奥多主义者都相信，我们有许多受压迫的领薪水的奴隶，让他看到一点儿事实又有什么影响呢？”

“我不在乎他看到了什么。我们只是不想让他被人看到。你看那些鸟食报纸了吗？还有上周在老城区传播的那些大幅传单，关于那个‘预兆’的？那个谣言——有一个人在千禧年之前降临——‘一个陌生人，一个流浪者，一个离乡背井的人，双手空空，能够听到那一刻的来临。’他们引用了这个谣言。那帮闹事者自以为得到了天启，他们在寻找一个所谓的领袖、一种催化剂，还计划来一次总罢工。他们从来不吸取教训，还得吃到同样的苦头。这些该死的孽畜，应该送他们去打舍国，他们对我们也就能有这么点儿贡献了。”

一路上，两个人都没有再说话。

高级教员公寓值夜班的人帮着他们把谢维克弄回他的房间。他们把他放到床上，他马上就打起了呼噜。

奥伊伊留下来把谢维克的鞋子脱掉，盖了张毯子在他身上。醉汉嘴里的气息难闻极了；奥伊伊从床边走开，对于谢维克的恐惧和爱意同时涌上心头，彼此纠缠抗争着。他皱起眉头，咕哝了一句：“肮脏的傻瓜。”他关掉灯，走进另一个房间。帕伊正站在书桌跟前，翻看着谢维克那些论文。

“走吧。”奥伊伊脸上的嫌恶表情更明显了，“快点儿。都已经凌晨两点了。我已经累了。”

“这个杂种到底在做什么，迪麦里？还是没有进展，毫无进展。难道他纯粹是个骗子？难道我们都被一个该死的乌托邦白痴农民耍了吗？他的理论在哪儿呢？我们啥时候能实现即时太空飞行呢？我们什么时候能够超越海恩人呢？九个月，不，十个月了，我们把这个杂种喂得饱饱的，却一无所获！”话虽是这么说，在跟着奥伊伊往门口走去之前，他还是把一篇论文揣进了自己的口袋里。

第八章

阿纳瑞斯

他们一行六人，借着落日的余晖去阿比内北公园的运动场，天气很热，到处尘土飞扬。之前他们刚参加了一个现场烹调的街头庆祝宴席，一顿正餐几乎吃了整整一个下午，每个人都吃得心满意足。

今天是仲夏的一个节日——起义日，纪念发生在尼奥埃希拉的首次大起义，那次事件发生在乌拉斯纪元740年，距今已有两百多年。这一天里，厨师以及食堂工作人员都被公社其他成员奉为上宾，因为当年正是厨师服务员协会发起的罢工最终导致了起义。在阿纳瑞斯还有许多类似的习俗和节日，它们既是这个星球生命节律的自然产物，同时也是为了满足共同劳作的人们一起欢庆的需要。其中一些节日是由移居者及其后裔创立，比如丰收节和冬至节、夏至节。

他们聊着天，大家都懒洋洋的，只有塔科维亚除外。她跳了好几个小时的舞，吃了一大堆的烤面包和泡菜，感觉精力极其充沛。她说：“为什么要把科维戈特派到凯伦海渔场去呢？他在那里得重起炉灶，自己原来的研究项目却被交给了图利伯。”她所在的研究协会被并入了一项由PDC直接管理的计划中，现在她开始强烈赞同比达普的某些观点：“就因为科维戈特是一位很出色的生物学家，而且不同意西玛斯那些老旧过时的理论，图利伯一无是处，只会在澡堂子里给西玛斯擦背。看着好了，西玛斯退休之后谁会成为这个项目的负责人呢？就是她，图利伯，我敢打赌！”

“打赌是什么意思？”问话的人显然对她这种针砭时弊的言论不敢苟同。

比达普现在腰部长了不少赘肉，对锻炼身体变得很上心，现在正认真地绕着操场慢跑。其他人则坐在树荫下的一个土堆上锻炼着嘴皮子。

“那是伊奥语中的一个动词，”谢维克说，“乌拉斯人玩的一种游戏，猜概率的，猜对的人可以得到一些对方拥有的财物。”虽然萨布尔要他将学习伊奥语这件事保密，不能跟人提起，他却早已将这个禁令抛诸脑后了。

“普拉维克语中怎么会有伊奥语的词呢？”

“那些移居者，”另一个人说道，“他们学习普拉维克语的时候已经是成年人了；他们肯定有很长一段时间还是习惯用原有的语言进行思维。我在哪本书上看到过，‘见鬼’这个词也不是普拉维克语——也是伊奥语。法里戈夫在创造这门语言的时候并没有造那些骂人的词，也没准儿他造了，但是他的电脑却不觉得那些词有什么必要。”

“那么‘地狱’这个词呢？”塔科维亚问道，“我一直以为我小时候那个镇上的储粪站就是地狱。‘下地狱吧！’就是让人去最糟糕的地方。”

数学家迪萨尔已经在学院里得到终身职位，却还是老跟着谢维克厮混，只是很少跟塔科维亚搭腔。这会儿，他用他惯有的那种电报式风格说道：“意为乌拉斯。”

“在乌拉斯，这个词的意思是人死的时候会去的地方。”

“就是夏天被派去西南区。”塔科维亚的老朋友，搞生态学研究的特拉斯说道。

“在伊奥语中，这个词是有宗教意味的。”

“我知道你必须看用伊奥语写的书，谢夫，可是难道你连宗教的东西也看吗？”

“乌拉斯一些古老的物理学概念都带有宗教意味的，那样的观点能引起人们的注意。‘地狱’的意思就是极度邪恶的地方。”

“就是环谷的肥料站。”塔科维亚说，“我以前就是这么想的。”

比达普筋疲力尽地回来了，身上一层白白的灰尘，被汗水弄得一道一道的。他重重地在谢维克身边坐下，大口喘着粗气。

“说几句伊奥语吧。”谢维克的学生里夏特问道，“伊奥语听起来是什么样的呢？”

“你也知道啊：地狱！该死！”

“那也别冲着我骂呀。”女孩儿哈哈笑了起来，“说一个完整的句子吧。”

谢维克用伊奥语说了一个句子，语气很和善。“我并不确定该如何发音，”他补充道，“我是猜的。”

“是什么意思呢？”

“既然时间的流淌是人类意识的一个特征，那么过去和将来便都是思想的产物。这话是早期的一位因果论者齐赖穆屈所说。”

“别人在说话，而你却全然无法理解，想想真是怪异！”

“在乌拉斯，不同地方的人相互就听不懂对方的话。他们有好几百种不同的语言，月球上都是些疯狂的政府主义者……”

“水，水。”比达普还是气喘不止。

“没有水。”特拉斯说道，“已经有十八旬没有下雨了，准确地说是一百八十三天。这是阿比内四十年以来为时最长的一次干旱。”

“这样的状况如果还在继续，我们就只能重复利用尿液了，二零年时人们就这样。来杯尿吗，谢夫？”

“别开玩笑了。”特拉斯说，“我们已经命悬一线了。会有充足的雨水吗？南台的叶类作物颗粒无收，那里已经整整三十旬没有下雨了。”

大家都抬起头，仰视着灰蒙蒙的金色天空。他们的上方是来自旧世界的高大树木，锯齿状的树叶在树枝上耷拉着，叶片因为缺乏水分卷了起来，上头布满灰尘。

“不会再有大旱的。”迪萨尔说，“现代脱盐植物，能预防。”

“它们也许能够减轻旱情。”特拉斯说道。

那一年的冬天来得很早，很冷，北半球异常干燥。阿比内宽阔低洼的街道上，冷风挟带着冰冷的尘土呼啸而过。澡堂里用的水都要经过严格配给：口渴和饥饿比清洁问题更紧要。阿纳瑞斯两百万人口所需的食物和衣物都是来自霍勒姆这种植物：叶子、种子、纤维和根茎。仓库和补给站还有一些库存纺织品，但食物储备向来就不富裕。海水被引到陆地上来，以确保植物的存活。城市的上空没有一丝云彩，本应清澈明亮，但从南部和西部更干燥的地方被风挟裹而来的尘土却将天空染成了黄色。有时尼希拉斯的方向刮来的一阵北风会驱散这层黄雾，留下一片敞亮的天空，颜色从边缘的深蓝色逐步过渡到天顶的紫色。

塔科维亚怀孕了。大部分时间里她都是昏昏欲睡、非常温顺。“我是一条鱼，”她说，“水里的一条鱼。我在我身体里那个婴儿的身体里。”不过也有时候，她觉得工作让她不堪重荷，或者觉得肚子很饿，因为食堂现在供应的伙食比起以前减少了。孕妇和老人孩子一样，每天可以得到少量加餐，就是十一点钟可以吃一顿中饭，但是因为工作安排得很满，她常常会错过这餐饭。她自己可以错过一顿饭，但却不能让实验室鱼缸里的鱼儿错过一次喂食。朋友们经常会给她带点儿他们自己正餐时省下来的食物或者他们的公共食堂里吃剩下来的东西，一个馅饼或是一片水果之类。她满怀感激地吃下这些东西，却还是非常想吃糖果，而糖果现在很少有供应。累的时候，她就会变得急躁，很容易心烦，一言不合便会大发脾气。

进入暮秋之后，谢维克完成了《共时原理》初稿。他将稿子拿给萨布尔审阅，看是否可以出版。萨布尔留下了稿子，一旬、两旬、三旬时间过去了，他没有发表任何评论。谢维克去问他。他回答说还没有看，他太忙了。谢维克耐着性子继续等着。时间已经是仲冬。日复一日，空中刮着干燥的风，地面已经结冻。所有事情似乎都停了下来，一种令人不安的停顿——等候着下雨，等候着新生命的诞生。

屋子里很暗。城市里的灯光次第亮起，在暗灰色的高空下显得那么微不足道。塔科维亚走进来，打开灯。她没有脱掉外套，径直走到暖气罩边蜷起身子。“哦，好冷啊！太难受了。走路的时候我觉得脚像是直接踩在冰河上，回家的路上脚疼得厉害，我都快哭出来了。没用的靴子！我们怎么就不能做出像样的一双靴子来呢？你黑灯瞎火地坐着干吗？”

“不知道。”

“你去食堂了吗？我在回家的路上吃了口剩饭。我必须加班，库库里鱼子正在孵化，我们得赶在大鱼把它们吃了之前把小鱼苗从鱼缸里捞出来。你吃了吗？”

“没有。”

“别这样阴沉着脸，今晚请别这样。如果再有什么事儿不对劲儿，我非哭出来不可。我一直都想哭。该死的、愚蠢的荷尔蒙！真希望我能像鱼儿一样生育后代，产下鱼子，然后游走，一切就完事了，除非我自己游回来把它们吃掉……别再像个雕像一样坐着了，我受不了了。”她蹲在冒着一丝热气的暖气片边，一边伸出僵硬的手指想要把靴子解开，眼里已经涌出了泪水。

谢维克一言不发。“怎么了？你不能就那样坐着啊！”

“萨布尔今天把我找去了。他不打算向出版社推荐《共时原理》那本书，也不建议将它寄给乌拉斯人。”

塔科维亚僵住了，不再费劲地摆弄鞋带，只是回头盯着谢维克。最后她终于说道：“他究竟是怎么说的？”

“他写的评语就在桌子上。”

她站起身来，只穿着一只靴子，拖着脚走到桌子旁边，然后倚在桌子上，双手插兜，看着那份评语。

“‘在奥多主义社会，因果物理学是通往物理智慧思想的康庄大道。自阿纳瑞斯大移居以来，这已成为一项公认的原则。自以为是地偏离这一原则，其结果要么是徒劳地围着不切实际的假想绕圈子，对社会组织一无用处；要么就是成为乌拉斯那些投机国家不负责任的御用科学家的应声虫，只会重复他们那些宗教迷信的猜测……’哦，这个投机分子！这个小心眼、嫉贤妒能、只会拿奥多来说事的小人！他要把这样的评语交给出版社吗？”

“他已经交了。”

她跪下身子，把靴子从脚上拽下来。她抬头瞟了几眼谢维克，不过没有靠到他身上，也没有打算抚摸他。有好一会儿，她一言不发。等她开口的时候，声音已经不像刚才那么激动了，而是回到了沙哑的自然状态。“那你打算怎么做，谢夫？”

“没什么可做的。”

“我们要把这本书印出来。我们可以成立一个印刷协会，学着排版，然后把它印出来。”

“纸张的配给已经降到极限。只有非常重要的东西才能付印。在霍勒姆树种植园能保障生产之前，只有PDC的出版物可以付印。”

“那么你能不能把文章稍微改头换面一下呢？把你真正要说的东西伪装一下，把它包装成因果物理学的样子。那样他就可以接受了。”

“黑色是不可能伪装成白色的。”

她没有问是否可以通过别的方法绕过萨布尔。在阿纳瑞斯，没有人会有绕过别人的念头，没有可供迂回的小道。如果你不能跟自己所在协会的理事们协同合作，那就只能孤军作战。

“如果……”她又打住话头，站起身来，把靴子放到暖气上烘干，然后把外套脱下挂起，又拿过一条厚重的手纺披肩披在身上。她走到床边坐下，身子坐定之前嘴里咕哝了一下，然后抬头看着谢维克的侧影。谢维克仍旧愣愣地坐在她和窗子之间。

“如果你提议让他联合署名会怎样，就像你第一篇论文那样？”

“萨布尔不会在一篇‘宗教迷信的猜测’上署名的。”

“你确信吗？你确信他真的是那么想吗？他知道这篇东西的分量，知道你做出的是怎样的一个成果。你不总是说他很精明吗？他知道这篇东西能把他还有整个因果物理学派扔进废物箱。想想看，如果他可以跟你分享，分享这个荣誉！他这个人如此自我主义。只要他可以向人们宣称这是他的书……”

谢维克痛苦地说道：“对我来说，跟他分享那本书，就像要我跟他分享你一样。”

“别这么看问题，谢夫。至关重要的是书本身——是这些观点。

听我说，我们的孩子，我们不会只想把他留在自己身边，我们想的是去爱他。可是如果因为某些原因，他留在我们身边就会死去，只有把他送去托儿所才能让他活下去，而且我们不能再看到他，也不会知道他的名字——如果要让我们做选择，我们会选哪个呢？是留下一个死婴，还是让他活下去？”

“我不知道。”他说。他双手托住脑袋，痛苦地揉着额头，“是的，当然，是的。可是这个……可是我……”

“兄弟，亲爱的。”塔科维亚说道。她双手握在一起，放在膝上，却没有冲他伸出手去。“书上写谁的名字并不重要。人们会了解真相的，书的本身就能说明一切。”

“我和书是一体的。”他说，然后闭上双眼，一动不动地坐着。塔科维亚这才怯怯地靠到他身边，温柔地抚摩他，如同在抚摩一处伤口。

164年的年初，第一本不完全版的、经过大刀阔斧改动的《共时原理》在阿比内出版，作者是萨布尔及谢维克。PDC现在只印刷那些最重要的档案和指示，但萨布尔在出版社及PDC信息部门都很有影响力，他让他们相信这本书在对外宣传方面的价值。他说，阿纳瑞斯目前的干旱以及可能随之而来的饥荒，让乌拉斯人幸灾乐祸；最近一次飞船带来的伊奥国出版物上充斥着各种自以为是的预言，宣称奥多主义经济即将崩溃。我们要出版一部纯粹、伟大的思想著作，萨布尔说，还有什么能比这个反击更为有力呢。“科学史上的里程碑，”他在修正过的评论中写道，“在我们的物质生活面临灾祸时，它却腾空而起，证明了奥多主义社会永不衰竭的活力，在人类思想的任何一个领域，它都能超越政府统治之下的社会。”

这本书因此得以出版，一共印刷了三百本，其中十五本通过伊奥飞船“警惕号”运到乌拉斯。谢维克从来没有翻开过这本书。不过，他在那包出口到乌拉斯的书当中放了一份完整的手写原稿，还在封皮上附了一张便条：请将其交予伊尤尤恩大学贵族科学院的阿特罗博士，顺致作者对博士的问候。萨布尔在对包裹进行最后审核时，肯定注意到了多出来的这样东西。他是把手稿取出来还是留下了，谢维克无从知晓。也许他怀恨在心，把它给没收了；也许他知道被他肆意篡改之后的删节本无法对乌拉斯的物理学家们产生预期的效果，于是放行了。事后他没有跟谢维克提起这份手稿，谢维克也没有问过。

那年春天，谢维克变得沉默寡言。他申请了一个志愿者岗位，去南阿比内参与修建一座新的水循环工厂。大部分时间里，他要么去工厂干活，要么去上课。他又重新开始了亚原子的研究，晚上经常在学院的加速器旁边或者实验室里，跟那些粒子学专家一起度过。跟塔科维亚以及朋友们在一起的时候，他变得沉静温和，显得很冷淡。

塔科维亚的肚子已经很大了，走路时像端了一大篮沉重的脏衣服。她坚持去鱼类实验室工作，一直到物色并培训好一位合适的接班人之后，她才回家准备生产，这时已经超出预产期一旬的时间了。这天下午，谢维克回到家。“你可以去叫接生员了，”塔科维亚跟他说道，“告诉她宫缩是四到五分钟一次，不过没怎么加快，所以也不用太着急。”

他急急忙忙去了，却发现接生员没在，一下子慌得手足无措。接生员和街区医师都出去了，而且都没有像平常那样在门上留张字条告诉别人自己的行踪。谢维克的心脏重重地撞击着胸腔，一切忽然变得清清楚楚、令人恐惧。他把这种无助的状态看成了一个不祥的征兆。这个冬天以来，自从那本书的命运确定之后，他就在塔科维亚面前把自己封闭起来。她则变得越来越安静、被动和忍耐。现在他明白这种被动是什么了：是死亡的预备状态。其实真正自闭的人是她，而他却没有努力跟上她。他只看到了自己内心的痛楚，却从未留意过她的恐惧，也看不到她的勇气。他将她放逐，因为他想要自我放逐，于是她只好一路前行，远去，远去，一个人独行到永远。

他往街区诊所跑去，跑到的时候已是上气不接下气、站立不稳，诊所的人还以为他心脏病犯了。谢维克向他们说明了情况。他们派出一个人去找一个接生员，让他赶紧回家，因为他的伴侣现在应该很想有人陪在身边。他急忙往家赶，每迈出一大步，就越发地确定自己将要失去塔科维亚，内心的惊慌、恐惧也就强烈了一分。

可回到家里之后，他却不能跪在塔科维亚面前请求她的宽恕，虽然他非常渴望这样做。塔科维亚已经没时间听他真情表白了；她非常忙碌，已经把台床上的东西清扫一空，只留下一条干净床单，现在正在床上准备分娩。她没有哭号也没有尖叫，似乎她并没有痛苦。但是每次宫缩时，她都得费劲地控制自己的肌肉和呼吸，结束之后她就长长地呼出一口气，就像一个人用尽全力举起了一样重物后又放下。谢维克此前还从未见过有什么劳作需要一个人这样使出全身的力量。

她如此辛苦，令他无法袖手旁观。当她需要借助外力的时候他可以充当把手和杠杆的支点。几次调校之后，他们很快找到了最佳的位置，接生员来了之后他们也一直保持着那样的姿势。分娩时，塔科维亚蹲着身子，脸对着谢维克的大腿，双手攥着他紧绷的双臂。“好了。”伴着塔科维亚机器轰鸣般的粗重呼吸，接生员平静地说道，把一个身上沾满黏液但明显具有人形的小生命拽了出来。一股血流随之奔涌而出，还有一团乱糟糟的东西，不是人，也不是活的生命。被谢维克暂时遗忘的那种恐怖感觉又回来了，而且比先前更为强烈。在他看来，这东西就代表着死亡。塔科维亚松开他的手，身子软软地蜷在他脚边。他呆滞地弯下身子抱住她，心里又是恐惧又是忧伤。

“好了。”接生员说道，“帮她往边上挪一挪，我好把这些东西清理掉。”

“我想洗一洗。”塔科维亚有气无力地说道。

“来，帮她洗洗。那边那些布都是消过毒的——那边。”

“哇，哇，哇。”又传来了另一个声音。

屋里似乎挤满了人。

“好，”接生员说道，“过来，把小孩抱回到她身边，放到她胸前，这样有助于止血。我要把这个胎盘拿到诊所的冷库去，要十分钟时间。”

“哪里？哪里？”

“在婴儿床上。”接生员一边往外走，一边跟他说。谢维克找到那张小小的床，这张床在屋角待命已经有四旬的时间。他看到了那个小东西。刚才如此忙乱，也不知道接生员用什么法子居然把婴儿洗干净了，还给穿上了一件小袍子，所以现在小宝宝跟他刚看见时已经不一样了，不再像条滑溜溜的鱼了。下午的时间似乎不是慢慢流逝的，而是以快得出奇的方式一下子消逝掉了。天已经黑了，屋里已经亮起灯。谢维克把婴儿抱起来，送到塔科维亚身边去。婴儿的脸小得不可思议，眼睑紧闭着，薄薄的似乎一捅就破。“抱到这边来。”塔科维亚催他，“哦，快一点儿吧，把他抱过来给我。”

他抱着婴儿走过去，极其小心地将他放到塔科维亚的肚子上。

“啊！”她温柔地叫道，声音里充满喜悦。

“男的女的？”过了一会儿，她睡意蒙眬地问道。

谢维克这会儿正坐在她的床边上，于是小心翼翼地查看了一番。他觉得辨别婴儿的性别有些费劲，因为跟孩子的腿和手相比，那件小袍子显得特别长。“是个女孩。”

接生员回来了，在屋里四处收拾着东西。“你们的表现真棒。”她这句评价是针对他们两个人的，而他们也淡淡地表示了同意。“明天早上我再过来看看。”她说完就走了。宝宝和塔科维亚都睡着了。谢维克俯身凑近塔科维亚。他原本习惯了她身上那种麝香似的好闻气味。可现在她身上的气味已经变了，变成了一种若有若无的香味，睡觉的时候变得益发浓烈。她侧躺着，把宝宝拢在胸前，他非常轻柔地把一只手臂搭在她的身上。在满屋的生命气息中，他也慢慢地进入梦乡。

对于奥多主义者来说，一夫一妻制是一种双向合作，就跟合作研究、芭蕾舞联合表演或是在肥皂厂跟他人协作生产没有什么区别。男女配对也是一个自愿组成的联盟。双方如果愿意维系这种关系，那么它就可以存在下去；如果不愿意维系，那么就可以随时中止这种关系。这不是一项制度，仅仅是一种功能性的存在，其中没有任何强迫，一切全凭个人意志决定。

这一点跟奥多的社会理论完全一致。承诺即法律，甚至包括条件不确定的一切承诺，这一点是奥多思想中根深蒂固的一个部分；当然她也主张变革的自由，后者似乎同承诺或者誓约相悖。但事实上，正是因为有这样的自由，承诺才有了意义。承诺是一个方向，是自我对于可能性的限制。正如奥多所说，如果一个人没有方向，也就没有去处，那么也就不会有变革。一个人也许从来都不会行使选择及变革的自由，那情形就像坐牢一样，只不过监狱是自己修建的。那监狱仿佛一个迷宫，其中的每一条路都不是好的出路。于是奥多想到了承诺、誓言以及忠诚的概念，在错综复杂的自由当中，这些都是必不可少的要素。

很多人认为忠诚的概念不应当适用于性生活。他们说，奥多的女性特质使得她对于真正的性自由持排斥态度；抛开别的不说，在这一点上她是没有从男性的立场来考虑的。持这种批判意见的女性数量跟男性是相同的，因此奥多没有理解的似乎不仅仅是男性，而是整整一类人，对这些人来说，体验就是性愉悦的本质。

尽管她可能并不理解这些人，甚至有可能认为他们是离经叛道的占有狂——毕竟，如果说人类不是一个倾向于结对生活的物种的话，那它也有着世代相传的习俗。尽管如此，相对那些想要维持长久关系的人，她的观点对于那些性乱者更为有利。任何形式的性行为都会得到宽容，没有法律、没有限制、没有罚款、没有惩处，也没有任何的反对。唯一的例外是强奸幼童和妇女，如果强奸犯没有马上被送去收容所，那么邻居们会对他进行更为严厉的惩处。不过，在这样一个社会中，骚扰行为是极端罕见的。因为人们从青春期开始就可以得到完全的满足，社会对性行为只施加一种温和的限制。这种限制是集体生活的要求，目的是保障隐私。

另一方面，那些打算维持配对关系的人，不管是同性恋还是异性恋，都会遇到一些意想不到的问题，这些问题对于那些尽情享受性乐趣的人来说是不存在的。他们不仅要面临嫉妒、占有欲等一系列情感痼疾，因为一夫一妻的结合方式为这些痼疾提供了成长的温床，同时还要面对这样一个社会组织额外施加给他们的诸多压力。一夫一妻的伴侣双方都非常清楚，两个人随时都有可能因为紧急的劳动分配而天各一方。

负责劳力分配的分配处会尽量把一对伴侣安排在一起，如果一对分开的伴侣提出要求，他们也会尽量安排他们团聚；但这不一定总能做到，尤其是在紧急征用的情况下，没有人指望分配处会为了这个原因重排名单、重调电脑程序。为了生存，为了人生美满，每一个阿纳瑞斯人都清楚地知道，自己必须前往需要自己的地方，去做需要自己做的事情。他们从小就知道，劳力分配是人生最主要的一个因素，这个社会永远需要它，随时需要它，而夫妻生活仅仅是个人的小事，只有在满足了社会的大需求后才能满足这个小需求。

不过，当一个人自由地选择了一个方向并全心全意坚定不移地朝着这个方向前进时，那么似乎任何事情都是在推动着自己向着这个方向深入。因此，即将成为现实以及已然成为现实的分离往往都会进一步巩固伴侣之间的忠诚。在这样一个社会里，对于不忠，没有任何法律以及道德的惩戒，伴侣之间随时有可能要分离，这种分离是自愿接受的，也许会持续好几年。因此，要保持发自内心的真正忠诚多少都是个挑战。不过，人就是喜欢挑战，喜欢在逆境中追寻自由。

164年，很多人开始体验到这种自由，这是他们以往从未经历过的，他们喜欢这种自由，喜欢这种考验和危机的感觉。163年夏季开始的那场干旱到了冬天仍然没有缓解的迹象。到164年夏天，生活开始变得愈加困苦，如果旱情继续发展，很有可能会爆发一场大灾难。

各类物品都实施了严格的配给，劳力分配的决定更是要绝对服从。生产足量的食物、对食物进行合理的分配变成了一个痛苦不堪、令人绝望的过程。

不过人们却并未绝望。奥多曾写道："没有了罪恶的占有、没有经济竞争的负担，一个孩子在这样的背景之下成长，他就会有意愿去做需要他去做的事情，并且能从中得到快乐。只有那些无用的工作才会让人心情不快。一位哺育后代的母亲、一位学者、一位成功的猎人、一位好厨子、一位能工巧匠，所有那些做好自己分内工作的人，他们的快乐——这种持续的快乐，也许就是人类友爱乃至所有社会性的源头。"从这种意义上来说，那年夏天，在阿比内有一股快乐的潜流。不管活有多重，干活的人却是轻松自在，随时准备着一完成力所能及的事情便将所有的忧愁抛诸脑后。“团结”这个老口号重又恢复了生机。毕竟，发现这种联结本身比一切的考验都要强大，总是一件令人愉快的事情。

初夏的时候，PDC张贴了告示，建议人们将每天的工作时间缩短一个小时左右，因为在公共食堂就餐所获得的蛋白质已经无法满足正常能量消耗的需要。原先一派繁忙的城市街道，现在节奏也缓慢了下来。提前下班的人们在广场上闲逛、在公园干燥的地面上玩木球游戏、坐在车间门口跟过路人搭讪。整个城市的人口明显地减少了，有好几千人或自愿申请或被紧急派遣去了农场。不过，人们之间相互的信任使沮丧和焦虑的情绪有所缓解。“我们可以互助互济，共渡难关。”大家沉着地说道。沉静的表面之下跳跃着巨大的活力。当北部郊区的井水干涸时，马上有大批志愿者前来铺设临时水管，这些人当中有专业人士也有非专业人士，有老也有少，都是利用自己的业余时间来干活的。三十个小时之后，水管就铺好了。

夏天快过去的时候，谢维克被紧急派往南台红泉公社农场。雨季时赤道地区有了一些降雨，于是大家抓紧时间赶在旱情再次发作之前耕种、收割一茬庄稼。

他一直在期待着紧急调配，自从完成了上一次建筑工地的工作之后，他就在普通劳力组进行了登记。整个夏天，他所做的就是上课、看书、前去响应街区和全城发起的每一次志愿者活动，然后就是回家陪着塔科维亚和小宝宝。塔科维亚休息五旬之后又回实验室上班了，只在上午的时候去。作为一名正处于哺乳期的母亲，她每顿饭都有额外补充的蛋白质及碳水化合物，她把两样都充分利用起来；他们的朋友们已经没法再送食物给她，现在谁也剩不下食物了。她很瘦，但是很健壮，他们的孩子个子很小，却很结实。

孩子给谢维克带来了莫大的乐趣。早上的时候孩子都是他一个人带（只有在他去上课或是做志愿者的时候才会把她送到托儿所），他感受到一种责任感，这是为人父的负担，同时也是奖励。这个活泼敏感的小宝宝，成了谢维克最好的听众，让他有机会痛快倾泻那些憋了许久的长篇大论——塔科维亚说那是他的“疯狂裸奔”。他会把宝宝抱坐在膝上，天马行空地向她讲解宇宙哲学理论，跟她解释时间其实是空间的另一面，克罗农因此就是量子翻转的内脏，而距离也不过是光的一种偶然属性。他给宝宝起了各式各样、夸张荒唐的昵称，还对她念诵怪异离奇的助记儿歌：时间是镣铐，时间很残暴，时间是超机械、超机体——砰！——随着这砰的一声，宝宝身子微微地抬起来，尖叫着，胖乎乎的手攥成拳头挥舞着。这样的演练让他们俩都心满意足。接到派遣通知时，他觉得非常痛苦。他希望派自己去的地方能离阿比内近一些，而不是南台那边。他必须离开塔科维亚和才六十天大的宝宝，这一点固然讨厌，好在他们同时保证肯定能让他尽快回到她俩身边。既然有这个保证，他也就不再有怨言了。

在他临行的前夜，比达普过来跟他们一起在学院食堂吃饭，然后一起回到他们的屋子。屋里很热，灯没有开，窗户则是开着的，他们就坐在屋里聊着天。比达普平时用餐的那个食堂很小，对那里的厨师来说要做点儿特殊的安排并不是什么难事。所以比达普把自己一旬的特别饮料配给都攒了起来，拿一个一公升装的果汁瓶子装着拎了过来。现在他骄傲地拿出瓶子，发起了一次饯行聚会。他们把饮料分成小份，心满意足地品味着，一边咂着嘴。“你们还记得吗？”塔科维亚说，“你离开北景的前夜，那么多吃的。我吃了九个炸面圈。”

“那时候你的头发很短，”谢维克说，这个回忆令他很是震惊，此前他从未将那个形象同塔科维亚联系在一起，“那是你，没错吧？”

“那你以为是谁呀？”

“见鬼，你那时候可真是个孩子！”

“你也是啊，都过去十年了。那时候我把头发剪短，可以显得与众不同，惹人注意。那样有很多好处！”她又愉快地大笑了起来，又赶紧憋了回去，以免吵醒宝宝。宝宝在婴儿床上熟睡，床边拉着帘子。其实一旦她睡着了，是没有什么能够吵醒她的。“我以前非常急切地想要与众不同。是为什么呢？”

“人一生中会有那么一个时间段，大约是二十岁的时候。”比达普说，“那时候你得做出选择，后面的人生是跟别的人一样过呢，还是要充分发扬自己的与众不同之处。”

“至少是乖乖地接受自己的不同之处。”谢维克说道。

“谢夫已经乖得过分了。”塔科维亚说，“他已经老了。人到三十肯定很糟糕。”

“别担心，你就算到了九十岁也不会变乖的。”比达普拍了拍她的后背，“你们还没接受孩子的名字吗？”

中央登记电脑会给每一个人起一个独有的名字，每个名字都是五个或者六个字母。在电脑化的社会中，若非如此，就得用数字来作为每一个人的标签。阿纳瑞斯人不需要什么身份，只需要一个名字。因此，每个人都觉得名字是自身非常重要的一个部分，虽然名字跟长相和身高一样，都由不得自己来选择。塔科维亚不喜欢分配给宝宝的那个名字，萨迪克。“我还是觉得这个名字给人感觉就像含了一嘴的沙子，”她说，“跟她不配。”

“我喜欢，”谢维克说，“听上去就像一个苗条修长、有着一头乌黑长发的姑娘。”

“可她明明是个矮矮胖胖的小丫头，都看不到有头发。”比达普发表着自己的意见。

“要给她时间嘛，兄弟！听着，我有话要讲。”

“讲吧！讲吧！”

“嘘——”

“嘘什么？就算发洪水，宝宝还是照睡不误。”

“请安静。我现在觉得激情澎湃。”谢维克举起自己那杯果汁，“我想说——我想说的就是，我很高兴萨迪克能在现在来到这个世界。在这个艰苦的年份，在这个困苦的时代，在我们都需要手足情谊的时候。我真高兴，她出生在现在，在这里。真高兴她是我们当中的一员，是一位奥多主义者，是我们的女儿、我们的姊妹。真高兴她是比达普的姊妹。她是萨布尔的姊妹，竟然是萨布尔的姊妹！我举杯祈愿：在她有生之年里，萨迪克都会热爱自己的兄弟姊妹，一如今晚的我，热烈而欢欣鼓舞地热爱着大家。祈愿雨水的降临……”

同长途出行和海运一样，无线电、电话、邮政这些长途通信系统也由PDC负责协调管理，PDC同时也是这些通信系统最主要的用户。在阿比内没有“商业”，因为这里没有营销、广告、投资、投机等商业行为，因此邮件的主要构成就是各个工业及专业协会的往来信件、各个协会以及PDC的指示和通信、极其少量的私人信件。在这样一个社会里，每个人都可以随心所欲、随时随地地进行迁徙，因此每一个阿纳瑞斯人都更乐意在当下所处的地方寻找朋友，而不是过去待过的那些地方。在一个公社内部很少会用到电话，一般的公社都没有多大。即便是在阿比内，在每个“街区”里，也是保持着这种封闭式的、地域性的交往模式，街区就是一个半自治的公社，在街区里你只需步行便可以找到任何人、办成任何事。因此电话基本上都是长途的。电话系统由PDC所控制：私人电话必须通过邮件预约，否则通话双方就不能说上话，只能在PDC通话控制中心留口信。信件都是不封口的，当然不是法律的规定，只是一个惯例。个人之间的长途通信又耗材料又耗劳力，而且因为财政是公私不分的，所以很多人都反对不必要的通信或通话，觉得这是一种肤浅的做法，带有个人主义和自我主义的意味。这也许就是信件之所以不封口的原因：你无权要求别人给你捎信，如果他们不能看到信中的内容。运气好的话，你的信会通过PDC邮政飞船投递，运气不好的话就只能是通过运送物资的火车了。最后这封信会被送到信封上所写那个镇子的邮件站里，然后就在那儿躺着，因为没有邮递员，直到有人告诉收信人他有一封信，他自己才会去把信取回来。

不过，一件事情的必需与否是由个人自行决定的。谢维克和塔科维亚就定期地通信。他写道：

旅途还算不坏，坐的是一辆载客卡车，三天时间就到了。这是一次大规模的劳力征用——他们说有三千人。干旱在此地造成的后果更为严重，但不是食物的短缺。食堂里的配给量跟阿比内是一样的，在这里每天两顿饭都有煮绿咖啡，因为在当地这种东西是有盈余的，于是开始时我们也就以为食物有盈余了。可这里的气候实在是令人苦不堪言。这里是土区。空气很干燥，风不停地刮。偶尔下一小会儿雨，可是雨下过之后不到一小时，地面又开始变得松软，开始扬灰了。这一季的降雨量还没到年均降雨量的一半。工程队所有的人都嘴唇开裂，鼻子出血，眼睛发炎，咳嗽不止。那些长住在红泉的人，很多都得了尘咳病。婴儿最可怜了，很多婴儿的皮肤和眼睛都发炎了。我好奇地想，换作是半年之前，我会不会注意到这个呢？当上父亲之后观察力就敏锐起来了。活儿就是那些活儿，每个人都很友好，可是干燥的风实在很折磨人。昨天晚上我想到了尼希拉斯，还有那个晚上，当时风的声音就像水流的声音。对于这次分离我并不觉得遗憾。从中我得以发现，我开始给予得越来越少，似乎我拥有了你、你拥有了我之后，就没有别的需要做的了。真正的事实是跟相互拥有无关的。我们所做的就是在证实时间的整体性。告诉我萨迪克都在做什么。休息日里我会给一些人上课，是他们要求的，有一个女孩儿是天生的数学家，我打算把她推荐到学院去。

你的兄弟

塔科维亚写道：

有一件很奇怪的事情让我很是担心。第三学期的排课表在三天之前张贴出来了，我想去看一下你在学院里的工作时间表，可是上面没有你的班级和教室。我想他们肯定是疏忽了，把你漏掉了，于是我就去了职工协会。他们说是的，他们想要让你教几何课。于是我又去了学院协调办公室，去找那个爱管闲事的老女人，她是一问三不知：不，不，我什么也不知道，去中央调配处问问吧！我说废话。然后又去找萨布尔。可是他不在物理科办公室，我后来又去了两趟，都没能见着他。萨迪克戴着一顶漂亮的白帽子，是特拉斯用没有弄散的纱线给她织的，她看上去真是太迷人了。我可不想这样带着萨迪克去他住的地方去找，天晓得他是住房间还是住蚯蚓洞还是别的什么地方呢。也许他也自愿去干活了，哈！哈！也许你应该给学院挂个电话，看看他们到底哪里搞错了？事实上，我去分配处的中央调配处查过，但是上头没有给你的新安排。那里的人都挺好的，就是那个爱管闲事的老女人很无能，一点儿忙也帮不上，却没有人过问。比达普说得没错，我们已经让官僚作风悄悄地蔓延开来了。请赶快回来吧（带上那个数学天才女孩，如果有必要的话），离别确实很有教育意义，但是我想要的是你在我身边教育我。因为我的奶水不足，萨老是哭闹，他们现在每天给我增加了半升加钙果汁的配给。医生们真是大好人！谨此，你永远的，T.

谢维克没有收到这封信。这封信抵达红泉的邮件站之前，他已经离开南台了。

从红泉到阿比内大约有两千五百英里的路程。一个人要从一个地方去往另一个地方，只需要搭便车就可以，所有的交通工具都可以用来运人，能运多少是多少；不过这次有四百五十个人被重新分配回了他们在西北区的常任职位，因此就特为他们准备了一列火车。这列火车全部是客运车厢，或者说这些车厢最近是用来运送乘客的。大家最不喜欢的是那些刚刚运过熏鱼的车厢。

旱情持续了一年之后，虽然运输联合会的工人们为了满足需求已经全力以赴，可正常的运输线路已经不堪重负。在这个奥多主义社会中，运输联合会是所有联合会中规模最大的。当然，它也是自发组织的，由各个地方协会联合而成，每个协会的代表负责协调以及同地方及中央PDC的沟通事宜。整个运输网络由运输联合会负责维护，在正常以及一般的紧急情况下是非常行之有效的，可以灵活地适应不同情况下的需求，各个运输协会都有庞大的团队及引以为傲的专业素养。他们给自己的机车、飞船取名为“不屈号”“持久号”“饮风号”等等。他们有自己的口号：目标必达！一切尽在掌握！可是现在，整个星球随时都可能受到饥荒的威胁，必须在不同地区之间有效运送食物，此外还有大量的紧急调派人员需要运送，这样的情形下就不再是一切尽在掌握了。没有足够的交通工具，现有的交通工具也没有足够的人员来驾驶。联合会管理的那些带翅膀或是带轮子的交通工具全部投入使用，实习工人、退休工人、志愿者、紧急调配人员一齐上阵，帮着让那些卡车、火车、飞船开动起来，让港口、铁路调车场维持正常运转。

谢维克坐的这列火车跑起来的时间短，等候的时间长，因为他们得让那些供货火车先行。后来火车一下子停了整整二十个小时——一位调度员不知道是操劳过度还是经验不足，犯了一个过错，导致了前方某列火车失事。

火车停靠在一个小镇上，镇上的食堂以及仓库都没有额外的食物。这里不是农业公社，而是一个厂区，生产混凝土和泡沫石，因为这里正好有大量的石灰岩，又有一条适于航运的河流。镇上虽然也有些蔬菜园，但是食物并不能自给，要靠外部运送。如果火车上的四百五十个人有吃的，那当地的一百六十个人就得饿肚子。理想的状况是，大家一起分享食物，所有的人都半饥半饱。如果火车上是五十名，甚至是一百名乘客，公社的人也许可以省下哪怕一炉的面包给他们。但是四百五十个人得给多少呢？如果给这些乘客食物，他们自己也许得好几天粒米不进。而几天之后，供货列车能来吗？如果来的话，又能运多少食物来呢？最终，他们没有给乘客食物。

乘客们从当天早饭开始就一直没吃东西，整整饿了六十个小时。线路通畅之后，他们的火车又跑了一百五十英里，到了一个有旅客餐厅的车站后，他们才终于吃上了饭。

这是谢维克有生以来第一次饿肚子。工作时他有时候也不去吃饭，因为他不想费那个力，但是一天两顿饱饭总是有保障的，跟日出日落一样稳定。他从未想过，没有了这两顿饭会怎样。在他这个社会里，没有人会吃不上饭。

当时，火车停在一条铁路岔线上，停在一座伤痕累累、灰尘遍布的采石场和一家关闭的工厂之间。一个小时，又一个小时，饥饿的感觉越来越强烈，他开始意识到了饥饿的严酷现实，意识到了自己的社会也许无法渡过这次饥荒的难关，无法继续保有团结的力量之源。当供给充足，甚至是勉强足够的时候，与人分享是很容易做到的。但供给不足的时候呢？这时候，力量就要开始介入了；有力就是有理；占上风的会是力量及其工具——暴力，还有它最忠实的盟友——游移躲闪的目光。

乘客对镇上居民的怨恨逐步加深，居民的行为却更为不堪——他们和“他们的”所有物，躲在“他们的”围墙里，对火车视而不见，看都不看一眼。很多人都跟谢维克一样沮丧失望；大家在车厢旁边长时间地讨论着，基本上都是关于一个话题，不停地有人加入讨论又有人退出，忽而相互争论忽而又达成了共识，谢维克的思绪追随着他们的讨论。有人郑重其事地提议去偷袭那些蔬菜园，随后大家开始了激烈的争论，要不是火车终于鸣响了汽笛、继续上路，也许这个计划就要付诸实施了。

可是最后，当火车缓缓地进了站，大家都吃了饭——半条霍勒姆面包和一碗汤——之后，笼罩着他们的阴霾情绪便一扫而光，他们又变得兴高采烈了。当碗见底了的时候，你才发现汤其实少得可怜，不过那第一口汤，你喝下去的第一口，真是妙不可言，为了这个味道饿上一阵子也是很值得的。这一点大家都表示同意。他们欢笑着、相互打趣回到火车上。他们携手渡过了难关。

到阿比内的乘客在赤道山转搭一列敞篷货运火车，走过了最后的五百英里路程。在初秋一个多风的夜晚，他们回到了城市。已经快到午夜时分了，街道上空荡荡的。风在街道上穿梭而过，像一条狂暴的河流，只是这河流并无水分。阴暗的街灯上方，群星闪耀。带着满腔的热情，冒着干燥的狂风，谢维克独自一人在幽暗的城市里一路小跑，跑到离北广场三英里外的住处。他一步就跨上了门廊的三级台阶，跑过走廊，来到门口，伸手打开了门。屋里漆黑一片，星星在黑乎乎的窗户上投下耀眼的光芒。“塔科维亚！”他叫道，可是没有回应。灯亮之前，在这片黑暗沉寂之中，他突然明白了离别的意味。

屋里什么也没少，本来也没有什么东西，只是少了萨迪克和塔科维亚。从敞开的房门外刮进来一股风，“占领无人区”轻轻地转动着，发出微弱的光。

桌上有两封信。一封是塔科维亚写的，很短：她被紧急调配到了东北区的食用藻试验开发实验室，期限不定。她写道：

凭良心说，我真没办法拒绝。我去了分配处找他们谈了，也看了他们递交给PDC生态学部门的方案，他们确实需要我，因为我研究的正是藻类—纤毛虫—小虾—库库里鱼生态循环系统。我在分配处请求他们将你派去罗尔尼，当然，在你自己也提出这个请求之前，他们是不会这样做的，而且如果学院的工作让你走不开的话，那这也是不可能的。不管怎么说，如果这次时间很长的话，我就要求他们再派别的遗传学者过来接替我，我就赶紧回去！萨迪克很好，会把“光”说成“缸”了。我们这次分开不会很久的。你永远的姐妹，塔科维亚。哦，如果可能的话，请你也来吧。

另外那封信其实是一张便条，一张小纸片上潦草地写着：“谢维克：物理学办公室，回来之后来找我。萨布尔。”

谢维克在屋里踱着步。那股热情，那股推动着他跑过了那么多条街道的力量，现在还在，可是这股力量只能作用到墙上再反弹回来。虽然他还想继续前进，却没法走远了。他看了看壁橱，里面只有他冬天的外套和一件衬衣，衬衣上头有塔科维亚的刺绣，她很喜欢精细手工；她自己仅有的几件衣服都已经不见了。屏风也收起来了，露出了空荡荡的婴儿床。台床上的东西没有收走，不过褥子整齐地卷了起来，上头盖着那条橙色毯子。谢维克走回桌边，把塔科维亚的信又看了一遍。他的眼中噙着愤怒的泪水。他身子哆嗦着，心里涌起了一阵强烈的失望和愤怒，还有一种不祥的预感。最糟糕的是，你没法把这一切归咎到某个人身上。社会需要塔科维亚，需要她去同饥饿作战——她在挨饿，他在挨饿，萨迪克也在挨饿。社会跟他们不是对立的，社会为他们而存在，跟他们同在；他们就是这个社会。

可是他却已经放弃了自己的书、自己的爱人和自己的孩子。你还能要求一个男人放弃多少东西呢？

“该死的！”他大声说道。普拉维克语不适合用来骂人。既然性并不肮脏，又没有什么亵渎的话语，骂人就变得很困难了。“哦，该死的！”他又说了一遍。他恨恨地把萨布尔那张脏兮兮的小便条揉成一团，然后攥紧拳头撞击着桌子边缘，一次，两次，三次，他热切地希望能有疼痛的感觉。可是什么感觉也没有。他什么也做不了，哪儿也去不了。他最后只好解开褥子，孤独地躺下睡觉。他睡得很不舒服，不停地做着噩梦。

早上第一件事儿，是布努波过来敲门。他开了门，但没有把身子让开请她进屋。她是飞行器机械厂的机械师，五十岁，住在走廊的另一头。塔科维亚总是能被她逗乐，谢维克却对她很是反感。原因只有一个，她觊觎他们的房子。她说，房子第一次腾空时，她就已经去要过了，可是街道住房登记员跟她有矛盾，所以她没能如愿。她现在的房间里没有角窗，谢维克屋里的窗户是她的梦想。不过是个双人间，可她却是一个人住，现在住房这么紧张，她这样就显得太自私了。不过要不是她编借口把谢维克逼得没办法了，他是不会费口舌去反驳她的。她唠唠叨叨地解释着。她有了一个伴侣，一个终身伴侣。“就像你们俩。”说这话时她还假笑了一声。只是那个伴侣在哪里呢？不知道为什么，她说话时一直用的是过去时态。而且，对于踏进布努波家门的那些个男人来说，那个双人间相当不错了，来布努波家的男人每天晚上都要换，就跟她还是一个生龙活虎的十七岁小姑娘一样。塔科维亚羡慕地旁观着。布努波会来找她，跟她说那些男人的事情，一边没完没了地抱怨。房间没有角窗只是她无数委屈中的一个。这个人思想阴暗，嫉妒心又强，任何事情她都能看出其中的不好，并把这种不好牢牢放在心上。在她口中，她所在的工厂里都是些恶毒的人，很无能，只知道拉关系，还消极怠工。她所在的协会开会时乱糟糟的，有很多恶毒的风言风语，都是影射她的。整个社会都在迫害她布努波。听了她这些话，塔科维亚就笑了，有时候还笑得乐不可支，就当着布努波的面。“哦，布努波，你真好玩！”她气吁吁地说道。那个头发花白、嘴唇很薄、耷拉着眼皮的女人会微微地笑着，也不觉得受了冒犯，一点也没觉得，继续她那荒谬的叙述。谢维克觉得塔科维亚这样笑她也无可厚非，但是他就是笑不出来。

“真糟糕。”她从谢维克身边挤进屋，径直走到桌子面前，想看塔科维亚的信。她拿起信，谢维克冷静迅速地从她手里把信抢了过去，弄她个措手不及。“太糟糕了。甚至连提前一旬的通知都没有。就说‘来吧！马上！’。他们还说我们是自由的人，我们应该是自由的人。多大一个玩笑啊！就这样把一对幸福的伴侣给拆散了。你知道，就是因为这个他们才这么做。他们反对男女配对，你看到了，一直都是这样的，他们故意地把一对伴侣派到不同的地方。我和拉贝克斯的遭遇就是这样，完全一样。我们再也不可能重聚了，分配处就是反对我们在一起。婴儿床都空了，可怜的小东西！这四旬以来，她没日没夜哭个不停。吵得我也好几个小时睡不着觉。当然，是因为食物短缺，塔科维亚没有足够的奶水。想想吧，居然把一个正在喂奶的母亲派到几百英里之外的地方去！我觉得你不可能也被派到那里去的，他们派她去哪里了？”

“东北区。布努波，我想去吃早饭。我饿了。”

“这不就是他们的惯用伎俩吗，你走了之后，他们所做的这一切？”

“我走了之后他们做什么了？”

“把她派走了——把伴侣拆散了。”她小心地把萨布尔的便条摊平，看了看，“他们知道什么时候可以搬进来！我猜你很快就得搬出这个房间了，不是吗？他们是不会让你一个人住双人间的。塔科维亚说她很快就回来，可我看得出来她只不过是想给自己打气。自由，我们应当是自由的，真是天大的玩笑！从这里推到那里……”

“哦，去你的，布努波，如果塔科维亚不想去，她可以拒绝的。你知道我们现在正面临着饥荒。”

“呃，我很奇怪她为什么不期待着什么变化。小孩出生之后经常会发生这样的事。很久以前我就想，你们早就应该把孩子送托儿所去了。她那么能哭。孩子是一对伴侣共有的，把他们绑在了一起。正如你所说，她应该期待改变，有机会她马上就抓住了，这再正常不过了。”

“我可没那么说。我要吃早饭去了。”他大步走出房门，布努波在他身上扎下的那五六根针让他颤抖起来。这个女人的可怕之处就在于，她说出了他自己内心深处最卑劣的一些恐惧。她现在还在房间里，也许正在盘算着怎么往里头搬。

他起得太晚，等他到食堂时，食堂窗口马上就要关闭了。因为这趟旅途的缘故，他现在看到吃的还两眼放光，所以粥和面包他都取了双份。取菜台后头那个男孩皱着眉头看着他。这些日子里，已经不再有人取双份食物了。谢维克也皱眉回瞪着他，却什么也没说。过去那八十多个小时里，他就靠着两碗汤和一公斤的面包撑着，他有权利把之前漏掉的补回来，可是他如果开口解释就该令人生厌了。存在即合理，需要的就是正当的。他是一位奥多主义者，投机分子才会愧疚呢。让投机分子愧疚去吧。

他自己一个人坐着，可是迪萨尔马上就过来了，微笑着，那双斜眼不安地盯着他，也许是看着旁边。“好久没见。”迪萨尔说。

“农场征用。六旬。这边情况如何？”

“缺粮少食。”

“以后还会更缺的。”谢维克说是这么说，却并不是很确定，因为他现在正在吃着饭，而且粥的味道简直好极了。失望、焦虑、饥荒！理智的前脑说道；可是伏踞在阴暗头骨深处的后脑——冥顽不化、野性难改——则在说：“快吃！快吃！好吃，好吃！”

“去见萨布尔了？”

“没有，我昨天夜里很晚才到家。”他瞟了一眼迪萨尔，尽量装着无动于衷，“塔科维亚被紧急征用了，四天前走的。”

迪萨尔点了点头，他的无动于衷可是真心的。“听说了。学院改组听说了吗？”

“没。怎么回事？”

数学家把修长的双手摊在桌上，低头看着。这个人向来说话口齿不清，惜字如金；事实上，他有些口吃；可是这次他的磕绊是语言上的还是精神上的呢，谢维克一直想搞清楚。他一直莫名地喜欢迪萨尔，不过有些时候他也同样莫名地讨厌迪萨尔。现在就是这样的时候。迪萨尔的嘴唇、跟布努波一样耷拉着的眼睑，看上去都似乎透着狡猾。

“镇静。精简了，只留下必要人员。希佩格走了。”希佩格是一位声名狼藉的愚蠢的数学家，通过坚持不懈拍学生的马屁，每个学期都成功地让学生主动去申请开自己的课。“被调走了，某个地区学院。”

“最好让他去挖地霍勒姆，还能少点儿祸害。”谢维克说。肚子填饱之后，他开始觉得也许这次饥荒对于社会有机体还是有所贡献的。事情的轻重缓急重新变得明晰了。那些缺点、弱点、有病的地方将被剔除，那些状况不佳的器官将会恢复正常功能，身体机制里的多余脂肪也将被剥离。

“我帮你说话了，学院会上。”迪萨尔说道，抬起头来，却没有直视谢维克的眼睛，他也没法直视。虽然谢维克还没有明白过来他说的什么，但是他感觉到了迪萨尔在撒谎，而且非常肯定——迪萨尔没有帮着他说话，而是说了反对的话。

他之所以偶尔会讨厌迪萨尔，现在他明白原因了：是他意识到了——虽然到目前为止还未经确认——迪萨尔这个人身上有一种恶意。迪萨尔之所以也喜爱他，一直想要对他施加影响，原因也清楚了，这一点同样令谢维克感到厌恶。这是一种迂回的占有方式，这种错综复杂的爱恨交缠，在谢维克看来毫无意义。他傲慢地、毫不留情地从他们各自为对方设置的墙壁中间走了过去。他不再跟数学家讲话，自顾自地吃完早饭，然后离开食堂，穿过方庭，穿过初秋时节明亮的晨光，来到物理学办公室。

他走进后头那间被所有人称为“萨布尔办公室”的房间，在这里他们第一次相遇，在这里萨布尔给了他伊奥语语法书和词典。萨布尔坐在办公桌后，他小心翼翼地抬头看了看，又低下头去，看面前那一摞纸，真是一位勤勉专注的科学家。随后他终于允许自己那已然超负荷的大脑猛然意识到了谢维克的在场，随后他就变得极度热情起来。他看起来很瘦很老，当他站起身的时候腰弯得也比以前更厉害了，这样的弯腰似乎在向对方表示和解。“真糟糕，”他说，“呃？糟透了！”

“还会更糟的。”谢维克轻声说道，“这边怎么样？”

“很糟糕，很糟糕。”萨布尔摇着满头花白的头发，“对于纯粹的科学来说，对于知识分子来说，这真是一个糟糕的时候。”

“以前有过好时候吗？”

萨布尔很不自然地吃吃笑了两声。

“夏天的飞船上有乌拉斯那边过来的东西吗？”谢维克问道。他走到屋子另一头的长椅上坐下，跷起一条腿。经过南台地区的野外劳作，他原本浅色的皮肤晒黑了，脸上那层纤细的绒毛也变成了银白色。他看起来很瘦很健康，而且很年轻，跟萨布尔形成鲜明的对比。这种对比他们两人都注意到了。

“没有你关心的东西。”

“没有对《共时原理》的评论？”

“没有。”萨布尔现在的口气很阴沉，这才是他的本色。

“没有信？”

“没有。”

“真是奇怪。”

“奇怪什么？你在期待什么，伊尤尤恩大学的讲师席位？西奥·奥恩奖？”

“我期待着评论和反馈。已经有一阵子了。”这句话是跟萨布尔那句话同时说的，“也许这时间还不够写评论。”

两人都沉默了一会儿。

“你必须认识到，谢维克，仅仅确信自己正确还不够。为这本书你付出了很多，我知道，我也付出了很多，对它进行编辑，确保它不仅仅是对因果理论的不负责任的攻击，确保它是积极实际的。可是，既然其他物理学家没有看出你的作品的价值，那么你就该重新审视你所以为的价值，去找出差异在什么地方。如果它对于别人来说什么都不是，那么它到底好在哪里呢，有什么用处呢？”

“我是一位物理学家，不是功能分析师。”谢维克的语调很亲切。

“每一位奥多主义者同时都应当是一位功能分析师。你三十岁了吧？到了这个年纪，人不应当只知道自己身为细胞的功能，还应到了解自己在组织中的功能——自己在这个社会有机体中最适合的角色是什么。你倒也不必非得去思考这个问题，也许，跟大多数人一样……”

“要思考的。从我十岁或者十二岁开始我就清楚地知道，自己要做什么样的工作。”

“一个男孩子自己想做的事情不一定就是社会需要他去做的。”

“如您所说，我已经三十了。这个男孩子可真够老的。”

“你所成长的环境很特殊，你受到了特别的关照和保护。首先是北景地区学院……”

"以及造林工程队、农场工作队，还有实用技能培训、街区委员会，以及旱情发生之后的志愿者工作；我所完成的克莱吉克量就是一个普通人必须完成的量。事实上，我很喜欢做这些事情，可是我同时还在研究物理学。你做什么了？"

萨布尔没有作答，只是重重地皱起他那油乎乎的额头，眼里闪着怒光。谢维克又说道："你不妨直说吧，因为如果你有我这样的社会道德心，是不可能走到今天这一步的。"

"你以为你在这里做的工作是有用的吗？"

"是的。'一个机体越有组织性，其集中性也就越强；此处的集中性适用于真正有效的领域。'这句话引自托玛尔的《定义》。既然时间物理学打算把人类所能理解的一起组织起来，那么根据定义，它本质上就是一种功能性的物理学。"

"它不能给人们带来面包。"

"我刚刚花了六旬时间帮助人们得到面包。如果再有号召，我还会去。同时我也要坚持我的事业，如果有物理学方面的工作，我会要求去做，这是我的权利。"

"目前你必须面对这样的现实，那就是，现在没有适合你的物理学方面的工作。没有你做的那类工作。我们必须向实用性转型。"萨布尔在椅子上换了一个坐姿。他看起来闷闷不乐，很不自在，"我们必须放弃五个人，让他们接受重新分配。很抱歉你就是其中之一。就是这样。"

"正如我所预料。"谢维克说，其实直到这一刻，他才意识到萨布尔要把他踢出学院。不过，虽然刚听到这个消息，他却并不觉得突然；而且他也不能显出震惊，那样岂非正中萨布尔下怀。

"有很多事情都对你不利。你最近这几年从事的研究如此深奥，跟其他研究毫不相关。此外，学院许多学生以及教师心中都有一种感觉，当然这种感觉不一定对，那就是，你的教学以及你的行为，都明确表现出了你内心的不满，有一定的个人主义、反利他主义的倾向。这都是会上说的。当然了，我是帮着你说话的。可是我只是众多理事中的一位。”

“从什么时候开始，利他主义也成为奥多主义者必备的美德了？”谢维克说，“哦，不过没关系。我明白你的意思了。”他站起身来。他没法再继续坐下去了，不过他还是努力地克制住自己，说话的语气也非常自然，“我想你没有推荐我去担任其他的教职岗位吧。”

“那于事何补呢？”萨布尔为自己辩解时，音调堪称优美，“哪里都不接收教师。在整个星球上，教师都在同学生肩并肩为预防饥荒而奋战。当然了，这场危机不会永远持续下去。过个一年半载，等我们回过头来看，我们将为自己所做的牺牲以及付出的劳动而自豪，我们并肩作战，公平分享一切。不过现在……”

谢维克直直地站着，很放松，透过那个伤痕累累的小窗户望着外面的苍茫天空。最后，他心里涌起了一股强烈的欲望，要冲着萨布尔说，让他见鬼去。不过最后还是另外一种更深沉的力量占据了上风。“没错，”他说，“也许你是对的。”他一边说一边冲萨布尔点了点头，然后离开了房间。

他搭公共汽车去了市区。他仍然受到某种力量的驱使，心里很急。他心里有个计划，很想尽快把它完成，然后休息一下。他去了中央劳力分配处的办公室，申请将自己分配去塔科维亚去的那个公社。

分配处拥有众多的电脑，承担着艰巨的协调任务，因此它的办公楼占据了整整一个广场；照阿纳瑞斯的眼光来看，这些楼堂皇壮丽，线条优美简洁。中央分配处内部有高高的屋顶，像一个谷仓，里头熙熙攘攘、一派忙碌景象。墙壁上贴满布告和方向指引，显示着办理不同事务应当去的那些部门。谢维克排到其中一个队伍中，听着前面的两个人说话，一个十六岁的男孩和一个六十岁的老人。男孩自愿申请去做饥荒预防工作，他心中充盈着种种高尚的情感：兄弟情谊、冒险精神、希望。他很高兴终于可以告别孩童时期，独立出发了。当他兴奋地说着话时，自由，自由！这两个字眼不停地闪现，在他的每一句话中都会提到，中间夹杂着那个老人低沉的嘟囔声，其中有奚落和嘲笑，却没有威胁和警告。自由，就是有能力可以去往某个地方、做某件事情，自由就是年轻人身上让老人赞美、珍视的东西，虽然他也在嘲笑着年轻人的自负。谢维克兴味盎然地听着。因为他们，这个荒唐的早晨得到了弥补。

谢维克说明自己想去什么地方之后，那位职员露出犯愁的表情，到旁边取了一张地图，她把地图在柜台上打开。“你自己看。”她说。她个子很小，长相很丑，还有一对龅牙，放在彩色地图上的手却很灵巧很柔软。“那边就是罗尔尼，看到了吧，伸入北特米尼安海的那个半岛。那里其实就是一个巨大的采沙场。除了尽头那个海洋实验室之外，什么也没有，看到了吗？海岸线上全是湿地和盐碱滩，然后你绕过这些到和谐市——一千公里。和谐市西边是瘠地海滩。离罗尔尼最近的地方就是山区的某个镇。可是他们那边没有要求调配紧急人手，他们不缺人手。当然了，不管怎样，你还是可以去那里的。”她稍稍调整了一下语气。

“离罗尔尼太远了。”他看着地图，注意到了东北区群山之间塔科维亚成长的那个孤立的小镇，环谷。“海洋实验室难道不需要一个看门人？或者统计员？或者是喂鱼的？”

“我查一下。”

分配处人机互动归档网络非常高效。不到五分钟时间，办事员就从不断输入输出的庞大的信息流中找到了需要的信息。这些信息流中包含了所有人们正在从事的工作、需要用人的岗位、需要的人员信息，以及所有这些信息在整个世界经济中的优先次序。“他们刚填了一份紧急征用单——征用了你的伴侣，是吧？他们需要的人都已经到岗了，四个技术员和一位有围网捕鱼经验的渔夫。满员。”

谢维克手肘撑着柜台，低下头，挠着柜台，这个姿势表明他心里很困惑，很有挫败感，但却不愿意表露出来。

“呃，”他说，“我不知道该怎么办了。”

“听着，兄弟，你伴侣的任期是多长？”

“无限期。”

“可是这工作是为了预防饥荒，是吧？这样的状态不会永远持续下去。不可能的！冬天就该下雨了。”

他抬头看着这位姐妹，她的脸上写着热心、同情和困惑。他微微笑了一下，他不能对她鼓舞自己的努力无动于衷。

“你们可以团聚的。那么，这段时间……”

“是啊，这段时间。”他说。

她静候他的决定。

决定是要由他做出的，选择无穷无尽。他可以留在阿比内，如果能找到主动报名的学生，就可以把他们组织起来上物理课。他也可以去罗尔尼半岛跟塔科维亚在一起，不过在实验室没有他的位置。他也可以随便住到哪个地方，什么也不干，只要每天起来两次、去最近的公共食堂去把肚子填饱就行。他高兴怎么做都可以。

在普拉维克语中，“工作/运转”和“玩乐”是同一个词，这一点在伦理上自然有着重要非凡的意义。奥多在她的类推体系中，已经预见到了这样一个危险性：人们对“工作”这个词的理解也许会太过绝对——细胞必须一起工作、生物有机体要最大限度地运转起来，每个元素完成的动作，等等。《类推》一书中最基本的概念——合作及功用，都跟工作有关。要证明一个实验是否成功很简单——实验对象是实验室里的二十支试管也好，是月球上的两千万个人也好——那就是看它是否能运转起来。奥多已经看出了其中的道德陷阱。“圣人从来都不会忙碌。”她说。这么说的时候，她脸上也许带着沉思的表情。

“呃，”谢维克说，“我刚刚从一个饥荒预防征用岗位上回来。还有那样的岗位吗？”

办事员用大姐看小弟的目光看了他一眼，表情虽然有些难以置信，却又流露着体谅和宽容。“这间屋子里贴着大约七百个紧急应征的通告。”她说，“你选择哪一个呢？”

“有需要数学背景的吗？”

“主要都是农场劳力和熟练劳力。你接受过工程学培训吗？”

“不是很多。”

“呃，有一个地方需要工作协调员，当然是需要对数字很有感觉的。怎么样？”

“可以。”

“在西南区，在土区，你知道。”

“我以前在土区待过。而且，你刚才也说了，总有一天会下雨的……”

她微笑着点点头，往电脑里输入他的档案：自阿比内，西北区中央学院科学部，至西南区急弯市，工作协调员，1号磷肥工厂：紧急调派：5—1—3—165——无限期。

第九章

乌拉斯

谢维克被教堂早祷时鸣奏《数字和谐组曲》的清越钟声吵醒了，每一记钟声都像在他后脑勺上重击一下。他非常难受，也非常虚弱，坐久了都会觉得受不了。最后他勉力地拖着脚步走进浴室，洗了一个时间很长的冷水澡。头倒是不疼了，不过身上的感觉还是怪怪的——不知道为什么，肮脏的感觉挥之不去。等到他的脑子能够重新思考之后，头天晚上一些零星事件以及片段的回忆开始在脑海中浮现，很清晰，都是薇阿家聚会上一些毫无意义的小场景。他努力要把这些从脑海中抹去，却发现自己把别的事情也全给忘了。一切，一切都已经变得污秽不堪。他在书桌前坐下，然后就那样瞪着双眼、一动不动，极其痛苦地坐了半个小时。

一直以来，他都经常会有窘迫不安、自我感觉像个傻瓜的时候。年轻时，他感觉到其他人当自己是个怪人，他不喜欢他们；后来，他又感觉到了阿纳瑞斯很多人对自己的愤怒和蔑视，而那其实都是他自己主动招惹来的。不过，他从未真正认可他们的评判，也从未因此而觉得羞辱。

他不知道，现在这种令他麻痹、令他羞辱的感觉其实是醉酒后的化学反应，就跟头疼差不多。即便知道这一点，他的感觉也不会好多少。耻辱感——也就是自我鄙视、自我厌弃的感觉——是一种启示，让他看清楚了一些新的东西，清楚得可怕，远远超越了关于昨夜在薇阿家的那些互不连贯的回忆。将他引入歧途的不仅仅是可怜的薇阿，也不仅仅是他费了半天劲才吐出来的那些酒精，而是他在乌拉斯期间吃下的所有面包。

他双肘支在桌上，捧着脑袋，手指用力摁着太阳穴，那里还在隐隐作痛；带着这种羞辱的感觉，他开始审视自己的人生。

在阿纳瑞斯，他做出了令自己那个社会意想不到的一个选择，要做一项他这个个体受到召唤要完成的工作。这么做意味着反叛，即使如此，他仍要为这个社会以身犯险。

而在乌拉斯，反叛行为是一件奢侈的事情，是一种自我放纵。在伊奥国，一名物理学家的服务对象不是社会，不是人类，也不是真理，而是国家。

在他来到这间屋子的第一天，他曾经好奇地问过他们："你们打算如何处置我呢？"现在，他知道他们是如何处置自己的了。齐弗伊李斯克已经将事实明白无误地告诉他了：他们占有了他。他原本还打算跟他们进行交易，一个天真的无政府主义者才会有这样的想法。个人是不可能同国家做交易的。国家不认货币，只认权力。货币本身就是国家发行的。

现在他发现——清楚地发现，从最初开始一件事一件事回想下来——他来乌拉斯是个错误，是他犯下的第一个大错，这个错误很可能会影响他终身。他发现了这一点，并将几个月来一直被自己压制被自己否定的所有那些证据都回顾了一遍——这个过程花了很长时间，其间他一直一动不动坐在书桌面前——最后想到了跟薇阿共处的那个愚蠢的、令人嫌恶的场面，把那个场面在脑海中又过了一遍，然后觉得自己的脸开始发烫，耳朵也开始嗡嗡作响。这之后，他慢慢恢复了平静。即便是在醉酒后这种极度懊丧的情绪之下，他也没觉得愧疚。

一切都已过去，现在应该考虑的是，接下来他该做什么？他已经任由自己被锁进了监牢之中，怎样才能自由行动呢？

他不会为国家的政客做物理研究的。这一点现在明确无误。

如果他停止工作，他们会让他回去吗？

想到这里，他长嘘一口气，仰起头，视线转向窗外，却对外面那片阳光灿烂、绿意盎然的风光视而不见。

这是第一次，他真正起意想要回家。这个念头似乎打开了一道道的闸门，迫切的向往之情如洪水般泛滥开来。他想要讲普拉维克语，要跟朋友们交谈，要见塔科维亚、见皮鲁恩、见萨迪克，要去触摸阿纳瑞斯的尘土……

他们不会放他走的。他还没有为这一趟出行买单呢。他也不会让自己走的，那样就是放弃、就是逃跑。

在明亮的晨光中，他坐在书桌边，双手用力地敲击着桌子边缘，一下，两下，三下。他的脸色很平静，若有所思。“我该去哪里呢？”他大声说道。

有人敲了一下门。艾弗尔端着早餐盘和晨报走了进来。“我今天也是六点钟来的，可是您还在睡觉。”他说，一边在桌上把早餐摆好，动作当中有一种令人赏心悦目的灵巧熟练。

“昨晚我喝醉了。”谢维克说。

“喝醉的感觉是很美好的。”艾弗尔说，“就这样吗，先生？太好了。”他灵巧地退了下去。这时候帕伊走了进来，艾弗尔冲他鞠躬致意。

“我本来是不想这么冒失进来的，打扰用餐了！我刚从教堂回来，顺便进来看看。”

“请坐。喝点儿巧克力吧。”谢维克本来没什么胃口，不过帕伊声称要跟他一起吃点东西，于是他一同吃了起来。帕伊拿了一个蜂蜜卷，在盘子上弄碎。谢维克感觉还是很虚弱，不过肚子已经非常饿了，于是狼吞虎咽地吃了起来。帕伊发现，要打开话匣子似乎比平时要难。

“你还在看这种垃圾？”最后，他终于用一种轻快的口气说道，一边摸了摸艾弗尔放在桌上的那叠报纸。

“艾弗尔拿来的。”

“是吗？”

“我让他拿的。”谢维克说，一边飞快地用审视的目光瞥了一眼帕伊，“读报可以拓宽我对你们国家的理解。我对你们的下等阶层很有兴趣。多数阿纳瑞斯人都来自下等阶层。”

“是的，当然。”年轻人毕恭毕敬地点了点头，咬了一小口蜂蜜卷，“我想我还是来点儿那个巧克力吧。”他摇响了大盘子上的铃铛。艾弗尔出现在门口。“再来一杯。”帕伊头也没回，“呃，先生，现在天气转好，我们正打算再带你出去转转，让你多看看这个国家，也许还可以出国参观。不过因为这场该死的战争，恐怕所有这些计划都要泡汤了。”

谢维克看了一眼最上头那份报纸的大标题：伊奥国与舍国在本比利首都附近开战。

“电传上有最新的消息。”帕伊说，“我们已经解放了本比利首都，哈乌瓦特将军即将重新上台。”

“那么说战争已经结束了？”

“还没有，舍国仍然占据着东部的两个省份。”

“我明白了。那么说你们的军队和舍国军队要在本比利开战，而不是在伊奥国本土？”

“是啊，他们如果来侵略我们，那可真是愚蠢到家了，我们去侵略他们也是一样。我们已经过了那个野蛮的阶段，不会再让高度发达文明的核心地带发生战争了！权力的均衡就是靠这种警察行为来维持的。不过，我们确实是真正开战了。所以我很担心，那些令人厌烦的老一套禁令又要重新生效。”

“禁令？”

“比如说，对贵族科学院所做的研究进行分级。其实没什么，只是要盖一个政府的橡皮章而已。有时候，某份报纸会延迟出版，因为高层认为它很‘危险’，因为他们自己不懂……外出旅行也会受到一定限制，尤其是对于你和其他那些非本国人士。我很担心。照我看，只要我们还处于这种战争状态，在没有校长许可的情况下，你就不应该离开学校。不过不用太在意。只要你愿意，我可以随时带你离开这里，不用走那些繁琐的手续。”

“你总是有办法的。”谢维克笑得很坦率。

“哦，我在这方面绝对是专家。我很喜欢避开规则，挑战权威。也许我就是一个天生的无政府主义者吧，呃？那个老傻瓜上哪儿去了？”

“他应该是下楼去厨房给你拿巧克力了。”

“也不用花这么半天吧。呃，我不等了。不再占用你宝贵的早晨时间了。对了，你看最近一期《太空研究基金会公报》了吗？他们发表了卢米尔的即时通信仪计划。”

“什么是即时通信仪？”

“那是他对一种即时通信工具的称呼。他说，如果那位时间物理学者——当然就是指你了——能够得出那个时间惯性等式，那么工程师们——也就是他自己——就能造出这个该死的东西，进行测试，然后就可以在几个月或几周之内捎带着证明这个理论的正确性。”

“工程师自身就是因果可逆性存在的证据。你看，在我给出原因之前，卢米尔就已经得出结果了。”他又笑了起来，不过这次没那么坦率了。帕伊把门关上的时候，谢维克猛地站起身来。“你这个丑陋的投机骗子！”他用普拉维克语说道，脸色气得发白，双手紧握，免得自己抓起某样东西朝着帕伊扔过去。

艾弗尔端着一个托盘进来了，托盘上是一套带茶碟的茶杯。他突然止住脚步，似乎对眼前的一切心领神会。

“不用拿了，艾弗尔。他不——他不想喝这杯巧克力了。现在你把它喝了吧。”

“好的，先生。”

“听着，我不想接待任何访客，我要安静一会儿。你可以帮我挡住他们吗？”

“这个很容易，先生。有谁要特别关注吗？”

“对，特别是他，其他人也一样。就说我在工作。”

“听到你在工作他会很高兴的，先生。”艾弗尔说，他先是满脸恨意，随后又带上了敬重和亲密的表情，脸上的皱纹舒展开了。“没有人能够过我这关。”最后他说话的口气也回到了适宜的尺度，“谢谢您，先生，祝您有一个愉快的上午。”

在食物和肾上腺素的共同作用下，谢维克不再觉得麻痹了。他在房间里烦躁不安地来回走动。他想要有所行动。将近一年的时间过去了，他却一事无成，像个傻瓜一样任人摆布。是时候做点儿什么了。

呃，他来这里是为了什么呢？

为了研究物理。为了以自己的才能宣告，任何社会的任何个人都有这样的权利：工作的权利、通过工作自立的权利、跟所有愿意接受的人分享成果的权利。这样的权利属于每一位奥多主义者、属于每一个人。

没错，这些好心的、对他呵护备至的主人让他工作，让他在工作时衣食无忧。问题出在了第三步。不过他自己也还没有到达这一步。他还没有完成自己的任务，他自己还没有获得成果，自然也就无法跟他人分享。

他走回到书桌边坐下，从自己身上那条合体时髦的裤子上那个最难掏、最不常用的裤兜里掏出两片纸，上头密密麻麻写满字。他将纸摊开，看着上面的内容。他忽然觉得，自己越来越像萨布尔了：在破纸头上写很小的字，总是使用缩写。现在他明白萨布尔为什么要这么做了：他是个占有欲强、鬼鬼祟祟的人。那样的行为在阿纳瑞斯被视为变态，在乌拉斯却是合情合理的。

谢维克又一次一动不动地坐着，低头研究着那两张小纸片，上面记着到目前为止他已经想到的统一时间理论的关键要点。

接下来的三天里，他基本上就是坐在书桌面前，盯着那两张纸片。

不时地，他会起身在屋里走动一下，写下一点儿什么，用一下桌上的电脑，叫艾弗尔给自己拿点儿吃的，要么就躺下睡觉。然后他又会坐回到书桌边。

第三天晚上，他换了一个地方，坐到了壁炉边的大理石椅子上。他来到这间屋子——这所条件宜人的监狱——的第一个晚上，就坐在这里。此后有客人来访时，他通常也会在这里就座。现在没有访客，不过他正在思考着赛奥·帕伊这个人。

跟所有追名逐利者一样，帕伊也是目光短浅，思想浅薄，缺乏感情和想象。他的头脑说白了只是一个粗糙简陋的器具，但其中也确实存在潜质。帕伊是一位非常机敏的物理学家，或者，更确切地说，是他在物理学方面长于判断。他没有做出什么原创性的成果，但是他的投机、他对于利益的敏锐感觉，一次次地将他引向最具前途的领域。他有一种本领，能够判断出应该朝哪个方向努力，这种本领谢维克也有。谢维克尊敬他们共有的这种本领，因为对于科学家来说，这是极其重要的一种特质。正是帕伊给了谢维克译自地球的那本书，书中的内容是一些关于相对论的专题论文，其中的观点最近正逐渐地为他所接受。有没有这种可能，他来乌拉斯仅仅是为了遇见赛奥·帕伊这个敌人？也许他一直就在寻觅这个人，知道自己能从这个敌人身上得到他的兄弟和朋友无法给予的东西、任何一个阿纳瑞斯人都无法给予的东西：外星人的知识……

他把帕伊抛到一边，开始去想那本书。他还无法说清楚，究竟是什么让他为这本书如此激动。毕竟，其中绝大多数跟物理学相关的东西都已经过时了，而且研究方法很繁琐；书里的外星立场有时候也很难令人苟同。地球人曾经是知识帝国主义者，满怀嫉妒地建起了一道又一道围墙。即便是这一理论的创造者爱因斯坦，也迫于无奈给出了这样的说明：他的物理理论只与纯粹的物理有关，并不含有任何形而上的哲学或伦理学隐喻。这一点当然是最明白不过的，可他还是使用了数字——正如贵族科学院最早的那些创始人所说——“无可辩驳的数字”，而数字是理性与感性、精神与物质之间的桥梁。这样一来，他实际上就在自己的理论中引入了数学，后者居于一切学科之先，是一切学科的基础。爱因斯坦也知道这一点，他带着一种可爱的警惕，偷偷地承认，他相信自己的物理学理论的确反映了事实。

陌生而又熟悉：这位地球人思想上的每一步推演都给谢维克这样的感觉，不停地吸引着他。此外，他还有一种心有戚戚的感觉：因为爱因斯坦跟他一样，一直在追寻一个统一场理论。他已经将重力归结为时空几何体的一种作用，还一直努力要将电磁作用也涵盖进来。他没有成功。在他的有生之年以及他辞世之后的几十年时间里，他那个世界的物理学家们背离了他那些没有结果的努力，致力于研究宏大的量子不相干理论，因为这样的研究在技术层面能有高产出。他们太过关注理论研究的技术层面，最终走入了死胡同，人类的想象力由此遭到灾难性的失败。不过他们最初的直觉却很正确：他们在不确定性研究方面取得了进展，那种不确定性是老爱因斯坦所拒绝接受的。他的这种拒绝也同样是正确的——从长远角度看，只不过当时他没有可以证明这一点的工具：萨伊巴变量、无限速率理论以及综合原因理论。按照西蒂安物理学，他心目中的那个统一场是存在的，但它存在的前提也许是他不愿意接受的，因为他那些伟大理论的基础就是：光速是速度的极限。狭义相对论和广义相对论都很美、很正确，经历了这么多个世纪之后也仍然很有用。然而，这两个理论的依据却是一个无法证明的假设。不仅如此，这个假设在某些条件下是可以证伪的，已经有人这么做过了。

可是，如果一个理论的全部要素都可以证实，这样的理论难道不是简单的重复吗？只有在无法证实，甚至可以证伪的领域，人们才有可能突破循环，继续向前。

同时共存假说具有无法证实的特性，这三天来，确切说是过去十年里，谢维克一直在为它的这个特性绝望地捶打着自己的脑袋。现在看来，这一点真的有那么要紧吗？

他一直在摸索，想把握住确定性，似乎这是他可以拥有的某种东西。他一直在要求某种安全、某种保障。当然，他并没有得到这样的安全和保障，假使得到，那也会成为一个牢笼。只需要假设同时共存状态确实存在，他就可以自由地应用可爱的相对几何学，也就能继续前行了，因为下一步已经非常清晰明朗。连续性的共存可以通过萨伊巴转换级数来处理；做完了这一步，连续发生跟同时并存之间根本就不再对立了。顺序与共时之间的根本统一将由此变得一目了然，而间隔的概念可以将宇宙的静态及动态方面连接起来。事实就在眼前，十年了，他怎么就一直视而不见呢？现在，继续前行已经毫无困难。事实上他已经在前进，已经做到了。通过这最初的、看似不经意的一瞥，他理解了久远过去中的那次失败，由此看到了方法，也看到了未来的全部前景。墙轰然倒塌，他可以清晰地看到全部景象。眼前的一切非常简单，比任何事物都要简单，其中包含着所有复杂事物、所有承诺。它是启示，是没有障碍的路径，通往家园、通往光明的路径。

此刻他的心情就像一个在太阳下奔跑的小孩子。前方没有尽头，没有尽头……

不过在这样全然放松、无比愉悦之时，他却又害怕地战栗起来。他双手颤抖，眼中充满泪水，似乎正在直视着太阳。人毕竟是血肉之躯，知道自己毕生的目标得以实现，那种感觉真是奇怪，太奇怪了。

不过他还是继续盯着太阳，望向更远的地方，像一个小孩子一样欢天喜地。直到突然发现没法再往前的时候，他才转回头，泪眼婆娑地环顾四周，发现屋子里已经黑了，高耸的窗户外已是满天星斗。

那个时刻已经过去；他看着它离自己而去，并没有想要抓住它。他知道，自己是它的一部分，而非它是自己的一部分。他在它的掌握之中。

片刻之后，他摇摇晃晃地站起身来，打开灯。他在屋里来回踱了一小会儿，摸摸这个摸摸那个——一本书的封皮、一盏灯罩，很高兴自己又回到了这些熟悉的东西当中，回到了自己的世界里——在这一刻，这个星球和那个星球，乌拉斯和阿纳瑞斯，对他来说，就如同沙滩上的两颗沙粒一般没有任何分别。世上不再有深渊，不再有墙，也不再有背井离乡的人。他已经看到了宇宙的基石，牢固的基石。

他脚步发虚、慢慢走进卧室，衣服也没脱就跳上床。他双手枕头躺在床上，漫无目的地盘算着下一步研究中各种各样的细节，沉浸在一种庄严愉悦的感恩情绪之中，然后慢慢地进入安详的幻境，再之后便睡着了。

他睡了十个小时，醒来之后就开始思考用什么等式能够表达时间间隔的概念。他走到书桌边，开始推算这些等式。这天下午他有课，于是去上了课，之后又去高级教员食堂吃饭，在那里跟同事们聊天气、战争，还有他们提起的所有话题。不知道他们是否注意到了他的变化，即便他们注意到了，他也没有发觉，因为他其实对他们毫不在意。这之后，他又回到屋里继续工作。

按照乌拉斯计时方法，一天是二十小时。整整八天里，他每天都会花上十二到十六个小时坐在桌前，要么就在屋里转悠。他那双明亮的眼睛不时地看看窗户，窗外要么是煦暖的春阳，要么是满天繁星和渐渐亏缺的茶色月亮。

艾弗尔端着早餐盘走了进来，看到谢维克衣服脱了一半躺在床上，双眼紧闭，嘴里说着他听不懂的外国话。他赶紧把谢维克叫了起来。谢维克打个激灵，醒了，接着从床上起来，摇摇晃晃地走进另一间屋子，走到空空如也的书桌跟前；他愣愣地盯着电脑，电脑里的数据已经被清空了，然后他就那样站着，就像一个被打了一闷棍，还没缓过劲儿来的人一样。艾弗尔费力地帮着他重新躺回床上，问道："先生，您发烧了。要叫大夫吗？"

"不！"

"真的不用吗，先生？"

“不用！不要放任何人进来。就说我病了，艾弗尔。”

“那么他们肯定会叫大夫来的。可以说您还在工作，先生。他们喜欢听这个。”

“出去的时候把门锁上。”谢维克说。自己的血肉之躯令他很是沮丧；他筋疲力尽，虚弱不堪，感觉很烦躁很惊慌。他害怕帕伊，害怕奥伊伊，害怕警方的搜查队。他听过、读过的关于乌拉斯警察、秘密警察的一切以及他自己的一知半解，都可怕而生动地进入了他的大脑，就像一个患病的人回想起自己看到过所有同癌症有关的词汇。高烧让他痛苦不堪，他抬头看着艾弗尔。

“您可以信任我。”艾弗尔用他那柔和而不自然的声音很快地说道。他给谢维克拿来一杯水，重新走了出去，外屋的门锁咔嗒一声撞上了。

接下来的两天里，他一直照看着谢维克，那种周到和老练跟他所受的仆人训练并无多大关系。

“你以前是大夫吧，艾弗尔。”谢维克说。他现在只是身体还比较虚，那种难受的疲乏已经没有了。

“我那老伴也这么说。赶上得了毛病，她从来不要别人照顾，只认我。她说：‘你有这能耐。’我自己觉着也是。”

“你以前给人看过病吗？”

“没有，先生。不想跟医院搅和。我有次差点儿死在一家医院里，真是暗无天日啊，都是些瘟疫横行的地方。”

“你说医院吗？怎么回事？”

“也没啥，先生。您的病就算再厉害，他们也不会带您去那儿的。”艾弗尔的语气很亲切。

“那你指的是哪类医院呢？”

“我们去的医院。脏极了，活像垃圾工的屁眼儿。”艾弗尔就事论事地说道，语气并不粗鲁。“也很旧，我的孩子就死在一家这样的医院里。那里的地板上都是洞，很大的洞，透着光，明白吗？我说，‘怎么会有这些洞？’看，老鼠从洞里爬出来，直接爬到床上了。他们说：‘老房子，六百年前就是一家医院了。’神圣和谐贫民医院，这就是它的名字。其实就是一个屁眼儿。”

“你的孩子就是死在这家医院吗？”

“是的，先生，我的女儿莱阿。”

“她是怎么死的？”

“心脏瓣膜有毛病，他们说的。她没长多大，死的时候才两岁。”

“你还有别的孩子吗？”

“生了三个，一个都没活下来。我老伴难受坏了。可现在她说了，‘哦，也好，不用再为他们操碎心了！’。还要我做什么吗，先生？”艾弗尔突然又改回上流社会的说话方式，把谢维克震了一下，他不耐烦地说道：“嗯！接着往下说。”

也许是因为他这话说得突然，又或许是因为他现在身体不适，应当尽量顺着他，这一次艾弗尔没有紧张。“有一阵子，我想去当随军卫生员，”他说，“不过他们却先来找我了。征兵。他们说：‘勤务兵，你来当勤务兵。’于是我成了勤务兵，训练有素的勤务兵。退伍之后，我就直接当上了贴身男仆。”

“在部队里，你本来可以受训成为一名卫生员，是吗？”他们继续聊着。对谢维克来说，交谈的语言和内容理解起来都有点儿困难。艾弗尔跟他讲了很多此前他从未见识过的东西。以前他从来没听说过什么老鼠、兵营、精神病院、救济院、当铺、死刑、小偷、出租屋、收租人，也没有听说过有人想要工作却找不着工作，阴沟里发现了死婴之类的事情。艾弗尔回忆着所有这一切，似乎它们都是再普通不过的家常事，或者说是司空见惯的暴行。谢维克只得充分发挥自己的想象力，再把自己关于乌拉斯所有零敲碎打的知识全都调动出来，这样才能听明白他说的话。不过，这些倒比很多他在这里见识过的东西感觉更熟悉，他确实也能够理解它们的意义。

这才是他在阿纳瑞斯学校里学过的那个乌拉斯，这就是他的祖先所逃离的那个世界。他的祖先宁可忍饥挨饿，宁可在漫漫沙漠中忍受永无止境的流亡生涯，也不愿意留在这个地方。正是在这个世界，奥多形成了自己的思想，又因为宣扬这种思想而八次入狱。正是这个世界人们受苦受难的这种现状，让他那个社会的理想得以萌发，这种现状就是他们那个社会萌芽的土壤。

但这也不是“真实的乌拉斯”。他和艾弗尔现在所在的这间高雅美丽的屋子跟艾弗尔生长的那个肮脏贫穷的环境一样真实。对他来说，作为一个有思想的人，其职责不是为了一种现实而否认另一种现实，而是兼容并蓄，将各种现实连接起来。这个职责可并不轻松。

“您好像又累了，先生。”艾弗尔说，“您还是休息吧。”

“不用，我不累。”

艾弗尔打量了他一会儿。在履行仆人职责的时候，艾弗尔那张满是皱纹、刮得非常干净的脸上毫无表情；而在过去这一个小时里，谢维克在这张脸上看到了极富变化的表情：严肃、幽默、玩世不恭，还有痛苦。现在，他脸上则是一种疏远的同情。

“跟您那个世界完全不一样。”艾弗尔说。

“很不一样。”

“在那里，没有人会失业。”

他的语气中带有些微的讽刺，也可能是疑问。

“没有。”

“也没有人挨饿？”

“不会有人在吃饭，有人却在挨饿。”

“啊。”

“不过我们确实挨过饿，我们闹过饥荒。你知道，八年前，闹过一次旱灾。我知道，当时有个女的杀了自己的宝宝，因为她没有奶水，也没有别的东西可以给小宝宝吃。在阿纳瑞斯并不是……不是遍地牛奶和蜂蜜，艾弗尔。”

“对此我毫不怀疑，先生。”艾弗尔突然又奇怪地换回了那种礼貌的语气。接着，他做了个怪相，嘴唇往里收了收，说道：“不管怎样，那边没有那些人。”

“哪些人？”

“您知道的，谢维克先生，您之前说过的。那些占有者。”

第二天晚上，阿特罗顺道过来拜访。帕伊肯定是一直在监视这里，因为艾弗尔把老人让进来之后没几分钟，他也晃了进来，对谢维克的小恙嘘寒问暖。“最近这两周，你干活太卖力了，先生，”他说，“你不用把自己弄得这么累的。”他没有坐，很快就走了，真是非常礼貌。阿特罗接着跟谢维克谈论本比利战争，这场战争，用他的话说，正在发展成“一场大规模行动”。

“这个国家的人民赞同这场战争吗？”谢维克打断了对方关于战略的宏论。鸟食报纸上谈到这个话题时，没有发表任何道德方面的评判，对此他很是困惑。他们放弃了那种激昂的演说，用词都跟政府发布的电传公报一模一样。

“赞同？你不会是认为我们会躺倒下来，任由那些该死的舍国人践踏我们的躯体吧？我们作为世界强国的地位正在受到危害！”

“我指的是人民，而不是政府。那些……必须上战场的人。”

“对他们来说又能怎样呢？他们已经习惯了大规模征兵。这是他们的职责，我亲爱的朋友！为自己的祖国而战。让我来告诉你吧，一旦应征入伍，这个世界上没有比伊奥国的男人更好的士兵了。在和平时代，他们也许鼓吹什么多情善感的和平主义，不过这只是表面，内心深处他们是很刚强的。军营一直是我们这个国家最伟大的资源。正是凭借这点，我们的国家才能领导这个世界。”

“踏着堆积的儿童尸体？”谢维克说，不过出于愤怒，也或许是因为他潜意识里不愿意伤害这位老人的感情，他的话说得很含糊，阿特罗没有听见。

“不，”阿特罗接着说道，“当国家面临威胁时，你会发现人民的意志变得像钢铁一般。在尼奥和那些工业城镇，有那么几个煽风点火的家伙在大放厥词，但是当国家处于危难的时刻，各个阶层的人都紧密团结，这才是主流。我知道，你不会相信的。奥多主义的问题，你知道，亲爱的老弟，就是它太女性化了，没有包含人性中阳刚的一面，正如那首老诗里写的，‘血与钢，战争的光芒’。奥多主义不理解勇气——对于国旗的热爱。”

谢维克沉默片刻，然后温和地说道：“从一方面来说，这也许是对的。说到底，我们是没有国旗的。”

阿特罗走了之后，艾弗尔进来取餐盘。谢维克叫住他。他走到艾弗尔身边，说：“抱歉，艾弗尔。”然后把一张纸条放在餐盘上，纸条上写着：“这间屋子里有窃听器吗？”

仆人弯下身子看了看纸条。他看得很慢，然后抬头久久地盯着谢维克，两人彼此之间离得很近。之后他飞快地扫了一眼壁炉的烟囱。

“卧室？”谢维克也用同样的方法问对方。

艾弗尔摇了摇头，放下盘子，然后跟谢维克走进卧室。他在身后把门关上，没有发出任何的声响，不愧是一位出色的男仆。

“那个是第一天的时候看到的，打扫的时候。”他咧嘴笑了笑，脸上的皱纹变成了道道沟壑。

“这里面没有吗？”

艾弗尔耸耸肩。“没有看到过。可以将那边的水开着，先生，间谍故事里都是这样写的。”

他们走进那间金碧辉煌、神庙一般的卫生间。艾弗尔把水龙头全都打开，看了看四面的墙壁。“没有，”他说，“这里没有。如果有间谍眼我肯定能看出来。以前在尼奥为一个人服务时，我学会了辨别这个东西。一旦你懂得辨别，就不会看走眼了。”

谢维克从口袋里又掏出一片纸，拿给艾弗尔看。“你知道这是哪里来的吗？”

这是他在外套口袋里发现的那张纸条：“加入我们吧，我们都是你的兄弟。”

过了一会儿——他看得很慢，双唇虽然紧闭，却在不停地动着——艾弗尔说：“我不知道这是哪里来的。”

谢维克深感失望。他曾经以为艾弗尔最可能是放纸条的人，对他来说，悄悄塞点儿什么东西到“主人”的口袋里是轻而易举的事情。

“我大概能猜到是谁干的。”

“是谁？我怎么才能找到他们？”

又是短暂的沉默。“这么做很危险，谢维克先生。”他转过身，把龙头的出水拧得更大了。

“我不会把你牵扯进来的。你只要告诉我——告诉我去哪里找。

我只问这个，就算只有一个名字也好。”

更长久的沉默。艾弗尔的神情显得很痛苦，似乎正在做剧烈的思想斗争。“我不……”他开了个头，又打住了。然后，他用很低很急促的声音说道：“听着，谢维克先生，上帝知道，他们想要您，我们需要您，可是我要告诉您，您并不清楚状况。您怎么能够藏身呢？像您这样的人？像您这个长相的人？这里是个陷阱，可别的地方也都是陷阱。您可以逃，但是您没法藏起来。我不知道该告诉您什么。当然，把他们的名字告诉您。随便找一个尼奥人问问，他都可以告诉您该去哪里。我们已经受够了，我们需要可以呼吸的空气。可是，您会被抓起来、被枪毙，要那样我会是什么感觉呢？我服侍您八个月了。我喜欢上了您，敬佩您。他们总是来找我，我说：‘不，不要烦他了。他是一个好人，他跟我们的问题没有关系。让他回到他自己的地方，在那里，人们是自由的。我们已经被这个该死的监狱困住了，就让别人得到自由吧！’”

“我不能回去，现在还不能。我想见那些人。”

艾弗尔站在那儿没做声。也许是他身为仆人的习惯使然——他已经习惯了遵从，最后他终于点点头，小声说道：“杜伊奥·玛伊达，就是这个人。在老城玩笑街，一家杂货店里。”

“帕伊告诉我不许离开学校。如果坐火车被他们看到，我会被截住的。”

“也许可以坐出租车。”艾弗尔说，“我可以帮您叫一辆，您走楼梯下去。我认识站岗的卡伊·奥米蒙，他是个好人。不过我也说不好。”

“那就好。就现在吧。帕伊刚刚来过，看到我了，他肯定以为我病了，会在屋里待着。现在几点了？”

“七点半。”

“如果现在走，我还有一个晚上的时间去找地方。叫出租车吧，艾弗尔。”

“我得给您打个包，先生——”

“打包什么？”

“您需要的衣服……”

“我穿着衣服呢！去叫车吧。”

“您不能空着手去。”艾弗尔断然反对，这件事情让他前所未有地焦虑不安。“您有钱吧？”

“哦，对。我得带上钱。”

谢维克马上开始行动。艾弗尔挠了挠头，表情凝重，不过还是跑到门厅去打电话叫车了。等他回来的时候，谢维克已经穿着外套，在门厅外头等着了。“那您下楼吧。”艾弗尔一副很不情愿的样子，“卡伊正在后门，得等五分钟。让司机从树林路走，那里没有检查站，千万不要走正门，在那里您肯定会被截住的。”

“他们会把这怪罪到你头上吗，艾弗尔？”

“我并不知道您走啊。明天早上，我就说您还没有起床，还在睡觉。再拖上他们一会儿。”

谢维克双手搭在他的肩膀上，拥抱了他，然后又握了握他的手。“谢谢你，艾弗尔！”

“祝您好运。”仆人似乎有些慌乱。等他回过神来，谢维克已经走了。

在跟薇阿共度的那奢侈的一天里，谢维克把手头大部分现金都花光了，现在去尼奥的出租车又花了十元钱。他在一个主要的地铁站下了车，然后借助手头那张地图的帮助，坐地铁去了老城，这个城市的这片区域他以前从未见识过。地图上没有标出玩笑街，于是他在老城区最中间那个站下车。从宽敞的大理石车站走到街道上时，他困惑地停住脚步。这个地方看上去一点儿也不像尼奥埃希拉。

天空中正飘着灰蒙蒙的细雨，天色很黑，却没有路灯亮着。路灯柱倒是有的，可是灯却没有打开，也有可能已经坏掉了。四下里那些紧闭的窗户中漏出道道微弱的黄色光柱。街道那一头很明亮，因为有一扇门是敞开的。门口懒懒散散地坐了一群人，正在大声说话。人行道被雨水弄得滑滑的，上头乱扔了许多纸片和垃圾。他能看到的那些店面都很矮，全都拉着厚重的金属或是木头的门。只有一家店面，显然是遭过火灾，只剩下一个黑黢黢的大洞，破损的窗户上还挂着些碎玻璃片。人们匆匆地经过，像一个个静默的影子。

他身后的台阶上走来一位老太太，他转过身向她问路。借着地铁入口那个黄色球形指示灯的亮光，他清楚地看到了对方的面庞：苍白，皱纹密布，呆滞的目光中似乎充满敌意和厌烦，两只大玻璃耳环在两颊边来回晃动。她费力地上着楼梯，弓着背，也许是太累了，也许是有关节炎甚或背部残疾。可是她其实并没有他以为的那么老，她连三十岁都不到。

“请问，玩笑街怎么走？”他磕磕巴巴地问道。她漠然地瞟了他一眼，快步迈过最后几级台阶，一言不发便走掉了。

他漫无目的地沿着街道往下走。本来他还为自己的突发奇想以及成功逃离伊尤尤恩大学而兴奋不已，现在这种兴奋开始变成了忧惧，有一种被驱逐被追赶的感觉。他避开聚在门口的那堆人，直觉告诉他，一个单独的外来者是不应该去接触这种人的。他看到前头有一个人在赶路，于是赶上去，重复了一遍自己的问题。那人说：“我不知道。”然后也走掉了。

现在别无他法，只能继续往前走。他来到一个相对明亮一些的十字路口，两头的路都是弯弯曲曲的，路边那些俗艳的告示牌和广告在细雨中闪着微弱的光芒。路边有很多的酒馆和当铺，有些还开着门。街上熙熙攘攘，酒馆里有很多人在进进出出。有个人躺在路边的排水沟里，外套揉成一团蒙着脑袋，就那样在雨天中躺着，也许是睡着了，也许是病了，甚至是死了。谢维克惊恐地看着这个人，以及眼前那些神情漠然的往来路人。

他这样呆立着的时候，有人在他身边停下脚步，抬头看着他，这个人年纪大约是五十或六十岁，个子很矮，脖子是歪的，脸上胡子没刮，眼睛红红的，现在正咧嘴笑着，嘴里已经没有牙齿。他就那样傻乎乎地冲着这个惊恐的大个子笑着，一边伸出一只抖抖索索的手指着他，嘴里咕哝着："你这些头发是咋回事？呃，呃，这些头发，怎么有这么多头发？"

"请——请问玩笑街怎么走？"

"嗯，玩笑，我就在开玩笑，不开玩笑的是我真的破产了。嘿，这么冷的天，你能给我点儿钱去喝上一杯吗？你肯定是有钱人。"

他把身子凑近了一些。谢维克往后退了退，看到对方摊开的手，却不明白是什么意思。

"得了吧，先生，开个玩笑而已，一点点钱就行。"那个家伙机械地咕哝道，语气中没有胁迫也没有请求。他还是那样咧着嘴傻笑，手伸着。

谢维克现在明白了。他伸手在口袋里摸了摸，拿出自己身上最后那点儿钱，塞到乞丐的手里，然后从乞丐身边快步走过，往最近一扇敞着的门那边走去。乞丐嘴里还在咕哝着什么，还想伸手抓他的外套。那扇门上面有一块牌子，写着“超值典当旧货”。屋里是一排排的货架，上面摆满了破衣服、鞋子、披肩、破工具、坏了的灯、单只的盘碟、茶叶罐、餐匙、小珠子以及其他各种残破的器物和碎片，每样垃圾上都标着价格，他站在这堆东西中间，一时间有些恍惚。

“找什么东西吗？”

店主又问了一遍那个问题。

他是一个皮肤黝黑的男子，跟谢维克一样高，不过背有点儿驼，而且非常瘦。他上下打量着谢维克：“你去那里做什么？”

“我去那里找一个人。”

“你从哪里来？”

“我需要去这条街，玩笑街，离这里远吗？”

“你从哪里来，先生？”

“我来自阿纳瑞斯，月球。”谢维克生气地说，“我必须去玩笑街，马上，就今晚。”

“你就是那个人？那个科学家？你来这里做什么？”

“躲开警察的控制！你是想去告发我在这里呢，还是愿意帮助我？”

“见鬼。”店主说道，“见鬼。听我说——”他本来打算说点儿什么，说点儿别的什么的，却迟疑着打住了。“那你就去吧。”接着他马上又改了口，显然就在这片刻之间改变了主意，“好吧。我把店关了，带你去那里。等一下。见鬼！”

他去后面倒腾了一番，关上灯，跟谢维克一起走出店门。他把金属百叶拉门拉下来，锁好，再把店门锁上，然后跟谢维克说：“走吧！”跟着就飞快地往前走去。

他们走过二三十个街区，进入那些由弯曲街道和小巷构成的迷宫的深处。这里就是老城区的中心。街道上明灭不定，细雨轻柔地飘洒着，带出一种腐烂的味道，一种石头和金属被打湿的味道。他们拐进了一条没有灯光也没有路牌的小巷，两边都是高大的老房子，房子的底层几乎全是店铺。店主在其中一户的窗边停下来，敲了敲关着的窗户，这家店铺的铺名是：V. 玛伊达，新奇杂货店。过了好一会儿才有人开门，当铺店主跟里头的人商量了一下，然后冲谢维克招招手，两人一起进屋。里面是一个女孩子。“杜伊奥在后头，进来吧。”她抬起头，借着后面走廊里传来的微弱灯光看着谢维克，“您就是那个人吗？”她的声音很轻，却很急切，还怪怪地笑着，“您真的是那个人吗？”

杜伊奥·玛伊达年约四十，肤色黝黑，看上去很理性，又有些不自然。他正在一本书上写东西，他们进来时，他迅速合上书，站起身。他直呼其名地跟当铺店主打了招呼，目光却一直没有离开过谢维克。

“杜伊奥，他到我店里来，问怎么来这里。他说，他是，你知道的，是那个来自阿纳瑞斯的人。”

“你的确就是，是吧？”玛伊达缓缓地说道，“谢维克，你来这里做什么？”他目光炯炯，警觉地看着谢维克。

“寻求帮助。”

“谁让你来的？”

“我问过的一个人。我并不知道你。我问他哪里可去，他说让我来找你。”

“还有别人知道你来这里了吗？”

“他们现在还不知道，明天会知道的。”

“去叫里梅维来。”玛伊达跟那个女孩说道。“请坐，谢维克博士。你最好能告诉我发生了什么事。”

谢维克在一把木头椅子上坐下来，不过没脱外套。他累得身子发颤。“我是逃出来的，”他说，“从大学里，从那个监牢里逃出来的。我不知道该去哪里。也许这里到处都是监牢。我来这里，是因为他们谈到了下层阶级、工人阶级，我想，这好像是自己人，这些人也许能够互相帮助。”

“你需要什么样的帮助？”

谢维克努力地让自己振作起来。他环视这间又脏又乱的小办公室，然后直视着玛伊达。“我有他们想要的东西。”他说，“一种概念，一个科学理论。我从阿纳瑞斯来到这里，我原来以为在这里，我可以得出成果，将它发表。我当时没有明白，在这里，成果是国家的财产。我不是为某个国家工作的。我不能拿他们给我的钱和东西。我想要离开这里。可是我不能回家。所以我到这儿来了。你们不会觊觎我的科学成果，而且你们大概也不喜欢你们的政府。”

玛伊达微笑着。“是的，不喜欢，不过我们的政府同样也不喜欢我们。你挑的这个地方并不是最安全的，对你对我们都是……别担心。今晚就这样，我们会想出下一步的打算的。”

谢维克将外套口袋中发现的那张纸条拿出来递给玛伊达：“就是因为这个我才来找你们的。是你认识的人吗？”

“‘加入我们中来吧，我们是你的兄弟……’我不知道。也许是认识的吧。”

“你是奥多主义者吗？”

“一部分是吧，我是工联主义者，也是自由论者。我们跟舍国主义者、社会主义工人协会携手作战，我们都是反对中央集权主义。你知道，你来的这个时候可是一个非常时刻啊。”

“战争吗？”

玛伊达点点头。“三天前，示威游行的准备工作已经就绪，这次游行是抗议征兵、战争税以及食品价格上涨的。尼奥埃希拉有四万失业者，他们却还要提高税收和粮价。”交谈过程中他一直紧盯着谢维克。现在，他把目光移开，身子靠回到椅子上，似乎已经完成了对谢维克的考察。“这个城市已经做好了一切准备。我们需要的是一次罢工，一次全面罢工以及声势浩大的示威游行。就像当年奥多领导的九月大罢工一样。”他不自然地干笑了一下，“现在我们也可以有自己的奥多，而且这一次他们已经没有月球，没法收买我们了。我们就要在此地实施正义。”接着他又看了看谢维克，声音也变得柔和了些，“英雄，你知道，在过去这一百五十年来，你们的社会对我们来说意味着什么吗？你知道吗，这里的人彼此祝福时，他们就会说，‘祝你能去阿纳瑞斯得到新生！’我们知道这样一个社会活生生地存在着，这个社会没有政府、没有警察、没有剥削，他们就不能再声称，这不过是海市蜃楼，不过是理想主义者的白日梦！我不知道你是否完全明了他们为什么要将你如此隐蔽地藏在伊尤尤恩大学，谢维克博士。为什么他们从来都不允许你出现在任何面向公众的会议上，为什么一旦发现你不见了，他们就像猎狗追野兔一样四处找你。不仅仅是因为他们想要你的这个思想，而是因为你本身就是一个思想，一个危险的思想，你就是无政府主义思想的化身，现在来到了我们中间。”

“那么说，您已经找到您的奥多了。”那个女孩急切地小声说道，在玛伊达说话的时候她又走回来了，“说到底，奥多不过是一种精神，谢维克博士就是这种精神的明证。”

玛伊达沉默片刻。“一个无法向公众展示的明证。”他说。

“为什么？”

“如果大家都知道他在这里，警察也会知道。”

“就让他们来好了。”女孩儿笑道。

“游行应当是完全非暴力的。”玛伊达的口气突然强烈起来，“这一点就连社会主义工人协会也是同意的！”

“我不认可，杜伊奥。我可不想让那些黑衣人揍我的脸或者砸破我的脑袋。如果他们出手伤人，我会反击的。”

“既然你喜欢他们那种方法，那就加入他们好了。实现正义不能通过武力！”

“一味被动也无法获得权力。”

“我们寻求的不是权力，我们寻求的是权力的终结！你认为呢？”玛伊达希望能得到谢维克的支持，“手段即结果。奥多一生都是这么说的。只有和平的手段才能带来和平的结果，只有公正的行为才能带来最终的正义！明天我们就要举事了，不能在这个时候搞分裂啊！”

谢维克看看他，又看看那个女孩儿和一直站在门边紧张听着他们谈话的那个当铺店主。他很疲惫地小声说道：“如果我有用处，那你们就利用吧。也许我可以在你们的报纸上发表一项关于此事的声明。我来乌拉斯不是为了躲躲藏藏的。如果所有的人都知道我在这里，也许政府会有顾忌，不会在大庭广众之下来拘捕我。我也不知道。”

“应该是这样，”玛伊达说，“当然会这样。”他的黑色双眸兴奋地闪耀着，“里梅维到底去哪儿了？西罗，去找他妹妹，让她去把他找来。——你就写你为什么来这里，写一写阿纳瑞斯，写你为什么不愿意将自己出卖给政府，你想怎么写就怎么写。我们会将它发表的。西罗！把梅斯舍也叫来。我们会把你藏匿在某个地方，但是，我们会让伊奥国所有人都知道，你在这里，你跟我们在一起！”他滔滔不绝地说道，一边在屋里飞快地来回走动，双手不住地痉挛，“然后，在游行罢工之后，一切便会见分晓了。到那时，事态也许就会有所改变！也许你就不需要再藏起来了！”

“也许所有监狱的大门都已经被打开了。”谢维克说，“那么，给我一些纸吧，我要开始写了。”

西罗走到他身边，微笑着弯下身子，似乎在鞠躬，然后略带羞怯又很谦恭地在他脸颊上吻了一下，这才出去。她的双唇很凉，那种触觉在他脸上停留了很长时间。

他在玩笑街一栋屋子的阁楼里待了一天，又在一个旧家具仓库的地下室里待了一天两晚，这个地方很奇怪，光线黯淡，堆满空镜框和破损的床架。他写了那个声明。几小时后，他们把印刷出来的东西拿来给他看：最初是在《摩登时代》报纸上，后来，《摩登时代》报社被关闭、编辑被拘捕之后，换成了一个地下出版社印刷的传单，此外还有关于示威游行和大罢工的计划和动员令。他没有细看自己写的东西，也没有用心去听玛伊达和其他人的谈话，他们向他讲述了报纸如何让大家群情激昂、罢工计划如何得到源源不断的响应，而他如果出现在游行队伍中，又将令全世界如何震动。等他们离开，就留下他自己一个人的时候，他偶尔会从衬衣口袋里掏出一个小小的笔记本，看着用符号记下的关于时间统一理论的笔记和等式。他眼睛看着本子，却完全读不进去，也理解不了里面的东西。他把笔记本重新收好，双手抱头坐在当地。

阿纳瑞斯是没有旗帜的，不过在大罢工的时候，除了罢工标语牌以及工联主义和社会主义工人协会的蓝白色旗帜外，还有很多自制的带有绿色生命之环标志的标牌，这个标志是两百年前奥多主义运动用过的一个象征符号。这些色彩绚烂的旗帜和标牌在阳光下飘扬着。

在那些上锁的屋子里躲了那么些时候，现在能够重见天日真是太好了。在这样一个春日的早晨，能够边走边挥舞手臂、呼吸新鲜的空气，真是太好了。在这么多人、如此庞大的一个群体当中，跟数千人一起前进，穿过所有的小街小巷、通衢大道，虽然有些恐惧，却也令人愉悦。等大家齐声高歌的时候，那种愉悦以及恐惧都变成一种狂喜。他的眼里充满泪水。歌声很低沉，从各处街道的深处传出，在空中传播过长远的距离之后，变得柔和、含糊，这是数千人的合唱，势不可挡。从街道另一头远远传来的队伍最前列的歌声，还有后头那无数人的歌声，彼此都脱节了，因为歌声要传递的距离太远，于是总有些歌声慢了一拍，在努力地追赶其他声音，像一支卡农曲。似乎每个时间都有人同时在唱歌曲的不同部分，实际的情形却是每个唱歌的人都是从头到尾唱下来的。

他不知道他们在唱什么内容，就只能听着，和着音乐一起前进。最后，从缓慢前进的人流中一波一波地传来了一阵他很熟悉的旋律。他昂起头，用他自己的语言加入了合唱的行列，他学过这首歌，是“起义赞美歌”。

两百年前，在这些街道，在这条街道，同样是这些人，他的自己人，曾经唱过这首歌。

哦，东方的亮光，唤醒
沉睡的人们！
黑暗被打破，
誓言永存。

谢维克旁边队列中的人都止住了歌声，听他唱歌。他微笑着，一边放声高歌，一边跟着他们往前走。

国会广场上聚集了大约一万人，也许是两万人。如此庞大的人群，每个人就像原子物理学中那些微小的粒子，难以计数；每个人的位置也无法确定，行动也无法预测。不过这个人群却在罢工组织者的安排下，有条不紊地按计划行事。人群聚集起来，有秩序地行进、歌唱，最后来到国会广场，把整个广场以及周边的街道挤得满满当当。无数人站立在正午明亮的阳光下，虽然躁动不安，却都耐心地听着讲演者的发言。那些讲演者的说话声被话筒放得出奇的大，夹杂着话筒的噪声和呼吸声，在国会大楼洒满阳光的墙面上回荡，盖过了人群发出的连续不断、深沉而又模糊的嗡嗡声。

广场上站着的人比整个阿比内的居民人数都多，谢维克想道。不过，对亲身体验进行量化的想法是毫无意义的。他跟玛伊达还有其他一些人站在国会大楼的台阶上，就在那些柱子和高大的青铜门前，俯视着那片涌动的、由肃穆的面庞汇成的海洋，跟他们一起听着演讲。他们聆听并领会着，那感觉似乎并不是许多理性的个体在感知在领会，而是“一个人”在审视和聆听自己的思想，或者干脆就像一个思想在进行自我感知和自我领会。在他讲话的时候，说跟听之间没有多大的分别。他没有受到任何意愿的驱使，也不再有自我的意识。不过，远处那些扩音器传来的回声，还有那些庞大建筑的石砌立面，却给他带来了些许的干扰。他会不时地踌躇一下，放慢语速。不过，他对自己要讲的内容却没有丝毫的犹豫。他用他们的语言说出了他们的思想、他们的生命，很久以前，他就已经为自己的生命、为自己生命的本质说过同样的话。

“我们汇聚一堂，是因为我们所受的苦难，而不是因为爱。爱不受理智控制，受到逼迫时爱会转变成恨。将我们联结在一起的这种纽带是超越于自愿之上的。我们是兄弟。我们是兄弟，因为我们彼此分享的一切。我们每一个人都要经受苦难，在苦难中，在饥饿中，在贫穷中，在希望中，我们发现了我们的兄弟情谊。我们知道这种情谊的存在，我们必须了解它。我们知道，唯有在彼此的身上，我们才能得到帮助，除了我们相互伸出的友爱之手，没有别的手可以拯救我们。你们伸出来的手都是空的，我的也一样。你们一无所有，你们没有占有任何东西，你们没有拥有任何东西。你们是自由的。你们所有的就是你们自己，以及你们所付出的一切。

“我之所以在这里，是因为你们在我身上看到了那个承诺，两百年之前我们在这个城市做出的那个承诺——这个承诺一直被保持着。在阿纳瑞斯，我们保持了这个承诺。我们一无所有，但我们拥有自由，我们能给你们的只有你们自己的自由。我们没有法律，只有人人互助这条基本原则。我们没有政府，只有自由联合这条基本原则。我们没有国家、没有总统、没有总理、没有长官、没有将军、没有老板、没有银行家、没有地主、没有工资、没有慈善团体、没有警察、没有士兵、没有战争，别的东西也不是很多。我们是分享者，而不是占有者。我们那里并不富裕昌盛，我们没有人很富有，没有人有权力。如果你们向往的就是阿纳瑞斯，如果这就是你们寻求的将来，那么我告诉你们，你们应当空着双手前往那里。你们应当赤裸着身子独自前往，像一个刚来到这世界的新生儿一样去迎接自己的未来，没有任何过往，没有任何财产，生命完全依赖于他人。你们不能未予先取，应当完全奉献出自我。你们不能花钱购买革命，也不能制造革命。你们必须是革命的本身。革命就在你们的灵魂之中，否则革命就无所依存。”

他快讲完的时候，警方的直升机也在向广场这边靠近，飞机的轰鸣声淹没了他的讲话声。

他从麦克风面前往后退了退，抬起头，在阳光中眯着眼睛看着上方。人群中有很多人也开始往上看，他们的头和手一起动起来，那场景就像一阵风刮过阳光下的一片麦田。

议会广场就像一个巨大的石头盒子，在这个盒子里，螺旋桨转动时发出机械怪兽般的恐怖声音，令人难以忍受。直升机里机关枪的射击声也被这个声音所掩盖。人群的骚动声也无法盖过这个声音，这是武器毫无意识的咆哮、毫无意义的话语。

直升机的火力集中射向站在国会大楼台阶上以及附近的人。大楼的柱廊马上成为台阶上那些人的避难所，一会儿工夫柱廊就挤满了人。人们惊恐地往通向国会广场的那八条街道上冲出去，人群的喧闹声很快变成哀号声，感觉像刮过了一阵大风。直升机就在他们的头顶徘徊，不过无从判断它们是否还在开火；人们彼此挨得太近，死去的和受伤的人都不会倒下。

随着一声爆炸，国会大楼那些包铜大门轰然打开，不过那个声音并没有人听到。人们蜂拥而入，想要躲开外面的枪林弹雨。好几百人挤挤攘攘地冲进这些高大的大理石大厅；有些人一看到有避身之处就马上藏了起来；有些人拼命往前冲，想要穿过大厅，到大楼后头去；还有些人一路大肆破坏，直到士兵们出现。清一色黑色外套的士兵们踩着已经死亡和正在走向死亡的男人、女人，大步迈上台阶，在中央大厅锃亮的灰色高墙上，在人视线的高度，写着大大的两个血字：打倒。

离那两个字最近的人已然死去，他们仍冲着死者补了几枪。后来，事态平息之后，人们用水、肥皂和抹布要把那两个字从墙上洗去，但那两个字一直都在：这两个字已经被说出来了，它们是有意义的。

他的同伴越来越虚弱，脚步已经开始踉跄，他意识到，带着同伴不可能走远。现在无处可去，只能远离国会广场，但也没有地方能够停留。在米西大道上，人群两次重整旗鼓，想要跟警察正面对抗，但军队的装甲车紧随在警察队伍之后，把人群向老城区驱赶。两次对抗中黑衣人都没有开枪，但其他那些街道上传来了枪声。直升机在街道上空巡航，没人可以逃脱他们的视线。

他的同伴大口大口地喘息着，拼命想吸入一些空气。谢维克几乎是背着他走过了好几个街区，他们现在已经落在大部队后面很远，追赶是徒劳的。“来，在这里坐一下。”这是个地下室，他帮助对方在通向入口最上面那级台阶上坐了下来。这个地下室似乎是一个仓库，窗门紧闭，窗户之间的墙壁上用大大的粉笔字写着“罢工”两字。他走到一扇门前，试着去推门，门是锁着的。每一扇门都上了锁，这是一处私人产业。他从台阶一个拐角的地方拿过一块松动的铺路石，把门的搭扣砸碎，把门打开。在做这一切的时候他既没有偷偷摸摸，也没有怀恨在心，而是成竹在胸，就像在开自家的前门。他探头进去看了看，整个地下室里装满了柳条箱，没有人。他扶着同伴下了台阶，进了屋，然后把门关上，跟同伴说道：“在这里坐吧，也可以躺下来。我去看看有没有水。”

这个地方显然是堆放化学药品的仓库，有一排洗涤槽，还有成套的消防软管。谢维克回去的时候，同伴已经晕过去了。他赶紧用消防软管里滴出来的水洗了洗同伴的手，然后察看对方的伤口。伤势比他预计的严重，肯定有不止一颗子弹打中他的手，两根手指被打掉了，手掌和手腕也都撕裂了。骨头碎片像牙签一样支棱着。直升机开火的时候，这个人就站在谢维克和玛伊达旁边，中弹之后，他就靠到谢维克身上，抓着他的身子寻求支撑。在逃离国会大楼的整个过程中，谢维克一直用一只胳膊抱着他。最初的疯狂奔逃中，两个人总比一个人站得稳。

他拿一根止血带尽量帮对方控制住了流血，然后包扎，或者至少是遮住了那只伤手，接着又扶那个人去喝了点儿水。他不知道对方的名字。从他的白色臂章可以判断他是社会主义工人协会的成员，他的年纪看起来应该跟谢维克相仿，四十岁或者再往上一些。

在阿纳瑞斯西南区的碾磨厂里，谢维克看到过有人意外受伤，伤情比这还要严重。他知道人能够不可思议地承受极其严重的伤痛并存活下来。但是在那里，伤者会受到妥善照料，会有外科医生帮他做截肢手术，有血浆帮助补充失去的血液，还有一张床给他躺着。

那个人躺在地上，已经处于半昏迷状态，谢维克在他身边坐下，环视着堆积在一起的柳条箱，箱子之间长长的通道、前面的墙壁上隔着木栅的窗户缝隙中透过来的惨白的日光、天花板上一道道白色硝石、布满灰尘的水泥地面上工人的脚印和机车的轮胎印。一小时之前，成千上万的人在辽阔的天空下放声高歌；接下来这个小时，两个人藏在地下室。

“你们太可怜了。”谢维克用普拉维克语对着同伴说道，“你们不能让门敞开，你们永远也得不到自由了。”他轻轻地摸了摸那个人的额头。额头冰冷，上面都是汗。他把止血带松开一会儿，然后站起身，穿过幽暗的地下室，走到门口，再走回大街上。装甲车队已经过去了。只有游行队伍中少数几个落伍者正从前面经过，在敌方的领地上，他们垂头丧气，飞快地走着。谢维克想拦住他们，前面两个都没停，第三个终于停下来。“我需要一个医生。那里有个伤员。你能叫一个医生到这里来吗？”

“最好把他带出来。”

“那你帮我一下。”

那个人急忙往前走了。“他们马上就要过来了。”他边走边回头说道，“你最好也赶快走。”

接着就没有人再过来了。等了一会儿，谢维克看到街道那头远远地过来一队黑衣人。他走回到地下室，关上门，回到伤员身边，在尘土遍布的地上坐下。“见鬼。”他说。

过了一会儿，他从衬衣口袋里掏出小笔记本，开始研究起来。

下午的时候，他小心翼翼地往外面看了看，一辆装甲车就停在街道对面，在十字路口，还有另外两辆装甲车在转来转去。难怪他一直听到有人在大声嚷嚷，原来是士兵们在互传口令。

阿特罗曾经跟他解释过这一切是怎么运行的，军士给士兵下达命令，中尉则给士兵和军士下达命令，还有上尉……一直到将军，将军可以给其他所有人下命令，他本人则只听令于总司令。谢维克听了之后又是怀疑又是厌恶。“你们管这叫组织？”当时他问道，“甚至还管这叫纪律？其实都不是。这是一种效率极其低下的强制性机械体制——就像一台七千年期时的蒸汽机！在如此僵化脆弱的体系之下，能做出什么有价值的事情呢？”阿特罗则抓住这个机会论证了一番战争的价值，说它是勇气和男子气概的温床，能将孱弱者铲除干净。不过，正是这样的逻辑迫使他承认了地下组织、自我管理的游击队的强大。“不过那只有在人们认为他们是在为自己所有的东西而战时，才能有效——你知道，比如说，他们的家园，或者是某种观念，诸如此类。”老人如是说道。谢维克没有继续跟他争辩下去。现在，在这间幽暗的地下室里，在这堆没有标签的、装着化学品的柳条箱中间，他将辩论继续了下去。他告诉阿特罗，他现在理解了军队为什么要用这样的组织方式了，这确实非常有必要，没有这种合理的组织方式是无法达到目的的。他原先没有明白，这个目的就是，让大量手握机关枪的人轻而易举地向手无寸铁的男男女女开火。不过他还是没有明白，勇气、刚毅、优良体质跟这个到底有何相干。

天色越来越黑，他偶尔也跟他的同伴说说话。同伴现在仍躺着，眼睛已经睁开了。其间他呻吟过几次，是一种孩子气的、病人的呻吟，这种声音深深地打动了谢维克。在人群被赶进国会大楼、在大楼里被追击这整个过程中，这个人英勇顽强地硬撑着，不停地奔跑，然后走到老城区；他一直把自己那只伤手放在外套里头，紧紧地贴着自己身子的一侧，用尽全力向前奔走，不拉谢维克的后腿。他第二次发出呻吟的时候，谢维克抓住他另外一只手，轻声说道："别这样，别这样。要安静，兄弟。"他这么说只是因为他无法忍受听到对方如此痛苦，自己却束手无策。那个人很可能理解为，他应该安静，否则就会向警察泄露了他们的踪迹，他虚弱地点了点头，然后便紧紧地抿住了嘴唇。

他们俩在那里坚守了三个晚上。这期间，仓库所在的区域还有零星战争，米西大道那个街区一直被军队封锁着。战争从来没能打到仓库边上来，而且这边一直都有人在严密把守，所以藏匿在此的两人一直没有机会出去，除非他们向敌人投降。有一次，当同伴醒着的时候，谢维克问他："如果我们出去找警察，他们会怎么处置我们？"

那个人笑了笑，小声说道："枪毙我们。"

远远近近地，不时有炮火声传来，已经好几个小时了，偶尔还会有一声巨大的爆炸声，此外还有直升机的嗡嗡声，他这么说看来是很有道理的。不过他为什么要笑，却是不甚明了。

那天晚上，他因为失血过多而死去了。当时他们躺在谢维克用包柳条箱的稻草做成的垫子上，两人紧紧挨着相互取暖。谢维克醒来的时候，他全身已经僵硬，谢维克坐起身来，聆听着这个巨大幽暗的地下室、外头的街道以及整座城市的寂静的声音，这是一种死亡的寂静之音。

第十章

阿纳瑞斯

西南区的铁路线大部分都建在路堤之上，路堤同地面的距离都在一米开外。有了这个高度，铁轨上漂浮的灰尘就少了，乘客的视野也更为开阔，可以更清楚地看到窗外的荒凉景象。

在阿纳瑞斯的八个区当中，西南区是唯一一个没有大规模水体的区。在南端有夏季极地融水形成的沼泽；靠近赤道地区只有一些盐碱滩。这里没有山脉，每隔百把公里，会有一些南北走向的丘陵，这些丘陵都是光秃秃的，山体龟裂，风化成岩壁和尖柱形岩石，上面有一道道紫色红色的条纹。岩壁上长着岩藓，这种植物可以承受极端的气温、干旱以及强风。它们在岩壁上构成了一道道灰绿色的粗重线条，跟岩石本身的横条纹交错构成了片片格子图案。盐碱滩有一半的地方为沙尘所覆盖，唯一的色彩就是渐变为灰白色的暗褐色。偶尔会有雷雨云在上空飘过，白色的云朵映衬着略带紫色的天空，色彩鲜明生动。云朵往地面投下的只有影子，而不会是雨水。在火车的前方后方，路堤和闪亮的铁轨笔直延伸，直到视线的尽头。

“在西南区这样的地方，你什么也做不了。”司机说道，“只能赶紧从这里过去。”

同伴没有作答。他已经睡着了，脑袋随着机车的振动微微摇晃；双手在大腿上耷拉着——看那双手就知道他一定是极度操劳，手上还长了冻疮；脸上长满了皱纹，虽然现在表情很松弛，看起来还是一副愁苦的样子。他是在铜山搭上这趟车的，车上没有其他乘客，所以司机就让他坐在驾驶室，好相互有个伴儿。上车之后他马上就睡着了。司机不时地瞟他几眼，又是失望又是同情。过去这几年里，他见过很多这样疲惫不堪的人，所以在他看来，这个人这样也很正常。

这是一个漫长的下午。那个人后来醒了，看了看窗外的那片沙漠，问道："你一直一个人走这趟线？"

"三年，啊，四年了。"

"车子坏过吗？"

"坏过好多次。储藏箱里有很多的配给和水。对了，你饿不饿？"

"还不饿。"

"一般一天之内，他们就会从孤城把修车的机械送过来。"

"最近的一个居留地？"

"是的。从西迪普矿区到孤城有一千七百公里，就相邻的两个镇子来说，是整个阿纳瑞斯最远的。我干这个已经十一年了。"

"不烦吗？"

"不烦，我喜欢一个人工作。"

乘客赞同地点了点头。

"而且这个工作很有规律。我喜欢按固定程序来，你肯定也看出来了。开十五天车，休息十五天，去新希望镇找我的伴侣。一年，又一年；干旱，饥荒，这个程序总是这样。什么都不会改变，这里每时每刻都处于干旱状态。你能把水拿出来吗？保温瓶在后面的储藏箱底下。"

他们都抓过瓶子大喝了一口。瓶里的水略带一点碱味，不过很凉。"啊，真棒！"乘客快意地说道。他放下瓶子，回到位于驾驶舱前方的座位上坐下，双手向上伸，抵着车顶。“那么说，你是有伴侣的。”他说。司机很喜欢他说话那一股子直率劲儿，答道：“十八年了。”

“才刚刚开始呢。”

“见鬼，我太同意了！现在有些人可不这么看。依我看，你在十几岁的时候要是跟足够多的人上过床，那你就已经尽情享受过了，而且你会发现差不多就那么回事儿。当然这也是很妙的一件事情！总之，上床本身是没有什么区别；有区别的是跟你上床的那个人。没错，要想品味这种区别，十八年还只是一个开端——如果这个女人是你想要去品味的。女人总是不露声色，不会把男人当成一个谜看待，不过也许她们是伪装的呢……不管怎样，这就是乐趣所在。什么谜啊伪装啊，等等。还有变化，变化可不是你四处走动就能得到的。我年轻的时候跑遍了整个阿纳瑞斯。在每个区都开过车，搬运过东西。在不同的镇子上结交不同的女孩，总得有一百个吧。最后我厌烦了。我回到这里，每三旬开一趟车，年复一年，就在这片沙漠上，在这里你没办法辨认这个沙丘和另一个沙丘，在这三千公里的路上，不管你在哪个方向看，景色都不会有区别。我就这样开车，然后回家跟同一个伴侣共度时光——从来没有厌烦过。让你保持活力的，不是不停地从一个地方到另一个地方，而是好好把握时间。不要跟时间作对，要跟它合作。”

“没错。”乘客说道。

“你的伴侣呢？”

“在东北区。已经四年了。”

“时间太久了。”司机说，“早就该把你们分到一起了。”

“我原来不在那里。”

"那在哪里？"

"先是急弯，然后是大峡谷。"

"听说过大峡谷。"他现在看这位乘客的眼神中带着敬意，历经磨难的人理应得到这样的敬意。他看到这个人黝黑的皮肤显得很干燥，是那种深入到了骨子里的日晒风吹的侵蚀，他在其他那些在土区度过饥荒年月的人身上也看到过。"其实不用费那么大的力去维护那些工厂。"

"需要磷肥。"

"可是有人说，运送物资的火车滞留在桥门时，工厂还在继续生产，很多干活的人饿死了。快死的时候，他们就往工厂外头走一点点，然后躺下，然后就死了。是这样的吗？"

乘客点了点头，没有说话。司机没有继续追问，过了一会儿，他又说道："我在想如果有人来抢我的火车我该怎么办。"

"从来没有过吗？"

"没有。你看，我不运食物的；上西迪普最多只要一卡车的食物。我这条线是运送矿石的。可是如果我是运送食物的，被人截住了，那我该怎么办呢？把他们撞倒，把食物送到目的地去？可是见鬼，你难道要把孩子、老人也撞了吗？他们做的是不对，可是因为这个你就要对他们下杀手吗？我不知道！"

车轮下方，笔直闪亮的铁轨不停地往后退。西边的云彩在平原上方投射出了微微抖动的壮观蜃景，那是一千万年前便已干涸的湖泊留下的梦幻影像。

"有一个会员，是我多年的熟人，他就那么干了，就在这里再往北，在166年。有人想把他车上一节装粮食的车厢弄下来，他把车子往后退，那些人急忙往铁轨下跑，不过还是有两个人被撞死了。他说，他们就像一些蠕动的虫子，一窝蜂挤到一条烂鱼身上。他说，有八百人在等着那一车厢的粮食，如果不送到，他们又该死多少人呢？可不止两个，肯定要多得多。这么看似乎他做得也对。可是见鬼！我没法那样算数。我不知道是不是应该像数数一样来算人的数目。可是话说回来，你该怎么做呢？哪些人是你杀死的呢？”

“在急弯的第二年，那时我是工作协调员，工厂协会减少了配给。在车间里干六个小时的人可以得到全额配给——对干那种活的人来说勉强够吃。干一半时间的人得到四分之三的配给。你如果病了或者身体虚弱无法工作，那就只有一半。可就靠这一半的配给，你身体无法恢复，也无法回去工作，只能维持在饿不死的状态。我就要负责安排给那些本已病弱不堪的人发放一半的配给。我是全日上班的，八个小时，有时候十个小时，案头工作，所以我得到的是全额配给：这是我挣来的，通过列出挨饿者名单挣来的。”他清澈的眼睛看着前方那片干燥的亮光，“就像你说的，我的工作就是算人的数目。”

“你离开了？”

“是的，我离开了，去了大峡谷。可是在急弯的工厂里，会有别人接受这个列表工作，总是有人乐意去列名单的。”

“这是不对的。”司机在强光下皱起眉头。他的脸和头皮都是棕色的，光光的，从额头到后脑勺之间的毛发都已经掉光了，虽然他还不到四十五岁。看他的脸，就知道他强悍、坚定又很天真。“大错特错。他们应该把工厂关了。不能让人去做那样的工作。我们不是奥多主义者吗？人是会生气的，这无可厚非。抢火车的人就是这样，他们肚子很饿，孩子们很饿，饿了太长时间，现在有食物从你身边经过，却不是给你的，你就生气了，你要去拿。我那位朋友也是一样，那些人要把他负责驾驶的火车拆掉，他生气了，把火车退了回去。他没有清点人数，当时没有！以后也许点了。因为等到他后来明白过来之后他病了。可是他们让你做什么呢，说这个人可以活、那个该死——这样的工作谁都无权去做，也无权要求别人去做。”

“现在是困难时期，兄弟。”乘客的声音很柔和。他望着闪亮的平原，湖水的幻影在风中摇来摆去。

一艘老旧的货运飞船在山脉上方摇摇摆摆地飞过，最后降落在腰山的降落场上。飞船上走下三名乘客。最后一名乘客脚踩到地面时，地面忽然颠簸起来。“地震。”他说道，他是本地人。“见鬼，看那些尘土！哪天等我们再来的时候，这里已经没有山了。”

有两位乘客选择了等卡车装完货之后捎上他们。谢维克选择了步行。因为那个本地人说，察喀尔就在山下大约六公里的地方。

这条路有许多长长的弯道，每个弯道尽头都有一段很短的上坡路。路左边的上坡和右边的下坡旁都是密密麻麻的霍勒姆灌木；一排排高大的霍勒姆乔木错落有致，似乎是人工栽种的，顺着山腰上流淌的一股股水流正好可以浇灌到这些树。在一处上坡的最高处，谢维克看到，在黑黢黢的层峦起伏的丘陵上方，是清晰的金色落日。除了这条路本身，这里丝毫没有人类活动的迹象，前方一片阴暗。他继续往下走，空中传来隐约的隆隆声，他心里涌起一股奇怪的感觉：不是摇晃，不是震动，而是断层，一种明确的很不对劲的感觉。他把抬起的脚放下去，脚下踩到的还是地面。他继续往前走，路还在脚下。他并没有危险，但是他以前从未感觉自己跟死亡如此接近过。死亡就潜伏在他身体里，在他脚下；大地本身都已经变幻莫测、不可依靠。所谓的永恒、所谓的依靠，不过是人类自己想出来的一个承诺罢了。谢维克感受到嘴里、肺里那冷冽的空气。他支起耳朵倾听。远方，一股山洪轰鸣着向着暗处某个地方奔流而下。

他在日暮时分赶到察喀尔。黑黢黢的山脊上方，天空变成了深紫色。街灯孤独地发出亮光。在灯光下，可以看到房屋影影绰绰的正面，后头则是一片幽暗。镇上有许多空地，房屋孤单单地矗立在空地之间：这是一个古老的城镇，一个与世隔绝、人口稀疏的边疆城镇。一位路过的女士告诉谢维克八号宿舍楼的方向："那边，兄弟，过了医院，在那条街的最里头。"这条街就在山脚下，光线很暗，尽头是一处矮矮的房子。他走进去，看到一间乡镇宿舍楼特有的休息室，他的思绪一下被引回到童年时代，回到了广原鼓山自由镇，他和父亲住过的地方。眼前是幽暗的灯光、打补丁的席子、一张介绍当地机械师培训班的传单、一份协会会议通知，还有钉在公告板上一张关于三旬之前一次戏剧演出的传单；公共休息室沙发上方有一幅业余水平的油画，画的是狱中的奥多，镶在画框里；一架自制的脚踏风琴；大门旁边贴着一张住户表和一张镇上浴室热水供应时间通告。

谢鲁特，塔科维亚，3号房间。

他敲敲门，一边看着门上反射出的大厅里的灯光。门黑黢黢的，摇摇欲坠地嵌在门框里。门里传来一位女士的声音："请进！"于是他推开了门。

屋里的灯光比外面亮，不过没有照到她的脸。他一下之间没法看真切那人是不是塔科维亚。她站起身来对着他，伸出手来，做了一个含义不明、悬而未决的手势，似乎要把他推开，又似乎是要抱住他。他抓过她的手，然后他们紧紧地攥住对方，身子贴到一起，攥着对方的手站着，脚下是摇晃的地面。

"进来，"塔科维亚说，"哦，进来，进来。"

谢维克睁开双眼。他还是觉得屋里灯光异常明亮，在屋子更里面，他看到了一张严肃、警惕的小孩子的脸。

“萨迪克，这是谢维克。”

小孩走到塔科维亚身边，抱住她的大腿，哭了起来。

“别哭呀，你为什么要哭呢，小东西？”

“那你为什么哭？”小孩小声问道。

“因为我很高兴！就是因为我很高兴。坐到我腿上来。可是，谢维克，谢维克！你的信昨天才到。我正打算把萨迪克送去睡了之后去电话处呢。你说你今晚会打电话来，不是说人要来！哦，别哭了，萨迪克，你看，我已经不哭了，是不是？”

“他也哭了。”

“当然了。”

萨迪克又怀疑又好奇地看着他。她现在四岁了，脑袋圆圆的，脸圆圆的，整个人都圆乎乎、黑乎乎、毛茸茸、软乎乎的。

屋里除了两张台床之外，别无他物。塔科维亚抱着萨迪克坐在一张床上，谢维克在另一张床上坐下来，双腿舒展开来。他用手臂擦着眼睛，然后把手伸给萨迪克看。

“看，”他说，“手都湿了，鼻子也在流鼻涕。你有手帕吗？”

“有。你没有吗？”

“我以前有，可是在洗衣房里弄丢了。”

“你可以用我用的那块手帕。”萨迪克顿了一下说道。

“他不知道手帕在哪里呀。”塔科维亚说道。

萨迪克从妈妈身上跳下来，从壁橱的一个抽屉里拿来手帕。她把手帕递给塔科维亚，塔科维亚传给谢维克。“是干净的。”塔科维亚笑着说。谢维克擦鼻子的时候，萨迪克目不转睛地在一边看着。

“刚刚这里是不是地震了？”他问道。

“这里整天都在地震，你都感觉不到了。”塔科维亚说。萨迪克很乐于把自己的所知跟人分享，她用沙哑的声音大声说道：“是的，晚饭之前还有一次大地震呢。地震的时候，窗户嘎啦啦地响，地板晃个不停，你得走到门口或者到外面去。”

谢维克看了看塔科维亚；她也看着他。她看上去比实际年龄大了起码四岁，她的牙向来就不好，现在又掉了两颗，她笑起来的时候露出了两个空洞。她的皮肤不再像年轻时那样细腻紧绷，整齐往后梳着的头发也没有了昔日的光泽。

谢维克清楚地看到，塔科维亚已经不复年轻时的优雅，看上去就像一个疲累不堪、极其普通、即将步入中年的女子。这一点任何人都不可能比他更清楚。任何人都不能像他这样留意到塔科维亚身上的一切，因为他跟塔科维亚多年来的亲密无间以及这几年来对她的渴望。他看到的是真正的她。

他们的目光相遇了。

“在——在这里过得怎么样？”他问道，脸马上红了，显然慌乱之下只好随口说出这么一句。她明显感觉到了他心中的起伏，他那股澎湃的欲望。她的脸也微微红了，于是笑了笑，用沙哑的声音说道：“哦，就是我在电话里跟你说的那样。”

“那已经是六旬之前了！”

“在这里，每一天过得都差不多。”

“这里很美——那些丘陵。”他觉得塔科维亚的眼睛如山谷一般幽暗。他对于性的渴望突然强烈起来，他发了一会儿呆，然后很快地克制住自己，让自己勃起的下体缩回去。“你觉得你以后会想继续留在这里吗？”他说。

“无所谓。”她说，沙哑的声音听起来很奇怪、很含糊。

“你的鼻子还在流鼻涕。”萨迪克说道，她的声音很急切，不过没有不满的成分。

“很高兴就这么多。”谢维克说。

塔科维亚说：“嘘，萨迪克，不要自我主义！”两个大人都笑起来。萨迪克继续研究着谢维克。

“我真的喜欢这个地方，谢夫。这里的人很好——每一个人；活也不多，就是医院实验室那点活儿。技术人员短缺的情况很快就要成为过去，很快我就可以走了，也不会给他们带来麻烦。我想回阿比内，如果你也这么想的话。你得到再次分配了？”

“没有申请过，也没去查过。过去这一旬我一直在路上。”

“你在路上做什么呢？”

“前进，萨迪克。”

“他穿越了半个世界，从南方，从沙漠出发，来找我们。”塔科维亚说。孩子微笑着，更舒服地安坐在她腿上，还打了个哈欠。

“你吃饭了吗，谢夫？累坏了吧？我得送孩子去睡觉了，你敲门的时候我们正打算出发呢。”

“她去集体宿舍睡了？”

“这学期开始的时候。”

“我那时候就四岁了。”萨迪克郑重宣布。

“你应该说，我现在四岁了。”塔科维亚说，一边轻轻地把她放下，好去给她拿壁橱里的衣服。萨迪克站起身，侧身对着谢维克；她非常在意他，特地转过身来对着他，纠正塔科维亚的话：“可是我那时候是四岁，现在我已经四岁多了。”

“也是一个时间学者，跟父亲一样！”

“你不可能同时是四岁又是四岁多，对不对？”孩子问道，感觉到大人的嘉许之后，现在她是直接跟谢维克对话了。

“哦，可以的，这很容易。而且，你可以同时是四岁又是快五岁了。”他坐在低矮的台床上，他的头可以跟孩子保持平行，这样她就不用仰视了。“可是你看，我差点儿忘了你都快五岁了。我上一次看到你的时候，你还是个小不点儿呢。”

“真的吗？”她的语气中的的确确有着挑逗意味。

“是啊，大概就这么长。”他把双手张开一点点。

“那我会说话了吗？”

“你会说哇哇，还有其他的一些话。”

“我是不是把宿舍里所有人都吵醒了，就像谢本的宝宝一样？”她欢快地笑着。

“当然了。”

“我是什么时候真正学会说话的呢？”

“大概一岁半的时候。”塔科维亚说道，“然后你的嘴巴就再也没闲过。帽子呢，萨迪克宝贝儿？”

“在学校。我讨厌我戴的这顶帽子。”她告诉谢维克。

街上风刮得很厉害，他们陪着孩子往学习中心宿舍走去，一直把她送到了大厅。这个地方很小、很破，不过显得很有活力，因为有孩子们的那些绘画作品、几个精致的黄铜机车模型，还有一堆乱糟糟的玩具房子和五颜六色的木头人。萨迪克吻了妈妈，道过晚安，然后她冲着谢维克张开双臂，他弯下身子，她吻了他一下，不带什么情感，却很实在，说了声“晚安！”。她跟着夜间值班员走了，一边打着哈欠。他们听到她的声音，还有值班员那温柔的嘘声。

“她很漂亮，塔科维亚。漂亮、聪明、坚定。”

“我很担心她被我宠坏了。”

“没有，没有。你做得很好，太出色了——在这样的非常时期……”

“在这里还不算很糟，没有南方那么糟。”她说，一边抬头看着他，他们从宿舍楼里往外走。“在这里，孩子们不会饿肚子。吃得不算好，不过够吃。这里有一个公社能生产食物。就算别的没有，霍勒姆灌木总是有的。可以收集野生霍勒姆种子，捣碎了来吃。这里没人挨饿。可我真是把萨迪克宠坏了。我给她喂奶一直喂到三岁，当然了，断奶之后又没有别的什么好东西吃，干吗不喂奶给她呢？可是他们都反对，罗尔尼研究站的人都反对。他们想让我把她送去全托。他们说在对待这个孩子的问题上我表现得像个资产者，在危急时刻没有全力以赴为社会做贡献。事实上，他们说得都有理。可是他们太正义了，他们中没有一个人能够理解孤独的感觉。他们全都惯于群居，全都是没什么特点的人。说我不应该喂奶的还都是些女人，这些身体投机分子。我之所以在那里坚持下来，是因为那里的食物很好——试吃各种藻类，看它们是否美味可口，有时候你能够拿到的东西要比标准配额多得多，虽然那个东西尝起来就像胶水一样——一直到他们找到了另一个人可以接替我。然后我去了新开端，待了大概十旬。那是两年前的冬天，在那段漫长的时间里，没法收寄邮件，也是你最困难的时候。在新开端，我看到这个岗位，于是就来到这里了。萨迪克一直跟我住一个宿舍，直到今年秋天。到现在我还是很想她，她走了之后，屋里太安静了。”

“你不是有一个室友吗？”

“谢鲁特，她人很好，可是她在医院上夜班。那时候萨迪克也走了，跟别的孩子住在一起对她有好处，她有些害羞。她在那里的表现可好了，非常随遇而安。小孩子都很随遇而安。他们哪里被碰了一下会大哭大闹，但对大事情却能随遇而安，不会像很多大人那样抱怨。”

他们肩并肩走在路上。秋日的星空中，星星竟然如此繁多璀璨，令人叹为观止，星星在闪耀，在地震激起的灰尘以及风的作用下，甚至觉得它们是在闪动，如此一来整个天空似乎都在晃动，像无数的小钻石在摇摆，像映射在黑色海面上流光溢彩的阳光。在这片搅动的辉煌景象之下，是坚固的黑色丘陵、屋顶清晰的轮廓和柔和的路灯灯光。

“四年了，”谢维克说，“从我上次回到阿比内时，四年过去了。我从南台那个地方——叫什么来着？——红泉赶回去的。那天晚上的情景跟今晚相仿，刮着风，有很多星星。我一路跑着，从平原街一路跑回宿舍。可你却不在那里，你走了。四年了！”

“离开阿比内的那一刻，我就知道自己这个决定很傻。不管有没有饥荒，我都应该拒绝那次调配。”

“那样事情也不会有什么改变。萨布尔正等着告诉我，我被赶出学院了。”

“如果我没走，你也不用到沙漠里去。”

“也许吧，不过也还是有可能被分到不同的地方。有那么一段时间，似乎什么东西都会给拆得七零八落，不是吗？西南区那些镇上——已经没有小孩子了。现在还是没有。他们把孩子送去北方，送到那些能自产食物或者有这个可能的地区去了。他们自己留下来，让矿区和工厂继续运行。我们居然挺过来了，我们所有的人，真是一个奇迹，是吧？……可是天哪，现在我终于可以有点儿时间做我自己的工作了！”

她攥住他的胳膊。他突然停了下来，好像她的触摸让他当场触电身亡了。她微笑着晃了晃他。“你没有吃饭吧？”

“没有。哦，塔科维亚，我一直都在想你，想得好苦！”

他们紧紧地拥抱在了一起，在这条幽暗的街道上，在路灯之间，在星空之下。他们突然又分开了，谢维克身子退到最近的一堵墙上。“我还是去吃点儿东西吧。”他说。塔科维亚跟着说道，“是，否则你该瘦成一块平板了！走吧。”他们穿过一个街区来到公共食堂，这是整个察喀尔最大的建筑。已经过了正常饭点，厨师们正在吃饭。他们给了他一碗炖菜，面包随便吃。他们坐在紧挨厨房的那张桌子上。其他桌子都已经清洁整理好了，准备明天早上用。这间屋子大得如同一个深邃的洞穴，屋顶高耸，线条无法看得分明，屋子另一端也看不真切，只有黑暗处某张桌子上的一个碗或是一个杯子在灯光的照射下闪着光。厨师们和服务员们都很安静，一天的劳作让他们疲惫不堪。他们快速地吃着饭，不怎么说话，也不怎么注意塔科维亚和那个陌生人。他们陆续吃完饭，起身把碗碟拿到厨房的洗碗机里。有一位老太太起身时说道：“别着急，兄弟，他们洗碗还得洗上一个小时呢。”她板着脸，显得很严厉，没有母性也不慈祥；但她的声音很有感情，显得平等友爱。她没法为他们做什么，只能跟他们说：“别急。”然后就看着他们，眼神里满怀兄弟情谊。

他们也没法为她做点儿什么，也没法再为彼此做什么。

他们回到八号宿舍楼三号房间，长久以来积聚在心中的欲望终于得到了满足。他们甚至都没有开灯；他们都喜欢在黑暗中做爱。第一次当谢维克进入塔科维亚身体的时候，他们马上都达到了高潮；第二次他们不停地变换姿势，狂喜地大声叫喊，尽量地把高潮往后延，就像一个劲地把死亡的时刻往后拖；第三次他们都处于半梦半醒状态，绕着那个带来无限快乐的中心点旋转，绕着彼此的身子旋转，就像两颗行星在盲目地安静地旋转，在强烈的阳光下，绕着共同的重力中心，永无止境地摇摆旋转。

塔科维亚在黎明时分醒了过来。她用手肘支着身子，看了看谢维克身后那方灰色的窗户，然后看着谢维克。他仰面躺着，呼吸极其平静，胸部几乎看不出起伏，晨曦的微光照在他的脸上，他的神色默然又决绝。塔科维亚想：我们跨越了千山万水，再次重逢。我们总是这样，总是能跨越遥远的距离，跨越时间，跨越命运的深渊。因为他远隔千山万水来到这里，什么都不能把我们分开，什么都不能，空间、时间，没有什么距离能远过我们之间本已存在的差距，性别的差距，我们身体和精神的差别；这个差距、这道鸿沟，我们通过一个眼神、一次抚摸、一句话便可跨越，这是世界上最容易不过的事情。看他离我有多远啊，睡着的时候，看他离我多远啊，他总是离我很远。可是他回来了，他回来了，回来了……

塔科维亚跟察喀尔医院打过招呼，说自己要走了，不过在找到接替的人之前，她还一直去实验室上班。她每天值八个小时的班——在168年第三个季度，很多人仍然坚守在紧急岗位上，长时间地工作着。因为虽然旱情在167年便已结束，经济却远未恢复到原先的水平。“多干活少吃饭”仍然是这些从事着专业工作的人们的准则，不过，在你干了一天活之后终于能吃饱饭了，这在一年或者两年前都是不可能的。

谢维克这段时间什么也没做。他倒没有觉得自己生病了，在经历了四年的饥荒之后，每个人都已经习惯了身体的不适以及营养不良，觉得这样是最正常不过的事。他现在患有南方沙漠地区的地方病尘咳，一种类似于硅肺病的慢性支气管炎以及其他一些矿工职业病，在他生活的地方这些也是人们所习以为常的。他只是很高兴，如果自己不想做事情，那就可以不做。

好几天以来，白天他和谢鲁特待在房间里，两个人都睡到太阳快落山才起床。谢鲁特四十岁，性情平和，后来她搬去跟另外一个上夜班的女伴一起住了。他们在察喀尔停留的最后四旬时间里，谢维克和塔科维亚拥有了自己的房间。塔科维亚上班的时候，他要么睡觉，要么去野外那些干燥的光秃秃的山上走走。傍晚的时候他经过学习中心，看着萨迪克和别的孩子在操场上玩耍，有时候也参与到孩子们中间去跟他们一起活动——大人们常常这么做——一帮七岁孩子组成的热闹非凡的木工组，或者是两个沉静的十二岁的测量员，在进行三角测量时遇到了麻烦。然后他跟萨迪克一起回家，随后他们去接塔科维亚下班，接着一起去澡堂，再去食堂。饭后一两个小时之后，他和塔科维亚把孩子送回学生宿舍，然后回家。在这样的秋阳之下，在这样静谧的群山之间，这样的日子真是平静祥和。在谢维克看来，这是时间以外的时间，在时间流之外，那么虚幻、永恒，似乎被施加了魔法。他和塔科维亚有时候会聊到很晚；有时候他们天黑不久就上床，伴着山间幽深、澄澈、静谧的夜晚，睡上十来个小时。

他来的时候随身带着行李：一个破旧的纤维板小箱子，他的名字用黑墨水大大地写在上面；阿纳瑞斯人出门在外时都会随身携带各种文件、纪念品、一双换洗靴子，放在同样的一个橙色纤维板做成的箱子里，箱子上全是刮痕和凹痕。他的箱子里还放着他回阿比内时取的一条新衬衣、两本书和一些论文，另外还有一样古怪的东西。这东西放在箱子里，似乎就是一连串的线圈和几颗玻璃珠子。到这儿的第二天晚上，他神神秘秘地把这个东西拿出来给萨迪克看。

“是一根项链。”孩子带着敬畏说道。小镇上的人们常常会戴着很多珠宝。而在复杂世故的阿比内，人们得更小心地在无产原则以及装扮自己的冲动之间取得平衡，在那里一枚戒指或是一个发夹就是体现好品位的极限了。可在别的地方，不必担心美化自己同有产之间的深层次关联；人们可以随心所欲地装扮自己。多数地区都会有一位为爱和荣誉工作的专业宝石匠，也会有一间工艺品店铺。你可以依照自己的品位，来对手里有限的原料进行加工——铜、银、珠子、尖晶石以及南台的石榴石和黄钻石。萨迪克虽然没有见识过什么很漂亮很精致的东西，但也知道项链这种物事，所以以为这个就是项链。

“不是的。看。”她爸爸说道，一边郑重地灵巧地将那根连接着不同线圈的线提起来。那个东西在他手里就活起来了，那些线圈自由地旋转着，在空中陆续地画出一个个的圆圈，玻璃珠子在灯光下闪闪发光。

“哦，好漂亮！”孩子说，“这是什么呢？”

“要让它从天花板上垂下来。有钉子吗？在我去补给站要到钉子之前，先用衣帽钩吧。你知道这是谁做的吗，萨迪克？”

“不——是你做的。”

“是她做的，妈妈，是她。”他转过身，对着塔科维亚，“这一个是我最喜欢的，以前就挂在我的书桌上方。我把其他的都给比达普了。我可不想把它们留给走廊那头那个——她叫什么来着——嫉妒老妈妈。”

“哦——布努波！我有好多年没想起过她了！”塔科维亚笑得身子直颤。萨迪克站在那里，看着那个东西在安静地旋转，努力要达到平衡。“我希望，”她终于小心翼翼地开口了，“有一天晚上我可以把它吊在我宿舍的床上头。”

“我会给你做一个的，亲爱的。你每天晚上都能看到。”

“你真的会做吗，塔科维亚？”

“呃，我以前做过。我想我现在还可以给你做一个。”塔科维亚眼里已经闪出了泪花。谢维克伸出胳膊搂住她。到了现在，他们也还是那么敏感、那么情绪化。萨迪克用冷静的目光打量了他们一会儿，然后转过身去看着“占领无人区”。

每天晚上，就剩他们俩的时候，他们常常会谈起萨迪克。因为一直以来没有其他亲密的人在身边，塔科维亚对孩子有些太过关注了，一名母亲的雄心和焦虑淡化了她原本强烈的公共意识。对于她来说这是很不正常的。竞争欲同保护欲在阿纳瑞斯人的生活中都不会很强烈的。她很乐意通过倾吐来消除自己的烦恼，有谢维克在，她终于可以这么做了。最初那几个晚上，大部分的时间都是她在说话，他则安静地聆听，也不急于给出回应，就像听音乐、听流水的声音一样。这四年以来，他一直沉默寡言，已经没有了交谈的习惯。她把他从沉默中释放了出来，一直以来都是这样。后来就变成大部分时间都是他在说了，不过前提是有她的回应。

“你还记得蒂里恩吗？”有一次他问道。屋里很冷，现在已经是冬天了，他们这间屋离宿舍楼的暖气炉最远，就算把节气门完全打开也不够暖和。他们把两张床上的被褥全归拢到了靠近暖气的那张床上，两人搂在一起，裹得严严实实。谢维克穿着一件洗过好多遍的很旧很旧的衬衣，因为他喜欢坐着，这样可以让胸部保持暖和。塔科维亚什么也没穿，耳朵以下全都裹在毯子里。“那条橙色毯子呢？”她问道。

“真是个资产者！我没拿。”

“留给嫉妒大妈了？真是让人伤心。我不是资产者。我只是念旧，那是我们一起盖过的第一条毯子。”

“不是的。我们在尼希拉斯应该盖过一条毯子的。”

“就算是，我也不记得了。”塔科维亚笑道，“我们刚刚说什么来着？”

“蒂里恩。”

“不记得了。”

“在北景地区学院。那个黑黑的男孩，翘鼻头……”

“哦，蒂里恩！当然记得。我以为你说的是阿比内的人呢。”

“我看到他了，在西南区。”

“你看到蒂里恩了？他怎么样？”

谢维克沉默片刻，一个手指顺着毯子的纹路摸索着。“记得比达普说的关于他的情况吗？”

“他不停地被派去做‘克莱吉克’，在不同的地方，最后去了赛格维纳岛，是吧？他后来的行踪达普就不知道了。”

“你看过他写的那个剧吗，就是给他惹来麻烦的那个？”

“是你离开之后那个夏季戏剧节？没错。我记不太清了，时间过去太久了。挺无聊的。蒂里恩是很机智诙谐，但这个剧很无聊。是关于一个乌拉斯人，没错。这个乌拉斯人藏在前往月球的货运飞船上的水培箱里，靠一根麦秆来呼吸，饿了就吃那些植物的根。我告诉过你很无聊的！他就这样偷渡到了阿纳瑞斯。然后他就四处奔走，想去补给站买东西，想把东西卖掉。他积攒了很多金块，后来金块太多，他搬不动了。于是他只好待在原地，后来他建起了一座宫殿，自称是阿纳瑞斯的主人。其中有一场特别搞笑，他想要跟一个女的上床，那个女的双腿大张，做好了准备，可是他却不行，非得先给这个女的一些金块，付钱给她。可这个女的却又不想要。那个场面很搞笑，那个女的猛地躺倒，摇着大腿，那个男的扑到她身上，然后突然蹦起来，好像被咬了一口似的，一边说：‘不可以！这是不道德的！这不是好生意！’可怜的蒂里恩！他那么幽默，那么有活力。”

“他自己演那个乌拉斯人？”

“是的，他演得太棒了。”

“他给我演过这个剧，很多次。”

“你在哪里遇到他的？大峡谷？”

“不是，在那之前，在急弯。他在工厂看门。”

“是他自己的选择吗？”

“我不认为蒂里还能自己做选择，到那个时候……比达普一直以为他是不得已才去了赛格维纳，觉得是别人逼着他提出治疗申请的。我不知道是否属实。我看到他的时候，他接受治疗已经好几年了，他这个人已经彻底毁了。”

“你是说他们在赛格维纳对他做了什么？”

“我不知道。我想收容所确实是要为病人提供保护，收容他们。从他们协会的出版物来看，他们至少是利他的。我猜应该不是他们把蒂里逼疯的。”

“那么是什么把他毁了呢？就是因为找不到自己想要的岗位吗？”

“是那个剧。”

“那个剧？那帮讨厌的老家伙们的大惊小怪？哦，可是，能被那种假道学的叱责逼疯，说明你本来就已经疯了。其实他只要充耳不闻就行！”

“蒂里是本来就已经疯了，以我们社会的标准来看。”

“你的意思是……”

“呃，我觉得蒂里是天生的艺术家，不是那种工匠——而是一个创作者。一个创作者，也是一个破坏者，就是那种要颠覆一切的人。一个讽刺作家，通过极度暴烈的方式来进行讴歌创作。”

“那个剧有那么好吗？”塔科维亚天真地问道，身子从毯子底下往外探了一两英寸，一边端详着谢维克的侧影。

“不，我不这么认为。当然，在舞台上表演的时候应该是很有趣的，毕竟他当时只有二十岁。他一直在写这个剧，他再也没有写过别的东西。”

“他一直在写同一个剧？”

“他一直在写同一个剧。”

“哎哟。”塔科维亚的口气有同情也有厌恶。

“每隔两旬时间，他就会来找我，把剧本给我看。我会看一看，或者说是假装在看，然后努力跟他谈一谈剧本的事情。他非常急切地想要谈论这个剧本，可是他做不到，他太害怕了。”

“害怕什么？我不明白。”

“怕我，怕每一个人，怕社会有机体，怕整个人类，怕弃他而去的兄弟们。当一个人觉得自己孤立于所有人之外时，他是会害怕的。”

“你是说，就因为有些人说他的剧不道德，说他不应该得到教帅的岗位，他就认为所有人都在反对他？真够傻的！”

“可是谁支持他呢？”

“达普——他的朋友们。”

“可他失去了他们。他被派到别处了。”

“那么他为什么不拒绝呢？”

“听我说，塔科维亚。我以前也是这么想的。我们总是这么说，你也说过——你应该拒绝去罗尔尼。我人一到急弯，马上就说：我是一个自由的人，不用非得来这里！……我们总是这么想，这么说，但我们没有付诸实践。我们把自己的自主性牢牢地锁在大脑里，就像一间我们随时可以进出的房间，一边说：‘我不是非得去做什么事情，我自己做决定，我是自由的。’然后我们离开大脑里那个小房间，去了PDC派我们去的地方，一直待下去，直到下一次派遣。”

“哦，谢夫，不是这样的。这是旱情发生之后才有的情形。在那之前，没有那么多派遣，一半都不到。人们只在需要自己的地方工作，参加或者自己组织某个协会，然后在分配处登记注册。分配处大部分的派遣都是针对那些愿意分在普通劳力组里的人。现在，一切很快就会恢复原状了。”

“我不知道。当然，应该是这样的。可即便在饥荒之前，事情也不完全是照着这个方针发展，而是背离这个方针的。比达普是对的：每一次紧急事件，甚至每一次劳力分配方案，都会让PDC向着官僚机器更近一步，变得更加僵化；PDC一直就是这样运作的，现在也是这样，它必须这么运作下去……在旱情发生之前，很多事情就已经是这样了。这五年来严格的管制也许已经让这种情况成为永远的定式。不要摆出这么怀疑的神情！我问你，你知道有几个人拒绝接受调派的——就算是饥荒之前？”

塔科维亚思考了一下。“‘那曲尼比’不算吧？”

“不，‘那曲尼比’是很重要的拒绝派遣的一类人。”

“呃，达普的几个朋友——那个人很好的作曲家萨拉斯，还有几个邋遢的家伙。我小时候，环谷来过一些真正的‘那曲尼比’。我一直在想，他们肯定是在撒谎。他们的谎话和故事都那么动听，还会算命，他们在的时候，每个人都很喜欢他们，愿意收留他们，给他们吃的。可是他们从来都待不长。不过总有些人会收拾行李离开镇子，通常都是小孩，他们有些人就是因为讨厌农活，他们就离开岗位，走了。任何时候，任何地方都有人在这么做。他们不停地前进，寻找一些更美好的东西。你不能把这个称作拒绝派遣！”

“为什么？”

“你要说什么呢？”塔科维亚咕哝着，往毯子里头再缩了缩。

“呃，这个，我要说的就是，我们都羞于说出我们拒绝派遣。社会意识完全支配了个人意识，而不是两者取得平衡。我们不是在协作，我们是在顺从。我们害怕被遗弃，害怕别人说我们懒，说我们没用，说我们以自我为中心。我们对邻居评价的惧意，更甚于我们对自己选择自由的敬意。你不相信我，塔科，可是试一试，试着跨过那条线，想象一下，看看你会有什么感受。你会认识到，蒂里恩到底是怎样的人，他为什么会崩溃、会失落绝望。我们制造了犯罪，跟那些资产者一样。我们把一个人赶出了我们认同的圈子，然后为此而声讨他。我们发明了法律，常规行为的法律，在我们身边筑起了墙壁，我们却看不到这些墙壁，因为它们已经成了我们思想的一部分。蒂里却不这样。我从十岁开始就认识他了。他从来没有这样，他从来没有筑起过墙壁。他是一个天生的叛逆者，他是一个天生的奥多主义者——真正的奥多主义者！他是一个自由的人，而我们，他的兄弟们，因为他第一次的自由行动而惩罚他，逼疯了他。”

“我觉得，”塔科维亚把自己裹在毯子里，一副自卫的神色，“蒂里不是很坚强。”

“是的，他极度脆弱。”

然后是长久的沉默。

“难怪他老找你。”她说，“他的剧本，你的书。”

“可是我比他幸运。科学家可以宣称他的作品并不是他自己的想法，而是不带私人色彩的事实。一个艺术家却无法拿事实来打掩护，他无处遁形。”

塔科维亚斜着眼睛看了他一会儿，翻身坐起，把毯子拉到下巴那里，裹住整个身子。“啊！好冷啊。我错了，是吗，关于那本书？让萨布尔把书删节并署名。这么做似乎是对的，似乎是更多考虑了工作而非做工作的人，考虑了自尊而非虚荣，团体而非自我，好像是这样。可事实上却不是这样，对吗？事实上是投降，向萨布尔的权力投降。”

“我不知道。可是书确实出版了。”

“结果是正当的，方法却是错误的！谢夫，我想这件事想了很久，在罗尔尼的时候。我来告诉你问题出在哪里。我当时怀孕了，孕妇是没有什么道德观念的，只有最原始的牺牲冲动。什么书啊，伴侣啊，事实啊，如果它们威胁到了宝贝的胎儿，那就都见鬼去吧！这是维护血统存续的一种冲动，可这种冲动跟团体是冲突的。这冲动是生物学意义，不是社会学意义的。男人很幸运，他们不会受到这种冲动的控制，所以对此他应该能比女人有更好的认识，可以保持警惕。我想这就是以前的统治阶级将女人看作一种财产的原因。女人为什么甘愿如此呢？因为她们时刻处于怀孕状态——因为她们已经被占有、被奴役了！”

“也许是这样，可我们这个社会，是一个真正的团结的共同体，奥多的精神无处不在。做出这个承诺的是一个女人！你现在在做什么——纵容自己的内疚感，让自己在泥沼中打滚吗？”他的原话其实不是“打滚”，因为在阿纳瑞斯没有在泥沼中打滚的动物；他用的是一个复合词，字面意思是“不停地往身上粘上厚厚的粪便”。普拉维克语很灵活又很精确，说话者经常在不知不觉间就会说出一个生动的比喻。

“呃，不是的。有了萨迪克，感觉真好！可是关于那本书，我做错了。”

“我们都做错了。我们总是一起犯错。你不会真的以为，是你帮我做的决定吧？”

“在那件事情上，我想是的。”

“不是的。事实是，我们俩谁也没有做决定，我们谁也没有做出选择。我们让萨布尔为我们做了选择。盘踞在我们自己内心的那个萨布尔——传统，道德观强，害怕被社会抛弃，害怕与众不同，害怕享有自由！呃，以后再也不会了。我虽然学得很慢，但还是学到了。”

“那你打算怎么做？”塔科维亚问道，她的声音因为欢欣激动而颤抖。

“和你一起回阿比内，组建一个协会，一个印刷协会。把《共时理论》完整印刷出来，还有其他我们想印刷的东西。比达普的《关于开放式教育科学的设想》，PDC是不想出版的。还有蒂里恩那个剧本，这是我欠他的。他让我明白了监狱的概念，让我明白是谁建造了监狱，那些建造起墙壁的人就是自己的囚徒。我要发挥我在社会有机体中应有的作用。我要去摧毁那些墙壁。”

“风好像大了。”塔科维亚缩在毯子里说道。她偎依在他身上，他伸出手拥住她的肩膀。“我想是的。”他说。

塔科维亚入睡了之后，谢维克还久久地保持着清醒，他双手枕头，眼前一片漆黑，耳边一团安静。他想起了自己在沙漠里的长途跋涉，想起了沙漠里的起伏地面和海市蜃楼，想起了那个司机光秃秃的褐色脑袋和率直眼神，他说过，人应当跟时间合作，而不是与之作对。

在过去这四年里，谢维克对自己的意志力多了一些了解。正是在意志力受挫的时候，他了解到了它的强大力量。社会的或者道德的强迫力量都无法同它抗衡，甚至连饥饿也无法将它压制下去。他拥有的东西越少，他存在的必要性就变得越纯粹。

他认识到了这种必要性，用奥多主义的词汇来说，这是他的“细胞功能”，这是个人特性的类比说法，即他最擅长的工作，他做这个工作便可以为社会做出最大的贡献。一个健康的社会应该允许他自由发挥最适合自身的功能，与此同时其他所有人的这种功能也得到了充分的利用。这是奥多《类推》一书的核心思想。阿纳瑞斯这个奥多主义社会虽然不甚理想，但在他看来，自己对这个社会的责任并没有因此减少，相反还增加了。没有国家这种荒诞的事物，社会同个人之间的互动及互惠关系就越发清晰了。个人也许必须做出牺牲，但绝不会是妥协：因为尽管唯有社会才能予人以安全感、稳定感，却唯有个人，每一个人，才有力量做出道德选择——这是一种改变的力量，是生命最本质的作用。按照奥多主义的观点，社会就是永不停息的变革过程，而变革正是源自善于思考的头脑。

谢维克之所以能想到这些，是因为他在内心深处已经是一个纯粹的奥多主义者了。

到现在，他已经很肯定，他对于创新那种激进的、毫无保留的愿望，从奥多主义的角度来看，是完全正当的。他对于自身工作那种原始的责任感，并不会像他曾经以为的那样，把他跟同伴、跟这个社会割裂开来。相反，这种责任感会把他跟他们彻彻底底地联系到一起。

同时他还觉得，一个人对某件事物有了责任感，就应当把这种责任感施加到其他所有事物上。仅仅将自己看作这件事物的工具，为了它而牺牲其他所有的义务，那是不对的。

这种牺牲就是刚才塔科维亚谈到的，她意识到自己怀孕的时候做出了这样的牺牲，她刚才的语气中有某种厌恶和自责，因为她也是一个奥多主义者，在她看来，将手段同最终结果分割开来，是不对的。对他们而言，终点并不存在。存在的只有过程，过程即全部。你前进的方向也许很有希望到达终点，也许是错的，但是在你出发的时候并未想过要在哪里停下。这样一来，你心目中所有的责任，所有的承诺便都有了实际的意义和坚持的韧性。

正因为此，他跟塔科维亚彼此的承诺，他们的关系，在经历了四年的离别之后，依然保有着全新的活力。他们都因此受过苦，受过很多的苦，但是他们谁也没有想过，要背弃承诺以逃避苦难。

现在，躺在塔科维亚温暖的身子旁边，他又想，毕竟，他们追寻的都是快乐——也就是完满的生命。如果你逃避了苦难，那也就错过了得到幸福的机会。你也许可以得到感官乐趣，甚至很多乐趣，但是你无法达到完满，也不会懂得“回家”这个概念。

塔科维亚在睡梦中轻轻地叹了口气，似乎对他的想法表示同意，然后翻了个身，追寻某个安宁的梦境去了。

完满，谢维克想，是时间的一个作用。对于感官乐趣的寻求是循环的、重复的、不在时间范畴之内的。旁观者、寻觅刺激者以及性乱者的不同追求都只会得到同样的结果。

它是有尽头的，到了尽头之后又得重新开始。这不是出发和归来，而是一个封闭的循环、一间锁住了的屋子、一间牢房。

这间锁住了的屋子外面就是时间的天地。在这片人类无法居留的天地中，灵魂可以借助运气和勇气，建成脆弱而近于幻想的信念之路、信念之城。

只有在过去和未来的背景之内，行为才具有人性的意义。坚持过去和未来的统一性、将时间连为一体的忠诚信念是人类力量的根基。没有这份信念，人类将一事无成。

所以，回顾过去的四年，谢维克不觉得那是虚度的光阴，而是他和塔科维亚正在用生命修建的大厦的一部分。顺时而行，而不是逆时而行，他想，意思就是，时间没有虚度，痛苦自有其价值。

第十一章
乌拉斯

罗达里德是亚冯省昔日的首府，这个城市给人的印象是尖尖的：先是一片松树林，在松树的尖顶之上，是更为高峻的一大片塔楼。树木掩映下的街道狭窄阴暗，长满青苔，常常都是湿漉漉的。只有站在横跨河流之上的那七座大桥上抬头看，才能看到那些塔楼的顶端。有些楼高达几百英尺，还有一些则像是已经废弃的普通房屋。有些房子是石头砌的，其他的则贴着瓷砖、马赛克、彩色玻璃片或者是铜、锡、黄金的贴片，精致优雅，绚丽夺目，其华丽程度令人叹为观止。乌拉斯世界政府理事会就位于这些梦幻般的迷人街道当中，已经有三百年历史了。许多国家驻世政会及伊奥国的大使馆及领事馆也设在罗达里德，从这里到尼奥埃希拉以及伊奥国政府所在地只有一小时的车程。

地球驻世政会大使馆位于河流城堡，这座城堡坐落在尼奥公路和河流之间，只有一栋低矮简陋的塔楼。塔楼有着方形的屋顶，狭长的水平窗户就像是眯缝着的眼睛。

城堡的外墙经受了一千四百年的风吹日晒和各类武器的侵袭。靠着陆地的这一边有一片黑压压的树林，林木掩映着一条护城河，河上有一座吊桥。吊桥已经被放下，大门也是开着的。阳光刺破河上的雾气，护城河、河流、绿色的草地、黑色的墙面、城堡上方飘扬的旗帜，都在微微地发着光。现在是七点，罗达里德城堡里所有的钟都开始疯狂地加入了报时的行列，钟声悠扬和谐。

河流城堡里有一个非常现代化的前台，前台职员打了一个大大的哈欠。“八点之前我们通常是不开门的。”他干巴巴地说道。

“我要见大使。”

“大使正在吃饭。你必须先预约。”说这话的时候，职员擦了擦自己湿乎乎的眼睛，终于看清了眼前这位访客。他来回转动着下巴，盯着对方，说道：“你是谁？你想要去哪里——要干什么？”

“我要见大使。”

“你等一下。”职员用最纯正的尼奥语音说道。他仍然目不转睛地盯着访客，一边伸手去拿电话听筒。

一辆小车停在吊桥大门与使馆门口之间。几个人走下车来，他们的黑色外套上那些金属配件在阳光下闪闪发光。就在这时候，另外两个人一边说话一边从主楼走进大堂，他们的长相和穿着都很奇怪。谢维克快速绕过前台，急匆匆地冲着他俩奔了过去。“救救我！”他说。

那两个人惊诧莫名地抬起头。其中一个皱着眉往后退了退，另外一个看了看谢维克身后那帮穿制服的人，那些人正在往使馆这边走来。“到这里来。”他冷静地说，一边拉过谢维克的手，走进旁边一间小办公室，关上门。整个过程中他只跨了两步，做了一个手势，干净利落得如同一位芭蕾舞者。“怎么了？你是从尼奥埃希拉来的吧？”

“我要见大使。”

“你参加罢工了吧？”

“谢维克，我叫谢维克，来自阿纳瑞斯。”

这位外星人脸庞是黑色的，眼睛里闪着睿智的光芒。“我的——上帝呀！”地球人压低嗓门叫了一声，接着又用伊奥语说道，“您是要寻求避难吗？”

“我不知道。我……”

“请跟我来，谢维克博士。我带您去一个可以坐下来的地方。”

他们穿过了好几处门厅和楼梯，其间这个黑人一直搀着他的一只胳膊。

有几个人想要帮他脱掉外套，他挣扎着没有同意，担心他们的目的是他衬衣口袋里的笔记本。有一个人用某种外语非常威严地说了句什么，另外一个人便对他说道：“没事的。他只是想看看你是否受伤了。你的外套上沾着血。”

“是别人的，”谢维克说，“别人的血。”

虽然头很晕，他还是努力地坐了起来。他现在躺在一张床上，在一间阳光充足的大屋子里，显然他刚才是晕过去了。两位男士和一位女士站在旁边。他困惑地看着他们。

“你现在是在地球大使馆里，谢维克博士。你在这里，就相当于是在地球上，绝对安全。你想在这里待多久都可以。”

这位女士的皮肤是黄褐色的，就像含铁的土壤的颜色。她身上只有头顶那里有毛发，其他部位都没有毛发。她的脸很奇怪，像个小孩子，嘴巴小小的，鼻梁很低，眼睛上覆盖着长长的完整的眼睑，脸颊和下巴圆润丰满。她的身形也很圆润柔软，如同小孩子一般。

“你在这里很安全。”她又说了一遍。

他想开口说话，却说不出来。有一位男士伸手在他的胸部轻轻地推了一下，说道：“请躺下，请躺下。”他依言躺下，嘴里仍轻声地说道：“我要见大使。”

“我就是大使，我叫肯恩。很高兴你能来找我们。你在这里是安全的。现在请好好休息，谢维克博士，我们可以稍后再谈。不用着急。”她的声音有点儿奇怪，像在唱歌，不过也有一点儿沙哑，跟塔科维亚的声音很像。

“塔科维亚。”他用自己的语言说道，“我不知道该怎么办。”

她说：“睡吧。”于是他就睡着了。

两天吃饱睡足的日子之后，他把自己那套灰色的伊奥国服装穿了回去——他们已经帮他洗熨过了——随后被带到了城堡三楼的大使私人会客室里。

大使没有向他鞠躬，也没有跟他握手，只是把双手交叠放在胸前，笑着说：“很高兴你恢复了健康，谢维克博士。不，我应该只叫你谢维克，是吧？请坐。很抱歉我只能用伊奥语——这种语言对我们双方来说都是外语——跟你交谈。我不会讲你的语言。我听说那是最有趣的一种语言，是唯一一种依照逻辑创造出来并为一个伟大民族所用的语言。”

在这位温文尔雅的外星人身边，他觉得自己的身子非常笨重，而且整个人毛茸茸的。他在一把椅子上坐下来，屋里有很多这样很深的软椅。肯恩也坐下来，她同时还做了个鬼脸。“我的背都快驼了，”她说，“因为老坐这种舒服的椅子！”谢维克这才意识到她并不像自己原先以为的那样不到三十岁，她其实已经六十开外了。她光洁的皮肤和孩子一般的体形将他蒙蔽了。“在我的家乡，”她继续说道，“我们一般就坐在地上的垫子上。可如果我在这里也那么坐的话，那我就得更频繁地仰视每一个人了。你们西蒂安人都那么高！……我们有一个小问题。其实这不是我们的问题，是伊奥政府的问题。在阿纳瑞斯，你的同伴，你知道，那些跟乌拉斯保持无线电通信的人，一直在迫切地要求跟你交谈。伊奥政府非常尴尬。”她笑了笑，笑容里透着纯粹的愉快心情，“他们不知道该说什么。”她很平静，就像一块长期被水冲刷的石头。盯着她看的时候，你也会觉得心情平静。

谢维克靠回到椅背上，思索良久才开了口。“伊奥政府知道我在这里吗？”

“呃，没有正式知会他们。我们什么也没说，他们也没有问。不过使馆里有好几位伊奥国的职员和秘书。所以，他们当然是知道的。”

“对你们有危险吗——我在这里？”

“哦，没有。我们是驻世政会大使馆，不是驻伊奥国的。你完全有权利到这里来，理事会其他成员国会强迫伊奥国认可这一点。而且我已经说过，这个城堡是地球的领土。”她又笑了笑，光洁的脸庞上起了很多的小褶子，随后又平复如初，“外交官的美妙幻想！这座距离我的星球十一光年的城堡，这间位于托西蒂星系乌拉斯行星伊奥国罗达里德某个城堡中的屋子，是地球的领土。”

“那么，你们可以告诉他们我在这里。”

“好的。这样会让事态简单化。我是希望能先征得你的同意。”

“没有……给我的信息吗，来自阿纳瑞斯的？”

“我不知道。我没有问。之前我没有从你的角度考虑过这个问题。如果你担心什么的话，我们可以通过无线电向阿纳瑞斯发送信息。我们当然知道你的同伴所用的波长，不过我们从来没有用过，因为没有人邀请我们这样做。看起来，最好的做法是别太着急。不过，我们很容易就可以为你安排一次通话。”

“你们有发射机？”

“我们可以通过我们的飞船转播——绕着乌拉斯轨道运转的海恩

飞船。你知道，海恩和地球是盟友。海恩大使知道你在我们这里，他是我们正式知会的唯一一个人。因此，你可以随便使用飞船上的无线电装置。”

他诚恳向她表示感谢，思想纯朴的他向来不会去揣摩别人帮助背后的居心。

她打量了他一会儿，目光很精明、很直接，同时又意味深长。“我听过你的演讲。”她说。

他看着她，目光迷离恍惚。“演讲？”

“就是你在国会广场那次大游行中的讲话，一周前的这一天。我们一直在收听地下电台，收听社会主义活动家和自由论者的广播。当然喽，他们报道了那次游行。我听到了你的演讲，非常受感动。然后就是一片杂音，一片奇怪的杂音，我们能够听到人群开始喊叫。广播里也没有做任何的解释，只能听到尖叫声，随后这个声音就戛然而止。真是太可怕了，听这样的广播真是太可怕了。而你当时就在现场。你是怎么逃离那里的呢？你是怎么逃离那个城市的呢？老城区现在仍然处于封锁状态，在尼奥有整整三个团的军队，每天都有上百个罢工者和嫌疑犯遭到逮捕。你是怎么到这里来的呢？”

他含糊地笑了笑。“坐出租车。”

“这样就能通过所有的检查站？你还穿着那件沾血的外套呢？而且所有人都认得你。”

“我躲在后排座位底下。那辆出租车已经被征募了，是这么说的吧？有人确实为我冒了很大的风险。”他低头看着自己放在腿上紧握着的双手。他非常安静地坐着，说话也很小声，不过透过他的眼睛和唇边的皱纹，还是能看出他内心的紧张和不安。他思索片刻，继续用那种漠然的方式说道：“最初运气不错，在我走出藏身地的时候。

我很幸运，没有马上被抓住。不过，接着我又去了老城区，那之后就不光是运气了。他们帮我计划该去哪里、怎么去，他们冒了很大的风险。”他用自己的语言说了一个词，接着又将它翻译了过来，“团结……”

“真是奇怪。”地球大使说道，“我对你们的世界几乎一无所知，谢维克。因为你们不允许我们去你们的星球，所以我所知道的，只是乌拉斯人所告诉给我们的。当然喽，我知道那个星球很贫瘠、很荒凉，知道那个聚居地是如何建立起来的，知道那是一个无政府共产主义的试验品，也知道它已经存在了一百七十年。我读过一点儿奥多的著作，不是很多。我曾经以为，那个社会不过是一个有趣的实验，它非常遥远，对于乌拉斯现在发生的事情来说根本无足轻重。可是我错了，是吧？它是很重要的。也许阿纳瑞斯是乌拉斯的答案……尼奥的革命家们，他们这么做也是出于同样的传统。他们罢工，不只是为了提高工资、反对征兵。他们不仅仅是社会主义者，还是无政府主义者；他们罢工是为了反对强权。你看，这次游行的规模，公众对游行的深切同情，还有政府的恐慌反应，似乎都让人非常难以理解。为什么会有如此强烈的暴乱？这个国家的政府并不专制暴虐。有钱人确实有钱，不过穷人也并不是那么穷，他们没有受到奴役，也没有忍饥挨饿。为什么面包和演讲不能让他们心满意足呢？他们为什么要那么过于敏感呢？……现在我开始明白为什么了。不过有一点仍然无法解释，那就是，伊奥政府明明知道这种革命的传统依然很有活力，也知道工业城市中民众的不满，却还要让你来到他们国家。这就好比往火药厂里扔了根火柴啊！”

“我并没有接近火药厂。他们让我远离平民，生活在学者和有钱人中间。我不会看到穷人，也不会看到任何丑陋的东西。我被包进了一张棉纸里，再包进一个盒子里，外面是纸箱子，再外面还有塑料膜，就像这里所有的东西一样。按他们的设想，我应当在那里过得很开心，做自己的工作，这个工作在阿纳瑞斯我无法做。等这个工作完成之后，我应当把成果交给他们，然后他们就可以拿这个来威胁你们了。”

“威胁我们？你是说，地球，还有海恩，以及其他外太空政府吗？他们拿什么来威胁我们呢？”

“消除空间技术。”

她沉默片刻。“那就是你在做的工作？”她用她那温柔、愉快的声音说道。

“不，我做的不是这个！首先，我不是发明家和工程师，我是一个理论学家。他们想从我这里得到的是一个理论，一个时间物理学的统一场理论。你知道这个吗？”

“谢维克，你们西蒂安的物理学，你们的贵族科学，我一无所知。数学、物理和哲学都不是我的专业，而你们的物理学似乎就是包括这些，还有宇宙哲学，以及其他的一些东西。不过，你说的共时理论我还是知道的，正如我知道相对论一样；就是说，我知道，从相对论可以得出一些伟大的实践成果；所以我想，你的时间物理学应该也能让某些新科技成为现实。”

他点了点头。“他们想要的，”他说，“就是事物在空间的瞬时迁移。跃迁，你看，也就是没有空间移动和时间间隔的太空旅行。按我看，他们将来终究是可以做到这一点的，但不会是借助我的公式。不过，如果他们愿意的话，倒可以借助我的公式制造出即时通信仪。人类无法跨越广大的时空，思想却能够。”

“什么是即时通信，谢维克？”

“这是一种概念。”他微微笑了笑，但心情并不怎么好，“那应该是某种仪器，可以让太空中某两点之间的通信没有任何的延时。信息当然不是由仪器本身传输的；共时性就是同一性。但是根据我们的理解看来，这种共时就表现为一种传输、发送的过程。因此我们可以借助这个仪器在不同的星球之间进行谈话，不必像电磁波信号一般要花很长时间来发送和接受信号。那其实是一个非常简单的东西，就像一种电话。”

肯恩笑了起来。“对物理学家来说才简单吧！那么说，我可以拿这个——即时通信仪，对吧？——跟我在德里的儿子通话喽？还有我的孙女，我离开地球的时候她才五岁，我搭乘接近光速的飞船从地球来乌拉斯的路途上，她已经又长了十一岁了。我能够知道现在家里发生的事情，而不是十一年前的陈年旧事，我们可以做出决定，可以跟别人达成共识，可以分享信息。我可以跟齐佛沃尔的大使交谈，你可以跟海恩的物理学家交谈，不同星球之间思想的交流不再遥遥无期……你知道吗，谢维克，按我看，你这个非常简单的东西也许可以改变九个已知星球上数十亿人的生活哩？”

他点了点头。

“这让星球联盟有了实现的可能。现在，我们彼此之间间隔着漫长的年月，从一地到另一地要花上几十年，提出问题后，得到回答也得等上几十年。你这样就好比发明了人类的交谈！我们可以交谈了——我们终于能够一起交谈了。”

“到时候你会说些什么呢？”

他语气中的愁苦让肯恩不知所措。她看着他，没有说话。

他身子前倾，一只手痛苦地揉着额头。“呃，”他说，“我必须向你说明我为什么要来找你，以及之前为什么要来这个星球。我来这里是为了这个理论，纯粹是为了这个理论，来向别人学习、向别人讲授、跟别人分享这个理论。你看，在阿纳瑞斯，我们是与世隔绝的。我们不跟其他人或跟其他外星人交谈。在那里我无法完成我的工作。即便我能够完成，他们也不会想要的，他们不觉得这有什么用处。于是我来到这里。这里有我需要的东西——对话、分享。在光实验室做的那个实验证明了原先无法证明的东西，而来自外星球的一本叫《相对论》的书也提供了我所需要的外来刺激。所以，最后我终于完成了工作。还没有把它写成文字，不过我已经完成了公式和推理，这个理论其实就已经完成了。不过对我而言，这些想法并不是唯一重要的东西。对我而言，我所在的社会也是一个理论，我是被这样一个社会所造就的。这个理论就是自由、变革、人类团结，这同样重要。尽管我很愚钝，最后我还是发现，如果我努力去实现其中的一个抱负，物理学的抱负，那我就背叛了另一个抱负。我就要听任资产者从我这里将真理收买走。”

“那你还能怎么做呢，谢维克？”

“难道除了出卖自己的东西我就别无选择吗？这世上难道没有礼物这样东西吗？”

“有的……”

“你明白吗，其实我想把这个理论给你们，还有海恩和其他的星球，还有乌拉斯星球上的各个国家，给你们所有人？那样的话，你们谁也不能够借此凌驾于他人之上，也不能让自己变得更加富有、打更多的胜仗，伊奥国就是这么想的。那样，你们就不能将这个理论用于牟取私利，只能用于谋求公众的福祉。”

“最终，真理通常都是服务于公众福祉的。”肯恩说。

“最终，没错，可是我不愿意等到那时候。我只有一次生命，不希望将它耗费在贪得无厌、牟取私利和无休止的谎言上。我不会为任何一个主子卖命的。”

跟他们谈话之初相比，肯恩的平静已经显得很勉强，更像是一种装出来的样子了。谢维克的人格力量强大得令人生畏，任何自我警示的意识或是自我防卫的考虑都不能将其遏制。她被他深深地震撼了，看他的眼光中已经带上了同情和一定程度的敬畏。

“造了你的那个社会，”她说，“是什么样的呢，会是什么样的呢？我听了你在广场上的演讲，讲阿纳瑞斯，边听边掉泪，不过我当时对你的话并不全信。人们说到自己的家乡、说到远方的某个地方时总是会这样……可是你和其他人不一样。你身上有与众不同的地方。”

“不同的只是想法。”他说，“而且，我也正是基于那样的想法来这里的。为了阿纳瑞斯。我想，既然我的同胞们拒绝去看外部的世界，那我也许可以让其他的人来关注我们。我想我们最好不要被一堵墙隔开，最好能够融入其他的社会，与其他的星球连为一体，彼此互通有无。可是我错了，完全错了。”

“为什么会这样？当然……”

“因为在乌拉斯没有我们阿纳瑞斯人需要的东西！一百七十年以前，我们空着双手离去，我们是对的。我们什么也没带走，因为在这里，只有国家和他们的武器，只有富人和他们的谎言、穷人和他们的不幸。在乌拉斯，一个人没有办法凭着良心公正行事。如果一件事情不能带来利益，那你就没法去做，人人都患得患失，对权力满怀渴望。在彼此不知道或者没搞清楚谁‘级别’更高之前，两个人之间没法互道早安。你不能像兄弟一样对待其他人，你对他们要么利用、要么支配、要么服从、要么欺骗。你不能接触其他人，虽然他们并不会让你一个人独处。没有自由。这是一个盒子——乌拉斯是一个盒子，一个包装盒，包在漂亮的蓝色天空、草地、森林和大城市中间。你打开这个盒子，里头是什么呢？一个灰尘遍布的幽暗的地窖，还有一个死人。这个人一只手被子弹打掉了，因为他向别人伸出了手。最后，我进入了地狱。迪萨尔说得没错，就是乌拉斯，地狱就是乌拉斯。”

他满怀激情，话说得很坦率直接，还带有那么一点点的谦恭。地球大使又一次以那种带有警惕同时又夹杂着同情和惊叹的目光看着他，似乎对他的坦率直接有些无所适从。

“在这里我们都是外星人，谢维克。”她终于开口说道，“我来自一个更为遥远的时空。不过我觉得，对于乌拉斯，我倒没有你那么格格不入……让我来告诉你我是怎么看这个星球的吧。在我，以及所有看到过这个星球的我的地球同胞看来，在所有人类居住的星球中，乌拉斯是最为和善友好、最具多样性、最美丽的一个星球。对于很多人来说，这个星球就像天堂一般。”

她用冷静敏锐的目光看着他，他一言不发。

“我知道，这里有很多邪恶的事物，人与人之间有许多的不公正、贪婪、愚蠢和挥霍。可是，也有很多美好的事物，有美景、活力和成就。一个星球就应当是这个样子！乌拉斯很有活力，非常有活力——虽然有邪恶的一面，却仍然充满活力和希望。难道不是吗？”

他点了点头。

“你来自一个我根本无从想象的世界，我所认为的天堂在你的眼中却是一个地狱，现在，你想不想知道我的世界是什么样子？”

他没有说话，明亮的双眸坚定地看着她。

“我的世界，我的地球，是一个废墟，是被人类毁掉的一个星球。我们拼命繁衍、攫取资源、打仗，最后这个星球上什么也没有了，然后我们开始消亡。我们控制不住自己的欲望和暴行；我们没有好好去适应。我们是自取灭亡，不过首先被我们毁掉的却是这个世界。在我的地球上，森林不复存在。空气是灰色的，天空是灰色的，气候总是很热。当然人还可以住，还是可以住在那里，但是跟这个世界是不一样的。这是一个活的世界，一个协调融洽的世界。我的世界却已经不再和谐。你们奥多主义者选择了沙漠；我们地球人则是自己创造出了沙漠……我们跟你们一样，在沙漠里艰难地生存着。生活非常艰苦！我们现在还有大约五亿人。而在以前一度有过九十亿的人口。随处可以看到昔日城市的废墟。尸体和砖块已经化为尘土，那些小片的塑料却不会——它们同样没有适应。我们失败了，我们这个社会种群失败了。我们现在能在这里，跟其他世界的人类社会平起平坐，全拜海恩人所赐。他们来到我们的星球，给我们帮助，为我们造了飞船，这样我们才能够离开我们那个已然毁灭的世界。他们对我们友善慷慨，就像一个强壮的人对待一个病人一般。海恩人很奇怪；他们的历史比我们其他人类都要悠久；他们的慷慨是没有限度的。他们是利他主义者。他们受着某种负疚感的驱动，虽然我们也犯下了很多罪行，却还是无法理解他们这种负疚感。我想，他们所做的这一切，都是在受着他们的过去、他们无尽过去的驱动。呃，我们挽救了一切还可挽救的东西，在地球的废墟上努力生存下来，用的是唯一可行的一种方法：完全的集中化，对每英亩土地、每小片金属、每盎司燃料实行完全的集中化管理。完全的配给制：控制生育、实施安乐死、全面征召劳动力。为了整个种族的延续，对每一个人实行完全的管辖。海恩人来的时候，我们的目标已经基本实现了。他们给我们带来了……一点点的希望，不是很多。我们已经挺过来了……我们只能以局外人的身份，看着这个辉煌的世界、这个充满了生机的社会、这个乌拉斯星球、这个天堂。我们所能做的只是对它表示赞叹欣赏，也许还有那么一点点的嫉妒。别无其他。”

“那么阿纳瑞斯呢，你听我谈过阿纳瑞斯——阿纳瑞斯对你意味着什么呢，肯恩？”

“不意味着什么，谢维克。在几百年之前，在阿纳瑞斯社会形成之前，我们就已经失去了成为阿纳瑞斯的机会。”

谢维克站起身，走到一扇窗旁。跟塔楼里其他窗户一样，这扇窗是水平狭长的。窗下的墙壁上有一个地方是凹进去的，弓箭手可以踩在这里，瞄准大门口的进攻者；如果不踩着这个，你就只能看到被阳光照射之后略带薄雾的天空。谢维克站在窗子底下往外张望，阳光溢满了他的眼睛。

“你没有理解时间的概念，”他说，“你说过去已经过去，将来则是虚幻，一切都不会改变，不再有希望。你认为阿纳瑞斯是遥不可及的将来，你们的过去则无法改变。所以真实的只有当下，只有这个乌拉斯星球，这个富有的、真实稳定的当下，只有现在这一时刻。你认为这才是能够拥有的！你对此有一点点的嫉妒。你认为这是你想要拥有的东西。可是你知道，这并不真实、不稳定、不可靠——没有东西是稳定可靠的。事物在不停地变化。你无法拥有任何东西……而且，你最不可能拥有的东西就是当下，除非你同时接受过去和将来。过去和将来，将来和过去！因为它们也是真实的：只有认可了它们的真实性，当下才成其为真实。如果你不认可阿纳瑞斯的真实存在，不朽的存在，你就无法达到这个目的，甚至无法理解乌拉斯。你说得没错，我们就是答案。可是当你那么说的时候，你并不是真的这么认为。你不相信阿纳瑞斯，你不相信我，尽管我就站在你身边，就在这间屋子里，就在这一刻……在这个问题上，我那个世界其他人是对的，而我却错了；我们是不能接近你们的。你们不会让我们这么做。你们不相信变革，不相信机会，不相信发展。你们会毁了我们，而不是承认我们的真实存在，承认希望的存在！我们不能接近你们。我们只能等着你们来找我们。”

肯恩的脸上浮现一种大受震动、若有所思的表情，也许还有那么一点点的眩晕。

“我不明白——我不明白。”最后她终于说道，“你就像我们世界以前的有些人，古时候的理想主义者、梦想自由的人；不过我还是听不懂你说的话，好像你跟我说的是未来的一些事情，可是，正如你所说，你就在此时此地！……”这话表明了她头脑的敏锐，过了一会儿，她又说道：“那你为什么来找我呢，谢维克？”

“哦，把那个思想给你，你知道，就是我的理论，免得它沦落为伊奥人的财产，沦落为某种投资或武器。如果你愿意，最简单的方法就是将这些公式广播出去，将它们发给这个星球上所有的物理学家，还有海恩人和其他那些星球。尽快。你愿意这么做吗？”

“愿意之至。”

“只有几张纸的篇幅，论证以及某些相关的东西篇幅也许会长一些，不过那个可以以后再弄出来，而且就算我不能去做，其他人也可以把它们弄出来的。”

“可是，这之后你的打算呢？你是想回尼奥去吗？这个城市现在显然已经恢复平静了；起义似乎被镇压下去了，至少目前是这样；不过我很担心伊奥政府会将你视为起义者。当然，还有舍国……”

“不，我不想在这里待下去了。我不是利他主义者！我想回去，如果你还愿意帮我的话。没准儿伊奥人也愿意送我回去，按我看，他们有理由这么做：他们想让我消失，想要否认我的存在。当然，他们也许会觉得杀了我或是把我终身监禁更加省事。我还不想死，更不想死在这个地狱里。死在地狱里的话，灵魂会去哪里呢？”他笑了起来，态度又变得温柔亲切。“不过如果你们愿意送我回去，我想他们也会松口气的。你知道，死去的无政府主义者会成为烈士，名声不朽几百年。而那些从人们视野中消失的，则很快就会被遗忘。”

“我曾经以为自己理解‘现实’的含义。”肯恩说。她微微笑了笑，不过并不自在。

“既然你不理解希望，那么你怎么能够理解现实呢？”

“谢维克，评价我们时不要太过苛刻。”

“我没有对你们做评价。我只是请求你们的帮助，对此我是无以为报的。”

“无以为报？难道你的理论不是吗？”

“将它同一个人的自由灵魂相比，”他转过身子面对她，“孰轻孰重呢？你能判断出来吗？我不能。”

第十二章

阿纳瑞斯

“我想要提出一个提案，”比达普说，“来自首创协会。你们知道，我们跟乌拉斯通过无线电进行联络已经大约二十旬了……”

“你们居然不顾委员会和防卫协会的劝阻，以及多数在册人员的反对！”

“是的。”比达普说，他上下打量着发言的人，不过对于自己的话被打断并没有表示抗议。PDC会议的议会程序并没有固定规则，常常是打断多于陈述。如果把那种安排得当的行政会议比作一幅细致复杂的布线图，这样的程序就是一大块的生牛肉。不过在它自己的位置上——在一个活生生的动物体内——生牛肉可比布线图作用大得多。

比达普很清楚自己在进出口委员会都有哪些老对手，他已经在这里跟他们斗了三年了。现在发言的是新来的一个年轻人，也许是刚刚通过抽签进入PDC的。比达普大度地看了看他，接着说道：“我们不要再老调重弹了，可以吗？我这是一个新提议。我们收到了乌拉斯某个团体发来的一个有趣信息，是通过我们在伊奥国的联络人所用的波长发过来，但却不是在预定的联络时间内，而且信号很弱。那似乎是从一个叫本比利的国家发出的，而不是伊奥国。这个团体自称为‘奥多主义社会’。显然他们是大移居之后的奥多主义者，在乌拉斯法律和政府的高压之下以某种方式悄悄存在着。他们称这个信号是发给‘阿纳瑞斯的兄弟们’的。你们可以在协会的公告栏上看到这则信息，很有意思。他们询问是否可以派人到这里来。”

“派人到这里来？让乌拉斯人到这里来？来当间谍吗？”

“不，是来定居。”

“他们想要再来一次移居，是吗，比达普？”

“他们说自己被他们的政府所管制，希望能够……”

“再来一次移居！为了那些自称是奥多主义者的资产者吗？”

要详尽描述阿纳瑞斯管理委员会的辩论是很困难的。每个人的语速都很快，常常是好几个人同时在发言，谁也没法详尽地表述自己的观点，人人都极尽挖苦讽刺之能事。很多该说的都没能说完；每个人发言都很情绪化，常常对别人进行猛烈的个人抨击；辩论往往无疾而终。这样的辩论很像兄弟之间的争论，或者是某个人在做出决断之前内心不同想法之间的斗争。

“如果我们同意这些所谓的奥多主义者来我们这里，他们打算怎么来呢？”

现在发言的是比达普很畏惧的一个对手，一个冷静睿智的女人，名叫鲁拉格。在委员会里，她一直都是比达普最强劲的对手。他瞟了一眼谢维克，转移一下自己对这个对手的注意力，谢维克是第一次参加委员会会议。比达普听说鲁拉格是一个工程师，也确实在她身上发现了工程师特有的头脑清晰以及实用主义的特点，此外还有机械论者对于复杂性及不规则性的厌恶。对于首创协会的每一个议题她都表示反对，包括协会本身的存在。她的论证很有力，比达普很敬重她。有时候在她谈到乌拉斯是如何强大、弱者同强者交易是多么危险时，他还是很信服她的。

比达普和谢维克在168年冬天重聚，讨论了一位陷入绝望的物理学家怎样才能让自己的作品付印，并将其传递给乌拉斯的物理学家。比达普有时候私底下会想，他们这样做会不会引发一系列难以控制的事端。当他们最终跟乌拉斯人通过无线电取得联络时，却发现乌拉斯人远比他们原先设想的要迫切得多：他们急切地想要进行对话，想交换信息。当他们把关于交流情况的报告印出来时，阿纳瑞斯人的反对也比他们所预期的要恶毒强烈得多。两个世界的人们对他们的关注都超出了他们的预期，令他们极其不安。敌人热情洋溢地拥抱你，同胞们却猛烈地反对你，你很难不去思考自己是否的确是一个叛徒。

“我想他们会坐那些货运飞船来。”他回答道，“就像真正的奥多主义者一样，他们也会搭便车的。如果他们的政府或者世界政府理事会允许他们这样做的话。他们会允许吗？政府主义者会帮无政府主义者的忙吗？这正是我想要知道的。如果我们邀请一小批这样的人，六个或八个，最后会发生什么呢？”

“你的求知好学真是可敬可佩。”鲁拉格说，“没错，假使我们对于乌拉斯的情况有了进一步的了解，对于危险的了解也会更深入。可是你寻求结果的过程本身就存在着危险。”

她站起来，这表明她还打算要长篇大论一通。比达普皱了下眉，又瞟了一眼坐在身边的谢维克。“小心这个人。”他嘀咕了一句。谢维克没有作答，不过他在开会时总是很沉默很羞涩，基本上没有什么作为，除非有什么东西真正触动他，这种情况下他就会变得雄辩得不可思议。他坐在那里，低头看着自己的手。不过比达普注意到，虽然鲁拉格的发言是针对自己的，但她说话的时候却老是瞟着谢维克。

“你们这个首创协会，”她着重强调了“你们”这两个字，“建起发射站，同乌拉斯进行无线电通信，还将通信内容公开发表。你们所做的一切，跟PDC内部大多数人的意见，也跟所有兄弟日益强烈的反对呼声背道而驰。当然，我相信，到目前为止应该基本没有针对你们的设备以及你们本人的报复行为，因为我们奥多主义者对这样的情况还无所适从。有人居然会去从事对别人有害的事情，而且不顾别人的忠告和反对一意孤行，这种情况太不寻常了。事实上，你们是第一批做出这种事情的人，政府主义评论家们一直都在预测，在一个没有法律的社会迟早有人会迈出这一步：做出对社会福祉毫不负责的事情。我不打算重提你们已然造成的伤害，你们将科学情报拱手让给一个强大的敌人，你们发送给乌拉斯的每一个信息都在向对方供认我们的弱小。可是现在，你们以为我们已经默许这一切，就又来提出更为糟糕的建议。你们会说，通过电波跟少数乌拉斯人通话，同让少数乌拉斯人来到阿比内，然后直接交流，有什么区别呢？区别何在呢？一扇关着的门和一扇敞开的门区别何在呢？我们把门开开吧——他所说的就是这个意思，你们都知道，兄弟姐妹们。我们把门打开吧，让乌拉斯人进来吧！六个或八个冒牌奥多主义者搭着下一趟太空飞船过来，再下一趟就是六十个或八十个伊奥国的资产者，过来把我们详尽地审查一遍，看看乌拉斯各个国家该如何把我们当作财产瓜分掉。再下一趟，就是六艘或八艘全副武装的战斗飞船，满载着枪械、士兵，组成一支占领军。那就是阿纳瑞斯的末日，奥多愿景的末日。一百七十年以来，让我们的希望赖以维系的，就是移居条款：除了移居者之外的乌拉斯人一概不得下飞船，当时，以及将来。不要再跟他们混在一起，不要再有联络。现在如果背弃了这条原则，那也就意味着，我们的实验失败了，曾经被我们战胜的暴君们，要来重新奴役我们了！”

“不是这样的。”比达普马上说道，“其实我们传递的是这样一个明确无误的信息：实验成功了，我们现在已经强大得足够同你们抗衡。”

辩论的过程跟以往的历次辩论一样，每次提出一个话题便马上遭到猛烈的抨击。辩论没有持续多长时间。跟往常一样，最终并没有表决结果。在座的几乎每一个人都强烈赞同坚持移居条款，清楚了这一点后比达普马上说道："那好，我会去解决的。'奎依厄堡垒号'也好，'警惕号'也好，都不会带人进来。关于带乌拉斯人来阿纳瑞斯这个问题，协会当然得顺应全社会公众的观点；我们询问了你们的意见，我们会照做的。可这个问题还有另外一个方面，谢维克？"

"呃，这个问题就是，"谢维克说，"送一个阿纳瑞斯人去乌拉斯。"

会场上响起一片惊呼和质疑声。谢维克没有提高嗓门，他的音量很低，近乎喃喃自语，但是很决绝："这么做对阿纳瑞斯星球的任何人都不会带来伤害或者威胁。而且，显然，这是这个人个人的权利；事实上这是一种测试。移居条款上对此并没有提出禁止。如果现在禁止这一点，就意味着PDC是某种权力机构，意味着一个奥多主义者的个体权利遭到了侵犯，他无法自主地去从事于他人无害的行为。"

鲁拉格坐在椅子上，身子往前探了探。她微微地笑着。"任何人都可以离开乌拉斯。"她说。她明亮的眼神从谢维克身上转到比达普身上，随后又转回谢维克身上，"任何人都可以随心所欲去往任何地方，只要资产者的飞船愿意带他走。不过他不能回来。"

"谁说不能？"比达普问道。

"移居终止条款。飞船上下来的人，不得去往阿纳瑞斯港以外的区域。"

"哦，那很明显是针对乌拉斯人，而不是阿纳瑞斯人。"说话的弗达兹顾问年纪很长。他这个人就是这样，就算他说的话会让事情背离自己的预期，还是会照说不误。

“从乌拉斯来的人自然就是乌拉斯人。”鲁拉格说道。

“太教条，太教条了！这不是在故意找碴儿吗？”特里匹尔说道，这位女士块头很大，人也很沉着。

“找茬碴儿？”那个新来的年轻人大声吼道。他的声音低沉有力，带有北台口音。“如果你不喜欢找碴儿，听听这个吧。如果这里有人不喜欢阿纳瑞斯，就让他们走好了。我会帮他们的，我会把他们送到港口去，我甚至可以把他们踢到那儿去！可是他们要是想偷偷地溜回来，会有人，会有真正的奥多主义者在那里候着他们的。我们可不会微笑着说：‘欢迎回来，兄弟们。’我们会打断他们的牙，让他们自己咽下去，会把他们的蛋蛋踢进他们肚子里。这么说你们明白了吗？够透彻吗？”

“不透彻，很粗俗，像放屁一样粗俗。”比达普说道，“透彻是思想的外在体现。在来这里放屁之前，你应该先去学学奥多主义。”

“你根本不配说奥多这个名字！”年轻人咆哮道，“你们，你和你们整个协会，全是叛徒！阿纳瑞斯到处都有人在盯着你们。你以为我们不知道？你们让谢维克去乌拉斯，去把阿纳瑞斯科学卖给那些资产者。你以为我们不知道？你们这些假慈悲的家伙，都巴不得能去那里，过上富足的生活，让那些资产者对你们交口称赞。你们可以去！你们走了我们都要谢天谢地！可是你们要是妄想回这里来，等待你们的将是正义！”

说这话的时候他已经站了起来，隔着桌子把身子倾过来，正对着比达普的脸大吼大叫。比达普抬头看着他，说道：“你指的不是正义，而是惩罚吧。难道你认为这是一回事吗？”

“他指的是暴力。”鲁拉格说，“如果真有暴力发生，那也是你们引发的。你和你的协会。这是你们应得的。”

坐在特里匹尔身边的一个瘦小的中年男子开始发言，他的声音因为尘咳而变得嘶哑，他是西南区矿工协会的一名访问代表，在这个问题上本不该他来发言的。一开始他说得很轻，谁都没能听真切。“……人所应得的，”他说道，“我们每一个人都应该得到一切，得到曾堆积在那些死去帝王陵墓中的一切奢侈品。我们又什么也不应当得到，即便是饥饿时的一口面包。在别人挨饿的时候，我们难道不是在吃吗？而你们要因为这个而惩罚我们吗？你们会因为别人可以吃饱而我们饿着肚子就奖励我们吗？没有人应当受到惩罚，没有人应当得到奖励。不要去想什么应得，不要去想什么获取，这样你才能真正地开始思考。”当然，这些都是奥多《狱中书》里的句子，但是经由这个虚弱沙哑的声音表述出来，就有了一种奇特的效果。似乎这些话是眼前这个人自己逐字逐句想出来的，似乎这些都是出自他的内心，速度很慢，很艰难，就像一股水流从沙漠的沙土中极其缓慢地渗出来。

听对方发言的时候，鲁拉格僵直着昂着头，板着脸，似乎正压抑着痛苦。在她的对面，隔着桌子，谢维克低着头坐在那儿。这段发言之后是片刻的沉默，随后谢维克抬起头来，打破了沉默。

“诸位，”他说，“我们想要做的就是提醒我们自己，我们来到阿纳瑞斯不是为了获得安全，而是为了获得自由。如果我们必须在所有事情上达成一致，所有人一起行动，那我们就跟一台机器无异。如果有一个人无法跟自己的同伴团结在一起工作，那么他就有职责去单独工作，这既是职责也是权利。一直以来，我们都在对人的这一权利加以否定。我们一直在说，而且是越来越频繁地说，你必须跟其他人一起工作，你必须接受多数人的规则。但是，既是规则，那就必定是专制的。每一个个体的职责就是不接受任何规则，要自主行动，要负起责任。唯有如此，社会才能保持活力，才能变化，才能适应，才能生存。我们不是建立在法律基础之上的某个国家的统治对象，而是建立在变革基础之上的一个社会的一分子。变革就是我们的使命，我们必须有变革的信心。变革存在于每个个人的灵魂之中，否则它就无所依存。它就是一切，否则便什么也不是。如果将变革看作是有尽头的，那么它也就从未有过真正的开始。我们不能止步不前，我们必须继续前进。我们必须承担风险。”

鲁拉格回敬道：“你想去冒这个险，是出自个人的动机，但你没有权利让我们所有人都置于这样的风险之中。”她的声音跟谢维克一样平静，却非常冷酷。

“不愿意像我一样朝着远方进发的人，也没有权利来阻止我的前进。”谢维克答道。他们的目光相遇了一秒钟，随后两人都低下了头。

“去乌拉斯也许会有危险，但那只会危及去的那个人，跟别人无关。”比达普说，“这么做对移居条款不会有任何的影响，对我们跟乌拉斯的关系也不会有影响，除了，精神上的影响，有可能是于我们有利的。不过我认为我们，我们每一个人现在还无法做出决定。如果诸位没有异议的话，我打算暂时取消这个提议。”

大家都表示赞同。他和谢维克离开了会场。

“我要去一趟学院。”他们走出PDC大楼的时候，谢维克说道，“萨布尔给我留了条，还是他那种小纸片——已经好多年没有过了。他脑子里在盘算什么呢？我很好奇。”

“我好奇的是，那个叫鲁拉格的女人，她脑子里到底在盘算什么呢！她对你有私怨。我猜是极度地怨恨。我们不能再让你们两个隔桌对坐了，否则我们会一无所获。那个北台的年轻人也不是什么好鸟。多数原则，强权即真理！我们能说服他们吗，谢夫？还是说我们这么做只是加剧了大家的反对？”

“我们也许真的需要派一个人去乌拉斯——用行动来验证我们的权利，既然言语行不通的话。”

“也许吧。只要那个人不是我！纸上谈兵地说我们有离开阿纳瑞斯的权利时，我可以说得天花乱坠，可是要真派我去，见鬼，我宁可去割喉。”

谢维克笑了起来。“我得走了。我大概一个小时回家。晚上过来一起吃饭吧。”

“我去你房间等你。”

谢维克迈着大步沿着街道往下走；比达普踌躇地站在PDC大楼面前。已经是下午三点了，这是一个阳光明媚的春日，但是刮着风，气温很低。阿比内的街道非常敞亮，到处都有阳光，有人群，一派生机。比达普的心中有兴奋又有沮丧。每一件事情，包括他的情绪，都是前途光明，但现状却不能令人满意。他动身往佩克什街区走去，谢维克和塔科维亚现在住在那里的一栋宿舍楼里。果然如他所料，塔科维亚和宝宝在家里。

在塔科维亚两次流产之后，皮鲁恩终于姗姗迟来，而且是不期而至，但是大家都很开心。她刚出生时特别瘦小，现在两岁的她还是很小，胳膊和腿都是瘦瘦的。每次比达普抱着她，摸到那两条胳膊时，他总会隐约感到害怕，这小胳膊是如此脆弱，他一只手轻轻一扭就能把它折断。他很喜欢皮鲁恩，那双灰蒙蒙的眼睛让他着迷，她对他完全的信赖令他感动。可是每次一碰到她，他就清醒地意识到，残忍为什么能产生吸引力，为什么强者要折磨弱者，这些以前他是从未想到过的。因此——虽然他无法说清楚为什么要用“因此”这种说法——他也就领会到了此前他从未感受过的，或者说从未留意过的某种东西——父爱。当皮鲁恩管他叫“帕帕”时，他能感受到一种极不寻常的快乐。

他坐在窗下那个台床上。这间屋子挺大的，里头摆了两张台床。地上铺着席子；此外屋里就没有别的摆设了，没有椅子桌子，只有一个可移动的隔栅，可以在屋里隔出一个活动空间或者把皮鲁恩的床挡起来。塔科维亚把另一张台床底下又长又宽的抽屉拉了出来，整理里面的一些纸。“抱好皮鲁恩啊，亲爱的达普！”她边说边开朗地大笑着，宝宝已经开始往比达普那个方向一拱一拱的了。“她钻进这堆文件里至少有十次了，每次我整理的时候她就往里钻。我这边要弄十分钟，十分钟就好。”

“别着急。我没想说话，就想在这里坐着。过来，皮鲁恩。走啊——一个小姑娘啊！走向达普帕帕啊！好，我够着你了！”

皮鲁恩开心地坐在他腿上，研究着他的一只手。比达普不好意思露出自己的指甲，虽然啃指甲的习惯早已没有了，但是指甲已经被他咬变形了。一开始他攥着手，把指甲藏起来；然后他又为自己的扭捏不好意思了，于是他张开手，皮鲁恩轻轻地在上头拍打着。

“这间屋子很不错。”他说，“朝北，总是很安静。”

“是的，嘘，我正在数数。”

过了一会儿，她把那摞纸放下，把抽屉关了回去。“终于好了！对不起。我答应谢夫要帮他把那篇文章页码标好。喝点儿饮料吧？”

现在多种日常主食还是实行配给制，不过比五年前要宽松了许多。相对种植谷物的地区而言，北台的果园受旱情的影响比较小，恢复起来也更快，从去年开始，干果和果汁就已经不再上限制名单了。塔科维亚把一瓶果汁放在阴凉的窗台上。她给自己和比达普都倒了一满杯，用的是萨迪克在学校里做的两个笨重的陶杯子。她在比达普对面坐下，微笑着看着他，“呃，PDC怎么样？”

“老样子。鱼类实验室呢？”

塔科维亚低头看着自己的杯子，轻轻晃动着，让饮料表面能反射到阳光。“我不知道。我正在考虑退出。”

“为什么啊，塔科维亚？”

“自己退出比被勒令离开强啊。问题在于，我喜欢那个工作，而且做得得心应手。在阿比内这样的地方只有一个。可是如果一个研究组认为你不是其中的一分子了，你也不能继续赖在那里啊。”

“他们现在对你打压得更厉害了，是吗？”

“一直都是这样。”她说，一边下意识地不停地往门口张望，似乎要确信谢维克没在那儿听他们说话，“他们有些人真是不可理喻。呃，你知道的，坚持下去也没什么用。”

“不，我不知道，所以我很高兴能逮着机会跟你单独说话。我真的不知道。我、谢夫、斯考文、吉扎克和其他的人，我们大部分时间都在印刷车间或者无线电发射塔里度过。我们没有岗位，也不怎么能见到首创协会以外的人。我经常去PDC，可那是一个特殊的场合，我预计到在那里会有反对的声音，因为那是我自己引起的。你面临的又是什么呢？”

“仇恨。”塔科维亚用她那低沉圆润的声音说道，“真正的仇恨。我们项目组的组长拒绝跟我说话。呃，那不算什么损失。他本来也很少说话。可是其他有些人却明确地向我表达了他们的想法……有一个女的，不是在实验室，是在这栋宿舍楼里。我是街道卫生委员会委员，我得去找她说点儿事情，她不让我说，‘不要踏进这间屋子，我知道你们这些人，你们这些该死的叛徒，你们这些知识分子，你们这些个人主义者’，等等。然后把门砰地关上了。真是荒唐。”塔科维亚大笑起来，不过笑声里没有丝毫的开心。蜷在比达普臂弯里的皮鲁恩，看到她在笑，也笑了起来，接着打了个哈欠。“可是你知道，这真的很恐怖。我胆子小，达普，我不喜欢暴力，甚至不喜欢反对别人的意见！”

“当然。我们的安全来自邻居的认同。政府主义者还可以违反法律，之后希冀能够逃脱惩罚。可是习惯是无法违反的；这是你自身生活的架构，跟别人无关。我们只是刚刚开始有了革命者的感觉，谢夫今天在会上提出来。场面很不愉快。”

“有人能理解的。”塔科维亚语气中带着坚定的乐观，“昨天在公共汽车上，我碰到一位女士，我不记得以前在哪里见过她，我想也许是某次旬末劳动的时候；她说：‘跟一位伟大的科学家一起生活肯定棒极了，肯定非常有趣！’我说：‘是的，至少总有东西可以说。’……皮鲁恩，别睡着了啊，宝贝！谢维克很快就回家了，我们就该去食堂了。摇一摇她，达普。呃，你看，不管怎么说，她知道谢夫，可是她并没有仇恨，也没有反对，她真好。”

“人们确实知道他。”比达普说，“这很有趣，因为他们跟我一样，看不懂他的书。他自己觉得大概只有那么几百个人能看懂。那些想要开共时课程的地区学院的学生。我倒觉得，几十个就已经是很大胆的估计了。不过人们还是知道他，他们认为他是某种值得骄傲的东西。我想，如果不是别的原因，那么就是协会的功劳：印刷了谢维克那些书。也许这是我们做的唯一一件好事。”

“哦，别这么说！你们今天在PDC的会议肯定很糟糕。”

“是的。我希望能让你高兴高兴，塔科维亚，可是我无能为力。协会现在做的事情已经快碰到这个社会的共同底线了，这底线就是对外来者的恐惧。今天有个年轻人公然威胁说要实施武力报复。呃，这是一种卑鄙的做法，可是他会找到愿意这么做的人。那个鲁拉格，见鬼，她可真是个可怕的对手！”

“你知道她是什么人吧，达普？”

“她是什么人？”

“谢夫没告诉过你吗？呃，他从来不会谈起她的。她是母亲。”

“谢夫的母亲？”

塔科维亚点点头。“她在他两岁的时候就离开了他。父亲跟他在一起。当然，这没什么大不了的，只是谢夫感觉很不好。他觉得自己失去了一样最重要的东西——他和父亲都是这么想的。他倒并不认为这事情上有什么通行的准则，不认为父母就应该始终养育孩子，这类的想法他没有。不过，忠诚对他来说很重要。要我看，这就是原因。”

“真正不寻常的，”比达普的声音很有力，他已经忘掉了皮鲁恩的存在，皮鲁恩现在已经在他腿上沉沉入睡了。“绝对不寻常的是，她对谢夫的情感！可以说，今天她一直在等着谢夫去参加这个进出口会议。她知道谢夫是这个团队的灵魂，因为谢夫的缘故，她对我们都充满了仇恨。为什么？内疚吗？难道奥多主义社会已经堕落，内疚居然也成了一种动力了？……你知道，现在我也发现了，他们俩长得很像。只是她的脸已经变得非常强硬，岩石般的强硬——不再有任何表情。”

他说话的时候，门开开了。谢维克和萨迪克走了进来。萨迪克现在十岁了，她比同龄孩子高，瘦瘦的，四肢修长，柔柔弱弱的，一头蓬松的黑发。谢维克紧随在萨迪克身后。比达普抬头，在知晓了他跟鲁拉格的血缘关系之后，比达普看他时用的是一种古怪的、生疏的眼神，就像一个人偶遇多年的老朋友，过去的一切清晰地涌上心头：那张克制的英俊面庞充满了活力，但是已经很消瘦，瘦成了皮包骨。

这是张极具个性的脸庞，五官不仅像鲁拉格，也像很多其他阿纳瑞斯人——这个民族被自由的渴望激励，选择了一个极度贫瘠、辽远寂寥、孤立无依的世界。

与此同时，房间里却是一派亲密景象，闹哄哄地响起各种声音：打招呼声、笑声。皮鲁恩在大家手里传递着，她的身子几乎被横了过来，每个人都要抱抱她。瓶子也在彼此的手里传递着，各自倒着饮料，然后就是相互询问、交谈。一开始，关注的中心是萨迪克，因为她在家待的时间最少，然后才转向了谢维克。毕达普问："那个老东西想要什么？"

"你去学院了？"塔科维亚打量着坐在身边的谢维克。

"刚刚去的。萨布尔今天上午在协会给我留了张条。"谢维克把饮料一饮而尽，然后放下杯子，嘴唇保持着一个奇怪的姿态，看不出任何意味，"他说物理协会有一个全职的岗位，不受干涉的永久性岗位。"

"你是说，这个职位是给你的？在哪里？学院里？"

他点了点头。

"萨布尔告诉你的？"

"他想要把你收编了。"比达普说。

"没错，我想是这样。不能消灭，那就驯化，我们在北景的时候就是这么说的。"谢维克突然不由自主地大笑起来，"很有趣，是吧？"他说。

"不。"塔科维亚说，"不有趣，很恶心。你怎么还能去找他谈话呢？他那样诋毁你，巧取豪夺了你的《共时原理》，不告诉你乌拉斯人给了你那个奖。就在去年，他还把那些组织系列讲座介绍你的理论的孩子们给解散了，因为你对他们有所谓的'秘密的政府主义影响’——你是政府主义者！——这太恶心了，不可饶恕。你怎么能忍住，彬彬有礼地对待这样一个人？”

“呃，你知道，不全是萨布尔一个人的主意。他不过是一个发言人而已。”

“我知道，可他喜欢充当这样的发言人。他一直都那么无耻！呃，那你跟他怎么说的？”

“我敷衍他——你也许会这么说。”谢维克说着又笑起来。塔科维亚看了看他，知道现在他虽然在全力控制自己，但却是处于极度的紧张或者兴奋之中。

“那么说你没有断然地拒绝他？”

“我说我在几年前就已经下定决心，只要我还能进行理论研究，就不再接受固定的工作岗位。然后他说，既然这是一个自主岗位，我有完全的自由继续从事现在的研究，授予我这个职位的目的是——让我们来听听他是怎么说的——让我‘有机会利用学院的实验设施，可以进入正常的出版发行渠道’。换句话说，就是PDC的出版社。”

“啊，那么说你赢了。”塔科维亚用一种怪怪的表情看着他，“你赢了，他们愿意出版你的作品。五年前我们回来这里时，这就是你的期望。墙已经被推翻了。”

“墙后面还有墙。”比达普说。

“除非我接受这个岗位，否则我就不算赢。萨布尔这么做是要……把我合法化，让我变成官方人士，要将我同首创协会分离开来。这才是他的目的，是吧，达普？”

“当然。”比达普说，他的脸色阴沉下来，“通过分裂达到削弱的目的。”

“可是，让谢夫回学院，在PDC出版社发表他的作品，这就表示他们默认了整个协会，不是吗？”

“多数人也许会这么看。”谢维克说。

“不，不是这样的。”比达普说，“他们会这样跟大家解释的：伟大的物理学家暂时被一帮心怀不满的人引入了歧途。知识分子总是会误入歧途，因为他们整天想一些毫不相干的事情，时间啦、空间啊、事实啊，都是些现实生活中八竿子打不着的事，于是他们就很容易被那些邪恶的路线偏差分子欺骗。可是学院里这些好心的奥多主义者温和地向他指出了他所犯的错误，将他拉回到了社会有机体中。这样一来，首创协会就再也打不出什么能引起任何阿纳瑞斯人或乌拉斯人注意的招牌了。”

“我不会离开协会的，比达普。”

比达普抬起头，过了一分钟之后说道：“是的，我知道你不会……”

“好了。我们吃饭去吧。这个肚子在叫呢，你听，皮鲁恩，听到了吗？咕，咕，咕！”

“嗨，出发！”皮鲁恩像个指挥官一样发出命令。谢维克抱着她站起身来，然后把她甩到肩膀上。在他和孩子脑袋后方的天花板上是这屋子里唯一的一件装饰。它是会动的，这会儿正在轻轻地振荡。这件大型装饰品是用电线做成的，电线砸得很扁，边缘薄得几乎看不见。椭圆形的线圈沿着一些同心的椭圆轨道运行着，时而闪出亮光，时而消失不见，各条轨道以非常复杂的方式交织在一起。与线圈一起转动的还有两个轻薄透明的玻璃气泡，它们也像线圈一样随光线的变换不时闪光，既不会完全碰在一起，也不会远远分开。塔科维亚给这件东西起的名字是“占领时间”。

他们来到佩克什公共食堂，等着看到签名板上显示有人不在这里就餐之后才进去，因为这样才能让比达普以客人的身份一起。他在这里登记后，他平常就餐的那个食堂就显示他不在那里就餐了，因为全城的系统都是由一台电脑负责协调的。这是深受早期移居者喜爱的高度机械化的“内部稳定程序”，现在只在阿比内保留了下来。跟其他地方那些相对粗略的方法一样，这个程序也不是总能得到有效的实施；总会有不足，有过剩，还有不满。很少有佩克什食堂的固定人员选择不在这里就餐，因为这里的厨房在整个阿比内都是最有名的，一直都有很棒的厨师团队。终于有空位了，他们走进去。有两个年轻人过来跟他们坐到一起，他们是谢维克和塔科维亚的邻居，比达普跟他们不是很熟。如果不是这两个人，是不会有人来打扰他们的——或者说陪他们。哪种说法更贴切呢？似乎无关紧要。他们心满意足地享用晚餐，而且聊得非常开心。可是，比达普时不时地会感觉到，他们身边那圈人都非常安静。

“我不知道乌拉斯人接下来想做什么。”他说。他说话的声音本来就不大，却发现自己还在努力压低声音，由此感到十分懊丧，“他们先是要求要来我们这里，然后又邀请谢夫去他们那里，接下来会是什么呢？”

“他们真的邀请谢夫了？我都不知道呢。”塔科维亚眉头微皱。

“你知道的。”谢维克说，“当他们通知我，说要给我颁那个奖，你知道的，就是西奥·奥恩奖，他们问我能否本人亲自前往，记得吗？去领奖，拿奖金！”谢维克粲然一笑。如果说在他身边真的有一种不寻常的静默的话，那对他也不会有任何的妨碍，他向来就是孤独的。

“没错，这件事我知道，但压根儿没觉得那可行。你们已经说了好几句了，要向PDC提出派人去乌拉斯，只是为了吓吓他们。”

“我们最后付诸实践了，就在今天下午。达普让我说的。”

“他们被吓到了吗？”

“头发直立，眼珠突出……”

塔科维亚咯咯笑了起来。皮鲁恩坐在谢维克身边一把高椅子上，一边在一片霍勒姆面包上练习咀嚼，一边哼着歌。“噢，妈哟，爸哟。”她大声唱道。谢维克一下变了副面孔，马上带着同样的欢快心情应和起来：“噢，宝哟，宝哟，宝贝儿，哒！”这之后，大人们的谈话就不再激烈，中间也没有沉默了。比达普对此不以为意，因为他早就明白，要跟谢维克来往，就得接受他这种复杂多变的情绪。他们当中最沉默的是萨迪克。

饭后，比达普在宿舍楼宽敞舒适的公共休息间里又跟他们一起待了一个小时。然后他站起身，提出顺道送萨迪克回学校宿舍。就在这个时候发生了什么，就是那种只有家里人才明白的事件或者信号。比达普所知道的就是谢维克既没有大惊小怪也没有跟人商量，就跟他一起走了出来。塔科维亚得去喂皮鲁恩，她现在哭得越来越响了。她吻了吻比达普，然后他跟谢维克就陪着萨迪克出发了。他们一路聊着天，聊得太过热烈，结果走过了头。

他们走回学习中心。萨迪克在宿舍门口停了下来。她一动不动地站着，纤细的身子站得笔直，借着街灯微弱的亮光能看到她板着的脸。谢维克也那样站了一会儿，然后走到她身边。“怎么了，萨迪克？”

孩子说道：“谢维克，今天晚上我可以留在家里吗？”

“当然可以。可是出什么事儿了呢？”

萨迪克精致修长的脸颤抖着，似乎要裂成碎片。“她们不喜欢我，宿舍里那些人。”她说，她的声音因为紧张而颤抖，不过却比往常还要柔和。

“她们不喜欢你？什么意思？”

他们彼此还是没有碰一下对方。她用决绝的勇气说道：“因为她们不喜欢……她们不喜欢协会，不喜欢比达普，还有……还有你。她们说……宿舍里的大姐，她说你们……说我们全是叛……她说我们是叛徒。”说出这个词之后孩子猛地抽搐了一下，就好像被什么东西击中了，谢维克马上伸手抱住她。她用尽全力抱着他，泪流满面，不住地抽噎。她现在太大，个儿也太高了，他没法把她整个人抱起来。他就那样站在那里，抱着她，抚摩着她的头发。他看着比达普，自己的眼中也噙满泪水。他说：“没事的，达普。你走吧。”

比达普现在唯一能做的就是离开这里，让这父女俩单独待着。他们之间的那种亲密是他所无法分享的。那是一种最强烈最深切的亲密，一种痛苦的亲密。走了之后，他也丝毫没有放松或者摆脱了什么的感觉，只觉得自己很无用，很有挫折感。“我已经三十九岁了，”他一边往他自己独自居住的那个五人间走，一边想道，“再过几旬就四十了。我做过什么？我现在又在做什么？什么也没有。只有多管闲事，去干预别人的生活，因为我没有自己的生活。我从不珍惜时间，现在我的时间已经没有多少了，我可不能再……那样了。”他回过头，向悠长安静的街道的另一头看去，空中刮着风，周围一团漆黑，街角的路灯投下了一片柔和的光圈。不过他已经走远，看不到那父女俩了，也可能是他们已经走了。他一向善于言辞，但却想不出自己刚才心里说的那个“那样”究竟该用什么言辞来阐释；不过，他觉得自己已经很清楚地理解了那个东西，而他所有的希望也都在这一理解之中。如果想要得到救赎，他就必须改变自己的生活。

萨迪克平静下来、松开手之后，谢维克让她坐在宿舍楼前面的台阶上，然后去找夜班值班员，说萨迪克今晚要跟父母一起住。值班员说话的语气很冷淡。学生宿舍的工作人员对夜间来访有一种本能的反对，他们认为这样会破坏孩子们的团结。谢维克在这位值班员身上还感觉到了一些别的东西，但他告诉自己，很可能是自己搞错了。学习中心的礼堂里灯火通明，热闹非常，有人在排练乐曲，还有孩子们的说话声。熟悉的声音、熟悉的气味、熟悉的影子，所有这些童年时代的回响都勾起了谢维克的回忆，与它们一起涌上心头的还有童年的恐惧。人总是容易忘记恐惧。

他走出学习中心，跟萨迪克一起往家走，一只手揽着她瘦瘦的肩膀。她很安静，内心仍然在挣扎。走到佩克什主宿舍楼门口时，她突然说道："我知道你和塔科维亚不愿意跟我一起过夜。"

"你干吗这么说？"

"因为你们需要单独相处，两个成年伴侣需要单独相处。"

"还有皮鲁恩呢。"他告诉她。

"皮鲁恩不算的。"

"你也不算的。"

她抽了一下鼻子，努力想装出笑脸。

他们一走进明亮的屋子，塔科维亚便看到了她苍白脸上的红痕和肿胀。大惊之下，她问道："出什么事了？"正在舒服喝奶的皮鲁恩突然被打断，开始号啕大哭起来。萨迪克又一次崩溃了。有那么一会儿，似乎屋里每个人都在哭泣，彼此相互安慰又拒绝安慰。很快一切又恢复平静，皮鲁恩和萨迪克分别坐在妈妈和爸爸的腿上。

宝宝吃饱睡下之后，塔科维亚小声却情绪激动地问道："好了！到底怎么了？"

萨迪克头靠在谢维克的胸前，也已经迷迷糊糊快要睡着了。他能感觉到她正在强打精神打算回答妈妈的问题。他摸了一下她的头发示意她不用说话，由他代为回答："学习中心有些人不喜欢我们。"

"见鬼，他们有什么权利不喜欢我们？"

"嘘，嘘。因为协会。"

"哦。"塔科维亚从喉咙里发出不满的声音，一边去解外套的扣子，却把一颗扣子揪了下来。她站在那里看了看自己的手心，然后看着谢维克和萨迪克。

"有多久了？"

"很久了。"萨迪克没有抬头。

"是几天、几旬呢，还是整个学期？"

"哦，还要久。可是宿舍里的人，她们……她们现在更刻薄了。晚上的时候。特卓尔也不管她们。"她就像说梦话一样，口气很平静，似乎这事儿已经跟她无关了。

"她们都做什么了？"虽然谢维克瞪着她，让她不要追究了，塔科维亚还是继续问道。

"呃，她们……她们就是很刻薄。她们玩游戏、做什么事情都不叫上我。迪普，你们知道的，她是我的朋友，她以前都跟我聊天，至少要聊到熄灯以后。可是她现在不来了。特卓尔现在是宿舍里的大姐，可是她……她说，'谢维克是……谢维克……'"

他感觉到孩子的身体越来越紧张，感到她在畏缩，在拼命鼓足勇气，他无法再忍耐下去，于是插话道："她说，'谢维克是叛徒，萨迪克是个人主义者'。你知道她会说什么的，塔科维亚！"他双眼闪着炽烈的光芒。塔科维亚凑过来，小心翼翼地摸了一下女儿的脸颊，然后平静地说道："是的，我知道。"接着，她在另一张台床上对着他们坐下来。

宝宝缩在墙边，轻轻地打着呼噜。隔壁房间的人吃完饭回来了，不知哪边有扇门被砰地关上，下方的广场上有人在大声道晚安，楼上另一个人透过敞开的窗户答应了一声。这是一栋有两百个房间的大居民楼，周遭的一切都在平静地活动着。在他们进入这个环境的同时，这个环境便也进入了他们的生活，彼此融为一体。过了一会儿，萨迪克从父亲的腿上爬下来，紧挨着他坐在台床上。她那头黑发乱糟糟地彼此纠结着。

“我本来不想告诉你们，因为……”她的声音又细又轻，“可是事情越来越糟糕。她们每个人都越来越刻薄。”

“这么说你不想回那里去了。”谢维克说。他伸出一只胳膊想抱住她，可是她把身子挺得笔直，抗拒着他的拥抱。

“要不我去找她们谈谈……”塔科维亚说。

“没用的。她们还是会那么想。”

“可是我们现在面临的到底是什么呢？”塔科维亚的声音里有着慌乱和迷惑。

谢维克没有作答。他的胳膊仍然抱着萨迪克不放，最后她终于屈服了，疲惫地把头重重地靠到他的胳膊上。“还有别的学习中心。”他终于说道，不过语气并不是那么确定。

塔科维亚站起身，显然是坐不住了，想要找点儿事情做做，想有所行动。可是没有什么需要做的。“我给你把头发编起来吧，萨迪克。”她的声音很柔和。

她给孩子梳头发、编好辫子，然后他们把隔栅挡在屋子中间，把萨迪克抱到熟睡的宝宝身边躺下。萨迪克在说晚安的时候差点儿又哭出来，不过不到半个小时之后，他们就听到了她均匀的呼吸声，她睡着了。

谢维克在他们那张台床的床头坐下来，手里拿着笔记本和他用来进行运算的那块石板。

“我今天把那个手稿的页码标好了。”塔科维亚说。

“有多少页？”

“四十一页，算上附录。”

他点点头。塔科维亚起身，透过格栅看了看熟睡的孩子们，然后回来，在床边坐下。

“我早就发现有什么不对劲。可她什么也没说。她从来没说起过，她是那么坚忍。可我没想到会是这么回事。我原以为这只是我们自己的问题，我从来没想过他们连孩子也不放过。”她的声音很柔和，也很痛苦，“问题越来越严重，还会更严重……换一个学校会有改观吗？”

“我不知道。如果她总是跟我们在一起，也许不会。”

“你不会是想说……”

“不，不是的。我只是在陈述一个事实而已。如果我们选择要给孩子强烈的个人之爱，那就无法让她免受由此而来的伤害，无法让她避开痛苦的风险。这种痛苦源自我们，通过我们传递给了她。”

“让她因为我们的所作所为而备受折磨，这太不公平了。她是那么善良、那么温和，她就像清水一样……”塔科维亚的声音哽咽了，泪水夺眶而出，她擦了擦眼睛，紧抿起嘴唇。

“不是我们的所作所为，是我的所作所为。”他放下笔记本，“你也一直备受伤害。”

“我不在乎他们怎么想。”

“工作的时候呢？”

“我可以换一个别的岗位。”

“不要在这里，不要在你自己的研究领域。”

“呃，你是希望我换个地方吗？平饶的索卢巴鱼类实验室可以接受我。可是你要去哪里呢？”她气愤地看着他，“留在这里，你想？”

“我可以跟你一起去。斯考文和其他人都在学伊奥语，我走了他们也可以用无线电，现在我在协会最主要的作用就是这个。在平饶我也可以进行物理研究，可以跟在这里时做得一样好。可是除非我退出首创协会，否则那样是无济于事，是吧？我才是问题的根源，我才是制造出麻烦的人。”

“在平饶那样的小地方，人们会在意这个吗？”

“恐怕会的。”

“谢夫，这样的敌视你遇到过多少了？你是不是也像萨迪克一样，一直保持着沉默？”

“你也一样。呃，很多时候。去年夏天我去和谐镇，事情比我告诉你的要糟糕。有人砸石块，还有一场相当厉害的打斗。请我去的学生们必须维护我，他们确实也那样做了，可是我很快就退出了；我把他们置于危险之中。呃，学生渴望来点危险。而且，毕竟是我们挑起了打斗，我们故意惹恼民众。有很多人是跟我们站在一边的。可是现在……现在我开始怀疑，我有没有给你和孩子们带来危险，塔科，我跟你们待在一起会不会这样。”

“你自己当然也有危险。”她恶狠狠地说道。

“我希望危险只找我，可我万万没有想到，他们会把这种宗族式的仇恨延伸到你们身上。自己面临的危险我可以不以为意，可你们的危险就是另外一回事了。”

“利他主义者！”

“也许吧。我情不自禁，我强烈地感受到了自己的责任感，塔科。如果没有我，你可以随便去哪里，或者就留在这里。虽然你也帮协会做过事，但是他们之所以对你怀有敌意，是因为你对我的忠诚。我已经成了一个符号。所以我……我是无处可去的。”

“去乌拉斯吧。”塔科维亚说。她的声音非常刺耳，谢维克听了之后往后退了退，仿佛被她打了一记耳光。

她没有看他的眼睛，只管继续往下说，声音却变得柔和了：“去乌拉斯……为什么不去呢？那里的人需要你，这里却不需要！也许等你走了之后，他们就会明白过来，自己失去了什么。而且你自己也想去。今晚我看出来了。以前我从来没想过这个问题，可是吃饭时我们说到那个奖的时候，我看出来了，从你当时的大笑中。”

“我不需要什么奖和奖金！”

“你是不需要，但是你需要别人的赏识，需要有人跟你探讨，需要有学生聆听你的教诲——不要再让萨布尔之流让你束手束脚。你看，你和达普一直在说，要去吓一吓PDC，跟他们说有人要去乌拉斯，要维护他的个人自主权。可是如果你们只说不练，那么只能长他人威风——你们只能证明习惯确实是牢不可破的。现在既然你们在PDC会议上已经把这事儿提出来，那么就得有人付诸实践。这个人应该就是你。他们邀请了你，你有去乌拉斯的正当理由。去领你的奖金吧——他们给你留着的那些钱。”最后她突然大笑起来，这一次是真的在笑。

“塔科维亚，我不想去乌拉斯！”

“不，你想去的，你知道你想去的。虽然我也不确定我是否能明白其中的原因。”

“呃，当然，我很愿意跟那些物理学家会面……去看看伊尤尤恩大学的实验室，他们在里面进行光试验。”他这么说的时候神色很羞涩。

“这么做是你的权利。”塔科维亚异常果敢地说道，“如果这是你工作的一部分，那你就应该去看看。”

“这样可以让变革充满活力——对双方都是如此——是吗？”他说，“这是一个疯狂的念头！就像蒂里恩的话剧，只不过剧情反了过来。我要去搅得那些政府主义者不得安宁……呃，至少可以向他们证明阿纳瑞斯的存在。他们跟我们通过电波交谈，可是我觉得他们并没有真正地相信我们，并不相信我们的真实面目。”

“如果相信了，他们也许就害怕了。如果你真的把他们吓坏了的话，他们也许就会来这里用大炮把我们轰到太空中去了。”

“我不这么认为。我也许能在他们的物理学界再次带来小小的变革，可影响不了他们的思想。在这里，这里，我才能对社会产生影响，虽然这里的人不愿意去关注我的物理学理论。你说得很对，既然我们现在已经提出来了，那我们就必须去做。”片刻的停顿之后，他说道：“我很好奇其他种族的人都在研究哪方面的物理。”

“别的种族？”

“那些外星人，海恩人还有其他星系的人。在乌拉斯有两个外星大使馆，分别是海恩星和地球。海恩人发明了乌拉斯人现在所用的星际快车。我想如果我们去要的话，他们也会给我们的。应该挺有趣的吧，如果……”他没有把话说完。

长久的沉默之后，他转过去对着她，换上了一种嘲讽的口气：“在我去拜访那些资产者的时候，你会做什么呢？”

“带孩子们去索卢巴海岸，在鱼类实验室当一名技术员，过非常平静的生活，一直到你回来。”

“回来？谁说我还能回来？”

她直视着他的双眼。“谁会不让你回来呢？”

“也许是乌拉斯人，他们也许要把我留下。你知道，在那里没人可以自由来去。也许是我们自己人。他们也许不会让我登陆。今天，PDC的人就威胁过了。鲁拉格就是其中之一。”

“这是她的风格，她就知道拒绝。她总不能不让人回家吧。”

“是这样的，说得太透彻了。”他坐了回去，用一种钦佩的眼神若有所思地看着塔科维亚，“可是很不幸，发出威胁的不只是鲁拉格一个人。对很多人来说，谁去了乌拉斯，又试图回来，那他就是一个叛徒一个间谍。”

“那他们会怎么做呢？”

“呃，如果他们能让防卫协会相信危险的存在，就可以把飞船击落。”

“防卫协会会那么傻吗？”

“我想应该不会。可是防卫协会之外的人也可以拿火药做炸药，在地面上将飞船炸掉。或者，更有可能的是，等我下飞船便开始攻击我。这是最有可能的。要去乌拉斯观光的话，往返计划中必须考虑到这一点。”

“这值得吗，你去冒这个险？”

他茫然地直视前方，片刻之后，他说道：“从某个角度来说是值得的。如果我能在那里完成我的理论，然后交给他们——交给我们和他们以及所有的星球，你知道——我愿意去冒险。在这里我被墙围住了，我被局限在一个狭小的空间里，没有设备，没有同事，没有学生，我很难工作，很难去试验我的结论。而且就算我得出了结果，他们也不想要。或者说，就算他们想要，比如萨布尔，他们也要让我放弃对这个结果的所有权，以换取别人对我的接纳。等我死了以后，他们会把我的结果拿出来用，事情总是这样。可为什么我得把毕生的成果作为礼物献给萨布尔，献给萨布尔们，献给一个星球，献给这个星球上那些卑鄙的、诡计多端的、贪婪自私的家伙呢？我希望能将它与人分享。这是我研究的一个重要课题，应该把它拿出来，分而享之，它是永不枯竭的！”

“那么，好吧，”塔科维亚说道，“它是值得的。”

“值得什么？”

“值得冒险，再也不能回来的风险。”

“再也不能回来。”他重复着，一边用一种热烈而又有些心不在焉的奇怪眼神看着塔科维亚。

“我想，支持我们、支持协会的人的数量其实超过了我们的预期。只是我们自己真正的行动还不够——没有努力把他们团结起来——没有尝试。如果你去尝试了，我想他们会站出来支持你的。如果你打开了那道门，他们就能再次呼吸到新鲜的空气，呼吸到自由。”

“也有可能他们都冲过来要把门关上。”

“如果他们那样做，对他们自己有什么好处。在你着陆的时候，协会的人可以保护你。到那个时候，如果人们还是满怀敌意和仇恨，我们就会跟他们说，见鬼去吧。一个惧怕无政府主义者的无政府主义社会要它何用？我们可以搬到孤寂镇、上西迪普或者极北镇去。如果有必要的话，我们可以独自住在山里，那里有的是空间。会有人愿意跟我们同行的，我们可以组建一个新的公社。如果我们的社会甘于陷入政治及权力之中，那我们就必须远离这个社会，我们再去建立一个超越于阿纳瑞斯之外的新阿纳瑞斯，一个全新的开端。怎么样？”

“很美。”他说，“很美，亲爱的。可是你知道，我是不会去乌拉斯的。”

“哦，你会去的，而且你还会平安归来。”塔科维亚说。她的双眼异常深邃，是一种柔和的深邃，就像夜幕笼罩着的森林。“只要你出发了，你总是能够到达，而且你也总是能够回来。”

“别傻了，塔科维亚，我不会去乌拉斯的！”

“我累了。”塔科维亚说，她舒展一下身子，然后靠过来拿前额抵着他的胳膊，“我们睡觉吧。”

第十三章

乌拉斯—阿纳瑞斯

在飞船穿越轨道之前，整个观景舷窗上全是乌拉斯星球的画面，这个云层掩映之下的青绿色庞大星球真是美轮美奂。不过，飞船接着转变了方向，其他星球随之进入视野。阿纳瑞斯也在其中，就像一块明亮的圆形石头，不知是怎样的巨手将它掷落在那里。它似动非动，永无休止地旋转，同时又创造着时间。

他们带谢维克参观了整艘星际飞船。“戴夫南特号”飞船跟“警惕号”货运飞船之间有天壤之别。从外部看，飞船像一个用玻璃和金属线做成的雕塑，样子十分怪异，而且脆弱不堪；它的外形根本就不像一艘飞船，更不像个交通工具，连船头船尾都没有，而它此前最远也只能进行行星间的航行。飞船内部则像一幢建筑一般宽敞坚固。每个房间都很大，私密性很好，墙上镶着木板或织物，天花板也很高。另一方面，这也是一幢窗帘拉得很严实的房子，只有少数几个房间有观景舷窗。飞船里一片死寂，连驾驶台和发动机房也都异常安静。船上的各种仪器设计得朴实无华，一看就知道它们是为星际航行服务的。飞船里还有一个供消遣娱乐的花园，花园中的光线跟太阳光一样，空气带有泥土和树叶的芬芳；当飞船进入黑夜时，花园中的光线也会暗下来，舷窗里则会映现星空的景象。

到目前为止，这艘飞船经历过的星际航行都只有几个小时或者几天的时间。但是，这样一艘近光速飞船也有可能承担其他更艰巨的任务，比如飞上几个月去勘探某一个星系，或者在船员们生活或勘查的某个行星轨道上绕行上好几年。因此，飞船建造得非常宽敞、人性化、很宜居。它的风格既不是乌拉斯的奢华也不是阿纳瑞斯的简朴，而是两者的平衡，其中透着一种随心所欲的优雅，那是经由长期实践才能达到的境界。

它就像一个人，心满意足、神思悠远地过着自我约束的生活，但却不为任何约束所苦。船员中有一些海恩人，他们都喜欢思考，彬彬有礼，体贴周到，有一点儿忧郁，很少会冲动。他们中年纪最轻的也比飞船上的任何一个地球人显得老成。

不过，谢维克并没怎么关注过飞船上的这些地球人和海恩人。在化学推进剂的作用下，“戴夫南特号”以惯常速度前进着，从乌拉斯前往阿纳瑞斯的这趟旅程需要三天的时间。在这三天里，只有别人跟他说话的时候，他才会开腔；他欣然回答别人的提问，却很少向别人提问。飞船上的那些人，尤其是年轻人，都不由自主地受他的吸引，似乎他身上有某种他们所缺少或者希望自己能拥有的东西。他们经常在背地里谈论他，在他面前却又显得很羞涩，而他并没有注意到这一点。他几乎没有意识到他们的存在，只是一门心思想着前方的阿纳瑞斯，想着自己枉然的希望和不渝的诺言，想着失败，想着自己心灵中那些终于得以开掘的宝藏，想着生命中的快乐。他觉得，自己就是一个已然从牢笼中解脱的囚犯，如今正赶回家跟家人团聚。对现在的他来说，一路上见到的所有事物全都流光溢彩。

回程的第二天，他在通信室里通过无线电跟阿纳瑞斯联系，先是用PDC的波长，现在则是用首创协会的波长。他坐在那里，身子前倾，忽而聆听对方说话，忽而用清晰而富于表现力的母语滔滔不绝地应答，忽而又用闲着的那只手打着手势，似乎对方能够看到他似的，偶尔还会大笑几声。“戴夫南特号”的大副、一个名叫凯索的海恩人，一边操纵着无线电装置，一边若有所思地看着他。昨天晚饭之后，凯索跟船长及其他船员跟谢维克一起待了一个小时，当时他问了——用海恩人特有的那种平静从容、不带半分勉强的提问方式——很多关于阿纳瑞斯的问题。

终于，谢维克转过身来对他说道：“好，可以了。其他人可以等我到家之后再聊。明天他们会跟你联系，安排入境程序。”

凯索点了点头，“你听到了什么好消息吧。”

“是的。至少有一些是，用你们的话说，令人振奋的消息。”他们只能用伊奥语交流，谢维克比凯索说得流利一些，凯索说伊奥语时有些僵硬，严格地遵循着语法的要求。“着陆的过程肯定很令人兴奋。”谢维克接着说道，“到时候会有很多的敌人和很多的朋友。好消息就是朋友们……比起我离开的时候，朋友的数目似乎多了些。”

“你着陆时面临着遭受袭击的危险，”凯索说，“到时阿纳瑞斯港的工作人员应该有把握控制那些反对派人士吧？他们不会故意叫你下去、让你被人谋杀吧？”

“呃，他们会保护我的。其实我自己也是一个反对派，这样的风险是我自找的。你看，作为一名奥多主义者，这是我的权利。”他冲凯索笑了笑。海恩人的神情严峻，没有对他报以微笑。他大约三十岁，很英俊，有着跟西蒂安人一样的高个子和浅色皮肤，不过跟地球人一样毛发很少，五官轮廓清晰、线条优美。

“很高兴能够跟你一起经历这些。”他说，“我会跟你一起坐登陆舱着陆。”

“好。”谢维克说，“不是所有人都愿意享受我们即将面临的礼遇的！”

“那样的人也许比你想的要多。”凯索说，“如果你允许的话。”

谢维克的精神并没有完全集中在谈话上。本来他已经打算要走了，凯索的这句话又让他停住脚步。他看着凯索，过了一会儿说道：“你是说你愿意跟我一起着陆？”

海恩人很直率地说道：“是的，我愿意。”

“船长会同意吗？”

“会的。事实上，这艘飞船是身负外交使命的，作为飞船上的一名官员，尽可能地探索研究新的星球是我使命的一部分。船长和我已经讨论过这个可能性。出发之前，我们跟我们星球的大使们也讨论过了。他们认为不需要提出正式的请求，因为你们星球的政策是禁止外人登陆的。”

“呃。”谢维克含糊地说了一声。他走到屋子另一头，在一幅画前站了一会儿，那是一幅海恩星球的风景画，画面很简单，笔法精细老到：阴沉的天空下，一条黑色的河流在芦苇丛中流淌而过。“根据阿纳瑞斯移居终止条款，”他说，“除了港口之外的其他地方，禁止乌拉斯人着陆。这些条令现在仍然适用。不过你并不是乌拉斯人。”

“当初人们移居阿纳瑞斯时，并不知道还有其他人类的存在，因此那些条款其实是包括所有外星人的。”

“六十年前，当你们的人首次来到这个星系，想要同我们对话时，当时我们的管理者是这样决定的。不过我认为他们错了，他们这样做就相当于建起了更多的墙。”他转过身来，背着双手，看着对方，“你为什么想要登陆呢，凯索？”

“我想要感受一下阿纳瑞斯。”海恩人说道，“早在你去乌拉斯之前，我就对那里充满好奇。看了奥多的作品之后，我对那里就更加有兴趣了。我还——”他踌躇着，似乎有些窘，不过还是以惯常那种内敛谨慎的方式说道，“我还学了一点儿普拉维克语。只是一点点。”

“是你自己的愿望，呃，是你自愿的？”

“完全自愿。”

“你知道这样也许会有危险？”

“当然。”

“在阿纳瑞斯，事态……有些不受控制。这是我的朋友刚刚通过无线电告诉我的。虽然这正是我们一直以来的目标——我们的协会，还有我这次乌拉斯之行——想要动摇一些事情，惹出点儿事情来，打破某些旧有的习惯，引导人们提出问题。要让大家像真正的无政府主义者一样行事！在我离开这段时间，这一切都在发生。所以，你看，没有人确切地知道接下来会发生什么。如果你跟我一起着陆，会让事态变得更加不受控制。我不能做得太过分，不能让你以某个外星政府官方代表的身份跟我一起下去。在阿纳瑞斯，这是行不通的。”

“我理解。”

“一旦你到了那里，一旦你跟我一起跨越了那堵墙，那么在我看来，你就是我们中的一分子了。我们对你负有责任，你对我们也负有责任；你就成了一个阿纳瑞斯人，拥有了跟其他所有人一样的选择权。不过那可不是安全的选择，自由从来就不是安全的。”他环视着这个安静整洁的房间，看了看屋里那些简单的控制台和精密的仪器，看了看高耸的天花板和没有窗户的墙壁，然后看着凯索。“你会发现自己非常孤独。”他说。

“我们是一个非常古老的种族。”凯索说，“在一百万年前我们的文明就已经诞生。其中有几十万年是有历史记录的。我们的先人什么都尝试过，其中也包括无政府主义。可是我没有试过。他们说，太阳底下无新事。可是，如果每个生命、每个个体的生命都不是新的，他们为什么还要生下来呢？”

“我们都是时间的孩子。”谢维克用普拉维克语说道。年轻人盯着他看了一会儿，然后用伊奥语复述了一遍他的话：“我们都是时间的孩子。”

“好。”谢维克笑着说道，“好啊，朋友！你最好再用无线电呼叫一次阿纳瑞斯——先呼叫协会……我跟肯恩大使说，对于地球人和海恩人为我所做的一切，我都无以为报；呃，也许现在我可以给你一点回报。一个观念、一个承诺、一次冒险。”

“我去跟船长说一声。”凯索的声音跟先前一样低沉，不过有一丝轻微的颤动，那是满怀希望、兴奋的颤动。

第二天深夜时分，谢维克还在“戴夫南特号”的花园里。花园里的灯都关掉了，只有星光在闪耀。空气冷冽。在那些幽暗的叶子间，有一种夜开的花儿正在绽放，这种花来自某个谢维克无从想象的世界，耐心而徒劳地吐露着芬芳，来吸引某种同样无从想象的飞蛾。那些飞蛾也许远在数万亿英里之外，在环绕另一颗恒星运行的一个星球上的一座花园里。阳光各有不同，黑暗却是一样。谢维克站在高耸的清晰的观景舷窗前，看着进入夜间的阿纳瑞斯，看着那道划过半个星空的黯淡弧线。他在想，塔科维亚会不会到港口来呢。他最近一次跟比达普通话时，她还没有从平饶赶到阿比内，所以他让比达普跟她商量她来港口是否合适。“你该不会以为，如果说真的有什么不合适的话，我就能阻止得了她来吧？”比达普说。他在想，她会乘哪种交通工具离开索卢巴海岸呢；如果她带着孩子们的话，他希望她们能搭飞船。带着孩子坐火车太辛苦了。他现在还记得168年的时候，他们从察喀尔坐火车去阿比内，萨迪克晕了三天车，差点儿死过去了。

花园的门开了，光线很暗的园子现在亮了一点儿。“戴夫南特号”飞船船长一边喊着他的名字一边探头进来。他应了一声。船长走了进来，凯索跟在他的身后。

“我们从你们的地面控制台收到了登陆指示。”船长说道。他是一个黑皮肤的矮个子地球人，很冷静很果断。“如果你准备好了，我们就要开始进入发射程序了。”

“好了。”

船长点点头，然后走开了。凯索走过来，跟谢维克一起站在了观景舷窗边上。

“你确信你想要跟我一起穿越这堵墙吗，凯索？你知道，对我来说，这很容易，不管发生了什么，我总归是回家了。可你却是要离开自己的家园啊。‘真正的旅程即回归……’”

“我希望能回归。”凯索的声音还是那样沉静，“回归过往。”

“我们什么时候进入登陆舱？”

“大概二十分钟之后。”

“我已经准备好了，我没有东西要拿。”谢维克笑了起来，笑容里明白地写着幸福。对方神色严峻地看着他，表情就像他不确定幸福到底是什么、却又模模糊糊地看到或记起了幸福的模样。他站在谢维克身边，好像想问他什么问题，但却什么也没说。“到阿纳瑞斯港口是凌晨时分。”最后他说道，说完就走了。他要去拿自己的东西，之后再到发射舱同谢维克碰头。

谢维克转过身去对着观景舷窗，特米尼安海恰在此时进入了他的视野。时当日出时分，海上出现了一道炫目的曲线。

“今晚我就能在阿纳瑞斯躺下睡觉了，”他想，“我要躺在塔科维亚身边。要是带上那幅画，那幅小绵羊的画就好了，可以给皮鲁恩。”

可他什么也没有带。他两手空空，一如既往。

图书在版编目（CIP）数据

失去一切的人 / (美) 厄休拉·勒古恩著；陶雪蕾译. — 北京：北京联合出版公司, 2017.11（2021.6重印）

（读客全球顶级畅销小说文库）

ISBN 978-7-5502-8192-9

Ⅰ. ①失… Ⅱ. ①厄… ②陶… Ⅲ. ①科学幻想小说-美国-现代 Ⅳ. ①I712.45

中国版本图书馆CIP数据核字(2016)第162109号

失去一切的人
作者：[美]厄休拉·勒古恩
译者：陶雪蕾
选题策划：读客文化 021-33608320
责任编辑：刘京华 夏应鹏
特邀编辑：任俊芳 邹景岚 夏文彦
责任校对：绳刚 曹振民
封面设计：李子琪 肖雯
版式设计：陈宇婕

北京联合出版公司出版
（北京市西城区德外大街83号楼9层 100088）
北京中科印刷有限公司印刷 新华书店经销
字数310千字 890毫米×1270毫米 1/32 13.25印张
2017年11月第1版 2021年6月第4次印刷
ISBN 978-7-5502-8192-9
定价：52.00元

如有印刷、装订质量问题，
请致电010-87681002（免费更换，邮寄到付）